Clube do Crime é uma coleção que reúne os maiores nomes do mistério clássico no mundo, com obras de autores que ajudaram a construir e a revolucionar o gênero desde o século XIX. Como editora da obra de Agatha Christie, a HarperCollins busca com este trabalho resgatar títulos fundamentais que, diferentemente dos livros da Rainha do Crime, acabaram não tendo o devido reconhecimento no Brasil.

AQUELA TERRÍVEL CONFUSÃO NA VIA MERULANA

CARLO EMILIO GADDA

Tradução
Marcello Lino

Harper Collins
Rio de Janeiro, 2025

Direitos de tradução negociados por intermédio de Ute Körner Literary Agent.
Título original: *Quer Pasticciaccio Brutto de Via Merulana*

Copidesque	Milena Vargas
Revisão	Thaís Lima e João Rodrigues
Design de capa	Arthur Traldi
Projeto gráfico	Giovanna Cianelli
Projeto gráfico de miolo	Ilustrarte
Diagramação	Abreu's System

Dados Internacionais de Catalogação na Publicação (CIP)
(Câmara Brasileira do Livro, SP, Brasil)

Gadda, Carlo Emilio
Aquela terrível confusão na Via Merulana / Carlo Emilio Gadda ; tradução Marcello Lino. – 1. ed. – Rio de Janeiro: HarperCollins Brasil, 2025.

Título original: Quer pasticciaccio brutto de Via Merulana
ISBN 978-65-5511-802-5

1. Ficção italiana 2. Ficção policial e de mistério I. Lino, Marcello. II. Título.

25-290460 CDD-853

Índices para catálogo sistemático:

1. Ficção policial e de mistério: Literatura italiana 853

Bibliotecária responsável: Maria Alice Ferreira – CRB-8/7964

HarperCollins Brasil é uma marca licenciada à Casa dos Livros Editora Ltda.

Rua da Quitanda, 86, sala 601A – Centro
Rio de Janeiro/RJ – CEP 20091-005
Tel.: (21) 3175-1030
www.harpercollins.com.br

Nota da editora

Carlo Emilio Gadda nasceu em 1893, em Milão, na Itália. Filho de uma professora e de um industrial do setor têxtil, formou-se em engenharia pelo Politécnico de Milão, profissão que exerceu por boa parte de sua juventude. Foi apenas após servir na Primeira Guerra Mundial, e ter sido feito prisioneiro durante a batalha de Caporetto, que se aventurou na literatura, publicando seu primeiro livro, a coletânea de contos *La Madonna dei filosofi*, em 1931.

Com fortes influências de sua cidade natal, Gadda escrevia no dialeto milanês, e, ao longo do tempo, passou a experimentar com os dialetos romano e napolitano, além de criar inúmeros neologismos. Essa técnica, bastante popular no início do século XX, ficou conhecida como "linguagem macarrônica" — uma mistura de diferentes línguas, idiomas e dialetos. Um dos maiores expoentes dessa tradição literária, Gadda fez uso dessa suposta "confusão linguística" para satirizar e criticar a desordem social de uma Itália multilíngue, recém-unificada e submetida à falsa padronização imposta por um governo fascista.

A linguagem, no entanto, não era o único aspecto subversivo de sua obra. Toda a produção de Gadda foi profundamente influenciada pelo contexto sociocultural da época: uma Europa no período entreguerras e a rápida ascensão do fascismo na Itália. Assim, seus livros traziam críticas veladas ao regime de Mussolini e às censuras impostas, chegando até mesmo a explorar diferentes gêneros literários para contornar as restrições. E com o suspense não foi diferente.

Historicamente, a ficção de mistério é um fenômeno recente na literatura italiana. Introduzido na década de 1930, sobretudo por meio da tradução de obras inglesas e norte-americanas, o gênero logo foi condenado pelas autoridades fascistas, que o consideravam subversivo, moralmente corrupto e desalinhado com os valores italianos. De forma a controlar sua publicação, estabeleceram-se regras como: o assassino não poderia ser italiano; deveria ser preso ao final da história; e as obras precisavam trazer na capa o seguinte aviso: "Os costumes e métodos policiais aqui descritos não são italianos. Na Itália, a justiça e a segurança pública são questões sérias". Nos anos 1940, a censura chegou ao extremo quando Mussolini ordenou o confisco e a destruição de todas as obras de mistério do país.

Foi nesse cenário que Gadda, embora não fosse um autor de mistério, decidiu escrever *Aquela terrível confusão na Via Merulana* — obra que se tornaria o maior romance policial da literatura italiana. Publicado inicialmente em cinco partes na revista *Letteratura*, em 1946, e revisado e ampliado onze anos depois em volume único pela principal editora de mistério da Itália, o livro narra um roubo ocorrido no prédio 219 da Via Merulana. O crime logo é seguido por um assassinato e se desdobra em uma tragicomédia repleta de personagens singulares e eventos caricatos.

Fortemente inspirado pela obra kafkiana, especialmente *O processo*, o romance ficou conhecido por inaugurar um novo subgênero: a literatura "antidetetive". Esse formato rompe com diversos paradigmas da narrativa policial tradicional, como a estrutura lógica, o detetive centrado e a crença em uma verdade absoluta. Em uma Itália mergulhada no caos social e moral do fascismo, Gadda rejeitou a ideia de que existe uma única causa para cada efeito — ou, no caso, para cada crime — e construiu uma narrativa que conduz à compreensão de que o caos humano é tão relevante quanto as pistas apresentadas.

A partir disso, em *Aquela terrível confusão na Via Merulana*, detetive e leitor descobrem, a cada nova camada revelada, que o crime não é motivado por uma causa isolada, mas é, na verdade, um produto de uma teia complexa de impulsos, circunstâncias e desordem social — onde cada detalhe da realidade contribui para a composição de toda a verdade. Assim, ao desconstruir o próprio gênero, Carlo Emilio Gadda não apenas manteve viva a ficção de mistério na Itália, como também criou algo absolutamente único e inédito na história da literatura.

Após a publicação, a obra ganhou diversas adaptações de destaque: em 1959, foi base para o filme *Un maledetto imbróglio*; em 1983, inspirou uma minissérie homônima estrelada por Flavio Bucci e dirigida por Piero Schivazappa; e, por fim, em 1996, estreou nos palcos do Teatro Argentina, em Roma, cuja encenação seguia fielmente o texto, linha por linha.

Agora, quase 75 anos após seu lançamento, a HarperCollins Brasil tem a honra de apresentar essa obra-prima da literatura italiana, em tradução inédita de Marcello Lino e com posfácio de Milena Vargas.

Boa leitura!

AQUELA TERRÍVEL CONFUSÃO NA VIA MERULANA

CAPÍTULO 1

Àquela altura, todos o chamavam de dom Ciccio. O dr. Francesco Ingravallo estava alocado na brigada investigativa; um dos mais jovens e, sabe-se lá por quê, mais invejados funcionários da sua seção — ubíquo em todos os casos, onipresente nas questões tenebrosas. De estatura mediana e corpo bastante roliço, até mesmo um pouco atarracado, com cabelo preto cheio e crespo que nascia a partir da metade da testa, como que para proteger seus dois galos metafísicos do belo sol da Itália, ele tinha um ar um pouco sonolento, o andar pesado e desengonçado, um jeito meio abobalhado, como o de alguém que luta contra uma digestão difícil; vestido conforme lhe possibilitava o mísero salário estatal, e com uma ou duas pequenas manchas de azeite na gola do paletó, ainda que quase imperceptíveis, como uma lembrança das colinas molisanas. Algum traquejo do mundo, do nosso mundo dito "latino", embora jovem (35 anos), ele certamente deveria ter: um certo conhecimento dos homens — e das mulheres. A senhoria o venerava, para não dizer adorava, por causa daquela balbúrdia estranha a cada toque da campainha e a cada envelope amarelo imprevisto, e apesar dela, sem mencionar as ligações noturnas e as horas sem paz, que compunham o atormentado contexto do seu tempo. "Ele não tem horário, não tem horário! Ontem voltou e já estava amanhecendo!" Para ela, ele era o "muito distinto funcionário público" por tanto tempo sonhado, o inquilino cinco estrelas dos classificados do *Il Messaggero*, evocado, fisgado do sortimento infinito dos funcionários públicos com aquela isca de "aluga-se belo quarto ensolarado", apesar da categórica intimação final — "Mulheres não admitidas" — que, no jargão dos classificados do *Il Messaggero*, oferece, como é bem sabido, uma dupla possibilidade de interpretação. Ele ainda conseguiu que a chefatura de polícia fechasse os olhos para aquela história ridícula da multa... sim, pela falta de requerimento do alvará de locação... multa que era dividida meio a meio entre prefeitura e polícia. "Uma dama como eu! Viúva do comendador Antonini! Conhecido, pode-se dizer, em toda Roma: e todos os que o conheciam o tratavam a pão de ló, e não digo isso porque ele era meu marido, que Deus o tenha! E agora me tomam por dona de pensão! Eu, dona de pensão? Deus me livre, prefiro me atirar no rio!"

Na sua sabedoria e pobreza molisanas, o dr. Ingravallo, que parecia viver de silêncio e de sono sob a selva escura daquela cabeleira, brilhante como azeviche e cacheada como uma ovelha de Astracã, na sua sabedoria, interrompia às vezes tais sono e silêncio para enunciar algumas ideias teóricas (ideias gerais, é claro) a respeito da condição dos homens — e das mulheres. À primeira vista, ou melhor, à primeira escuta, pareciam banalidades. Não o eram. Assim, aqueles rápidos enunciados, que crepitavam de repente na boca dele como a luz criada por um fósforo, reviviam nos tímpanos das pessoas, a horas, ou meses, de distância da enunciação, como após um misterioso período de incubação. "É mesmo!", reconhecia o interessado, "bem que o dr. Ingravallo tinha me dito." Ele afirmava, entre outras coisas, que catástrofes inesperadas nunca são consequência ou efeito, por assim dizer, de um único motivo, de uma causa no singular; ao contrário, são como um turbilhão, um ponto de depressão ciclônica na consciência do mundo, para o qual conspirou toda uma multiplicidade de causas convergentes. Usava também as palavras nó ou emaranhado, ou garabulha, ou *gnommero*, que no dialeto romano quer dizer "novelo". Mas os termos jurídicos, "os nexos causais", eram os seus preferidos; chegavam à boca quase a contragosto. A opinião de que era necessário "reformar dentro de nós o sentido da categoria de causa" tal como nos fora transmitida pelos filósofos, por Aristóteles ou por Emmanuel Kant, e substituir causa por causas, era para ele uma opinião central e persistente; quase uma fixação que evaporava dos seus lábios carnudos, mas bastante brancos, nos quais uma guimba de cigarro apagado parecia, ao balançar em um canto, acompanhar a sonolência do olhar e o quase-esgar, entre amargo e cético, que, por "velho" hábito, tomava conta da metade inferior do rosto, embaixo daquele sono da testa e das pálpebras e daquela cabeleira preta como piche. Assim, exatamente assim, ele falava dos "seus" crimes. "Quando me chamam! Pois é. Se é a mim que chamam... pode ter certeza de que é uma enrascada... algum *gliuommero*... algum rolo... para destrinchar...", dizia, misturando napolitano, molisano e italiano.

A causa aparente, a causa principal, era realmente única. Mas o crime era o efeito de todo um catavento de causas que sopraram sobre ele como um redemoinho (como os dezesseis ventos da rosa dos ventos quando se enlaçam como um tornado em uma depressão ciclônica) e acabaram por espremer dentro do turbilhão do delito a debilitada "razão do mundo". É como torcer o pescoço de uma galinha. E ele dizia, mas com um tom um pouco cansado, que "as mulheres, nós as encontramos onde não queremos encontrá-las". Uma tardia reedição itálica do antiquado "*cherchez la femme*". Depois, parecia arrepender-se, como se tivesse caluniado as mulheres, querendo mudar de ideia. Mas aí a coisa ficava difícil. Então ele se calava, pensativo, como se temesse ter falado demais. Queria dizer que um certo motivo afetivo, ou, como se diria hoje, um tanto de afetividade, um "tanto de erotismo", também se misturava aos "casos de interesse", aos delitos aparentemente mais distantes das tempestades de amor. Alguns colegas um pouquinho invejosos das sacadas dele, alguns padres mais instruídos sobre os muitos males do século, alguns subalternos, uns contínuos, alguns superiores, afirmavam que ele lia livros estranhos dos quais tirava todas aquelas palavras que nada, ou quase nada, queriam dizer, mas serviam mais do que quaisquer outras para embromar os desprevenidos, os ignorantes. Eram questões dignas de manicômio: uma terminologia de médicos de loucos. A vida prática requer outras coisas! Elucubrações e filosofismos devem ser deixados para os tratadistas; a prática das delegacias e da brigada investigativa é outra coisa: é necessária muita paciência, muita caridade, e um estômago forte — e, para não bagunçar o coreto dos italianos, senso de responsabilidade e decisão certeira, moderação civil; sim, sim, e pulso firme. Para essas objeções tão justas, ele, dom Ciccio, não dava a mínima: continuava a dormir em pé, a filosofar com a barriga vazia e a fingir que fumava seu meio cigarro, em geral apagado.

Em 20 de fevereiro, domingo, dia de Santo Eleutério, os Balducci o convidaram para o almoço: "Às 13h30, se for conveniente para o senhor". Era, disse a senhora, "o genetlíaco de Remo": e, de fato, havia sido registrado no cartório como Remo Eleutério, e assim batizado na igreja de San Martino ai Monti, para celebrar o seu nascimento. "Dois nomes pouco agradáveis a certos ouvidos",* pensou dom Ciccio, "tanto o primeiro quanto o segundo." Para um sujeito como aquele, que não dava a

* Alusão a Benito Mussolini (1883-1945). Remo e Eleutério são "nomes pouco agradáveis" aos ouvidos do Duce porque Remo, ao contrário do seu irmão Rômulo, não foi fundador de Roma, cuja história era exaltada pelos fascistas; e Eleutério, nome de origem grega, significa "livre". [*N.T.*]

mínima para nada, era até um desperdício. O convite, como da outra vez, tinha sido feito por telefone com dois dias de antecedência, com um telefonema "de fora" para o Palácio do Colégio Romano, ou seja, para Santo Stefano del Cacco. Primeiro, com uma voz melodiosa, foi a senhora que falou: "Aqui é Liliana Balducci"; em seguida entrou o grosseirão, o Balducci marido, como reforço. Dom Ciccio, depois de ter santificado o dia de festa no barbeiro, levou uma garrafa de azeite para a senhora. O almoço de domingo foi alegre, à luz de uma maravilhosa tarde, com confetes e algumas máscaras ainda na calçada, algumas trombetas, Cinderelas azuis e diabinhos em veludo preto. Falaram de caça, de expedições e de cães, de fuzis, depois de Petrolini, então falaram dos vários nomes que dão às tainhas no litoral do Tirreno, de Ventimiglia ao cabo Lilibeu, então do escândalo do dia, com a jovem condessa Pappalòdoli — que fugiu de casa com um violinista: polonês, naturalmente. Aos dezessete anos. Uma história que não acabava mais.

Quando ele entrou, Lulù, a cadelinha pequinesa, um verdadeiro novelo, latiu com irritação, mas, depois dos rosnados, ficou um bom tempo farejando os sapatos dele. A vitalidade desses monstrinhos é uma coisa incrível. Até dá vontade de acariciá-los, depois esmagá-los. Na mesa, eram quatro: dom Ciccio, os cônjuges e a sobrinha. A sobrinha, porém, não era a mesma da última vez, ou seja, do dia de São Francisco, mas muito mais jovem, mal saída da infância. Aquela da última vez, ou seja, do dia de São Francisco, era sobrinha por modo de dizer; parecia uma noiva do campo, coroada de tranças pretas, forte, ampla, devia ocupar sozinha a cama inteira: que olhos! que frente! que traseiro! Coisa de se sonhar à noite. Aquela lá era uma garotinha com uma trança desmilinguida, que frequentava a escola de freiras.

Dom Ciccio, apesar da sonolência, tinha uma memória rápida, ou melhor, infalível: uma memória pragmática, dizia. A empregada também era um rosto novo, embora se parecesse, vagamente, com a sobrinha anterior. Chamavam-na de Tina.

Durante o serviço, um chumaço de espinafres prensados caiu do prato oval na brancura da toalha de mesa imaculada. "Assunta!", ralhou a patroa. Assuntina a olhou. Naquele instante, tanto a empregada quanto a patroa pareceram lindas a dom Ciccio; a empregada, mais azeda, tinha uma expressão severa, segura, dois olhos firmes, luminosos, quase duas pedras preciosas, o nariz reto seguindo o plano da testa, uma "virgem" romana da época de Clélia; a patroa, de modos tão cordiais, um tom tão elevado, tão nobremente apaixonado, tão melancólico!, uma pele encantadora. Olhando para o convidado, aqueles olhos fundos pareciam divisar, com uma luz de antiga gentileza por trás da pobre figura do "doutor", toda a pobre dignidade de uma vida! E ela era rica — riquíssima, diziam: seu marido estava bem de vida, viajava treze meses por ano, sempre muito atarefado com aquele pessoal lá de Vicenza. Mas ela era ainda mais rica por conta própria. Pois é, naquele grande imóvel no número 219, só morava gente grã-fina; algumas famílias da alta burguesia romana, mas, sobretudo, os novos comerciantes de peso, aqueles que, poucos anos antes, ainda eram chamados de tubarões.

E o edifício era conhecido pela gente do povo como palácio do ouro, pois era como se toda a construção, até o teto, fosse coberta daquele metal. Lá dentro, havia duas escadas, A e B, com seis andares e doze inquilinos cada uma, dois por andar. Mas o maior triunfo ficava na escada A, terceiro andar, onde moravam os Balducci, que também eram gente do mais alto nível, e na frente dos Balducci morava uma senhora, uma condessa, que também tinha um monte de dinheiro, uma viúva — a sra. Menecacci. Onde quer que ela enfiasse a mão, de lá saíam ouro, pérolas, diamantes, todas as coisas de maior valor que existem. E notas de mil como borboletas, porque guardá-las no banco, nunca se sabe: quando você menos espera, pode pegar fogo. Ou seja, sua mesinha de cabeceira tinha fundo falso.

Esse, mais ou menos, era o mito. As orelhas do dr. Ingravallo, que sob a cabeleira preta e crespa gozavam de uma vitalidade primaveril, o haviam captado no ar, como chilreios de melros, ou melras, após cada volteio, de um galho a outro da primavera. Estava na boca de todos, afinal, e na mente das pessoas; era uma daquelas ideias que se tornam, graças à coletividade fantasiosa, ideias fixas.

Durante o almoço, Balducci assumira, em relação a Gina, um comportamento paterno: "Ginetta, por favor, um pouco de vinho...", "Gina, preste atenção, sirva o doutor", "Gina, por gentileza, um cinzeiro...". Exatamente como um bom pai. E ela respondia pontualmente: "Sim, tio". A sra. Liliana então olhava para ela satisfeita, quase com ternura, como se visse desabrochar uma flor ainda em botão e um pouco enregelada pela aurora, e resplandecer diante de seus olhos na maravilha do dia. O dia era a voz máscula e baritonal do sr. Balducci, a voz do "pai": ela, mulher e esposa do papai, era, portanto, a mamãe. Seguia com grande solicitude e com certa ansiedade a gentil mãozinha da pupila ainda um pouco titubeante naquele ato de servir a bebida: *glu-glu*, ouro de Frascati, a julgar pelo tom. A garrafa de cristal era pesada; o delgado bracinho parecia não conseguir sustentá-la. O dr. Ingravallo comeu e bebeu comedidamente, como de costume, mas com bom apetite e boas goladas.

Ele não pensou, não achou oportuno pensar em perguntar algo: nem sobre a nova sobrinha nem sobre a nova empregada. Tentou reprimir a admiração que Assunta lhe causava, um pouco como o estranho fascínio da fulgurante sobrinha da vez anterior: um fascínio, uma autoridade latina e sabélica, que o fazia associar os nomes antigos, de antigas virgens guerreiras e latinas ou de mulheres não relutantes que eram roubadas à força no Lupercal, à ideia de colinas, vinhas e palácios despojados, e às quermesses e ao Papa em sua carruagem, e aos belos círios de Santa Inês em Agone ou de Santa Maria em Porta

Paradisi durante a candelária, na bênção das candeias. Uma lufada de dias serenos e distantes entre as regiões de Frascati e de Tivoli, soprada sobre as moças de Pinelli entre as ruínas de Piranesi, ao sabor das efemérides e dos calendários da Igreja, e, em sua vívida púrpura, todos os altos Príncipes. Como estupendas lagostas. Os Príncipes da Santa Igreja Apostólica Romana. E, no centro, os olhos de Assunta, aquela altivez, como se fosse uma concessão sua servi-los à mesa. No centro... de todo o sistema... ptolemaico: sim, ptolemaico. No centro, com todo o respeito, aquele traseiro avantajado.

Ele precisou reprimir, reprimir. Naquela difícil circunstância, ajudou-o a nobre melancolia da sra. Liliana, cujo olhar parecia afastar misteriosamente todos os fantasmas impróprios, instituindo, para as almas, uma disciplina harmoniosa, quase musical, ou seja, um contexto de arquiteturas sonhadas sobre as derrogações ambíguas do sentido.

Sim, Ingravallo foi muito cortês com a pequena Gina, aliás, foi até um tio-cavalheiro; do pescoço dela, ainda bastante comprido embaixo da trança, saía aquela vozinha feita de sim e de não, como as poucas notas do lamento de um clarim. Ignorou, quis ignorar, Assunta do macarrão em diante, como convém a um convidado que é também uma pessoa educada. De vez em quando, a sra. Liliana parecia suspirar. Ingravallo notou que duas ou três vezes, à meia-voz, ela dissera: "Ah!". Quem diz ah, muito contente não está. Uma estranha melancolia parecia tomar conta do seu rosto nos momentos em que não falava nem olhava para os comensais. Será que uma ideia, uma preocupação, a dominava, escondendo-se atrás da cortina dos sorrisos ou das atenções gentis? Ou talvez das conversas, não forçadas ou estudadas, mas sempre muito educadas, com as quais amava cobrir seu convidado? O dr. Ingravallo começou, pouco a pouco, a prestar atenção naqueles suspiros, naquela maneira de servir, naqueles olhares que às vezes divagavam, tristes, e pareciam tocar, pode-se dizer, um espaço ou um tempo irreal que apenas ela pressentia. Daí deduziu também outros indícios, talvez não de uma disposição original, mas de uma condição atual do espírito, de um desânimo crescente. E, depois algumas meias-palavras, do próprio Balducci; aquele maridão vigoroso, de todo dedicado aos negócios e às lebres, que tagarelava tão ruidosamente graças à lauta inspiração proveniente das colinas albanas.

Achou que tivesse intuído: não têm filhos. "Etcetera, etcetera", acrescentara uma vez, ao falar com o dr. Fumi, como se aludisse a uma fenomenologia bastante conhecida, a uma experiência certeira e de domínio comum. Conhecia Balducci como caçador, do tipo sortudo. Caçador *in utroque*. Em seu íntimo, reprovava no outro certa vulgaridade masculina, certas fanfarronadas, certas risadas um pouco espalhafatosas demais, apesar de bonachonas, certo egoísmo ou egotismo digno de um pavão: com uma criatura daquelas! Poderíamos dizer, se quiséssemos fantasiar, que Balducci não tinha avaliado, não tinha penetrado toda a beleza daquela mulher; o que havia nela de nobre e recôndito. Mas então... os filhos não vieram. Quase por uma incompatibilidade gâmica dos dois espíritos. Os filhos descendem de uma compenetração ideal dos pais. Ela, todavia, o amava; ele era a imagem do pai, o macho e pai virtual, em virtude se não em fato, em potência se não em ato. Fora o possível pai de uma prole esperada. Da sua fidelidade, talvez, nem tivesse certeza; quanto a isso, parecia que a maternidade não concretizada podia justificar algumas exorbitâncias venatórias do marido, algumas curiosidades, algumas extravagâncias do macho e possível pai, concupiscente em cada esquina, como todos os homens. "Experimentar com outra pessoa!" Aquilo que jamais teria ousado sequer imaginar para si mesma (o casamento é um sacramento, um dos sete do Nosso Senhor), não desejava, não para ele. Até dom Corpi dizia que era uma coisa feia, vinda de um marido cristão. Mas enfim... para tudo é preciso paciência: prudência,

prudência. Dom Lorenzo Corpi era uma alma em que se podia confiar plenamente. A "prudência" era uma das quatro virtudes cardeais.

Isso tudo o dr. Ingravallo havia em parte intuído, em parte completado com algumas alusões de Balducci, ou com os doces "instantes" de tristeza da mulher. Dom Corpi, dom Lorenzo, dom Lorenzo Corpi, dom Lorenzo Corpi de Santi Quattro também aparecia nos pensamentos de dona Liliana. Ao diabo com dom Lorenzo! Podia-se dizer que, em cada homenzarrão, ela venerava... um pai honorário, um pai em potencial; sim, em dom Lorenzo também. Apesar da batina preta, apesar da incompatibilidade sacramental, dos dois sacramentos... divergentes.

Até em dom Lorenzo. Que devia ser uma torre discreta, aquele jumento. A julgar por certas alusões que fazia, ele era um daqueles que precisavam inclinar a cabeça para passar pelas portas. Pelo menos a δυναμιζ* de um pai ele devia ter. Em assuntos desse tipo, dom Ciccio era bastante versado. Intuição viva, e desde os tempos da puberdade; aberta, também, a todos os encontros dos povos da estirpe "fértil em obras e acérrima em armas":** gênio inato mais do que leituras sistemáticas. Do denso fervilhar das gerações, das celas das delegacias, do Lácio até a Marsica, do Piceno até o Sâmnio, ou até a sua colina molisana: duros montes, duras nucas, duro o diabo! E a validade sagrada e esquecida das matrizes. Entre sua gente, rica em filhos, tivera oportunidade de diferenciar os fatos da proliferação dos fatos da não proliferação. O que começava a surpreendê-lo, entretanto, era que o reservatório das sobrinhas dos Balducci estivesse tão cheio de sobrinhas viçosas e graciosas. Quer dizer: aquela era graciosa, mas as

---

* Em grego, *dynamis*, isto é, força. [*N.T.*]

** Citação do poeta Gabriele D'Annunzio (1863-1938): "*O parole, mitica forza / della stirpe fertile in opre / e acerrima in armi*", *in* "*Laudi del cielo, del mare, della terra e degli eroi*", Libro I — Maia, 1, *Laus vitae*, XIX. [*N.T.*]

outras eram estupendas. Desde que visitava o casal, já havia conhecido três ou quatro. E ainda tinha o seguinte: uma vez fora de cena, o nome da sobrinha era como o de uma morta. Não voltava à tona nem a pauladas. Tal qual um cônsul ou um presidente da República quando termina o mandato.

Dom Ciccio estava prestes a ver o fundo do último cálice, por assim dizer — um branco extrasseco de cinco anos, do Cavaleiro Gabbioni Empedocle & Filho, Albano Laziale, algo com o que sonhar até mesmo na delegacia, o vinho, a taça, o Pai, o Filho e o Lácio —, quando o fardo de suas opiniões pessoais sobre as concomitantes causas afetivas (ele, por sinal, dizia eróticas) dos acontecimentos humanos o levou a considerar, é claro, que uma sobrinha naquelas condições não era uma do tipo comum: uma Luciana ou uma Adriana, que um dia vem à casa dos tios na cidade, depois vai embora, depois volta, depois telegrafa, depois parte, depois chega em casa, depois manda um postal com muitos beijos, depois volta de Viterbo ou de Zagarolo porque precisa ir de novo ao dentista: e assim por diante.

"Essa é uma sobrinha mais complicada", ruminou com seus botões, com aquele branco seco em Porta Paradisi ainda titilando em sua goela. Claro, claro. Por trás da palavra "sobrinha" devia se ocultar todo um emaranhado... de fios, uma teia de sentimentos dos mais raros... delicados. Ela. Ele. Ela, por respeito a ele. Ele, por consideração a ela. Então ela arranjou uma sobrinha, depois de alguns anos: sofrimento e lágrimas à noite, e de dia velas para Santo Antônio, em todas as igrejas de Roma; e esperanças, tratamentos termais em Salsomaggiore, no local e em domicílio, e visitas do professor Beltramelli e do professor Macchioro. A cada nova vela, uma esperança. A cada nova esperança, um novo professor.

Arranjou essa tal Gina, pobre Ginetta! Mas, antes de Ginetta, a história era outra, tinha um gosto diferente. Uma coisa realmente esquisita, pensou Ingravallo.

Virginia! (A imagem foi um lampejo de glória, um fulgor repentino nas trevas.) E antes de Virginia, aquela outra de Monteleone, como se chamava? E as empregadas! É bem verdade que batem asas como passarinhos ao menor dos caprichos. Mas os Balducci — como assim? — pode-se dizer que trocavam todo mês. Ocorreu-lhe um pensamento, com uma palavra irreverente: era o vinho.

Dona Liliana, não conseguindo dar à luz a própria prole... Assim, todo ano, a troca da sobrinha certamente devia ter o valor de um símbolo em seu inconsciente, substituindo o parto que não acontecia. Como para sua mãe, que tinha parido oito, um filho a cada nova primavera. Os que nascem em maio são filhos de agosto. "Mês bom!", pensou dom Ciccio, "para os gatos também: que fazem muita algazarra à noite!"

A cada ano... uma nova sobrinha. Como para simbolizar, no íntimo, os sucessivos nascimentos da prole. "*Jedes Jahr ein Kind, jedes Jahr ein Kind...*"*, cantava aquele alemão, em Anzio: parecia uma foca.

E ele, ele, o caçador (olhou-o), o que sente ele, o que sente lá dentro, quando chega em sua casa a sobrinha, a sobrinha da vez? O que tinha achado das várias... sobrinhas?

Para ela, Tibre abaixo, lá, lá atrás dos castelos em ruínas e para além das louras vinhas, havia, nas colinas, nos montes, e nas breves planícies da Itália, como que um grande ventre fecundo, duas gordas tubas uterinas, chapiscadas de uma abundância de grãos, o granulado, gorduroso e feliz caviar das pessoas. De vez em quando, do grande Ovário, folículos amadurecidos se abriam, como as películas de uma romã: e grãos vermelhos, ensandecidos de amorosa certeza, desciam de lá *ad urbe*, para encontrar o sopro masculino, o impulso vitalizador, aquela aura espermática sobre a qual fantasiavam os ovaristas do século XVIII. E, na Via Merulana, 219,

* "Todo ano uma criança, todo ano uma criança", em tradução livre. [*N.E.*]

escada A, terceiro andar, desabrochava a sobrinha, bem no centro, justamente, do palácio do Ouro.

A sobrinha! A sobrinha albana, flor do eterno povo sabélico. O sopro dos predadores. Isso. Não era mais necessário ir buscar as mulheres sabinas... tão profundas! A espera da noite mediadora, as mornas carnes da alvorada. As mulheres albanas passaram a descer por conta própria até o rio. E o rio corria, corria, superando os clamores, até alcançar, no lido, a indefectível espera da eternidade.

Mas e ele? O sr. Balducci? O que o caçador achava da sobrinha albana, da tiburtina?

A campainha tocou. Lulu fez o diabo a quatro. Assunta tinha ido atender. Após alguns cochichos daquele lado, entrou na sala um rapaz vestindo um terno cinza de corte não de todo deselegante. Foi convidado a se sentar.

— Mais uma xícara, Tina, para o sr. Giuliano.

Foi logo apresentado e apresentou-se sozinho:

— Valdarena.

— Dr. Ingravallo — resmungou Ingravallo, mal se levantando da cadeira, e apertando de leve, quase de má vontade, a mão que o outro estendia.

— O dr. Valdarena... — disse Liliana, às voltas com o café, com as xícaras.

— Primo da minha mulher — explicou Balducci, corado.

É duro admitir, mas havia em dom Ciccio certa frieza, uma espécie de ciúme rancoroso em relação aos jovens, em especial aos bonitos, e ainda mais aos filhos dos ricos. Esse sentimento não ultrapassava, porém, os limites admissíveis de um fenômeno interno, nunca teria influído em sua conduta de delegado da Segurança Pública: ele, não, não, não era "bonito", tampouco se consolava com aquele provérbio que ouvira em Milão de uma moça, no dispensário para doenças venéreas da Via delle Oche: "Os homens são sempre bonitos".

Já ouvia, no íntimo, uma decepção, uma voz: uma voz ainda há pouco...,* sussurrando na caixa, naquela que nem ele mesmo sabia se era a do cérebro ou a do coração, mas talvez fosse o efeito do vinho branco seco do Gabbioni, que é um vinho bastante nervoso, uma voz que alardeava venenosamente: "Esse é o amiguinho", como o *tum-tum* selvagem de certas dores de cabeça que atazanavam suas têmporas.

Não sabia por quê, mas achou, ou imaginou, que o jovem fosse um daqueles que querem subir na vida a qualquer custo; ele também, daqueles bastante "agarrados" à ideia, ou melhor, seduzidos pela ideia da bufunfa, que, por mais que se diga o contrário, convém a todos. Ao entrar, tinha corrido os olhos pelos móveis e objetos, pelas xícaras bonitas, pelo bule de prata, e por aquele açucareiro de prata sobrevivente dos velhos deslumbres humbertianos,** testemunha das vacas gordas, com uma bolota de ouro e duas folhinhas de prata na tampa. Isso mesmo: para levantá-la. Aceitara um cigarro polpudo do Balducci (que abriu a cigarreira de ouro debaixo do seu nariz, com um *trique-traque* repentino), fumando-o com uma volúpia contida e, ao mesmo tempo, com elegante naturalidade.

Ingravallo, então, foi acometido por uma ideia estranha, como se tivesse tomado um veneno, era o vinho seco do Gabbioni: teve a ideia de que o "primo" cortejava dona Liliana para — mas é claro! — obter favores em dinheiro. Aquilo o deixou furioso: uma fúria secreta e dissimulada, uma dúvida, naturalmente. Porém, uma dúvida pérfida... que fazia doer suas têmporas, uma dúvida das mais ingravallescas, das mais donciccianas.

No anular direito, na mão branca de longos dedos de aristocrata, que lhe serviam para bater a cinza do cigarro, o

* "Una voce poco fa...", ária de Rosina em *O barbeiro de Sevilha*, de Gioacchino Rossini (1792-1868). [*N.T.*]

** Referência ao estilo em voga no final do século XIX, sob o reino de Humberto I (1844-1900). [*N.T.*]

rapaz tinha um anel de ouro velho, bastante amarelo, magnífico: um jaspe sanguíneo incrustado; um jaspe oval com um monograma gravado. Talvez o sinete da família. Dom Ciccio achava que, por trás do véu das palavras e da compostura, houvesse frieza entre ele e Balducci... "Giuliano é todo olhos e atenções com a prima", pensou Ingravallo, "por mais aristocrata que seja." Em Gina, nem sequer havia reparado, depois do aperto de mão de praxe. Só fez um agrado na cadelinha: que dos *au aus* tão bravos — malvada! — passou para rosnados decrescentes, como uma pequena tempestade em retirada, e por fim sossegou.

Dona Liliana, mesmo com algum suspiro mal contido (às vezes) sob as flutuantes nuvens de tristeza, era, sim, uma mulher desejável: todos notavam sua presença nas ruas. Ao anoitecer, naquele primeiro abandono da noite romana tão apinhado de sonhos, voltando para casa... eis que das esquinas dos prédios e das calçadas desabrochavam em sua direção homenagens, individuais ou coletivas, sob a forma de miradas: lampejos e reluzentes olhares juvenis. Às vezes, um sussurro a resvalava como um murmúrio noturno apaixonado. De vez em quando, em outubro, do lusco-fusco das cores e do mormaço dos muros, surgia um perseguidor improvisado, Hermes com breves asas de mistério — ou, quem sabe, retornando de estranhos érebos cemiteriais à cidade e aos vivos. Um mais libidinoso do que os outros. E mais tolo... Roma é Roma. E ela parecia se compadecer do jumento, tão gloriosamente impelido a tentar a sorte por aquelas orelhas grandes como as velas de um barco. Com um olhar entre o desdém e a misericórdia, entre a gratidão e o desprezo, ela parecia perguntar: "E então?". Mulher quase velada para os mais ávidos, de timbre doce e profundo, com uma pele maravilhosa — absorta, às vezes, em um sonho todo seu: com um emaranhado de lindos cabelos castanhos que brotavam da testa, vestia-se de modo admirável... Tinha olhos ardentes, caridosos, quase, com uma luz (ou uma sombra?) de melancólica fraternidade... Ao anúncio um pouco canoro e pouco roceiro da Assunta, “O sr. Giuliano está aqui”, Ingravallo tivera a impressão de que ela havia se sobressaltado, ou até enrubescido de um rubor “subcutâneo”. Imperceptivelmente.

— Deram tiros na Via Merulana; no 219; nas escadarias; no prédio dos tubarões... — disseram-lhe os dois agentes, e uma golfada de sangue curioso, angustiado talvez, inundou seu ventrículo direito.

— No 219? — Não pôde deixar de perguntar, embora em tom distraído.

E logo voltou a mergulhar naquela espécie de sonolência distante que era, nele, a máscara do senso do dever.

Nisso, entrou na sala o chefe da polícia investigativa. Trazia o *Il Messaggero* ainda intacto e uma pétala, uma só pétala branca na lapela. “Flor de amendoeira”, pensou Ingravallo, interrogando o superior com os olhos.

— A primeira da estação. Agora pagamos até as amêndoas. Vá você na Via Merulana, Ingravallo? Para dar uma espiada. Uma bobagem, me disseram. E, esta manhã, com aquela outra história da marquesa do Viale Liegi... e depois a treta aqui perto, na Via delle Botteghe Oscure; e aquelas outras flores que não se cheiram, duas cunhadas e três sobrinhas; e depois temos de dar conta dos nossos próprios problemas; e depois, depois — levou a mão à testa — só faltava essa chateação do subsecretário. Estamos atolados, pode crer. De maneira que, por favor, vá você.

— Nós vamos — disse Ingravallo. Depois resmungou: — Já estamos indo.

Tirou o chapéu do cabideiro. O pino mal encaixado se soltou e caiu no chão, como sempre, em seguida ficou rolando um pouco; ele o pegou, tornou a fincar a ponta frouxa no buraco, e, com a manga do antebraço, como se fosse uma escova, deu uma alisada no chapéu preto, assim, ao longo da fita. Os dois policiais foram atrás dele, como se fosse uma ordem tácita do delegado-chefe: eram Gaudenzio, conhecido no submundo do crime como Loirão, e Pompeo, vulgo Garra.

Tomaram o ônibus PV e desceram no Palácio Viminal, depois tomaram o bonde para San Giovanni. De modo que uns vinte minutos mais tarde chegaram ao número 219.

Lá estava o Palácio do Ouro, ou dos tubarões que fosse: cinco andares, mais a sobreloja. Carcomido e cinzento. A julgar por aquela soturna moradia, e pela coorte de janelas, os tubarões deviam ser uma miríade: tubarõezinhos cheios de apetite, isso é certo, mas de gosto estético fácil de satisfazer. Vivendo debaixo d'água graças à avidez e às sensações fágicas em geral, o cinza ou uma certa opalescência celeste do dia era luz para eles: a pouca luz de que precisavam. Quanto ao ouro, bem, é óbvio, talvez houvesse ouro e prata por lá. Um daqueles casarões do início do século que, só de ver, causam uma sensação de tédio e de contrição como um canarinho na gaiola: bem, o exato oposto da cor de Roma, do céu e do radiante sol de Roma. Ingravallo, pode-se dizer, conhecia o edifício de cor; e, de fato, seu coração disparou levemente quando ele se aproximou com os dois investigadores daquela arquitetura familiar investido de tamanha e tão decisiva autoridade.

Diante do edifício cor de piolho, havia uma multidão cercada por uma rede de proteção composta de bicicletas. Mulheres, sacolas e aipos: um comerciante do outro lado, com o avental branco: um "ajudante", esse com o avental listrado, e o nariz da forma e da cor de um maravilhoso pimentão: zeladoras, empregadas, filhas das zeladoras berrando "ó, Peppì!", garotos com calotas, um entregador cheio de laranjas dentro de uma grande sacola de rede, com os tufos de dois funchos por cima, e de pacotes; dois ou três funcionários graduados, que naquela hora propícia aos altos escalões tinham acabado de içar as velas, cada um rumo ao seu ministério; e uns doze a quinze vadios e vagabundos variados sem rumo certo. Um carteiro em estado de avançada gravidez, mais curioso do que todos, batia, com sua bolsa abarrotada, na bunda dos pedestres, que resmungavam "caramba", e mais uma vez "caramba", "caramba", um por vez, à medida que a bolsona esbarrava em seus traseiros. Um moleque, com seriedade tiberina, disse:

— Dentro desse prédio aí tem mais ouro do que lixo.

Ao redor, a faixa das rodas das bicicletas, como uma derme *sui generis*, parecia tornar impenetrável aquela polpa coletiva.

Ajudado e quase precedido pelos dois agentes, Ingravallo abriu passagem.

— A polícia — disse alguém.

— Deixa o Garra passar, moleque... Oi, Pompeo! E aí, já pegou o ladrão? Aí vem o Loirão...

O portão entreaberto estava sendo vigiado por um sargento da Segurança Pública da delegacia de San Giovanni. A zeladora, ao vê-lo "circulando" por lá, pediu socorro: logo depois do ocorrido, e um pouco antes da chegada dos dois policiais da brigada, isto é, Gaudenzio e Pompeo: ela o conhecia havia tempos, por causa dos cadastros de locação e dos registros dos inquilinos. O crime acontecera uma hora antes, pouco depois das dez: a uma hora inacreditável! No saguão e na portaria, outra pequena multidão, inquilinos do edifício, o falatório das mulheres. Ingravallo, seguido pela zeladora, pelos outros dois oficiais e pelos comentários de todos, "a polícia, a polícia", subiu até o terceiro andar, escadaria A, onde morava a vítima. Lá embaixo, a celeuma continuou: as vozes esganiçadas, ou até mesmo canoras, das mulheres rivalizando com alguns trombones masculinos, que por vezes as cobriam, como pescoços de vacas curvados pelos grandes chifres do touro. O raciocínio daquele monte de gente reunia os fios da meada dos testemunhos iniciais, dos "juro que eu vi", e começava a tramá-los em uma epopeia. Tratava-se de um furto, mais precisamente de um roubo a domicílio, *manu armata*.

Uma coisa bastante grave, é verdade. A sra. Menegazzi, logo depois do susto, até desmaiou. Dona Liliana, por sua vez, "sentiu-se mal", recém-saída do banho. Dom Ciccio reuniu e registrou depressa tudo o que pôde recolher do jorro impetuoso daquele primeiro testemunho; começou pela zeladora, dando a Menegazzi tempo para se pentear e se arrumar um pouco — em sua honra, por assim dizer. Tinha papel e caneta, omitiu os "Jesus! Jesus amado! Seu delegado!" e outras interjeições-invocações com que "dona" Manuela Pettacchioni fazia questão de salpicar seu depoimento, um relato dramático. O marido zelador, contínuo da Central Leiteira Fontanelli, voltaria às dezesseis horas.

"Virgem Maria Santíssima! Antes tocou na dona Liliana..." "Quem?" "O assassino, ora bolas..." "Mas qual assassino, se não tem um cadáver aqui?" Dona Liliana (Ingravallo estremeceu), sozinha em casa, não havia atendido. "Ela estava no banheiro... sim, estava tomando banho." Dom Ciccio, sem querer, passou a mão nos olhos, como se para se proteger de um clarão muito forte. A empregada, Assunta, tinha ido embora para casa alguns dias antes; o pai estava doente, como sempre acontece com as empregadas domésticas, "ainda mais com uma lua como essa". Gina passava o dia inteiro na escola: na Sacro Cuore, com as freiras, onde almoçava e, às vezes, até lanchava. Então, "está na cara", como ninguém atendia, "é claro... óbvio", o bandido foi tocar na Menegazzi: sim, ali, ali, no mesmo andar, em frente à casa dos Balducci, a porta da frente. Ah! Dom Ciccio conhecia bem aquele andar, e aquela outra porta!

A Menegazzi, depois de ajeitar o cabelo, entrou de novo em cena, tossindo de leve. Um grande lenço lilás ao redor do pescoço, que na frente parecia descarnado e murcho; um tom lânguido em toda a sua traumatizada pessoa. Usava um négligé um pouco imprevisto, entre japonês e madrilenho, entre a mantilha e o quimono. O buço parecia azulado no rosto bastante enrugado, e a pele estava pálida como a de uma lagartixa empoada; os lábios em forma de dois corações juntos, esmaltados de um vermelho-morango dos mais provocantes, davam-lhe a aparência e o prestígio formal momentâneo de uma gerente ou ex-frequentadora de uma casa de encontros um pouco decadente. Por outro lado, aquele ar bastante neovirginal e austero, e a típica solicitude devota das intocadas, a colocavam, sem suspeita prévia, na romântica lista das mulheres disponíveis e, sobretudo, honestas. Era viúva. A mantilha-roupão se sobrepunha ao lenço, aliás, aos lenços: não um, mas dois, também empoados e com tons vagamente coordenados, o primeiro esfumando no segundo, e o segundo, nas delicadas pétalas, ou borboletas talvez, daquele quimono um pouquinho castelhano. Sobrepôs seu depoimento ao da zeladora, retificando, especificando. Intervinha com um tremor na voz, em sua pobre voz, com esperança nos olhos. Talvez não a esperança de reaver suas joias, mas a certeza... de usufruir da proteção da lei, tão validamente personificada em Ingravallo. Ao ouvir a campainha, a Menegazzi pronunciara o costumeiro "quem é?"; repetiu a expressão, entre preocupada e queixosa, que sempre dizia ao primeiro toque da campainha. Depois abrira a porta. O assassino era um jovem alto, de boné, macacão cinza de mecânico, ou pelo menos foi o que pareceu, de rosto marrom, com cachecol de lã verde-amarronzada. Um belo rapaz, sim, um verdadeiro pão. Mas um tipo que incutia imediatamente uma sensação de medo.

— Como era o boné? — perguntou dom Ciccio, continuando a escrever.

— Era... Na verdade, não, não, não lembro direito como era, não saberia dizer.

— E você? — Dom Ciccio se virou para a zeladora. — Quando fugiu e passou correndo na sua frente? Você não o viu? Não é capaz de me dizer como era o tal boné?

— Mas, senhor delegado... uma emoção dessas! Quem é que vai pensar em boné? Seja sincero... O senhor acha mesmo que no meio de todos aqueles tiros uma senhora lá vai pensar em boné...

— Ele estava sozinho?

— Sozinho, sozinho — disseram as duas mulheres em uníssono.

— Ah, senhor delegado — implorou a Menegazzi —, por favor, nos ajude: é o senhor quem pode nos ajudar. Pelo amor de Deus, nos ajude, por favor. Uma viúva! Sozinha em casa, meu Deus! Que mundo horrível é este em que vivemos! Não são homens, mas diabos! Almas de horríveis diabos que voltam do inferno...

Como todas as mulheres que moram sozinhas, a Menegazzi passava as horas em um estado de angústia ou, pelo menos, de expectativa duvidosa e atormentada. Fazia algum tempo que seu eterno pavor diante do toque da campainha havia se intelectualizado em um conjunto de imagens e representações obsessivas: homens mascarados, em primeiro plano, e com solas de feltro nos pés; irrupções repentinas, embora tácitas, no vestíbulo; marteladas na cabeça ou estrangulamento, com as mãos ou com uma cordinha apropriada, precedido eventualmente de "sevícias" — ideia ou palavra essa que a preenchia com um prazer indescritível. Uma mistura de angústias e fantasias acompanhadas, talvez, por palpitações repentinas, por causa de um inesperado *plec* no escuro, vindo de um armário qualquer mais ressecado do que os outros; de qualquer modo, antecipando ardentemente o evento. O qual, diante de tanta insistência, não pôde deixar, afinal, de realmente acontecer. A longa espera da agressão em domicílio, pensou Ingravallo, tornara-se coação: não tanto dela e de seus atos e pensamentos, de vítima já hipotecada, quanto coação do destino, do "campo das forças" do destino. A prefiguração do crime deve ter evoluído para uma predisposição histórica: tinha agido não apenas sobre a psique da vítima do roubo-estrangulamento-sevícia, como também sobre o "campo" ambiente, o campo das tensões psíquicas externas. Porque Ingravallo, como alguns dos nossos filósofos, atribuía uma alma, ou melhor, uma alma péssima e vagabunda a esse sistema de forças e de probabilidades que circunda todo ser humano, e que costumamos chamar de destino. Em palavras simples, um grande cagaço tinha atraído urucubaca para a Menegazzi. O pensamento dominante, a cada toque da campainha, coagulava-se naquele "quem é?", balido ou zurro habitual de toda reclusa que os melancólicos lares não conseguem proteger. No seu caso, era uma antífona gemedora em reação ao toque, às solicitações mais domésticas da campainha.

O resultado foi que, assim que dona Teresina resolveu tirar a correntinha e abriu a porta, o moço disse ter sido encarregado, pela administração do prédio, de examinar os aquecedores. Devia inspecionar um por um. De fato, alguns dias antes, houvera um problema com os aquecedores, que, no fim oficial dos dias de inverno em que ficavam ligados, andavam ainda mais mornos (em vista do frio) do que a vontade de gastar dos inquilinos.

A chama de todos os eventuais aquecedores, em Roma, apagava-se nos idos de março, mas, às vezes, nas nonas ou até mesmo nas calendas.* Nos invernos duplos com epílogos longos, como foi o de 1927, a chama era alimentada durante o mês inteiro, deixando-se que definhasse em uma languidez

* Nos termos do antigo calendário romano, idos, nonas e calendas se referem a pontos fixos dentro do mês, usados para marcar a contagem dos dias. As calendas eram o primeiro dia de cada mês, as nonas marcavam o quinto ou sétimo dia, e os idos eram o décimo terceiro ou décimo quinto dia, a depender do mês. [*N.T.*]

prolongada, não sem reuniões e diatribes entre os condôminos palpiteiros, tonitruantes na proporção do evento: entre os defensores e os detratores, os pobretões e os ricaços, os indigentes e os ascendentes, em glória e alegria. Já os quartos dos andares superiores do 219, sem dúvida, estavam entre os mais romanamente ensolarados de Roma; por esse motivo, visto que naquele início de primavera só nevava e chovia, lá se tiritava de frio.

O mecânico não levava consigo bolsa nem sacola: por enquanto não precisava das ferramentas de praxe. Tratava-se de uma simples inspeção. Dona Teresina acrescentou, mas isso dom Ciccio não registrou no papel, que tinha certeza de que o moço... bem, em suma, o assassino, o mecânico... tinha certeza, e poderia até jurar no tribunal, tinha certeza de que o rapaz a hipnotizara (dom Ciccio ficou ouvindo, boquiaberto, com cara de sono), porque, a certa altura, ainda no vestíbulo, olhara fixamente para ela.

— Fixamente! — repetiu, quase declamando, entusiasmada com a força e a fixidez daquele olhar: — Era um olhar implacável, dois olhos parados, por baixo do boné, feito cobra.

E ela, então, sentiu que estava ficando sem forças. Ou melhor, disse que, naquele instante, qualquer coisa que o rapaz tivesse pedido ou ordenado, fosse o que fosse, naquele momento, ela teria feito, teria certamente obedecido, "tal qual um autômato". (Foi o que disse.)

— Virgem Maria! Ele tinha me hipnotizado...

Dom Ciccio, no íntimo, não pôde deixar de registrar: "Essas mulheres!".

Foi assim que o sujeito, o mecânico, pôde dar uma volta pelo apartamento. No quarto, ao bater os olhos em umas joias que estavam sobre a cômoda, em cima do mármore, arrastou-as com uma só mão, recolhendo-as embaixo com a outra mão aberta, e o enorme bolso era como um balde na lateral da calça do macacão. "O que está fazendo?", ganira a Menegazzi, não completamente atordoada pelo estado hipnótico. Ele, virando-se, apontou um revólver para sua cara: "Cala a boca, bruxa, senão te apago". Depois de avaliar o pavor dela, abriu a gaveta, a de cima, na qual ficava a chave... E acertou. Lá, em um estojo de couro, estava todo o ouro, as joias. O dinheiro estava lá dentro.

— Quanto? — perguntou Ingravallo.

— Eu não saberia dizer ao certo. Por volta de 4.700, acho.

O dinheiro em uma velha carteira ressecada, de homem; do pobre falecido. (Seus olhos se encheram d'água.) O sujeito, em um piscar de olhos, tinha embrulhado o estojo em uma espécie de lenço sujo, ou talvez um trapo. Foi, sim, foi, com os dedos pegando fogo; fez a carteira escorregar para dentro do bolso com uma agilidade! Virgem Santíssima.

— Aqui no bolso... — E a mulher bateu a mão na coxa.

— Eles são uns danados, não sei como conseguem, são uns danados! Danados!

"Agora, cala a boca", dissera o rapaz em um tom carregado de ameaça, ainda olhando-a fixamente, quase encostando o rosto no dela. Os olhos, naquele momento, pareciam de tigre; a alma detinha sua presa: iria defendê-la de qualquer jeito. Ele deu no pé sem qualquer dificuldade, como uma sombra. "Calada!", o terrível aviso.

Mas ela, ao contrário, mal o vira sair e fora correndo à janela, sim, aquela lá, justamente, que dava para o pátio, abriu-a e começou a gritar, segundo os moradores, berrando em desespero: "Pega ladrão! Pega ladrão! Socorro! Pega ladrão!".

Depois... gostaria de ter ido logo atrás dele, mas se sentiu mal, pior do que antes. Caíra, ou se jogara, na "sua" cama: lá. E a apontou.

O 219, com cinco andares a contar do térreo mais o sótão e as duas escadas, A e B, tinha alguns escritórios na B, na sobreloja, e era movimentado como um porto. As escadas, ambas espaçosas, uma mais escura do que a outra. Mais tranquila a

A do que sua irmã; todos os endinheirados autênticos estavam daquele lado, *du côté de chez madame*.

A partir dos relatos simultâneos e sobrepostos da zeladora e de outras inquilinas mais propensas a fábulas — que Ingravallo interrogou do lado de fora sem anotar, e depois no saguão lá embaixo, atrás do portão e da portinhola vigiados primeiro pelo sargento, depois por um policial —, foi possível, enfim, reconstruir o ocorrido. E apurar outra circunstância, um tanto curiosa, é verdade. O marginal fora audaciosamente perseguido.

— Ah! — exclamou Ingravallo. — Sim.

Talvez audaciosamente demais. Porque o primeiro a persegui-lo, ou a fingir que o perseguia escada abaixo e no corredor, antes ainda do sr. Bottafavi do quarto andar, que depois também o perseguira com o revólver, tinha sido um rapaz: "Sim, um rapazote", "Não um rapazote: um moleque...", "Que moleque, que nada! Daquele tamanho?". Parecia um ajudante de salsicheiro, com o avental todo embolado ao redor da cintura, mas estava de calça esporte, com meias verdes. "Verdes coisa nenhuma!" Saíra em disparada, atravessando o saguão, pouco depois de terem sido ouvidos os dois estampidos, os dois tiros na escada. E ninguém mais o tinha visto. "Eu vi! Na calçada! Eu vinha de Santa Maria Maggiore! Ele fugiu..." A angústia testemunhal, tendo incendiado as almas, deflagrava-se em epopeia. Falavam todas ao mesmo tempo. Era uma confusão de vozes e de aspectos: empregadas, patroas, brócolis: enormes folhas de brócolis saíam de uma sacola recheada, inchada. Vozes esganiçadas ou infantis acrescentavam negações ou confirmações. Em volta, um poodle branco abanava o rabo, animado, e, de vez em quando, também latia — com a maior autoridade possível.

Ingravallo sentia-se sufocar, triturado pelas relatoras e pelo relatório.

Depois dos gritos da sra. Menegazzi, os dois Bottafavi de cima, marido e mulher, tinham saído de chinelos para a escadaria, também aos gritos, um belo dueto nupcial barítono-soprano. "Pega ladrão! Pega ladrão!" Exigiam o adequado reconhecimento de sua coragem, de sua presença de espírito. O Bottafavi, por sinal, portava um revólver imenso, que fez questão de mostrar ao delegado, depois aos presentes. As mulheres se afastaram um pouco.

— Ei, não atire na gente!

Os meninos esticaram o pescoço, admiradíssimos. Passaram a ter, a partir daquele momento, o sr. Botta e Fava, como diziam, em alta conta. Ele continuou a representar, empunhando o revólver, mas descarregado, com o cano para cima. Relembrou os fatos com grande precisão. Na hora, por mais que tivesse tentado, não conseguira disparar. Por causa da trava, uma haste no sétimo buraco do tambor. E ele, nos muitos anos de total inatividade daquela máquina, esquecera-se de que os revólveres de verdade, como o dele, têm aquela porcaria de trava! Que, quando está encaixada, impede de atirar. De maneira que, na hora H, o ladrão deu no pé em disparada.

— Mas foi o senhor que disparou os dois tiros? — perguntou Ingravallo.

— O que o senhor está pensando, delegado? Que sou um moleque, para ficar atirando assim, a esmo?

— Mas andou tentando.

— Tentando, tentando por assim dizer. Meu revólver não é como o dos bandidos... que dispara de verdade. Este, senhor delegado, é o revólver de um homem de bem. Eu... quando jovem, fui segurança particular, e acho que sei mexer com armas melhor do que muita gente. Eu... eu sei controlar meus nervos... — O ladrão tinha se safado. Por um triz. — Mas da próxima vez ele não escapa.

E o que podia dizer do entregador?

— Que entregador?

— O entregador do salsicheiro — disseram as mulheres.

— Não ouviu essas mulheres? Estão falando dele há mais de uma hora... — disse Ingravallo.

— Bem, eu não me interesso por salsicheiros. Dessas coisas... quem cuida é minha mulher — respondeu, com ares de importância.

Os entregadores dos salsicheiros, claro, não podiam competir com seu revólver. Não, não vira entregador algum: nem do salsicheiro nem de outros comerciantes, nem do açougueiro, nem do padeiro.

No entanto, dona Manuela o tinha visto, e muito bem, ao sair correndo pelo corredor atrás do ladrão.

— Conversa-fiada! — disse a Bottafavi, em apoio ao marido.

— Conversa-fiada uma ova, dona Teresa! Está achando que estes olhos não enxergam? Era só o que me faltava... com todo esse entra e sai no prédio...

A professora Bertola desmentiu a negativa dos Bottafavi; ao mesmo tempo, corrigiu a afirmação da zeladora. Estava voltando para casa; às quartas só dava uma aula, das oito às nove. Estava prestes a entrar pelo portão quando viu sair, quase trombando com ela, aquele anjo assustado, com uma cabeleira incrível, o rosto transtornado, os lábios esbranquiçados... seus lábios tremiam, tinha certeza disso. Perdera-o de vista porque logo em seguida viu sair "aquele vagabundo", o mecânico de macacão cinza, mas era um macacão *sui generis*, inflado, e com um embrulho:

— Resumindo, o assassino em pessoa...

— E como era o boné? — perguntou Ingravallo.

— O boné... realmente... o boné...

— Como era? Diga, senhora.

— Eu realmente não saberia... não poderia dizer, senhor delegado.

Pouco antes, sim, sim, isso sim, ela também ouvira os dois tiros: dois estouros vindo do portão.

A zeladora, por sua vez, retrucou. Os dois tiros, claro, antes de qualquer coisa, os dois tiros... de acordo. Depois tinha visto uma espécie de flecha cinza no saguão, um rato fugindo...

— Parecia um rato tentando escapar da vassoura...

E, depois, atrás dele, o entregador. Podia jurar. Quando o entregador todo vestido de branco, menos as calças, como se sabe, passou, o assassino já tinha passado. Os tiros? Claro, certamente... Um instante antes, aquele filho da mãe tinha disparado dois tiros. Ainda na escadaria, ecoaram como duas bombas.

— *Bum! Bum!* Estou dizendo, seu delegado, senti meu coração palpitar...

A Bertola quis replicar. As duas mulheres começaram um bate-boca. Dona Liliana, porém, não tinha aparecido, e dom Ciccio ficou bem contente: logo ela, misturar-se àquela barafunda!

Não achou lógico perder tempo procurando os projéteis ou as marcas deles. Não lhe interessava muito se tinha sido um Beretta 6,5 ou um Glisenti regulamentar 7,65: é fácil tirar um revólver de circulação por algum tempo, ele sabia por experiência — bastaria entregá-lo a um sócio, a um amigo.

Dispensou inquilinos e inquilinas, empregadas e sacolas; sem perceber, deu um chute no poodle, que desatou em uma gritaria de *caim, caim* que podia ser ouvida pelo Papa no palácio. Mandou fechar completamente o portão e deixou o policial que substituíra o sargento tomando conta da portinhola. Subiu, para outra breve vistoria, até o apartamento da Menegazzi: Pompeo, que estava junto, seguiu logo atrás: Gaudenzio nem sequer tinha descido. Procurou e perguntou se havia vestígios, ou melhor, impressões digitais do assassino. Os puxadores, o mármore da cômoda, o assoalho brilhante.

Dona Liliana, por sua vez, enfim apareceu, muito bonita. Eximiu-se de tecer conjecturas: dirigiu palavras gentis à Menegazzi, ofereceu-se para hospedá-la. Confirmou, após ser interrogada, que, pouco antes dos dois tiros de revólver, sua campainha também havia tocado, mas de forma deveras tímida. Ela estava no banheiro. Não pudera atender; talvez nem tivesse atendido mesmo. Por volta daquela época, os jornais tinham falado muito do "tenebroso" delito da Via Valadier, e depois daquele outro, mais "sombrio" ainda, da Via Montebello. Ela não conseguia tirar o que havia lido da cabeça. Além disso... uma mulher sozinha... sempre tem um pouco de medo de abrir a porta. Despediu-se. Só então Ingravallo pensou em sua gravata esverdeada (aquela com a estampa de trevinhos pretos dispostos geometricamente em quina) e em sua barba molisana de 36, 38 horas. No entanto, a aparição o deixara em estado de graça.

Perguntou de novo à viúva Menegazzi, a sra. Zabalà, se ela, pensando bem, tinha alguma ideia, alguma suspeita, em relação a alguém. Não podia fornecer um indício? Gente de casa, não? A julgar pela desenvoltura, sem dúvida conheciam seus hábitos e a casa. Perguntou ainda se tinham restado vestígios... ou impressões digitais, ou qualquer outra coisa... do assassino. (Esse termo da coletividade fantasiadora já se alojara em seus tímpanos, induzindo sua língua ao erro.) Não, nenhum vestígio.

Mandou que Pompeo e Gaudenzio puxassem a cômoda. Poeira. Uma fibra amarelada de vassoura. Uma passagem azul-clara, quase amarrotada, do bonde. Curvou-se, recolheu-a, foi desdobrando cuidadosamente, com a cara de lua curvada sobre aquela nulidade; parecia quase gasta. Companhia de Bondes de Castelli. Perfurada na data do dia anterior. Perfurada, talvez (havia um rasgo) no nome... no nome...

— Tor... Tor... Caramba! A parada antes de... Due Santi.

— Torraccio — esclareceu Gaudenzio, esticando o pescoço atrás de dom Ciccio.

— É sua? — perguntou dom Ciccio à apavorada Menegazzi.

— Não, senhor. Não é minha, não.

Não, não tinha recebido visitas no dia anterior. A empregada, Cencia, uma velhota meio corcunda, trabalhava só meio período, chegava às duas contra sua vontade (sua, isto é, da Menegazzi). Por isso ela mesma arrumava o próprio quarto, embora... seus pobres nervos. Ah, senhor delegado! Aliás, o quarto já estava arrumado quando, rompendo o silêncio, "aquela terrível campainha" fez-se ouvir. E logo no quarto, Virgem Santíssima! Como podiam pensar isso? Naquele sacrário de lembranças, não, não, não recebia ninguém lá, jamais, absolutamente ninguém.

Dom Ciccio acreditava, mas ela carregou no tom e usou aquele "Virgem Santíssima!", como se admitisse ser possível desconfiar do contrário. Não, a faxineira não era de Marino, não era da região de Castelli Romani... Na verdade, morava desde tempos imemoriais em uma espelunca das mais sebentas da Via dei Querceti, na metade da rua, nos fundos da basílica de Santi Quattro, com uma irmã, uma gêmea, um pouco menor do que ela, só um pouquinho. De resto, ele podia acreditar, eram mulheres devotas. Ela gostava de açúcar, isso, sim, e de café também, muito doce. Mas mexer... não, não, não teria mexido sem pedir. Tinha frieiras nos pés e nas mãos, sim, senhor — às vezes não podia lavar a louça de tanto que as mãos ardiam; sofria muito, sim, senhor. Não naquele inverno, porém, apesar de rigoroso, não, senhor, no inverno passado. Muito, muito devota; o dia inteiro com o terço na mão, com uma devoção especial por São José. Dom Corpi também poderia dar informações, dom Lorenzo, não o conhecia? Ah! Que santo homem! Da basílica de Santi Quattro Coronati; sim, porque ela se confessava com ele, às vezes até fazia faxina para ele como reforço da Rosa, a faxineira titular.

Ingravallo ficara ouvindo boquiaberto.

— Então? E esta passagem? E esta passagem? Quem será que a deixou aqui? Diga. O assassino...?

Parecia que a Menegazzi estava se esquivando da diligência e da tenacidade da investigação, não queria se cansar pensando. Toda trêmula, toda orvalhada de esperanças atrasadas, no sonho e no carisma das sevícias iminentes, mas infelizmente não sofridas. Uma policromática leviandade evaporava dos seus lenços lilases, do buço azulado, do quimono todo gorjeado de passarinhos (não eram pétalas, eram estranhos seres voadores, entre pássaros e borboletas), do cabelo amarelado com tendência a um Ticiano desgrenhado, da fita roxa que os prendia como em um tufo de glória, por cima dos vagotônicos abandonos do epigástrio e do rosto murcho, e os suspiros da brutalização, infelizmente evitada, ao contrário do furto dos seus ouros. Não queria pensar, não queria lembrar; ou melhor, gostaria de lembrar o que deixara de acontecer. O susto, a "desgraça", tinha desconcertado a mente dela, aquela pequena parte da sua pessoa que podia ser chamada de cérebro. Estava com 49 anos, embora aparentasse cinquenta. A desgraça viera em dobro: para suas joias, aquela avaliação excepcional... de julgamento infalível; para ela, com o título de bruxa, o cano... da pistola. "Antigamente você não era tão patife assim", foi levada a pensar em seu anjo da guarda. Não, não sabia, não queria; estava transtornada, saindo dos trilhos. Entretanto, quem a obrigava a falar era Ingravallo, como quem agarra com boas tenazes um tição que crepita, estala, faz fumaça, faz chorar. De modo que acabou, exausta, confirmando que o rapaz, sim, pois é, aquele marginal, retirara o revólver do bolso ou de onde ele o guardava, bem naquele canto, diante da cômoda, depois o lenço sujo, ou talvez um trapo de mecânico, para embrulhar o estojo de couro... das joias, quando o retirou da gaveta. Com o revólver, tinha sacado outra coisa, parecia um lenço, um novelo, ou papéis, provavelmente. Não, não, não lembrava, o susto tinha sido grande demais, Virgem Maria, para poder lembrar... Papéis? O rapaz, sim, era provável, tinha se abaixado para catá-los. Revia a cena confusamente: Para catar o quê? O lenço? Se é que era lenço. Como é possível lembrar... de tantos detalhes... quando levamos um susto tão grande?

Ingravallo guardou o bilhete em uma carteira e tornou a descer, mal tinham se passado quinze minutos. Escadas escuras. Embaixo, claridade no corredor. Mesmo com o portão assim, vinha luz de uma vidraça que dava para o pátio. Gaudenzio e Pompeo o seguiram. Procurou de novo a zeladora, que estava lá batendo boca com alguém.

Como noventa por cento dos inquilinos e inquilinas tinham se afastado após seu pedido, mesmo que poucos passos e com as orelhas ainda em pé, não foi difícil para ele acrescentar uma investigação suplementar a respeito do entregador misterioso: o já dissolvido grupo de humanos e de *vegetables* (verduras) foi tacitamente reconvocado no saguão, ou aglomerado, para que ele pudesse espremer informações sobre os fatos e eventuais referências daquela pessoa. O resultado foi que nenhum inquilino do edifício, nem na escada A nem na escada B, tinha recebido ou devia receber algo, naquela manhã, de algum salsicheiro da Urbe. Naquela hora, ninguém abrira a porta para entregadores de avental branco.

— Tudo teatro — sugeriu, acalorando-se, uma amiga da Bottafavi, embora pouco amiga da Menegazzi, e inquilina do quinto andar. — Todo mundo sabe que, quando alguém vai roubar, sempre deixa outro dando cobertura... Aqueles dois, ouça o que estou dizendo, seu delegado, aqueles dois... estavam mancomunados...

— Vocês nunca viram entregadores neste prédio? — perguntou Ingravallo, com um tom de autoridade consciente, mas também aborrecido.

Retirou o tédio e a gravidade habituais das pálpebras; os olhos, então, adquiriram uma luz, uma segurança penetrante.

— Claro que sim — disse a Pettacchioni. — Com o entra e sai deste prédio? Aqui mora gente grã-fina, gente do comércio, seu delegado. — Todos sorriram. — Gente que não gosta de comer só verduras.

— E para quem vinham? Não se lembra? Para quem entregavam muçarela a domicílio?

— Bem, seu delegado, vinham praticamente para todos... — Baixou a cabeça, levou o indicador esquerdo ao canto da boca. — Deixe-me pensar.

Então todos começaram a se atarantar com entregadores de muçarela — um repentino fervor de hipóteses, discussões, lembranças, cestos de vime e aventais brancos.

— Sim... o sr. Filippo, aqui. — E procurou-o com o olhar. Falou como se o apresentasse, apontando-o no grupo: — O comendador Angeloni do Ministério da Economia Nacional.

Então os demais se afastaram, e o dito cujo inclinou-se, de leve:

— Comendador Angeloni — proferiu sobre si mesmo.

— Ingravallo — disse Ingravallo, que ainda nem sequer era *cavaliere*, levando dois dedos à aba do chapéu em homenagem à Economia Nacional.

O sr. Filippo era alto, usava um sobretudo escuro, com a barriga em forma de pera e os ombros encurvados e um pouquinho caídos. Seu rosto entre o amedrontado e o melancólico era adornado por um narigão que parecia um peixe papa-tabaco, e que, quando assoado, devia lembrar as trombetas do Juízo Final. Seu jeito, apesar de comendatorial e ministerial, claro, tinha, mais do que tudo, uma certa coisa... uma tristeza, uma insegurança e, ao mesmo tempo, uma certa reticência no olhar, enquanto, de esguelha, fitava o doutor, o dr. Ingravallo, como se temesse perder um apoio... na próxima queda do ministério; que não iria cair, por sinal, até 25 de julho de 1943.* Um estranho corvo, meu Deus, todo empacotado, enrolado naquela lapela e naquele cachecol elegíaco: um grande

* Data da queda de Mussolini. [*N.T.*]

conhecedor do cadastro patrimonial, daqueles bem sombrios, que, de preferência se aninham entre San Luigi de' Francesi e a Minerva. Despercebidos pelos transeuntes distraídos e também pelos apressados, na hora do lazer eles costumam perambular, pé ante pé, por suas ruas prediletas, do arco de Santo Agostinho e da Scrofa, pela Via delle Coppelle ou pelo Pozzo delle Cornacchie, até lá em cima, em Santa Maria in Aquiro. Em raras ocasiões, aventuram-se, bem devagarinho, pela Via Colonna ou se embrenham agorafóbicos pelos seixos da Piazza di Pietra, não sem desprezar a jarra de meio litro de vinho, e a pizza esnobe do napolitano; depois, por aquela tripa da Via di Pietra, chegam até a desembocar no Corso, mas tem que ser sábado de Carnaval, diante da Enciclopedia Treccani, dos mais convidativos relógios do joalheiro Catellani. Na Quaresma, enlutados e rechonchudos, contentam-se em percorrer Santa Chiara, sob os dois globos dos dois hotéis, até o elefante e seu gentil obelisco, e até as vitrines dos terços e das imagens de Nossa Senhora: passo a passo — ou melhor, degrau a degrau —, esquivam-se por um triz de uma bicicleta, enveredam pela Palomella e passam perto dos fundos do Panteão; mas já no caminho de volta, e um pouco decepcionados com o crepúsculo.

Havia alguns anos, o comendador Angeloni se mudara para a Via Merulana, depois das demolições da Via del Parlamento-Campo de Marte. Tinha morado lá a vida toda. Devia ser um apreciador de boa comida, pelo menos a julgar pelos embrulhos, pelas trufas... Embrulhos que ele mesmo levava para casa, com extremo cuidado e total veneração, segurando-os na horizontal e junto ao peito, como se estivesse amamentando; embrulhos das charcutarias de luxo, cheios de galantina ou de patê, com fita azul-celeste. Além disso, às vezes, entregavam também em domicílio, no alto do 219; "faziam chegar às suas mãos", como se diz em Florença. (Alcachofra no azeite, vitela com molho de atum.)

— O sr. Filippo aqui — repetiu dona Manuela. — Ele foi na sua casa algumas vezes... Mas, sim, um garoto com pacotes, de avental branco. Nunca o vi cara a cara, de maneira que não lembro como ele era. Mas, pensando bem, o de hoje cedo até que podia ser o do senhor. Uma tarde, quando saí correndo atrás dele, ele gritou da escada que ia à sua casa entregar um presunto.

Todos os olhares se voltaram para o comendador Angeloni. O dito cujo se atrapalhou.

— Eu? Entregadores? Que presunto?

— Senhor comendador — implorou dona Manuela —, não vai me deixar fazer um papelão desses, dizendo que não é verdade na cara do delegado... O senhor mora sozinho...

— Sozinho? — rebateu o sr. Filippo, como se morar sozinho fosse um crime.

— Por acaso mora alguém com o senhor? Nem um gato...

— E daí que eu moro sozinho?

— Daí que alguém deve levar comida na sua casa quando chove, de noite, não é? Não? O senhor não acha? — falou, com um tom conciliador, como se no fundo quisesse dizer: "Veja bem no que está se metendo, seu idiota!".

Ao que parece, no maior rebuliço. A confusão do sr. Filippo era evidente. A gagueira, a palidez; aqueles olhares cheios de incerteza, para não dizer de angústia. Havia em todos um interesse suspenso: todos os moradores olhavam boquiabertos para ele, para a zeladora, para o delegado.

A verdade, Ingravallo disse a si mesmo, era que nem mesmo daquela vez a zeladora tinha visto a cara do entregador, se é que se tratava de um entregador. Tinha visto os calcanhares dele, e também a... vamos dizer, as costas: isso, sim. A professora Bertola, sim, ela é que tinha visto a cara dele: era branco, com lábios brancos. Mas não o vira outras vezes. Ela também não podia dizer nada.

Mesmo o assassino... Dona Manuela acabou tendo que admitir que não tinha condições de reconhecê-lo. Não. Nunca o tinha visto antes. Nunca. Um relâmpago!

E os dois tiros de revólver na escuridão da escada, sabe-se lá onde é que tinham batido.

O dr. Ingravallo interrompeu tudo aquilo de forma abrupta. Foram intimadas a comparecer na delegacia a zeladora, dona Manuela Pettacchioni e a viúva Menegazzi, a sra. Teresina Zabalà, para lavrar em auto, se fosse o caso, os últimos depoimentos. A segunda, principalmente, para prestar queixa do ocorrido. O prejuízo era bem grande, o caso era bem grave. Tratava-se de um assalto à mão armada, de um valor, para não dizer de uma quantia, bastante relevante: por volta de trinta mil liras, entre ouro e joias (um colar de pérolas, um enorme topázio, dentre outras coisas), e cerca de 4.700 em dinheiro, na velha carteira.

— A carteira do meu falecido Egidio — soluçou a Menegazzi, ao ouvir a convocação.

O comendador Angeloni foi convidado, com todo o respeito, a ficar à disposição da polícia, para futuros esclarecimentos. Aquele também era um belo eufemismo. “Ficar à disposição” significava, na prática, acompanhar dom Ciccio no sobe e desce de vários bondes, e ônibus, até Santo Stefano del Cacco. Ainda por cima, teve que ficar sem almoço.

— Não quero, obrigado — dizia, triste, a Pompeo, que propôs pôr fim à inquietação com uns sanduíches. — Estou sem vontade, não é o momento.

— Como quiser, comendador. Em todo caso, quando desejar, o Maccheronaro, aqui na Via del Gesù, está lá para isso mesmo. Conhece todo mundo aqui, somos bons clientes. O rosbife malpassado é a especialidade do Peppì.

Dona Manuela, depois de rabiscar sobre a mesa de dom Ciccio aquele horrível e interminável garrancho da sua honrada assinatura, Manuella Pettachoni, atravessou a sala de espera, quis se despedir do enfastiado e cumprimentou jovialmente, popular e canora como nunca:

— Até mais, seu comendador...

Todos olharam para ela.

— E não se esquente, porque não é nada de mais... Quando a gente vê, já acabou.

E saiu toda apressada para tomar o bonde PV-1, sacudindo a bunda como uma codorna e tiquetaqueando em difícil equilíbrio sobre os saltos, que pareciam duas pernas de pau, dos sapatos de domingo, como uma leitoa naquelas patinhas que parecem tamancos.

— Com toda essa confusão de hoje, nem alcachofras ele vai ter vontade de comer... Nem um pedacinho, coitado do seu Filippo... E viemos parar logo em Santo Stefano del Cacco. Que lugar horrível!

O comendador não sossegava. O tique-taque do maldito relógio da sala cavara suas órbitas de toque em toque, a ponto de parecerem as de um exumado.

Quem o interrogou, logo no início da tarde, foi o próprio Ingravallo, alternando entre adulações, amabilidades e frases um pouco mais pesadas, à medida que era tomado por aquele "torpor de escritório" que tão oportunamente fazia suas pálpebras tombarem. Momentos de vivacidade e de ironia; rompantes de repentina impaciência; tédio como se a papelada o afogasse; duros apartes. Mais tarde, Deviti, ou seja, Gaudenzio, que, como não quer nada, presenciava o interrogatório de uma mesinha em um canto, com o cabeção enfiado na papelada do dia, contou como logo no comecinho do dueto o atormentado e intimidado Angeloni já tinha perdido as estribeiras. É coisa que acontece com os cavalheiros, com os homens sérios, com aqueles que teimam em manter a pose em certas situações pouco apropriadas para eles. Uma incrível angústia parecia ter tomado conta do comendador. No fim, ele acabou assoando o nariz: olhos vermelhos, trombeteou como uma viúva. Afirmou que não sabia de nada, que não achava nada, que não estava em condições de imaginar nada do tal contínuo. Insistia penosamente, contra qualquer indicação de uso, em encher a boca com a palavra "contínuo". Quanto mais Ingravallo mergulhava no folclore, entre Tibre e Biferno, quanto mais o atiçava dizendo "salsicheiro" e "entregador", mais Angeloni se encolhia, como um caracol em sua casca, na seriedade da terminologia oficial, que não combinava, porém, com aquele clima de genérica desconfiança policial, com presuntos finos e alcachofra no azeite. A Via Venti Settembre, com contínuos e porteiros, deve ter-lhe parecido, naquela hora implacável, um paraíso mais periclitante do que nunca, um Olimpo distante, encimado por um comendador Quirino, aliás, Grão-Oficial, mas infelizmente, incapaz de ajudá-lo. O quê? Adeus aos papéis mágicos da doce futilidade burocrática? À tepidez da administração central? Aos "conspícuos" incrementos do diagrama da pesca... das sardinhas? Às isenções fiscais da salgadura? Ao tempestuoso, e ao mesmo tempo agradável, burburinho da Fiscalização, à bendita reverberação do Tribunal de Contas? Adeus? Sozinho, sentado em uma cadeira da delegacia, acossado por todos aqueles sofismas da brigada investigativa (assim pensava), seus olhos embaçaram. Sua cara de pobre-diabo pedindo que não olhassem para ele, com aquela nareba bem no meio, que não permitia, por um minuto sequer, que fossem expressas as opiniões dos interlocutores, pareceu a Ingravallo um protesto mudo e desesperado contra a desumanidade, a crueldade de toda e qualquer investigação organizada.

Sim, tinham ido entregar outras vezes presunto em sua casa. Quem!? Quem. Era difícil dizer. Não, senhor, não sabia ao certo. Não se lembrava, depois de tanto tempo. Ele... morava sozinho. Não tinha fornecedores fixos. Comprava aqui e ali: hoje em um lugar, amanhã em outro. Em todas as lojas de Roma, mais ou menos. Um pouco em cada uma, pode-se dizer.

Assim! Onde calhava. Quando via que era conveniente ou que era mercadoria boa. Muitas vezes, só um docinho. Só para matar a vontade... Um pouco de enguia marinada, ou talvez um pouco de galantina. Mas, na maioria das vezes, e assoou o nariz, algumas latas de conserva, para ter um pequeno estoque em casa. É bom ter alguma coisa de reserva em casa. Quem levava a mercadoria, claro, eram os entregadores das lojas.

Ergueu os ombros, relaxou as sobrancelhas, como se quisesse dizer: "Existe algo mais óbvio do que isso?".

— Uma vez o senhor disse para a zeladora — dom Ciccio bocejou — que comprava presunto magro na Via Panisperna...

— Ah, sim, pensando bem, agora estou me lembrando, uma vez... comprei um presuntinho inteiro, um presuntinho da serra com poucos quilos. — Parecia ver no pouco peso daquele presunto um atenuante especial. — Isso mesmo, aí mandei que me entregassem em casa. Da charcutaria da Via Panisperna, pois é, bem lá no final, quase esquina da Via dei Serpenti... O dono é bolonhês.

O pobre interrogado arquejava. Gaudenzio foi mandado para a Via Panisperna.

Às quinze para as seis, de acordo com o interrogatório, reapareceram dona Manuela e a Menegazzi, reconvocadas com urgência, além da professora Bertola, pálida, acometida por vagos arrepios. O rapaz que Gaudenzio conseguira localizar na Via dei Serpenti foi apresentado no momento certo. Bastante direto, mas com um aspecto não lá muito límpido, cabelo preto, superseboso e superbrilhoso, interrogou o delegado com os olhos e, depois, os presentes.

— É esse o seu homem? — perguntou dom Ciccio a Bertola.

— O quê? — disse a professora, com um sobressalto, indignada com aquele "seu".

Dom Ciccio dirigiu-se à zeladora.

— Está reconhecendo? É o de hoje de manhã?

— Não, não é ele. O de hoje de manhã... eu não vi a cara. Quantas vezes tenho que dizer, seu delegado? Era um pirralho, em comparação com esse aí.

Dom Ciccio se virou, então, para o comendador Angeloni.

— Foi ele que entregou seu presunto?

— Sim, senhor.

— E você? — disse ao rapaz. — Tem algo a declarar?

— Eu? — O jovem deu de ombros e foi encarando os presentes um a um. — E eu lá sei o que o senhor quer de mim?

Dom Ciccio, austero, franziu a testa.

— Tenha mais respeito, rapaz. Você foi intimado a comparecer segundo a lei. — Cantarolou, quase: — Artigo 229 do Código de Processo. Admite conhecer o comendador aqui presente? — perguntou, indicando Angeloni com o queixo.

— Ele esteve lá na loja no ano passado, algumas vezes: depois, não deu mais as caras. Uma vez levei um presunto da serra na casa dele, até lá em cima, na Via Merulana. Estava caindo um toró, fiquei encharcado.

— Esteve lá só uma vez ou várias? Conhece o prédio?

— Eu? O prédio? Fui lá duas ou três vezes quando tinha alguma entrega para fazer. — A resposta foi rápida e, ao mesmo tempo, atrapalhada, permeada por uma certa ansiedade de acabar logo com aquilo.

— E o senhor, comendador?

— Confirmo. Esteve lá duas ou três vezes, de fato. — Teve que fazer um esforço visível: queria parecer mais sereno. — Até dei uma gorjeta para ele...

— Ah! Deu uma gorjeta!

Dom Ciccio desenrugou a testa. Pareceu se regozijar do fato, embora com uma ironia inexplicável. Tornou a se concentrar. Curvou a cabeça sobre os autos. Folheou a papelada. Interpelou a Pettacchioni de novo, indicando o vendedor:

— É ele o moço que chamou a senhora daquela vez... lá no topo da escada?

— Não, também não. Tenho certeza. O moço daquela vez podia ser o de hoje de manhã... os dois eram mais novos do que esse aí. O outro, seu delegado, tinha uma voz mais gentil, e também usava uma calça curta, se é que não era o mesmo...

— Este aqui também está de calça curta.

— Seu delegado! Mas essa calça é de esporte. O outro era mais pirralho, estou dizendo. Esse aí já pode se alistar. E, depois, quando é que esse aí esteve na Via Merulana? Um ano atrás? O outro, de quem estou falando, esteve lá há dois ou três meses, quando muito. Foi logo depois do Dia de Finados.

Ingravallo respirou fundo, como se quisesse terminar.

— Por enquanto, está liberado. — Encarou o rapaz. — Mas lembre-se... isto aqui não é lugar... para dar uma de esperto...

O rapaz saiu, seguido por um lento e persistente olhar do delegado. Depois de juntar seus papéis e, ao mesmo tempo, fazer um balanço da situação, Ingravallo começou:

— A sra. Pettacchioni aqui presente, se entendi bem, afirma ter visto um outro entregador levar presunto até sua casa... várias vezes... de aspecto mais jovem, ao que parece, quero dizer, mais parecido com o entregador desta manhã... cujo rosto a professora — e apontou — pôde ver, e, portanto, está em condições de reconhecer. Não é verdade, sra. Bertola?

Ela assentiu.

O Angeloni tomou fôlego novamente. Por um instante, assumiu uma postura de descritor dos costumes.

— Bem, dona Manuela é a zeladora. Ela...

— Ela o quê? — interrompeu a responsável pela portaria, ameaçadora.

O Angeloni se encolheu de novo dentro de sua casca, como um caracol, deixando só o nariz de fora, fora da concha da alma. Pretendia dizer, talvez, que a obrigação dela, como zeladora, era justamente prestar atenção em quem passava pela portaria.

— Quero dizer... — Confundiu-se; falou com o tom meio anasalado de uma corneta de papelão. — Em suma, eu já disse, senhor delegado. Faço compras onde calha. O que ela está dizendo pode muito bem acontecer. Anteontem mesmo, me entregaram mercadoria em casa. Foi a faxineira de um colega do Ministério de Economia quem levou.

— A faxineira? Finalmente uma bela empregada! — resmungou Ingravallo.

Depois arrumou os autos, resmungou mais um pouco. As três madames foram, então, dispensadas.

— O quê? Podemos ir? — perguntou a Bertola, pálida.

— Sim, senhora. Fique à vontade.

Dona Manuela, com um estremecimento das tetas que preenchiam toda a blusa, soltou sorrisos merulanos:

— Bem, até logo, doutor. Deixo o seu Filippo em suas mãos. Olhe lá, cuide bem dele, por favor.

Dom Ciccio permaneceu de pé, mudo, autos na mesa, cara a cara com o sujeito: como um picanço escuro com as asas entreabertas antes de agarrar a presa.

Mas continuava a insistir, por baixo daquele pelo de poodle preto que cobria sua cabeça, teimoso como era.

O comendador se entrincheirou atrás da "vivência que tinha do mundo".

— Essas aí — choramingou — para dizer uma palavra gentil... — Arquejava, de vez em quando, a respiração curta; estava com as órbitas como duas cavernas, esgotado.

— O que está querendo dizer? Qual seria essa palavra gentil que tanto o perturba? Escute aqui. Por que está passando mal? Diga. Vamos, confie em mim...

— Na minha condição, senhor comissário, o que eu podia fazer? Andar por Roma com um presunto pendurado no pescoço? Acho uma tremenda maldade querer elucubrar se quem atirou foi um entregador ou não, ou se serviu de olheiro para outro ou não. O que sei eu? O que o senhor acha?

Ponha-se no meu lugar. Para ouvir as pessoas dizerem: vimos o comendador Angeloni na Via Panisperna se arrastando com um *caciocavallo* pendurado no pescoço? Com duas garrafas, uma embaixo de cada braço, parecendo dois gêmeos no colo da babá...?

Ingravallo balançou a cabeça para cima e para baixo, pregando os olhos nos autos. Parecia perder a paciência. Levantou a voz, articulou bem as palavras e as sílabas:

— A ze-la-do-ra a-fir-ma que: outro entregador também foi várias vezes à sua casa, aquele mais jovem, está entendendo? Faz dois ou três meses, o que é muito menos do que a eternidade, não acha? E é um indivíduo que me interessa, pois juram que ele se parece com o outro, o de hoje cedo, está entendendo? Então, se não se importa...

— Entendo, entendo — resmungou o comendador.

— Ah! Então, por que não me faz essa gentileza? Considerando toda a vontade que eu tenho de conhecer esse pirralho.

Estava escrito que o 219 da Via Merulana, o Palácio do Ouro ou dos tubarões que fosse, estava escrito que ele também veria desabrochar uma flor, como tantos outros prédios construídos neste mundo, aliás. O grande cravo vermelho do "veja só no que deu". Com muitos sussurros dos moradores e dos colegas do Ministério da Economia, para não falar da dona Manuela, o comendador Angeloni ficou detido até as nove da noite.

Por alguma pálida indiscrição, ou seja, uma meia-palavra dos dois investigadores, em especial do Loirão, passando por Manuela, Menegazzi, Bottafavi, Alda Pernetti e irmão (escada A); ou então por Manuela, Orestino Bozzi, dona Elodia, Enea Cucco (escada B), pareceu, isto é, ficou evidente, que a polícia suspeitava de fato de uma responsabilidade indireta e involuntária (e, ainda por cima, pouco provável) do comendador

Angeloni, principal motivo daquele entra e sai de entregadores de frios em domicílio.

— Ele não quer abrir o bico, e eles estão forçando a barra.

A polícia tinha encasquetado que o comendador conhecia o entregador da charcutaria que não tinha tocado na casa de ninguém "e se limitara a descer as escadas em disparada, assim que ouviu os disparos". Mas, por alguma razão especial, embora incompreensível, o comendador teimava em se mostrar surpreso. No começo, todo o comportamento de Angeloni, sua reticência de melancólico obstinado com aquelas frases floreadas que não concluíam nada e só eram vagas e dilatórias, aquela sua timidez mais ou menos fingida e valorizada, os rubores repentinos do nariz que escorria, o olhar implorante e fugidio primeiro, depois aqueles dois olhinhos perdidos dentro de duas cavernas de medo, uma confusão às vezes real, às vezes estranhamente ambígua, acabaram indispondo os dois funcionários: Ingravallo e o dr. Fumi, chefe do departamento de investigações. Eles avaliaram toda a gravidade, ou seja, a pouca justificabilidade de sua... desconfiança, surgida a partir de indícios fugazes contra aquele excelente sexto escalão da Economia Nacional. Um sexto escalão de indubitável moralidade, de fama ilibada! "Que nada", pensou dom Ciccio para se consolar, "qualquer filho da mãe é ilibado, até seu primeiro caso de amor... com a polícia."

E, depois, de jeito maneira, não se tratava de suspeita. Ele só precisava se explicar, dizer o que pensava, soltar o verbo, desembuchar. Se pensava alguma coisa, por que não abria o bico? Estava claro: o gatuno tinha tocado no apartamento dos Balducci por engano; talvez devido à agitação, talvez por ter entendido mal ou memorizado errado indicações de terceiros, indicações insuficientes. Ingravallo não tirava da cabeça essa ideia do engano de porta, de que o sujeito se confundira. As duas portas eram idênticas, ambas de uma cor marrom duzentos e dezenovesca, o número invisível no alto devido também à escuridão (das escadas). Caindo em si, e não sendo atendido, tocara na porta da frente: a correta. Segundo o dr. Fumi, o sujeito, pelo contrário, tocara nos Balducci para ter certeza de que não havia ninguém em casa: dona Liliana costumava sair àquela hora, por volta das dez; Assuntina estava fora, na aldeia, na casa do "velho pai" prestes a partir dessa para melhor. Melhor dizendo, Assuntona, com aqueles peitões, com aquela buzanfa! Gina estava com as freiras, na escola; o sr. Balducci, no escritório, em viagem de negócios, aliás, como sempre, em Vicenza, em Milão. Interrogada também dona Liliana — e foi dom Ciccio quem a interrogou, com todo o respeito, à tarde, *in loco* —, nada de novo surgiu. Ela tremia diante da ideia de ficarem sozinhas, ela e Ginetta: pedira a Cristoforo, o contínuo do marido, para ir jantar e pernoitar, e o acomodara no quarto da empregada ausente. Não parava de oferecer cobertas ou edredom: "...caso sentisse frio...". Era um homenzarrão capaz de impor respeito aos ladrões só com um sopro: muito experiente com cães, lebres, fuzis de caça.

A condessa Menegazzi se aproximara do céu em mais um andar: havia se hospedado na casa dos Bottafavi, que tinham na porta uma tranca "inglesa" de oito voltas, boa para o portão do palácio de Buckingham. O Bottafavi, por sinal, quando enchia o bucho de certas sopas, até sonhava com ela à noite: sonhava que tinha o ferrolho no estômago. Era então que o ouviam gritar "socorro, socorro", no sono. Despertava com o próprio grito. Havia limpado o revólver, lambuzando-o com vaselina, tirando a trava do tambor para que rodasse como um pião. O cano estava pronto para disparar, ao menor indício de oportunidade.

Ingravallo se admirou por não ouvir a Lulu latir e pediu notícias dela. O rosto de Liliana Balducci se entristeceu docemente. Sumiu! Já fazia mais de duas semanas. Foi em um sábado. Como? Assim. Provavelmente alguém a enfiara no bolso. Nos jardins de San Giovanni, onde a Tina, aquela avoada, a levava para passear; e, em vez de tomar conta do animal, eram muitos os vagabundos que tomavam conta dela — tomavam conta da Assunta.

— Uma moça tão vistosa! Hoje em dia, então!

Buscas na carrocinha, dois anúncios no *Il Messaggero*, perguntas e broncas na Tina, súplicas para praticamente todos, não haviam surtido efeito para trazê-la de volta, que nada, coitadinha da Lulu!

Dom Ciccio, no dia seguinte, estava de péssimo humor. Chovia e ventava, um gregal cortante e raivoso que transtornava tudo, a começar pelas batinas dos padres, pelos cães ensopados. Os guarda-chuvas não davam conta. As calhas dos telhados dos prédios, muito menos. Pelo que Pompeo disse, ficou claro que, por toda a vizinhança, as joias da condessa Menegazzi haviam se transformado em provérbio. Glorificadas, cobiçadas, mencionadas a toda hora pela inveja e pela fantasia das mulheres, das crianças. Fazia anos que eram objeto de devaneios. As noivas diziam: "Gostaria de ter essa", "Gostaria de ter aquela". E tocavam no pescoço, ou nos seios, ou no lóbulo das orelhas, como se distraíssem os dedos em um afago, acariciando uma pequena pérola. Acrescentavam: "Como a sra. Menicacci", "Como a condessa Menecacci". Porque tratava-se de uma condessa de verdade.

Em seus lábios estupendos, aquele nome vêneto remontava ao étimo, subia contra a corrente, ou seja, contra a erosão linguística provocada pelos anos. A inflexão vocálica abria caminho contra o fluxo com o perfurante vigor de uma enguia ou de certos peixes de água doce que sabem percorrer quilômetros a montante, subindo, subindo, até voltarem a beber das linfas natais; até as nascentes montanhosas do Yukon, ou do Adda, ou do rio Negro andino. A partir das últimas transliterações dos registros paroquiais, retornava-se à gutural tênue do início, de Menegaccio a Ménego e a Ménico, a Domenico, Dominicus, ao "possessivo do qual era tudo". Era lá que tropeçavam algumas meninas, pouco afeitas às paragrafias eclesiásticas, com certo incômodo sabélico ou tiburtino; depois de duas ou três tentativas, paravam no Menecacci. As crianças, em suas brincadeiras, gritavam o nome saltitando, e os dois investigadores, na presença do dr. Fumi, tiveram ocasião de proferi-lo, eles também, com a mais louvável desenvoltura.

Aquele nome e aquelas joias, verdadeiras ou imaginadas, aquele monte de ouro da "condessa" do terceiro andar do 219 (escada A, diga-se de passagem, porque a B é outra história) haviam se tornado uma epopeia, já então enaltecida, por toda a Via Merulana e a Via Labicana até Sant'Antonio di Padova, San Clemente e Santi Quattro, expelindo fulgores e clarões como chama em papel engordurado. Havia tempos. Havia meses; ou anos. Por ocasião da perda de um anel com um topázio (algumas, sempre por respeito, diziam top-ázio), que a Menegazzi — ou, mais apropriadamente, a Menecacci — esquecera no banheiro, só porque era uma tonta vaidosa e descerebrada, de modo que o havia deixado nos banhos públicos Cobianchi em San Lorenzo in Lucina, vocês sabem quais são, virando a esquina do palácio Ruspoli, mas meio que no subsolo, e, depois, milagrosamente o encontrou em cima da prateleira de vidro do espelho da pia, graças a uma vela acesa para Santo Antônio, mas na igreja de San Silvestro, e, somente depois de tê-la aceso, voltou para procurar o anel. Naquela época e naquele mesmo dia, tomando conhecimento da ocorrência, várias mulheres do 217 e do 221 jogaram na loteria de Nápoles: especializada, como se sabe, em milagres. Realmente tinha saído uma dezena, exatamente aquela dezena, mas na loteria de Bari. Tudo isso para dizer que a fama daquelas joias era grande.

— *Fama volat.*[*] — O dr. Fumi suspirou com as mãos sobre uma pilha de dossiês vermelhos. — *Fama volat.* — Devia ter voado, com asas velozes, até as orelhas daquele maldito ladrão.

---

* "Existem boatos", em tradução livre. [*N.E.*]

É claro, a primeira providência da polícia, especialmente do dr. Ingravallo, a quem os cronistas não se cansavam de atribuir o título de “diligente”, tinha sido tentar identificar e possivelmente pegar o assassino, isto é, “o jovem de macacão cinza com boné e com cachecol verde-amarronzado”. Os informantes mais confiáveis no ramo dos mãos-leves, adequadamente encorajados, tinham dado cada um suas voltinhas de praxe — tomaram umas e outras cá e lá, então expressaram seus palpites: cada um o seu, claro. Pronunciaram oráculos precisos, como costumam fazer as sibilas. No ramo dos vagabundos... bom, mais que um ramo é um oceano: “Pôr em ação os informantes!”. No ramo das damas das calçadas e de seus respectivos amigos... Não, não era sequer o caso de pensar naquilo. O sujeito, como a Menegazzi o havia descrito, devia ser um pilantra forasteiro e um grosseirão. Só que, na quarta-feira às nove da manhã, o dr. Fumi, ao folhear, um pouco a contragosto e com um bocejo retardatário, o relatório (das mulheres-damas do dia anterior), deteve os olhos nos dados pessoais de uma tal detida em Celio, identificada como... costureira sem residência fixa, de... Torraccio. Era o boletim das recolhidas, tarde da noite, pelas várias patrulhas da “costumes”, transmitido para sua ciência. O nome da localidade, Torraccio, entrevisto com o rabo do olho direito, o fez refletir. Mandou que trouxessem o prontuário. E o prontuário repetiu: Ines Cionini, vinte anos, de Torraccio, solteira; “sem residência fixa” marcado com uma cruzinha, o que significava, sim, sem residência fixa mesmo; “profissão” costureira calc. desemp. dona de casa; “documentos”, um risco horizontal à caneta que queria dizer não. Desacatara os policiais com o epíteto de cascas-grossas. “Patrulha Celio-Santo Stefano, delegacia de San Giovanni.”

— O que significa este calc.?

— Calças, senhor delegado-chefe. Ela costura calças.

Os policiais a pegaram em flagrante. O flagrante podia ser tipificado como esmola, quatro liras (daquela época, porém), que ela tinha pedido e obtido de um transeunte, com o qual confabulou em pé por um minuto e meio, encoberta pelas trevas e por Santo Stefano Rotondo, e de quem se afastara havia três minutos quando os policiais se aproximaram. Mas o senhor caridoso desaparecera a tempo (segundo seu ponto de vista).

O dr. Fumi balançou a cabeça; deu um último bocejo. Devolveu o prontuário ao policial e o boletim à respectiva pilha, em cima da mesa. Parcos resultados, na verdade. Dois ou três detidos ao acaso, "nos locais de sempre", que foram, daquela vez, uma leiteria obscura, um bordel de quinta categoria na Via Frangipani e um banco de jardim em Santa Croce. Três sujeitos de boné na cabeça: a cada um, sua sorte. O terceiro, além do boné, também tinha sarna.

CAPÍTULO 2

Naquela manhã — quinta-feira, enfim! —, Ingravallo pôde se permitir uma escapada até Marino. Levou Gaudenzio consigo: depois, porém, mudou de ideia e o dispensou no Viminal, encarregando-o de outras pequenas tarefas.

O dia estava maravilhoso, daqueles tão esplendidamente romanos que até mesmo um funcionário público de oitavo escalão — quase passando para o sétimo —, bem, até alguém assim sente algo tomar conta do coração, um sei lá o quê, algo que se assemelha à felicidade. Ele parecia estar mesmo inalando ambrosia, sorvendo-a até os pulmões: um sol dourado batendo no mármore travertino ou peperino de cada fachada de igreja, no topo de cada coluna, com moscas já voando ao redor. Além disso, ele tinha encasquetado com toda uma programação. Em Marino, há algo bem melhor do que a tal ambrosia! Na adega do seu Pippo, tinha um vinho branco malvado: um danado de quatro anos, em certas garrafas, que, cinco anos antes, teria eletrizado o ministério Facta,* se o Facta *factorum* tivesse sido capaz de suspeitar da sua existência. Provocava o efeito do café sobre os nervos molisanos de Ingravallo, e, por outro lado, oferecia todo o caráter, com todas as nuances, de um vinho de classe: os testemunhos e as moduladas degustações línguo-palato-faringo-esofágicas de

* Luigi Facta (1861-1930), presidente do Conselho de Ministros em 1922, que não foi capaz de conter a Marcha sobre Roma. Dois anos mais tarde, em 1924, foi nomeado senador vitalício por Mussolini. [*N.T.*]

uma iniciação dionisíaca. Com um ou dois copos goela abaixo, quem sabe.

Nos dois dias anteriores, além de todo o resto — neste mundo não existe só a Via Merulana —, estivera duas vezes na direção da Companhia de Bondes de Castelli. Preferia circular um pouco, por volta das onze, a embaralhar a alma e os ouvidos com os relatos confusos e titubeantes de algum subalterno. Gaudenzio e Pompeo estavam ocupados em outro lugar. "Quem quer vai, quem não quer manda ir." O número progressivo e a série da passagem, o picote na data, 13, e o rasgo na parada, Torraccio, felizmente permitiram estabelecer dia, hora, carro de emissão da passagem, além de uma interrogação com o trocador que a emitira, convocado à direção com o motorneiro na manhã do segundo encontro. Em Due Santi, em Torraccio, em Frattocchie, no início da tarde de domingo, muita gente tinha pegado o bonde; uma multidão. Não era possível se lembrar de todos; de alguns, sim, e indicaram os usuários mais reconhecíveis, não sem contestações entre motorneiro e trocador, e confusões com o dia anterior e o seguinte. O trocador, Alfredo Merlani, filho do falecido Giuseppe, afirmou não ter visto um rapaz de macacão, nem azul, nem cinza.

— Com boné enterrado na testa? Também não.

— Com um cachecol no pescoço? Um cachecol?

Sim... isso sim...

— Uma espécie de cachecol ou de lenço de lã verde?...

Sim, sim.

— Verde feito mato escuro.

Ficou acalorado ao confirmar. Ao receber a passagem, chamara sua atenção o fato de que o cachecol cobria quase toda a cara do passageiro.

— Estava com o queixo coberto, como se fizesse muito frio no dia 13 de março em Torraccio. Não, não usava boné. A cabeça descoberta, sim: porém abaixada, sem encarar ninguém.

Uma cabeleira toda desgrenhada, e mais nada. Realmente não o conhecia. Não, talvez nem sequer o reconhecesse. E foi tudo.

Então eram onze horas. O dr. Ingravallo estava prestes a pegar o bonde, na esquina da Via D'Azeglio. As poucas viaturas à disposição da polícia vagavam errantes pelas sete colinas, ou estavam ocupadas no fórum ou no terraço, no Pincio ou no Giannicolo, simplesmente. Talvez prontas a levar para um passeio aqueles senhores do tempo da hégira, os mandachuvas com fez na cabeça;* ou então tiravam um cochilo no Collegio Romano, como tantos vagabundos de rua, prontas, porém, para levar até os ditos cujos para dar uma voltinha, nunca se sabe. Naqueles dias, estavam em visita oficial os plenipotenciários do Iraque e os chefes do Estado-maior da Venezuela, um entra e sai de gente cheia de grana despejada aos bandos no cais Beverello pelas pranchas dos transatlânticos mais roucos.

Eram os primeiros estrondos, os primeiros sobressaltos no palácio, após um ano e meio de noviciado, do Cabeça de Morto de redingote, ou de fraque;** já era a época dos olhares ameaçadores, do vômito dos nhoques. A época do chapéu-coco, das polainas acinzentadas, estava, pode-se dizer, chegando ao fim com aqueles bracinhos curtos de sapo, e os dez dedos gordos que pendiam das laterais como dois cachos de bananas. Os radiantes destinos não tinham tido ocasião de se manifestar, como aconteceu mais tarde, em todo o seu esplendor. Margherita,*** de ninfa Egéria reduzida a Dido abandonada, ainda lançava o movimento artístico *Novecento, el noeuf-cént,***** o pesadelo dos milaneses de então. Dedicava-se às exposições, aos vernissages, aos óleos, às

---

* Os hierarcas fascistas, assim como Mussolini, usavam o fez para fazer referência às guerras coloniais italianas na África. [*N.T.*]

** Alusão a Benito Mussolini. [*N.T.*]

*** Margherita Sarfatti (1880-1961), crítica de arte e jornalista de origem judia, amante e conselheira de Mussolini até o início da década de 1930. [*N.T.*]

**** "Novecentos" em dialeto milanês. [*N.T.*]

aquarelas, aos esboços, ao quanto pode se dedicar uma gentil Margherita. Ele tinha experimentado um chapéu bicorne na cabeça, cinco bicornes. Caíam-lhe muito bem. Os olhos endemoniados de sifilítico hereditário, além de sifilítico por conta própria,* as mandíbulas de peão analfabeto do raquítico acromegálico, já enchiam a *Italia Illustrata*: todas as Marias Babacas da Itália, recém-crismadas, já começavam a se apaixonar por ele, todas as Magdas, as Milenas, as Filomenas da Itália, mal desciam do altar, já começavam a envulvá-lo: de véu branco, agrinaldadas de flor de laranjeira, fotografadas pelo fotógrafo à saída do nártex, sonhando com os faustos e as rodopiantes proezas do cassetete educador. As damas, em Maiano ou em Cernobbio, já se estrangulavam em seus soluços venéreos à vista do potencializador da Itália. Jornalistas itecaquanos** iam entrevistá-lo, gulosos, no palácio Chigi, anotando suas raras opiniões em um caderninho, para que nada se perdesse, nem uma vírgula. As opiniões do queixudo atravessavam o oceano, às oito da manhã já eram um *cable, desde Italia*, na imprensa dos pioneiros, dos vendedores de vermute. "A frota ocupou Corfu! Aquele homem é a salvação da Itália." Na manhã seguinte, o desmentido: *desde la misma Italia*. Rabos entre as pernas. E as Madalenas, força: preparando Balillas*** para a pátria. As viaturas da polícia "estacionavam" no Collegio Romano.

---

* O chapéu bicorne e a sífilis são referências diretas a Mussolini. [*N.T.*]

** Neologismo gaddiano, *itecaquani* no original, cuja origem e significado precisos são desconhecidos. A hipótese mais persuasiva é que seja usado para indicar os italianos e seus descendentes na América Latina, em uma mistura de "ipecacuanha", planta nativa do Brasil, e "italiano". Por ser uma planta que provoca o vômito, talvez o autor esteja fazendo uma alusão ao constrangimento provocado pela deferência de tais jornalistas a Mussolini. [*N.T.*]

*** A Opera Nazionale Balilla, cujo nome é uma homenagem a um jovem genovês que lutou contra os austríacos em 1746, foi a organização que reuniu e formou a juventude fascista entre 1926 e 1937, quando foi substituída pela Gioventù Italiana del Littorio. [*N.T.*]

Onze horas do dia 17 de março e o dr. Ingravallo, na Via D'Azeglio, já estava com um pé no estribo e segurava o corrimão de latão com a mão direita, para apoiar-se no bonde. Quando Porchettini, ofegante, aproximou-se.

— Dr. Ingravallo! Dr. Ingravallo!

— O que você quer? O que está acontecendo?

— Dr. Ingravallo, escute. Foi o delegado-chefe que me mandou. — Baixou mais a voz: — Na Via Merulana... aconteceu uma desgraça... de manhã cedo. Telefonaram às 10h30. O senhor tinha acabado de sair. O dr. Fumi estava atrás do senhor. Enquanto isso, me mandou ir logo dar uma olhada, com dois agentes. Pensei que fosse encontrar o senhor lá... Depois me mandou procurá-lo na sua casa.

— Então, o que foi?

— O senhor já sabe?

— Sei o quê? Ia dar minha voltinha agora...

— Cortaram a garganta, mas desculpe... sei que o senhor é meio aparentado...

— Aparentado de quem? — disse Ingravallo, franzindo a testa, como se quisesse enxotar qualquer parentesco com quem quer que fosse.

— Quero dizer, amigo...

— Amigo, que amigo! Amigo de quem? — Juntando em forma de tulipa os cinco dedos da mão direita, balançou a flor na hipotipose dígito-interrogativa tão em uso pelas bandas da Apúlia.

— Encontraram a senhora... a sra. Balducci...

— A sra. Balducci? — Ingravallo empalideceu, agarrou Pompeo pelo braço. — Ficou louco? — E o apertou com tanta força que o Garra achou que estivesse sendo triturado pelo torno de uma máquina.

— Doutor, ela foi encontrada pelo primo, o dr. Vallarena... Valdassena. Telefonaram logo para a polícia. Ele também está lá agora, na Via Merulana. Tomei providências. Ele me disse que conhece o senhor. Disse... — Ergueu os ombros. — Disse que tinha ido visitá-la. Para se despedir, porque deve ir para Gênova. Foi se despedir àquela hora, eu me pergunto. Disse que a encontrou estendida no chão, em uma poça de sangue, Virgem Maria! Foi onde nós também a encontramos, no assoalho, na sala de jantar, estendida na diagonal com a saia levantada, ou seja, só de calcinha. A cabeça meio torta... Com a garganta toda cortada, toda rasgada de um lado. Só vendo que talho, doutor! — Juntou as mãos como se estivesse implorando, passou a mão direita na testa. — E que feição! Por pouco não desmaio! Pois é, daqui a pouco o senhor terá de ir ver. Um corte! Que nem mesmo um açougueiro... Meu Deus, um horror. Que olhos! Olhando fixamente para o aparador. Uma cara esticada, esticada, branca, parecendo um pano enxaguado... ela era tísica? Era como se tivesse custado muito a morrer...

Ingravallo, pálido, soltou um estranho ganido, um suspiro ou um lamento de ferido. Como se também estivesse se sentindo mal. Um javali com uma bala no corpo.

— A sra. Balducci, Liliana... — gaguejou, fitando os olhos do Garra.

Tirou o chapéu. Na testa, na margem do cabelo preto e crespo, gotinhas enfileiradas de um suor repentino. Como um diadema de terror, de dor. O rosto, em geral branco-oliváceo, tornara-se enfarinhado pela angústia.

— Vamos lá, vamos! — Estava ensopado, parecia exausto.

Ao chegarem à Via Merulana, a multidão. Diante do portão, a escuridão da multidão, com sua coroa de rodas de bicicletas.

— Saiam da frente, é a polícia.

Todos se afastaram. O portão estava fechado. Um policial montava guarda com dois agentes civis e dois carabineiros. As mulheres os interrogavam, e eles diziam às mulheres:

— Afastem-se!

As mulheres queriam saber. Três ou quatro, dava para ouvir que já falavam de números: estavam de acordo quanto ao dezessete, mas discutiram sobre o treze.

Os dois subiram até a casa dos Balducci, a casa hospitaleira que Ingravallo conhecia, pode-se dizer, com o coração. Nas escadas, um cochicho de sombras, o sussurro das condôminas. Um bebê chorava. No vestíbulo... nada de particularmente notável (o cheiro habitual de cera, a ordem de sempre), a não ser os dois policiais, calados, aguardando ordens. Em uma cadeira, um jovem com a cabeça entre as mãos. Levantou-se. Era o dr. Valdarena. Depois apareceu a zeladora, surgindo, taciturna e rechonchuda, da sombra do corredor. Nada digno de nota, podia-se dizer; mal entraram na sala de jantar e viram, entre a mesa e o pequeno armário, no assoalho... aquela coisa horrível.

O corpo da pobre senhora jazia em uma posição infame, supino, com a saia de lã cinza e uma anágua branca jogadas para cima, quase até o peito, como se alguém tivesse desejado descobrir o candor fascinante daquele *dessous*, ou averiguar seu estado de limpeza. Estava de calcinha branca, de uma malha delicada, finíssima, que terminava na metade da coxa em um delicado debrum. Entre o debrum e as meias, que tinham o leve brilho da seda, desnudava-se a brancura extrema da carne, de uma palidez de clorose: aquelas duas coxas entreabertas, às quais os dois elásticos — em tom lilás — pareciam conferir uma certa distinção, tinham perdido seu morno sentido, já iam se igualando ao gelo: ao gelo do sarcófago e das moradas taciturnas. A perfeição do ponto da malha, aos olhos daqueles frequentadores de domésticas, moldou inutilmente as cansadas propostas de uma volúpia cujo ardor, cujo frêmito, pareciam ter acabado de exalar da doce maciez do monte, daquela linha, o sinal carnal do mistério... aquela que Michelangelo (dom Ciccio reviu em sua mente todo o esforço do artista, na basílica de São Lourenço)* acreditara oportuno omitir. Minúcias! Deixa para lá!

As ligas esticadas, onduladas apenas nas bordas, uma ondulação clara, de alface: o elástico de seda lilás, naquele tom que parecia exalar um perfume, significava ao mesmo tempo a delicadeza tanto da mulher quanto da sua classe social, a elegância apagada das roupas, dos gestos, a secreta submissão, transmutada então na imobilidade de um objeto ou de um manequim desfigurado. Esticadas, as meias, em uma loira elegância, quase uma nova pele, proporcionada (por cima da tepidez criada) pela fábula dos novos tempos, a blasfêmia das máquinas de tricotar; as meias envolviam com o véu de sua transparência o contorno das pernas, os maravilhosos joelhos: das pernas entreabertas, como em um convite horrível. Ah, os olhos! Para onde, quem olhavam? O rosto!... Ah, coitadinha, estava arranhada! Até embaixo de um olho, no nariz!... Ah, aquele rosto! Como estava cansado, cansado, pobre Liliana, a cabeça, na nuvem de cabelos que a envolvia, os fios ainda realizando uma obra de caridade. Afilado na palidez, o rosto: esgotado, emaciado pela sucção atroz da Morte.

Um profundo, terrível e feroz corte vermelho abria sua garganta. Cobria metade do pescoço, na parte dianteira, para a direita, isto é, para a esquerda, da perspectiva dela; para a direita, da perspectiva deles que a olhavam. Esgarçado nas duas margens por repetidos golpes, lâmina ou ponta: um horror! Não dava para olhar. Revelava algo como fiapos vermelhos, na parte interna, no meio daquela espuma escura do sangue, já coagulado em alguns pontos; uma lambança! Com pequenas bolhas ainda, no meio. Formas curiosas, para os policiais; enquanto para principiantes, pareciam buracos, como macarrõezinhos de cor vermelha ou rosa.

---

* Referência à estátua da *Noite* sobre o túmulo de Juliano na capela dos Médici na basílica de São Lourenço, em Florença. [*N.T.*]

— A traqueia — murmurou Ingravallo, curvando-se. — A carótida! A jugular... Meu Deus!

O sangue havia emplastrado todo o pescoço, a frente da blusa, uma das mangas, a mão: um fluxo assustador de um vermelho quase preto, de Fáiti ou de Cengio*. (Dom Ciccio lembrou logo, com um pranto longínquo na alma, pobre mamãe!) Tinha se coagulado no chão, na blusa, entre os dois seios; tingira até a borda da saia, o avesso da roupa de lã jogada para cima, e o outro ombro. Parecia que ia se enrugar de um momento a outro: o resultado seria certamente um aglutinado todo pegajoso, como uma morcela.

O nariz e o rosto, abandonados daquele jeito, meio que virados para um lado, como de quem não aguenta mais lutar, o rosto! Conformado com a vontade da Morte, parecia ter sido machucado por arranhões, por unhadas: como se tivesse sentido prazer, aquele carrasco, em querer desfigurá-la daquela maneira. Assassino!

Os olhos estavam horrivelmente fixos: olhando o quê, afinal? Olhavam, olhavam, na direção de sabe-se lá o quê, para o aparador grande, acima, acima, ou para o teto. A calcinha não estava ensanguentada: deixava descoberta duas tiras de coxas, como dois anéis de pele até as meias, de um loiro brilhante. O sulco do sexo... Parecia daquelas mulheres que, no verão de Ostia, ou de Forte dei Marmi, em Viareggio, mostram tudo o que querem quando estão deitadas na areia para se bronzear. Com aqueles maiôs cavados de outrora.

Ingravallo, de cabeça descoberta, parecia um espectro de si mesmo.

— Vocês a tiraram do lugar? — perguntou.

---

* Fáiti, uma colina no planalto cársico esloveno, e Cengio, uma montanha na província de Savona, foram dois locais onde a Itália sofreu grandes derrotas na Primeira Guerra Mundial, com grandes baixas. Gadda parece se identificar abertamente com seu protagonista neste trecho, pois seu irmão falecera em um desastre aéreo na Grande Guerra. [*N.T.*]

— Não, doutor — responderam.

— Tocaram nela?

— Não.

Sangue havia sido espalhado ao redor pelos saltos, pelas solas de alguém, sobre o piso de taco, e dava para ver muito bem que tinham mergulhado os pés naquele pântano assustador. Ingravallo irritou-se. Quem tinha sido?!

— Vocês são uma cambada de matutos! — ameaçou. — Criadores de cabras de Sgurgola!

Saiu para o corredor e para o vestíbulo: dirigiu-se ao dr. Valdarena, jogado em uma cadeira da cozinha, com Pompeo ao seu lado como um filho rodeando a mãe. A zeladora não estava mais por perto, havia descido para a portaria, talvez; havia sido chamada.

— Bem, como é que o senhor veio parar aqui?

— Doutor — disse Valdarena com tom sério, pacato, porém suplicante, julgando óbvio o interrogatório, encarando Ingravallo —, vim me despedir da minha prima, a pobre Liliana... queria me ver de qualquer jeito antes que eu partisse. Parto depois de amanhã para Gênova. Acho que mencionei que vou me estabelecer em Gênova naquele domingo, quando o senhor veio almoçar. Já desocupei o quarto.

— Para Gênova! — exclamou dom Ciccio, distraído. — Que quarto?

— O quarto onde eu moro, na Via Nicotera, número 21.

— Foi ele o primeiro a aparecer... — disse Santomaso, um policial.

— Foi o primeiro a entrar aqui, de qualquer maneira — confirmou o Porchettini. — Depois telefonaram para a delegacia...

— Quem telefonou?

— Sei lá... todos juntos — respondeu Valdarena. — Eu não sabia mais onde estava. Eu, um inquilino do andar de cima, todas as mulheres. A zeladora não estava. A portaria estava fechada.

— Foi o senhor... que deu o alarme?

— Eu tinha subido. A porta estava entreaberta. Perguntei: “Com licença? Com licença?”. Ninguém respondeu.

— Onde estava a zeladora? Então não a viu? E ela viu o senhor?

— Não, não. Acho que não...

A Pettacchioni voltou, confirmou. Estava na escada B, para a faxina do dia. Havia começado de cima, naturalmente. Na verdade, de vassoura em punho, primeiro papeou no corredor com a sra. Cucco do quinto, da escada B. Enea Cucco, viúva Bolenfi de Castiglion dei Pepoli: o cuco ela tinha na língua. Depois tinha ido lá para cima com a vassoura e o balde. Tinha entrado “só um minutinho” na casa do general, o Grão-Oficial Barbezzi, que morava no ático, para fazer um servicinho. Deixara o balde do lado de fora com a vassoura.

Uma garotinha subira à casa dos Bottafavi, era a filha dos Felicetti, que todas as manhãs ia dar “bom dia” aos Bottafavi, e eles lhe davam uma bala; então, dona Manuela a puxou para o vestíbulo, e perguntou se era verdade ou não. Ela, com uma vozinha de tonta, confirmou que era verdade, que só tinha encontrado duas mulheres descendo a escada. Estavam com duas sacolas, uma cada, para fazer compras.

— Mas pareciam da roça — acrescentou a Pettacchioni, por conta própria.

— Quem eram essas mulheres? — perguntou Ingravallo, distraído. — Deixe-me ver suas mãos! — disse ao dr. Valdarena. — Venha aqui embaixo da luz.

As mãos do jovem estavam limpíssimas; uma pele branca, saudável, quente, suavemente atravessada por veias percorridas pelo calor da juventude. Um anel de sinete, de ouro amarelo, com um estupendo jaspe e, no jaspe, o monograma — no anular direito, no qual surgia pleno, em forma de torre: pronto para lacrar uma carta, talvez, uma declaração secreta.

Mas o punho direito da camisa... manchado de sangue! Nos cantos, do ouro da abotoadura até a parte externa.

— E esse sangue? — disse Ingravallo, torcendo a boca de asco, sem, no entanto, largar a mão, que apertava pela ponta dos dedos.

Giuliano Valdarena empalideceu.

— Senhor delegado, acredite! Eu confesso: toquei no rosto da pobre Liliana. Curvei-me sobre ela, depois apoiei o joelho no chão. Quis fazer um carinho, estava fria! Sim, me despedir! Não pude me conter. Queria puxar sua saia para baixo, coitada da minha prima! Naquele estado! Mas não tive mais coragem... de tocá-la uma segunda vez. Estava fria. Não, não. E depois...

— Depois o quê?

— Depois pensei. Entendi que não tinha direito de tocar em nada. Saí correndo, chamei. Toquei aqui em frente. Quem é? Quem é? — perguntaram.

Era uma voz de mulher. Mas não queriam abrir.

— Tinham razão. E depois?

— Depois... gritei de novo. Os outros desceram... ou subiram. Chegou gente, vai saber. Também quiseram ver. Gritavam. Telefonamos para a polícia. O que eu devia fazer?

Dom Ciccio o encarou com severidade, soltou a mão. Uma careta de nojo persistia em seu rosto, uma leve contração do nariz, só de um lado. Refletiu um instante, continuando a encará-lo.

— Como o senhor está tão calmo?

— Calmo? Não consigo chorar. Há anos que não consigo chorar. Nem mesmo quando minha mãe... se casou novamente e partiu para Turim. A ponta do punho deve ter resvalado no ferimento, no pescoço: era inevitável, não? Com todo aquele sangue! Devo partir depois de amanhã; já recebi ordens. Parecia que ia abandonar os meus, o meu sangue. Queria me despedir, me despedir da pobre Liliana! Coitada...

Desesperada e maravilhosa, ela era! — Os outros estavam calados. Dom Ciccio o perscrutava, sério. — Um carinho, Deus do céu! Não tinha forças para um beijo: estava fria! Depois saí, quase fugindo. Tive medo da morte, acredite. Chamei gente. A porta estava aberta, como se os fantasmas tivessem se evaporado por lá. Liliana! Lilianuccia!

Ingravallo se inclinou, examinou as calças do homem na metade da perna, nos joelhos: no esquerdo, um leve vestígio de pó.

— Onde foi que o senhor se ajoelhou? Com que joelho?

— Hum! Do lado do aparador, aquele pequeno. Deixe-me pensar... Foi com o esquerdo, sim, para não encostar naquele sangue todo.

Dom Ciccio o encarou caninamente.

— Doutor, repare, o senhor deve nos dizer as coisas como são. Usar a fantasia... neste momento... neste lugar, o senhor também entende muito bem! Não é o caso!

— Doutor, mas o que o senhor está pensando? Estou dizendo as coisas como são. Procure entender...

— E como é que posso entender? Diga, fale. Vamos ouvir. O senhor é que deve orientar nossas investigações. Para o seu próprio bem.

Relataram a Ingravallo que Gina, a pupila, tinha retornado da Sacro Cuore naquele instante. Às quintas-feiras, voltava à uma para o almoço. O Balducci devia retornar de Milão no dia seguinte... ou de Verona. Ingravallo tentou a menina chorosa, não conseguiu tirar nada dela; depois do café com leite, antes das oito, despedira-se da "mamãe", recebera seu beijo matinal de sempre, com a pergunta de sempre: "Está sabendo a lição?". Ela dissera que sim e saíra. A princípio, foi confiada aos vizinhos, que deveriam levá-la às freiras: aos Bottafavi do andar de cima; a Menegazzi estava perturbada e transtornada demais para poder ajudar a pequena. Tinha um bigode amarelo revirado para trás até o nariz. Não pudera se pentear; o que tinha em cima da cabeça parecia uma peruca de barba de milho com fitas. Dizia que havia uma maldição dentro das paredes do prédio. Invocava a Virgem Maria com os olhos vermelhos, encovados e apertados. Dizia e repetia que "dezessete é o pior número". A menina que encontrara as duas mulheres na escada não sabia informar nada sobre elas. Com os olhos arregalados, dizia "sim", dizia "não", pobre criança, com os lábios aparvalhados pelo constrangimento que sentia diante daquela cabeleira preta de Ingravallo, que, segundo ela, devia ser o homem que levava as crianças embora em um saco quando não paravam de chorar. Foi apurado que as duas mulheres tinham subido para falar com o advogado Cammarota (quarto andar), ou melhor, com a mulher dele, e entregar duas fôrmas de queijo fresco. Entregavam-no a cada duas semanas.

Foi localizado Cristoforo, o contínuo do Balducci. Parecia ter sido atingido por um raio. Saíra às sete e meia, depois de um café com conhaque que Liliana o forçara gentilmente a tomar: leite ele não podia beber, fazia mal ao seu estômago. Sim, um pouco antes da Gina, que entrava na Sacro Cuore às oito. Não quis ficar diante daquela visão:

— Não consigo olhar para ela.

Fez o sinal da cruz. Lágrimas escorreram sobre a pele da caraça, bastante murcha. Fora encarregado por dona Liliana de alguns serviços, pobre patroa! Pagar uma conta, comprar uma vassoura no vassoureiro; providenciar arroz, cera para o assoalho, levar um embrulho na costureira. Antes, porém, precisou passar no escritório; para abrir o escritório, tirar o pó das mesas. O dr. Ingravallo não o liberou. Pelo contrário, encarregou o Garra de ter uma conversinha com ele. Enquanto isso, Giuliano foi convidado a ficar à disposição.

As investigações continuaram *in loco* no início da tarde — a portão fechado, a portas fechadas; com o reforço de policiais e com o subtenente Valiani da polícia científica e a intervenção armada do departamento de perícia. Foi pedido aos moradores e à própria zeladora que não ficassem nas escadas, "para permitir o livre andamento das investigações", mas que se mantivessem, dentro do possível, "ao alcance" da polícia. O juiz instrutor interveio depois das cinco e meia. A Procuradoria Real foi informada da constatação do crime pouco antes das quatro, via repartições, por intermédio do dr. Fumi e do chefe da polícia. O bom Cristoforo, a multicolorida Menegazzi, a pequena Gina, o artilheiro Bottafavi e o belo dr. Valdarena foram ouvidos alternada ou simultaneamente. Mas "o véu do mais denso mistério pairava sobre o crime", diziam mais tarde as últimas notícias da noite, de um jornal que conseguira um furo de reportagem, a notícia berrada pelo Corso Umberto. Os repórteres policiais, por mais que tentassem, não conseguiram ultrapassar a porta dos Balducci. No portão do prédio, porém, se depararam com dona Elodia, da escada B, que, por outro lado, estava bastante animada, como sempre acontecia às quintas e aos domingos. Lançava olhares melosos para os policiais, e eles riam na cara dela.

Foi apurado que nenhum dos moradores do edifício podia fornecer qualquer indicação sobre o autor, ou autores, do delito. Ninguém, exceto a menina, Maddalena Felicetti, cruzara com pessoas na escada. Nem mesmo com o Valdarena, não, ninguém o vira. Ele era doutor em ciências econômicas, Ingravallo sabia muito bem disso, e funcionário da Standard Oil. Durante algum tempo, trabalhara em Vado Ligure, depois em Roma. E estava prestes a se mudar para Gênova e a se casar. Noivo de uma moça de lá, uma bela morena, da qual exibiu uma fotografia: uma certa Renata Lantini. De ótima família, naturalmente. Segundo a ótima família, "ele estava apaixonadíssimo", o dr. Valdarena, o sr. Giuliano. Balducci comentara a respeito com Ingravallo ao encontrá-lo no Cantinone, fazendo algumas alusões bonachonas à idade férvida da paixão, e também à falta crônica, que afligia Valdarena, de um pouco de grana que parasse em suas mãos, pelo menos em parte — dos seus dedos, porém, o dinheiro saía voando sistematicamente, como borboletas dos dedos de um Apolo, daqueles que existem nos jardins, de mármore. O Balducci o definira como um "belo rapaz" (para isso não havia necessidade de referências), "diplomado em ciências econômicas", com notas máximas e louvores também, mas sempre meio duro, como acontece na maioria das vezes com quem quer ensinar aos outros... como quem economiza: com pouca grana... mais do que poderia desejar um primo romano, para não falar de um sogro genovês.*

— Não, não: não que vivesse à custa de empréstimos; mas, em suma, naquela idade, com todas as belas tentações que andam por aí, o senhor me entende, um rapaz como aquele... Se não lhe falta dinheiro, outra coisa lhe sobra.

Ingravallo, naquela noite, estava de cara amarrada no Cantinone d'Albano: a indulgência acanhada, ou melhor, a solidariedade masculina do Balducci, o marido, com aquele palito entre os dentes, parecia mais um efeito da boa digestão... de um Gabbioni Empedocle e Figlio, talvez. Aquela despreocupação pós-prandial bem-humorada de um viajante do comércio, de um caçador com botas novas, Virgem Maria, aquilo acabou por exasperá-lo, ele saíra de tempos difíceis, do árido monte Matese, para os códigos e papeladas da lei, mísero e persistente investigador dos fatos, ou das almas, de acordo com a lei. Olhara de esguelha para o Balducci. "Agora vão crescer na sua cabeça!", pensou. "Um atol de corais é o que vai crescer." Mas, em vez disso, havia suspirado, com uma cara mais sombria do que nunca embaixo da cabeleira de Astracã:

— Essas mulheres!

Giuliano, naquele momento, na sala de estar. Na companhia de dois policiais.

---

* Na Itália, os genoveses têm fama de avarentos. [*N.T.*]

Um belo rapaz, o dr. Giuliano, sem dúvida; muito sortudo com as mulheres. Bastante. Pois é. Perseguiam-no como enxames, em voo rasante: e depois caíam em cima dele, todas ao mesmo tempo feito moscas no mel. Ele também sabia como agir: tinha seu chamariz, seus estratagemas, um jeito tão natural e ao mesmo tempo estranho... que as fascinava com a maior facilidade. Fazia de conta que não estava nem aí para elas, ou que estava entediado: numerosas demais, fáceis demais! Tinha coisa melhor à disposição. Bancava o durão, ou o aborrecido, ou o arrogante; ou o filhinho de papai de boa família da Via dei Banchi Vecchi: ou o homem de negócios, que não tem tempo para jogar conversa fora. Assim. De veneta. De acordo com o humor. Combinando com o terno que estava usando. Segundo a inspiração do momento. Dependendo se tinha cigarros com filtro dourado, ou se não tinha cigarro algum, ou se tinha acabado de comprar os Nazionali, que fedem. Bancava o mimado. Outras vezes, era volúvel como uma bandeira ao vento. Então não dava bola para elas, pois sim! Aquelas frívolas. Era aí que elas surtavam. Ele se entregava, depois de longa relutância ou depois de anseios e desmaios infinitos por parte da vítima, prolongando seu ardente abandono ou exaurindo sua indocilidade renitente mediante uma distribuição de pseudossintomas (sugestões, na realidade) alternados e opostos, de sim e não. Ele me ama, ele não me ama. Eu te quero, eu não te quero. E, de qualquer modo, às predestinadas e raras, e com arcana deliberação eleitas, concedia-se: como a Saúde Eterna em Jansênio. Às vezes, por outro lado, com repentina violência: com total abuso de qualquer verossimilhança. Lá, naquele exato momento, quando o futuro de cada um já parecia tomar rumos diferentes. Zás! Mergulhando a pique como um gavião sobre a mais resistente de todo o galinheiro; como se quisesse puni-la (ou para recompensá-la) com aquela fulgurante algazarra, para resgatá-la de uma debilidade recôndita em seu ser, de uma ignomínia... anterior àquela escolha glorificadora. Em tal caso, a gratidão da glorificada podia ir aos píncaros, bem como seu medo, ou quem sabe até sua esperança, de um bis.

Ingravallo, como era de se esperar, antes mesmo da chegada do juiz, diante de como se apresentavam os fatos, decidiu deter Valdarena. Somente mais tarde, ou melhor, na manhã seguinte, a Procuradoria Real transformou a detenção em prisão preventiva e providenciou o respectivo mandado; depois da detenção, e com o sujeito já na prisão de Regina Coeli. Até tarde da noite, o funcionário-chefe e dois especialistas do departamento de criminologia não desistiram das averiguações de praxe, nem de fotografar a morta. Tinham levado tudo o que era preciso. Não era o caso de enviar um telegrama ao Balducci, dada a iminência do seu retorno, nem às diversas delegacias para que o localizassem: Milão, Pádua, eventualmente Bolonha, porque ele também tinha de ir a Pádua. Cristoforo, a Menegazzi, que não parava mais de choramingar por causa da desgraça, o Bottafavi, a Pettacchioni e seu homem, aquele da central leiteira, se ofereceram unanimemente para ir encontrá-lo na estação; era preciso evitar o choque, prepará-lo de algum modo. Os parentes? Um telefonema ao meio-dia...

Os parentes foram "avisados" oficialmente tarde da noite, mas Ingravallo, já de manhã, proibira sua entrada. Investigações renovadas e pontuais contestações autópticas, tanto do cabeçudo dom Ciccio quanto do subtenente Valiani, ora, como se sabe, não surtiram muito resultado. Bem, quer dizer: algumas evidências de furto. Nenhuma arma foi encontrada. Mas, nas várias gavetas e gavetinhas, olhando lá dentro, era perceptível que algo podiam revelar. Não pareciam inocentes como sua aparência externa fazia crer. Armas, não. E nenhum indício, exceto os pingos vermelhos pelo chão, e aquele sangue... espalhado pelos saltos. Perto da pia, na cozinha, o chão de lajotas estava molhado. Uma faca "afiadíssima", e completamente ausente, era a mais provável de ter podido operar daquela maneira. Mais do que da mão assassina, os pingos pareciam ter gotejado de uma faca. Escuros, já. O inesperado brilho, o gume e a breve sutileza de uma lâmina. Nela, um espanto. Ele, decerto, golpeara de repente, e insistira depois na garganta, na traqueia, com feroz segurança. O "corpo a corpo", se é que se podia acreditar nisso, não devia ter passado de um mísero esforço, por parte da vítima, um olhar aterrorizado e subitamente suplicante, o esboço de um gesto: uma mão ligeiramente erguida, branca, para afastar o horror, para tentar agarrar o pulso peludo, a mão implacável do homicida, a esquerda, que já cravava as unhas em seu rosto e torcia sua cabeça para expor mais a garganta, completamente nua e indefesa, contra o brilho de uma lâmina: que a mão direita já havia sacado para ferir, para matar.

Uma cérea mão se afrouxava, tombava... quando a faca já penetrava na respiração de Liliana, lacerava, mutilava sua traqueia; e o sangue, quando ela tentava tomar fôlego, descia até seu pulmão; e a respiração saía aos borbotões naquela tosse, naquele martírio, parecendo muitas bolhas de sabão vermelhas; e a carótida e a jugular jorravam como duas bombas de poço, *luf, luf*, a meio metro de distância. O respiro, o último, oblíquo, em bolhas, naquela púrpura atroz da sua vida; e sentia o sangue na boca, e via aqueles olhos, não mais humanos, sobre o ferimento que ainda devia ser lavrado; mais um golpe: os olhos! Da besta infinita. A ferocidade insuspeita das coisas... revelava-se para ela de repente... breves anos! Mas o espasmo roubava seu sentido, aniquilava a memória, a vida. Um adocicado, um morno sabor da noite.

As mãos branquíssimas, com aquelas unhas delicadas, em cor de pervinca, não apresentavam cortes: não pudera, não ousara agarrar o gume da faca, ou deter a determinação do carrasco. Entregara-se ao algoz. O rosto e o nariz estavam arranhados, aqui e ali, em meio à exaustão e à palidez da morte. Os dedos estavam sem anéis, a aliança desaparecera. Nem passava pela sua cabeça, então, imputar seu desaparecimento à pátria.* A faca havia cumprido seu dever. Liliana! Liliana! Parecia a dom Ciccio que uma sombra escurecia todas as formas do mundo, toda a gentileza do mundo.

O encarregado do departamento de criminologia descartou a navalha, que produz cortes mais nítidos, porém mais superficiais e, conforme opinou, múltiplos, não podendo ser usada de ponta, nem com tamanha violência. Violência? Sim, o ferimento era profundíssimo, horrível: por pouco não decepara o pescoço ao meio. Em toda a sala de jantar, não, nenhum indício... exceto o sangue. Nos outros aposentos, muito menos. Salvo mais sangue: vestígios evidentes na pia da cozinha: diluído, parecendo sangue de rã: e muitos pingos escarlates, ou já escuros, no chão, redondos e radiados como acontece com o sangue quando deixamos que pingue no chão: feito seções de asteroides. Aqueles pingos horríveis davam mostras de um itinerário evidente: desde os restos daquele corpo volumoso, desde o testemunho morno daquela mulher, da morta! Liliana! Até a pia da cozinha, o frio e as abluções: o frio que de toda memória nos absolve. Muitos pingos na sala de jantar, sim, dos quais cinco, ou até mais, limítrofes com o outro sangue, com toda aquela lambança, com as manchas e a poça maior, onde aqueles malditos pastores de cabras o tinham pisado para espalhá-lo com os sapatos. Muitos pingos no corredor, um pouco menores, muitos na cozinha, e alguns esfregados, na tentativa de apagá-los com a sola para não aparecerem nas lajotas brancas, hexagonais. Tentaram abrir os móveis: onze gavetas e portinhas de armários e aparadores. Não conseguiram. Giuliano, na sala de estar, era vigiado por dois policiais. Cristoforo levara dois sanduíches e duas

* Mussolini, em 1935, pediu às mulheres casadas que doassem à pátria suas alianças de ouro como contribuição para o esforço de guerra nas colônias. [*N.T.*]

laranjas. Todos aqueles brutamontes continuavam a circular e a arrastar os pés pela casa. Dava nos nervos. Dom Ciccio sentou-se, abatido, no vestíbulo, à espera do juiz. Depois voltou para dentro: olhou, como que se despedindo, para a pobre criatura por cima da qual os fotógrafos discutiam em voz baixa, tomando o cuidado de não sujarem nem a si mesmos nem às traquitanas cheias de lâmpadas, telas, fios, tripés, grandes câmeras de fole. Já tinham encontrado duas tomadas atrás de duas poltronas, e já tinham queimado o fusível duas ou três vezes, um dos três fusíveis do apartamento. Decidiram-se pelo magnésio. Circulavam como dois anjos sinistros cheios de vontade de se livrar daquilo, por cima da aterrorizante exaustão: um destroço frio, pobre, da maldade do mundo. Movendo-se como grandes moscas, os fios, o fechamento dos diafragmas, as discussões à meia-voz para tentar não causar um incêndio... era o primeiro zumbido da eternidade nos sentidos opacos dela, daquele corpo de mulher que não tinha mais nem pudor nem memória. Trabalhavam sobre a "vítima" sem respeitar seu sofrimento, e sem poder redimir sua ignomínia. A beleza, a roupa, a carne apagada de Liliana estavam lá: o doce corpo, ainda protegido dos olhares. Na torpeza daquela pose involuntária — motivada, certamente, tanto pela saia levantada pelo ultraje quanto pela exposição das pernas e, mais acima, pelo relevo e pelo sulco de voluptuosidade que tornava cúpidos os mais fracos, e pelos olhos encovados, mas horrivelmente abertos para o nada, fixados sem objetivo no aparador —, a morte pareceu a dom Ciccio uma decomposição extrema das possibilidades, um defasar-se de ideias interdependentes, antigamente harmonizadas na pessoa. Como a dissolução de uma unidade que não mais consegue ser e agir como tal, o colapso repentino das relações, de todas as relações com a realidade organizadora.

A doce palidez do rosto dela, tão branco nos sonhos opalinos da noite, cedera por modulações fúnebres a um tom cianótico, de exausta pervinca; como se o ódio e a injúria tivessem sido por demais cruéis quando conhecidos, para a tenra flor do ser e da alma. Arrepios percorriam sua espinha. Ele tentou refletir. Suava.

Tirou mecanicamente a passagem do bolso, do lado direito do paletó, no qual a guardara de manhã, e no qual ainda estava depois de todo o sofrimento do dia, junto com metade de um cigarro e algumas migalhas: a passagem comprida verde-azulada dos bondes de Castelli com o picote no dia 13, com aquele outro furo ou rasgo em Torraccio. Virou-a, revirou-a. Entrou na antecâmara, no quarto do casal. Jogou-se sobre uma cadeira, esgotado.

Raciocinou, tentando juntar as provas, tão disparatadas: aproximar os momentos, os desgastados momentos da sequência, do tempo dilacerado, morto. Antes de mais nada: as duas "safadezas" deviam estar interligadas, ou não? O incrível roubo contra a Menegazzi, aquela pobre papagaia, aquela mulher... manchada de molho de espinafre: e, então, esse horror. O mesmo edifício, o mesmo andar. No entanto... Seria possível? Com três dias de intervalo?

A razão dizia-lhe que os dois crimes nada tinham em comum. O primeiro, bem, um "audacioso" roubo, obra de um bandido muito bem-informado, ou grande conhecedor, dos usos e costumes do 219, escada A. "Escada A, escada A", resmungava com seus botões, balançando imperceptivelmente a cabeleira encaracolada, preta; olhando fixamente para um ponto no assoalho, com as mãos entrelaçadas, com os cotovelos sobre os joelhos: "Um roubo, você disse bem, em domicílio".

Com aquele entregador inalcançável da casa de frios como informante: ou, quem sabe, como olheiro. Melhor como olheiro, talvez, já que a Menegazzi, aquela idiota, não se deu minimamente conta; ou seja, de qualquer forma, como cúmplice. E com aquela trombeta rachada do comendador do Ministério da Economia, que mandava entregar trufas em domicílio.

— O comendador Angeloni! — exclamou, aos suspiros, com certa ênfase. — Ele gosta de alcachofras. Vamos ver. Dá a vida por um presunto da Via Panisperna. Lá embaixo, na esquina da Via dei Serpenti.

E o toque de campainha na casa dos Balducci? Um engano, certamente. Ou uma alternativa? Ou uma precaução? Recompensada pelo silêncio? De qualquer maneira, estava claro, um ladrão. Assalto à mão armada, invasão de domicílio...

Este outro, Virgem Maria, era para fazer o sinal da cruz! Onde já se viu coisa igual? Embora a causa de furto não pudesse ser excluída nem mesmo aqui, pelo contrário! Até o retorno do Balducci. E depois, e depois, o quê? As gavetas falavam. Sim, mas em suma... era outra coisa. O *modus operandi*, aquele pobre corpo, lá, aqueles olhos, o horrendo ferimento: uma causa, talvez, mais turva. Aquela saia... daquele jeito... jogada para trás, como que por uma lufada de vento: uma labareda ardente, voraz, saída diretamente do inferno. Atraída por uma raiva, por um desprezo como aquele, foram as portas do inferno que lhe deram passagem. O assassinato "tinha toda a cara de um crime passional". Ultraje? Cobiça? Vingança?

A razão lhe dizia para examinar separadamente os dois casos, para "apalpá-los" a fundo, mas um de cada vez. Afinal, não é tão raro assim que sorteiem um duque na loteria de Nápoles, ou de Bari, ou de Roma até, de modo que, também lá, na Via Merulana, a rua dos melros, no avarento falanstério do 219 coberto de ouro, não pudesse sair para ele, também, um duque. A dobradinha indesejada do crime. *Tac, tac*. Sem outra relação a não ser a tópica, isto é, a causa externa da grande fama dos tubarões e de seu ouro do diabo. Fama já onipresente, em todo o bairro San Giovanni: desde Porta Maggiore até o Celio, até o canal, a Suburra; onde, porém, no verão, o vinho é gelado. Então, olhou a passagem. Virou-a, revirou-a. Coçou o nariz de leve (esticando a boca como um tubérculo) com a unha do polegar da mão direita usada de cabeça para baixo: gesto habitual nele, e de notável requinte.

CAPÍTULO 3

Na manhã seguinte, os jornais noticiaram o fato. Era sexta-feira. Os repórteres e o telefone tinham torrado sua paciência a tarde toda; tanto na Via Merulana quanto lá embaixo, em Santo Stefano. Por isso, de manhã, uma devastação. "Crime horrendo na Via Merulana!", berravam os jornaleiros ambulantes, com os pacotes esbarrando nos joelhos das pessoas, até 11h45. Na página policial, dentro, uma manchete em negrito no alto de duas colunas, mas, depois, um relato sóbrio e um tanto distante: uma coluninha bem enxuta, dez linhas ao todo, "as investigações prosseguem a todo vapor", e algumas outras palavras para encher linguiça em puro estilo neo itálico. Acabaram-se os bons tempos... por causa de um beliscão no "traseiro" de uma doméstica na Piazza Vittorio, meia página de lenga-lenga. A moralização da Urbe e da Itália inteira, o conceito de maior austeridade civil, abria então seu caminho. Aliás, pode-se dizer que avançava a passos largos. Crimes e histórias sórdidas tinham sido enxotados para sempre das terras da Ausônia, como um terrível pesadelo que se dissipa. Furtos, facadas, putarias, cafetinagens, roubos, cocaína, vitríolo, arsênico para matar ratos, abortos *manu armata*, façanhas de proxenetas e de trapaceiros, rapazotes que tomam vermute à custa de uma mulher, imagine só! A divina terra da Ausônia nem se lembrava mais do que diabos era isso.

Restos de uma época que desvaneceu no nada, com suas frivolidades e suas "frases", seus preservativos e suas colheres de pedreiro maçônicas. A faca, naquele tempo, a velha faca de todo prepotente e de todo gângster de meia-tigela — vigarista ou traidor —, a arma dos tortuosos arranca-rabos, dos becos mijados, parecia realmente ter saído de cena para não voltar nunca mais, a não ser na pança dos heróis fúnebres, na qual se exibia, atualmente, sobressaindo gloriosamente, como um órgão genital niquelado, prateado. Vigorava então o vigor novo do Queixudo, do Cabeça de Morto com chapéu-coco, depois Emir de fez, e com o penacho, a nova castidade da baronesa Malacianca-Fasulli, a nova lei das varas amarradas em feixe.* Pensar que existiam ladrões em Roma naquele momento com o galo de expressão fanática no palácio Chigi? Com o Federzoni** querendo trancafiar à força todos os namoradores ao longo do Tibre? Ou todos os beijoqueiros de cinema? Todos os cães no cio da Via della Lungara? Com o papa milanês e um Ano Santo só dois anos antes? E com os recém-casados? Com os franguinhos novos a ciscar por toda Roma?

Longos cortejos de mulheres vestidas de preto, o véu cerimonial alugado em Borgo Pio, na Piazza Rusticucci, em Borgo Vecchio, se aglomeravam sob a colunata, desmaiavam na Porta Angelica e, depois, atravessavam os portões de Sant'Anna para ir receber a bênção apostólica do papa Ratti, um milanês de boa linhagem de Saronno, daqueles durões, que construía edifícios. Esperando serem elas também finalmente enfileiradas e apresentadas após quarenta lances de escada na sala do trono pelo grande papa alpinista. Tudo isso para dizer que a Urbe, afinal, encarnava sem a menor dúvida a cidade dos sete candelabros das sete virtudes: aquela que, durante densos milênios, desejaram seus poetas e todos os inquisidores, os moralistas e

---

* Alusão ao feixe lictório (*fascio littorio*, em italiano), símbolo do poder executivo na Roma antiga apropriado pelo movimento fascista e origem do seu nome. [*N.T.*]

** Luigi Federzoni, ministro das colônias e, posteriormente, do interior durante o governo fascista, entre 1923 e 1928, responsável pela campanha de moralização de Roma. [*N.T.*]

os utópicos, e Cola dependurado.* (Gordo era.)** Pelas ruas de Roma, não se via mais circular uma puta sequer, daquelas com alvará. Em homenagem ao Ano Santo, o Federzoni confiscara todas. A marquesa Lappucelli*** estava em Capri, em Cortina, tinha ido para o Japão fazer uma viagem.

— Maldito penacho daquele francês...**** — resmungou dom Ciccio, rangendo os dentes; eram dentes de buldogue, e a comida à base de alho os tornava branquíssimos.

Via seus melhores homens serem escolhidos, um atrás do outro, para ir engordar o esquadrão: o esquadrão político. Enquanto isso, ele ficava chafurdando na papelada.

Precisava pensar no belo rapaz, e bem seriamente. Belo rapaz, sim, belo, belo mesmo. E com pouca grana.

Parecia lhe voltar à mente uma frase do Balducci, uma noite na "cantina do Albano", pronunciada como uma opinião bonachona por aquela sua caraça corada; falava de uma prima.

— As mulheres, como bem se sabe, quando estão apaixonadas... — Estendeu a cigarreira. — ...não ligam para certas ninharias. Têm vistas amplas. — Acendera o cigarro de Ingravallo, depois o próprio. — Esbanjam, esbanjam.

Na hora, não dera atenção à coisa, às nobres opiniões de depois do jantar. Com ele, o dr. Francesco Ingravallo, para falar a verdade, mulher alguma jamais havia esbanjado; salvo talvez, pois é, pois é, a finada senhora. Esbanjara bondade,

* Nicola Gabrini (1313-1354), popularmente conhecido como Cola di Rienzo, tribuno romano, grande orador, que se tornou ditador e, depois, senador. Foi assassinado em uma revolta popular e seu corpo ficou pendurado por dois dias e uma noite diante da igreja de San Marcello al Corso. [*N.T.*]

** Citação de *Vita di Cola di Rienzo*, de anônimo romano. [*N.T.*]

*** Trocadilho, *Lappuccelli* (*lappa* + *uccelli*) significa literalmente "lambe pintos". [*N.T.*]

**** Chapéu bicorne com pena usado por Murat, marechal e almirante francês sob Napoleão, e copiado por Mussolini. [*N.T.*]

gentileza. Como uma gentil... inspiradora. Em sua homenagem, certa vez (corou), ele tentou... compor um soneto. Mas não conseguiu fazer todas as rimas. Porém, até o professor Cammaruta havia achado os versos perfeitos.

— Esbanjam, esbanjam.

Parecia ter que confirmar aquela insinuação bastante genérica. Talvez, pois é, as mulheres.

— Dom Ciccio! Deveria poupar um pouco. — Seu pensamento fugia, obscurecido por uma raiva, por um rancor vingativo. — Dão dinheiro também, além do resto?

Não, não. Quis afastar a hipótese. Havia muitos indícios, não, Liliana Balducci... não, não, não estava apaixonada pelo primo. Apaixonada? Que nada! Sim, é verdade, olhara para ele com prazer, daquela vez, dirigindo-lhe um sorriso, mas... como se sorri para um belo exemplar da família, como se sorri para um irmão. Alguém, ele passara a entender, alguém que era uma honra para a própria linhagem; descendente, ele também, do mesmo avô, aliás, para ele, bisavô. Ela, pobre criatura, era prima do pai dele. Não tinha mais nem mãe nem pai. Só o marido, ah! E Giuliano... Um belo exemplar, que brotara de repente da mesma cepa. Talvez... Ah, sim, eles se frequentaram na adolescência, como primos. Pompeo havia levantado a genealogia (dom Ciccio consultou um pedaço de papel).

— A tia dela, a tia Marietta, mulher do tio Cesare, era avó de Giuliano. Eles tinham crescido juntos, praticamente. De maneira que ela falava com Giuliano como uma irmã. Uma irmã mais velha.

— E como é que ela também se chamava Valdarena, quando solteira?

— Como? Justamente porque o pai dela e o avô de Giuliano, o tio Cesare, eram irmãos.

— Então de onde você tirou essa tal de Marietta? O parentesco, pelo que me consta, vem dos homens, dos pais...

— Claro!

— Claro uma ova! Trate de tirar essa tia Marietta da jogada.

— Mas foi ela quem a criou, quando a mãe de Liliana morreu.

Ingravallo lembrou que, de fato, Balducci lhe havia contado: Liliana perdera a mãe ainda criança. Complicações pós-parto, o segundo. E a criança também! Portanto, portanto... Então, naquela tarde... Então, naquela tarde, havia tratado o primo com a indulgência admirada e um pouco invejosa com que as mulheres bonitas sempre olham para os belos rapazes... bastante procurados por suas concorrentes. Era só isso.

— Essas mulheres!

Era uma hora. Juntou declarações e relatórios, tornou a empilhar pastas. Levantou-se desesperado, saiu. “No entanto”, pensava, “o Valdarena, o primo... tinha sido ele a dar o alarme. Isso é um sintoma (irrefutável?) de inocência, pelo menos de consciência tranquila. Consciência! Mas e o punho da camisa?” Não, não estava conseguindo ver com clareza. Aquela história de carícia parecia invenção. Carícia em uma mulher morta! Ou então... Há instantes turvos no lento gotejar das horas; das horas da puberdade. O mal aflora em estilhaços, imprevisto, horríveis estilhaços debaixo do tegumento, por debaixo da pele das fofocas; um belo diploma de contador, outro, depois, de doutor. Por debaixo da cobertura das aparências decentes, como a pedra, aflora que nem mesmo dá para ver; como a escura dureza da montanha, em um gramado.

O belo Giuliano! Conturbado demais, parecera, ao mesmo tempo, nervoso demais e deprimido demais. Não estava mais aguentando. Não conseguia manter a compostura.

— Como é que o senhor está tão calmo? — perguntara Ingravallo. Era uma armadilha. Calmo coisa nenhuma. — Esbanjam, esbanjam. Ah!

Liliana Balducci era muito rica. Liliana Valdarena Balducci, nome de casada. Tinha seu dinheiro e, em certa medida, dele dispunha. Filha única. E o pai soubera fazer fortuna. Até o dr.

Fumi, naquela vasta cacofonia sinfônica, percebera o tema: "A causa do crime".

— O pai sabia tratar dos próprios negócios. Durante e depois da guerra. Aquele, sim, era um tubarão de verdade. Também tinha morrido, dois anos antes, com a filha já casada havia algum tempo. O apartamento da Via Merulana era propriedade dele. Negócios, parcerias, coparticipações cá e lá. Proprietário aqui, meio proprietário ali. Emprestar para hipotecar, hipotecar para embolsar. Aquele devia ser um filho da puta.

Acompanhou o predicado com algumas volutas da mão direita. Liliana havia mencionado a fortuna do pai no dia de São Francisco, durante aquele almoço tão alegre.

Bem, dos parentes Valdarena, encarregara-se o dr. Fumi. Primeiro Pompeo tinha ido à casa deles, perdido todo aquele tempo: nada. Depois o sargento: nada. Eles é que procuraram Fumi. E ele fez tudo o que tinha que fazer: sondou-os, a seu modo, um pouco aqui, um pouco ali, com muita delicadeza, balançando a cabeça, como se recitasse um poema, com aqueles olhos, aquela voz. Fumi, quando queria, era um advogado criminalista! Era de arrancar lágrimas!

A mãe de Giuliano morava fora de Roma. Uma bela mulher, diziam. Pompeo havia organizado os dados cadastrais dos parentes. O talento natural, refinado pela boa prática da arte e pela necessidade de ganhar tempo, para abreviar as longas cadeias de sorites processuais, olho, ouvido e nariz atentos a serviço da cachola ajudada por um ou outro sanduíche de rosbife, fizeram de Pompeo um mestre em delinear, com poucos traços, dois ou três riscos simples e bem-sucedidos, as mais emaranhadas árvores genealógicas do repertório. E com os mais edificantes detalhes.

No que dizia respeito a mulheres, então, e exploradores de mulheres, amor, amantes, casamentos verdadeiros, casamentos falsos, chifres e contrachifres, Pompeo era o tal, pode-se dizer. Certos idiotas bígamos ou polígamos, com todas as suas encrencas e quizilas, com todas as tretas dos respectivos filhos, que ora queriam, ora não queriam, bem, nessa lama, dentro e fora, ele derrapava como um motorista de praça. O necessário convívio com a marginalidade, o aprofundamento abreviado daquelas "situações de família", obtido, pode-se dizer, por intuição, tinham-no deixado de tal maneira que ele, na hora, podia revelar todas as "coabitações", digamos, da Via Capo d'Africa ou da Via Frangipani, até lá no fundo, na Piazza dei Zingari, na Via dei Capocci, no Vicolo Ciancaleoni. E mais lá embaixo também, depois da Piazza Montanara, melhor nem tocar nesse assunto, na Via di Monte Caprino, no Vicolo della Bucimazza, na Via dei Fienili: quantos ele não conhecia por lá! Ou em volta do Palazzo Pio, por todas aquelas ruelas atrás de Sant'Andrea della Valle, em Grotta Pinta, na Via di Ferro, no Vicolo delle Grotte del Teatro. E talvez na Piazza Pollarola, que, embora fosse lugar de gente grã-fina, sempre tinha no meio um agregado ou algum tipo não muito benquisto pela polícia. Daqueles lados, justamente, ficavam suas principais iscas. Lá, ele sabia de cor todos os casais, com todos os parentescos e todas as ramificações que brotavam na primavera, na cabeça ou embaixo da cabeça — os casais duplos, as trincas, as sequências reais, com todos os encaixes possíveis: nascimento, vida, morte e milagres. Ele conhecia as espeluncas que eles alugavam, quando se mudavam de um lugar para outro, os quartos de casal, os quartinhos de despejo, os abatedouros, os divãs e até mesmo as otomanas, com todas as pulgas que lá fazem morada, uma por uma.

De modo que, para ele, a bando dos Valdarena foi moleza. A mãe de Giuliano tinha ido morar fora de Roma. Tendo se casado em segundas núpcias com um tal contador Carlo Ricco, da Moda Italiana, residia com o marido em Turim. Dos filhos, as notícias eram boas: iam à escola estudar. Quanto a ela, os parentes abastados "a afastaram um pouco"; e eles não faziam lá muita questão de ir de Turim a Roma. Em compensação, "estava livre da sogra", aliás, "das sogras", como as chamava em bloco: deixara o filho com a avó. No fundo, todos ficaram satisfeitos, depois das birras e lágrimas, porque, quando não se tem dinheiro, o melhor emprego que uma viúva pode encontrar é arranjar um outro homem que se case com ela. Giuliano deve ter sentido um pouco de tristeza e ciúme da mãe. Por muito tempo, fechou a cara para todo mundo. Depois, ao crescer e se desenvolver, aos poucos foi se conformando. A mãe era bonita, era jovem. E a tristeza de um rapazote como aquele... Logo ele encontrou quem a fizesse passar.

A avó o mimava. A avó, que era a tia Marietta de Liliana.

Bem, e daí? Quando o diabo mostra o rabo... A mãe de Giuliano fora internada em Bolonha havia sete ou oito meses, entrevada em uma cama em San Michele in Bosco: um acidente de automóvel quando estava a caminho de Roma para visitar os parentes, de tanto que ela os detestava, coitada! Tinham passado por Milão. As duas pernas quebradas: um milagre ter escapado com vida. Pesos e contrapesos, presos tanto em um pé quanto no outro. E aparelhos de todos os tipos e formas. Por isso, provavelmente, o rapaz andava tão atordoado havia algum tempo: estava preocupado com a mãe. E as mulheres todas em volta, compadecendo-se dele, coitadinho! Fazendo das tripas coração para consolá-lo.

Liliana Balducci, portanto, era muito rica. Filha de um tubarão. Tudo bem.

Ele, o priminho, sua técnica era a do avoado, do belo rapaz. Que tinha ou podia ter quantas mulheres quisesse. Mas, sem dúvida, dentro de si, alguma ideia ele também devia abrigar. Já havia preestabelecido um objetivo no seu coração. É claro, queria que fosse ela a desejá-lo. Ingravallo enxergou tudo com clareza. Ele queria ser desejado. Para se entregar; mas como se fosse uma dádiva, para se vender por um preço alto. O mais alto possível. Continuava a se fazer de gostoso e, portanto, bancava o desinteressado. Com todas. E com ela também. Pois é. Para não enganar apenas ela.

Quando também estivesse louca por ele, como acontece com certas pobres coitadas, correndo atrás de certos animais em voga (Ingravallo cerrou os dentes), que deviam ir para o xadrez, então ele, canalha! Então, *plac*, *plac*, *plac*, a chuva das notas de mil. Pingos dos grandes!

— Recapitulemos.

Ele precisava ir a Gênova. A transferência já estava decidida; aliás, era iminente: uma questão de dias.

O belo quarto de Via Nicotera, 21, segundo confirmou a sra. Amalia Bazz... Buzzichelli, seria mesmo desocupado no fim do mês. (Aquele engodo da *pipeline*, que devia bombear petróleo até Ferrania![*]) De maneira que não havia mais tempo para aperfeiçoar o encantamento. E então? Um pedido brusco? Uma recusa de Liliana? Falta de dinheiro vivo na hora? Ou então um golpe pelo ouro? As joias? Aquela coisa horrível... por um punhado de papéis xexelentos? E as joias?

Com o dr. Valdarena, revistado logo após a detenção, nada fora encontrado; nada de proveniência suspeita. Mas ele tinha tido todo o tempo para sair, das 9h às 10h20, guardar em lugar seguro o butim, voltar (porém, porém, uma ideia meio arriscada: de fato, é mesmo)... depois de Cristoforo e Gina terem ido cuidar da própria vida, e antes que ele mesmo chamasse gente, às 10h20... Bem, sim, mais de uma hora tinha se passado, no mínimo. A zeladora Pettacchioni estava ocupada lá em cima, no topo, nas nuvens. Com a vassoura e o balde, e com a língua também, certamente. Àquela hora, segundo os relatórios de Pompeo, ela gostava de ir até a escada B, onde a figura principal bem lá no alto era a Bolenfi, ou Sbolenfi, de chinelo. Ingravallo, com as mãos, remexeu um pouco nos papéis.

---

* Oleoduto planejado por Mussolini, mas nunca construído, para levar petróleo até a cidade de Ferrania, na província de Savona, onde se situava uma importante indústria de produtos fotossensíveis para cinema, fotografia e aplicações médicas. [*N.T.*]

— Enea Cucco, viúva Bolenfi — recitou, com firmeza.

Ainda mais acima da Cucco, no ático, morava o general Barbezzo. Ingravallo, rapidamente, como se fosse uma galinha choca bem preta, *cocó-cocoricó*, atrás de uma minhoca, bicou a ficha do homem no meio de toda aquela papelada: uma bicada certeira em um monte de estrume. Recitou de novo:

— General Grão-Oficial nobre Ottorino Barbezzi-Gallo, comandante reformado do exército. Idade desconhecida? Ah! De Casalpusterlengo. Muito prazer!

E ainda por cima era nobre. Pelo que o Garra havia sussurrado no seu ouvido, um senhor muito distinto, viúvo, com a barba repartida ao meio, parecendo uma escova de luxo; mas devia sofrer de gota (segundo a zeladora), devia padecer as penas do inferno. Os doutores haviam proibido que ele tocasse com os pés no chão, sendo obrigado, portanto, a viver como um celícola. Para se consolar, uma boa "biblioteca" — catorze ou quinze das mais ilustres obras, daquelas que queimam a goela logo na primeira talagada. De resto, um perfeito cavalheiro: nos pés, calçava pantufas, parecendo duas patas de elefante. Um cavalheiro. Para quem dona Manuela, nos poucos momentos de folga da portaria, fazia um servicinho doméstico ou outro. Uma coisinha ou outra... também de manhã, enquanto ele esperava a empregada, que chegava tarde, ao meio-dia, mas com as compras já feitas. Um homem sozinho, e enfermo daquela maneira! Ela não queria que os condôminos soubessem; mas, pelo contrário, todos sabiam. Ela dizia que tinha coisas suas para fazer por lá, que ia ao terraço. O terraço, todos sabem, é o reino da roupa a ser estendida no varal. Pois ela, certas manhãs em que soprava a tramontana, parecia que também ia sair voando, como um bólido no convés de decolagem de um porta-aviões. Com aquelas quatro bombas acopladas, duas na frente e duas atrás. "Estou aqui. Estou estendendo roupa", berrava para os adormecidos. Cantava como aos dezoito anos. Os moleques, às vezes, chamavam-na lá de baixo, do fabuloso vão do pátio quando não iam à escola: "Dona Manuela, tem gente aqui! Desce, querem falar com a senhora!". O marido vivia ocupadíssimo na Central Leiteira Fontanelli. Ela descia, *pa-plaf*, *pa-plaf*, com o rosto em brasa: a tramontana! Eram 129 degraus. Com bafo de anis. Um ventinho! Descia justamente do paraíso. Um paraíso de anisete.

— Meu querido dom Ciccio!

E Ingravallo virou a folha. Segundo os mais confiáveis entre os vários e melodiosos boatos do 219 tão prontamente captados pelo Garra, parecia... sim, em suma, ela e o Barbezzi-Gallo, vez por outra, após uma boa levantada do Barbagallo, bem, era justo, sentiam a necessidade de se congratular reciprocamente, de copinho na mão. Um clássico. Anisete Meletti autêntico, de 120 liras a garrafa, três quartos de litro. Por isso, até mesmo Napoleão com o Exército da Itália podia passar na frente da portaria que, se os moleques estavam na escola, como naquela maldita quinta-feira, ninguém veria.

As novas forças em ação na sociedade italiana para realizar aquela renovação profunda — que, imitando a antiga severidade, ou pelo menos o semblante severo dos lictores, já tomara impulso graças aos pequenos bastões (um maço de varas bem amarradas ao redor do cabo do machado, não apenas emblemático) — depois se esforçaram, sem se perder em filosofemas (*primum vivere*), em pavimentar com os bons propósitos mais verborrágicos o evidente caminho para o inferno. Então, gaseificadas em ameaça funerária e transformadas em verbo e vento, conspiraram impetuosamente até formar aquele redemoinho de ar e poeira que se ergueu até beijar o cu das nuvens, destruidor de toda a separação dos poderes e daquele ser vivo que costumamos chamar de pátria; de uma distinção dos "três poderes" que o grande sociólogo com a modesta e bem assentada peruca,* observando as melhores instituições dos romanos, bem como as mais judiciosas e recentes

* Alusão a Montesquieu. [*N.T.*]

da história inglesa, havia tão lucidamente diferenciado. A nova ressurreição da Itália unia-se a um renascimento pouco impregnado nas espécies naturais, nas artes pictóricas e nas poéticas, e o mundo a reconheceu como infame e, ao mesmo tempo, ilustre. Seguia, dando a si mesma o ar de quem o conclui da melhor maneira possível, um renascimento um pouco generoso demais em querer extrair *pathos* das madeixas de seus trovadores cabeludos, barbudos, fartamente bigodudos ou gloriosos com suas suíças ou costeletas, todos precisando, de qualquer maneira, para nosso gosto, dos tratamentos radicais de um barbeiro com as mais drásticas tesouras. O efeito que essa ressurreição em palavras arrancou de suas tripas, excitada por poder enfim dispor de todas as disponibilidades colocadas à sua disposição pelo poder, era o mesmo de sempre. Quero dizer, o que sempre acontece quando se assume inteiramente o poder: conglomerar as três instâncias — distinguidas por Charles Louis de Secondat de Montesquieu com um pensamento tão clarividente, no décimo primeiro livro, capítulo seis do seu pequeno tratado de oitocentas páginas sobre o *esprit des lois* — conglomerar todas as três em uma única e trina, impenetrável e irremovível camorra. Em um tal evento "*le même corps de magistrature a, comme exécuteur des lois, toute la puissance qu'il s'est donnée comme législateur. Il peut ravager l'État* [Entenderam? *Ravager l'État!*] *par ses volontés générales et, comme il a encore la puissance de juger, il peut détruire chaque citoyen par ses volontés particulières*": *particulières à lui*,* isto é, para o supracitado *corps*. No nosso caso, no novo *ravage* causado por uma reminiscência fogosa demais dos antigos bastões (que, quando muito, davam suas bastonadas de acordo com a lei, e não de

* "O mesmo corpo de magistrados tem, como executor das leis, todo o poder que concedeu a si mesmo como legislador. Pode devastar o Estado de acordo com suas vontades e, como mantém o poder de julgar, pode destruir cada cidadão de acordo com suas vontades particulares: particulares a ele", em tradução livre. [*N.E.*]

acordo com a bandidagem), o telefone foi instalado para prestar, à camorra triplamente potente, os eminentes serviços de um oficial estafeta controlado pelo zelo e pelos ouvidos hipersensíveis de um oficial espião. A recomendação burocrática pôde assumir aquele tom e, mais ainda, aquele caráter duramente injuntivo ou até mesmo imperativo que condizia apenas com os "*homines consulares*", os "*homines praetorii*" do neoimpério que preparavam. Quem tem certeza de que tem razão pela força nem sequer duvida de poder estar errado segundo a lei. Quem se reconhece como gênio e se vê como um farol para os outros não suspeita ser uma vela moribunda ou um quadrúpede bronco. É impensável que um depositário, ou um comissário, da verdade renovada deva mijar novas asneiras a cada novo despertar na boca de quem o escuta boquiaberto. Pois bem. A cascata de telefonemas dos hierarcas,* como toda cascata que se preze, era, e é, irreversível em determinado campo de forças, como o campo gravitacional, ou o campo da deferência-vamos-empurrar-para-outro. Não havia sequer necessidade de mobilizar dois sicários** com dois tufos no nariz e dois cinturões de couro brilhante adornados de revólveres e facão para que o subalterno sentado do outro lado do fio imediatamente se desse conta do que lhe convinha responder, ou como devia proceder: "Às ordens... sempre às ordens". *Clique*. Foi assim que aconteceu também por ocasião do crime, do primeiro, da Via Merulana, número 219, assim que o segundo, isto é, o horrível assassinato, sobreveio. "A injustificável lentidão das investigações" teve que "assumir um ritmo mais acelerado". Adequar-se de uma hora para outra às exigências trepidantes do chefe dos remadores, que batia na proa, e não na popa, e, para compensar, com os quatro cascos. O comendador estatístico, e amante de trufas nas horas vagas,

* Hierarca, ou *gerarca*, em italiano, era o título dado às personalidades de destaque do Partido Nacional Fascista. [*N.T.*]
** Referência a *Os noivos*, obra de Alessandro Manzoni. [*N.T.*]

86 horas depois das nove da noite da segunda-feira, fora convidado a se apresentar outra vez em Santo Stefano. Cerca de 92 horas depois, mais morto do que vivo, foi despachado para assoar o nariz em Via della Lungara,* no mais vasto e menos previsível de seus lenços de nariz.

A pobre Balducci, segundo as declarações unânimes dos condôminos, parecia não ter recebido ninguém naquelas horas, as duas últimas horas de vida! Ninguém, exceto seu carrasco.

Não foram ouvidos gritos, nem barulhos, nem baques: nem mesmo pela Menegazzi, que estava se penteando, nem mesmo pelos dois Bottafavi, marido e mulher. Uma investigação na sucursal romana da Standard Oil, "conduzida pessoalmente pelo dr. Ingravallo", confirmou a circunstância da transferência para Gênova, decidida havia tempos, do dr. Giuliano Valdarena. Fora decidido que ele deveria partir na segunda-feira, 21 de março — um dia a mais, um dia a menos, talvez. Da parte deles, só tinham elogios aos préstimos do jovem. Um indivíduo bastante esperto, bom de conversa quando queria, de comportamento distinto: e, também, no fundo, sim, voluntarioso. Não se fazia de rogado para pegar um táxi, para correr atrás de um cliente ou de um daqueles engenheiros que vivem em movimento, em perpétua agitação, para cima e para baixo nos trens. Em certas manhãs ou certas tardes abafadas, talvez... Coisas da idade, é claro. Às vezes, o clima dos escritórios parecia um pouco abatido nos dias de vento siroco. Mas, com os clientes, na maioria das vezes, acertava na mosca.

— Também pudera — resmungou dom Ciccio, com seus botões. — Onde é que vão comprar gasolina? No quitandeiro?

Acertava na mosca, sim. A concorrência, especialmente nos óleos para transformadores, em grandes quantidades,

* Rua onde se situa a prisão Regina Coeli, em Roma. [*N.T.*]

tendia a baixar os preços, ainda que dentro dos limites concordados pelo cartel, a explorar a margem... de dez liras a cada cem quilos. Ele, é verdade, sabia o que fazer: um certo encanto, boas maneiras, um jeito de homem que raciocina, que dá tempo ao tempo.

— Veja, senhor delegado, o senhor não vai acreditar, mas os clientes são um pouco como as mulheres. Pode parecer brincadeira. No entanto... É preciso saber lidar com eles. Uma paciência, às vezes! Onde é necessário esperar, saber esperar; ficar ali, embaixo do banco de pedra, com os olhos adormecidos, mas pronto para dar o bote como um gato no cio. Onde, ao contrário, é necessária alguma manobra, manobrar... antes que chegue outro, a concorrência, quero dizer. Exatamente como conquistar uma garota: com precisão. Acredite, é preciso atraí-los até que se apaixonem; pelo menos um pouquinho, nem que seja pela metade de um dia: *l'espace d'un matin*. Mesmo quando atrás deles está a tia, talvez, a grande *holding* que finge tricotar uma meia no canto, mas está de olho nas contas, e talvez também tenha uma quedinha, uma quedinha *por eles*. Ela também tem suas antipatias e simpatias, como certas velhas, certas sogras... então, para agradar à filha, precisamos antes agradar à mãe. Exatamente assim. Veja, existem os platônicos, os românticos, que sonham ao luar, que fincam pé nas dez liras, esperam, acreditam, se delongam! Fazem suspirar! É disso, ora, que elas gostam: como gatas em fevereiro. Não podemos fazer nada. Paciência! E existem os outros, os conclusivos, que vão direto ao ponto. Estou dizendo, doutor, é preciso saber lidar com todos! Cada um do seu jeito. Mas acredite, acredite: para que possamos funcionar a contento, é preciso primeiro que se apaixonem; não exatamente por nós, modestos funcionários, se bem que... nem mesmo uma linda garota nos dispensaria, afinal de contas, que diabos! Não falo de nós, não, mas... assim, da Standard em geral. É preciso que se apaixonem pela Standard, que aprendam a confiar cegamente na Standard Oil:

aceitar o que oferecemos! Porque nós sabemos antes deles o que devemos oferecer, o biscoito que serve para cada um, para um mais do que para o outro. Uma organização mundial como a nossa? Está brincando? Dezenas de milhares de galões por ano só para a Europa, dos melhores tipos de óleo, ou seja, os tipos da Standard Oil, não? E isso lá é brincadeira? Nosso grande segredo, veja bem, é aquele que gostamos de contar a todos: *a constância das características para cada tipo de óleo*. Veja, só para dar um exemplo, nosso imbatível Transformer Oil B grau onze Extra. Pode perguntar aqui mesmo, ao engenheiro Casalis da Anglo-Romana, ao engenheiro Bocciarelli da Terni. — Usou os dedos da mão esquerda, polegar, indicador, médio, abrindo-os um por um para indicar os méritos do grau onze. Chegou ao mindinho, no qual parou. — Anidricidade absoluta: é o requisito essencial. Está certo, condição *sine qua non*. Temperatura de congelamento... baixíssima. Viscosidade... 2,4 Wayne, quando muito. Grau de acidez, insignificante. Poder dielétrico, surpreendente. Teor de inflamabilidade... O mais elevado de todos os óleos industriais americanos.

"O que mais se pode desejar, me diga, de um óleo para transformadores? Mas também volto a repetir, o que importa, acima de tudo, é a *constância das características*, em todos os tipos; as que indicam o nível de qualidade de um determinado óleo... do nosso Transformer B, quero dizer. Sempre, sempre as mesmas! Idênticas a si mesmas no espaço e no tempo, de um lote a outro. — Levantou a voz: — Após anos a fio! O mundo pode ruir, a fênix pode ressuscitar, o Coliseu pode pegar fogo... mas o Transformer Oil B grau onze Extra da Standard Oil é, e continua a ser, o que é. O cliente pode dormir sossegado, acredite. Nós é que sabemos do que ele precisa. E muitos clientes enfim entenderam isso. É fácil pôr chifres em nós. Mas e depois? O senhor acorda um belo dia e percebe que, em um transformador que custou um milhão, colocou molho de tomate no lugar de óleo. E, quando seu transformador queima no primeiro temporal, o que o senhor faz? Adeus, economia operacional? Adeus, amortização em quinze anos, em dez anos? Sim, em oito meses! Não, doutor, acredite, não é só o preço que deve ser determinante na nossa transação, o chamariz do preço... a brutalidade de um número: 4-9-6 por cem quilos. Não. O preço... sabe como é. É possível encontrar relógios que custam 14,50 em uma lojinha da Via dei Greci, mas também é possível encontrar um por dois mil na joalheria Catellani. Tente comprar um Patek Philippe, um Longines, um Vacheron-Constantin... por 14,50. Onde vai encontrar quem o venda por esse preço? Se encontrar, então será minha vez de dar de presente para o senhor meu Transformer B grau onze pelo preço... de certas mercadorias que circulam pelo mercado!"

Suspirou.

— Vamos deixar isso para lá!

Ingravallo estava se sentindo aparvalhado. Suas pálpebras começaram a cair para a frente como duas cortinas americanas de vitrines; descendo, até a metade do globo de cada um dos olhos, com a atitude soporífera das grandes ocasiões, quando a modorra da repartição o coroava com um desvario... quase divinatório. Mas, pelo contrário, aquela era uma ocasião divinatória das mais idiotas. Óleo! Nas terras da Apúlia, o povo vive de outro óleo. Mas, com esse óleo... ele não sabia por onde começar.

— Fazer o cliente se apaixonar! É só isso! Martelar a verdade na sua cabeça: o grande prego da verdade! Nada mais do que isso. O dr. Valdarena, em relação a pregos, manifestou grande talento. Depois, uma vez que se apaixonam e experimentam o Transformer B, é bem difícil, acredite, que se deixem seduzir por outros, que cedam à tentação de pôr chifres em nós! E, depois, chifres à parte, quem nos ama nos segue, e então... Um cigarro?

— Obrigado.

— Aí, sabe, quero dizer, pagam. Pagam sem reclamar.

— Pagam, pagam — resmungou dom Ciccio, na solidão do seu foro íntimo.

CAPÍTULO 4

Após 22 horas de inquietação geral, o Balducci chegou no dia 18. Compromissos fora da agenda, afirmou. Nesse ínterim, haviam sido acionadas as seguintes delegacias: Milão, Bolonha, Vicenza, Pádua. Para Ingravallo e para o dr. Fumi, foi um verdadeiro alívio. Caso ele não desse as caras, as investigações se estenderiam por meia península, com uma lenta monção de fonogramas.

E o novelo, já bastante enredado, ficaria emaranhado por completo. O Balducci, milagrosamente sem saber de nada, desceu do trem às oito, com a gola do sobretudo levantada, a cara nada corada e, ainda por cima, bastante carrancudo; com a gravata frouxa, a cara de ter dormido pouco à vontade e entre intermináveis sobressaltos. Ele e o trem haviam seguido as instruções do telegrama, por sinal impreciso. Porém, o único trem direto que chegava à estação Termini às oito era o de Sarzana, que soltou seu último rangido e freou por completo na hora exata, os relógios sob a marquise na plataforma a esperá-lo, boquiabertos, em cumprimento das novas diretrizes tão gloriosamente determinadas pelo Dito Cujo.* Deram-lhe a terrível notícia com a devida consideração e com todos os abrandamentos mais oportunos, lá na plataforma mesmo, enquanto os viajantes, pelas janelinhas, ainda disputavam

* Referência à campanha de propaganda de Mussolini, segundo a qual, com o governo fascista, na Itália, "os trens chegavam no horário". [*N.T.*]

entre si os carregadores com chamados imperiosos ou suplicantes, e os carregadores assumiam o tom de seus grandes momentos, suíços e milaneses chegando com sólida bagagem. A notícia foi dada pelos parentes da mulher, que foram até lá a pedido de Ingravallo, uns vestidos de preto, outros com roupas escuras. Tia Marietta ia à frente, com um mantô preto nos ombros, parecendo a juba de um mandril, um colar de continhas pretas no pescoço, um chapeuzinho de professora de pedagogia, uma cara de procuradora do rei. Logo atrás, tia Elviruccia com o filho, o Orestino, aquele brutamontes com dois dentões amarelos, a cara do pobre tio Peppì; era, pode-se dizer, o tio Peppi cuspido e escarrado. Ele também com cara de enterro. Tinha até um sargento fardado: Di Pietrantonio. Quando aos poucos explicaram ao tio Remo o que tinha acontecido, a primeira coisa que o pobre homem fez foi pôr a valise no chão; as outras malas mais pesadas estavam com o carregador. A notícia não pareceu abalá-lo muito. Talvez por conta do sono, do cansaço daquelas noites nos trens. Parecia que estava com a cabeça nas nuvens, que nem estava ouvindo o que lhe diziam.

Enquanto isso, o cadáver havia sido removido e transportado para o Policlínico, onde fizeram um exame externo do corpo. Nada. Depois de vestido e recomposto, enfaixaram a garganta com ataduras brancas, como as de uma carmelita em seu leito de morte: a cabeça envolta por uma espécie de touca de enfermeira da Cruz Vermelha, mas sem a cruz. Ao vê-la daquele jeito, branca, imaculada, todos logo tiravam o chapéu. As mulheres faziam o sinal da cruz. A autoridade judiciária interviera para fazer as constatações legais na Via Merulana, e depois no Policlínico, na pessoa do juiz instrutor, o cavaleiro oficial Mucellato. Até o procurador real substituto, o comendador Macchioro, havia, por assim dizer, feito uma visita de praxe. O homem do palácio Chigi não tinha perdido a chance de dar seu pitaco, mais alto do que todos:

— O infame assassino já deveria ter sido fuzilado há seis horas.

Mas o Balducci não havia lido os jornais.

Sobre o corpo, nada além das facadas, dos arranhões e daquelas unhadas.

Chegando em casa, o coitado do sr. Remo foi convidado a abrir gavetas, algumas portinholas renitentes. De algumas, não conseguiu encontrar as chaves; de outras chaves encontradas ao acaso, desconhecia a serventia. Experimentou-as, tornou a experimentá-las cá e lá, inutilmente. Em seu escritório, nem tinham entrado. A escrivaninha com fechaduras "Marengo Universal" parecia intacta. Ele mesmo a abriu: tudo em ordem. A mesma coisa com o arquivo de ferro, no qual guardava alguns papéis: era um pequeno armário verde-escuro esmaltado a fogo, limpíssimo, que fazia par com a estante de livros de madeira, metade vazia e metade ocupada por livrões com as páginas soltas, como as de um jovem contador recém-saído do barbeiro com a velha endinheirada e de nariz gotejante que ele administra e rouba, apaixonada por ele. A toda a silenciosa vistoria, assistiram as duas senhoras, as duas tias, o Oreste, o general da polícia Di Pietrantonio, que na realidade era sargento, um policial, um tal de Rodolico, além da dona Manuela. Um instante mais tarde, apareceu também o Loirão. Em Pompeo e no Loirão de Terracina, Ingravallo confiava: os outros eram uns cabeças-duras, às vezes custavam a entender a psicologia! Aqueles dois tinham bom faro: sabiam reconhecer as pessoas pela cara, assim, só de bater os olhos, e sem dar na vista. Para Ingravallo, o mais importante de tudo era a cara, a postura, as *reações psíquicas e fisionômicas imediatas*, dizia ele, dos espectadores e dos protagonistas do drama: daquele bando de boçais e de filhos da puta que vivem no mundo, e de suas comadres e malditas madames.

Pediram o auxílio do Bottafavi após alguns puxões inúteis do Rodolico, que só conseguiu fazer saltar um botão da própria roupa, não se sabe de onde. O perito em armas desceu com uma caixa de carpinteiro de alça quadrada, que tinha todos os tipos de chaves de fenda, serras, formões, martelos, alicates e pinças, e ainda por cima uma chave inglesa, além de um punhado de pregos soltos, tanto retos quanto tortos. Por último, foi chamado o chaveiro, um verdadeiro dom Juan das fechaduras: tinha um molho de ganchos com um biquinho na ponta, e bastava fazer cócegas, com um ou com outro, que elas já sentiam que não poderiam mais resistir. Eram como uma mulher virtuosa que perde os sentidos. O Balducci constatou de imediato a falta do mais importante, do dinheiro e das joias que a patroa guardava em um pequeno cofre de ferro na segunda gaveta da cômoda: o cofre tinha desaparecido com seu conteúdo. Nem a chave foi encontrada: costumava ficar em uma velha bolsinha de veludo preto com miosótis bordados, dentro do armário de espelhos, presa por uma linda fitinha azul aos outros delicados e tilintantes saquinhos.

— A bolsinha ficava, ficava... costumava ficar aqui. Deixe-me ver.

Apalpava com as mãos de cima a baixo o perfume daquele monte de seda, de todas aquelas anáguas, aquelas blusas e lencinhos bordados. Sim, sim. Tinha desaparecido também. As duas cadernetas de poupança também estavam faltando:

— Meu Deus! Nem elas estou achando!

— O quê?

— As cadernetas de poupança de Liliana.

— De que cor?

— Cor! Uma do banco Santo Spirito, outra da Banca Commerciale.

— Em nome... dela?...

— Sim, da minha Liliana.

— Eram ao portador?

— Nominais.

O desfalque do pequeno tesouro (quanto às cadernetas nominais, não havia perigo) pareceu abater o sr. Remo: talvez, a julgar pela aparência exterior, *pelas reações psíquicas e fisionômicas imediatas*, mais do que a horrível notícia recebida na estação Termini. Era uma impressão completamente gratuita, enganadora, pode-se dizer, mas nenhum dos presentes conseguiu superá-la, nem o sargento, nem o Orestino, muito menos a tia Marietta e a tia Elviruccia, azedas e maldosas ao contemplar aquele homenzarrão todo atribulado, "sim, sim, agora Inês é morta", aquele homenzarrão percorrendo a casa de cima a baixo, pegando todos os puxadores dos móveis, para conferir... se por acaso não tinham roubado um alfinete.

Acabrunhadas e tornadas ávidas, pensando bem, pela grande fermentação provocada pela avareza latente, comum a todos os parentes Valdarena, àquela hora daquela noite inacreditável com seus atribulados conselhos, depois das vozes com sotaques multiregionais na delegacia e o sotaque certamente romano de dona Manuela no pandemônio telefônico do dia anterior; agora, tanto tia Marietta quanto tia Elvira estavam desiludidas pela desilusão de um instante. Lilianuccia, o quê? Nem uma lembrança havia deixado para os primos? Para as tias? Para sua tia Marietta, que a carregara no colo, pode-se dizer, desde a morte da mãe? Nem uma medalhinha de Nossa Senhora? De toda aquela ourivesaria que guardava trancada a sete chaves? Não tinha pensado em fazer testamento, coitadinha! Quando o destino de uma pessoa é morrer daquele jeito, ela não tem como saber antes, não pode prever. Virgem Santíssima, era de enlouquecer! Que mundo, que mundo!

Também estavam preocupadas com Giuliano. Aquela detenção era vista como um ultraje: uma injustiça cometida contra eles, contra a belíssima linhagem dos Valdarena, "uma família que, em toda a burguesia romana, não há outra igual"; das mais prósperas, das mais sólidas: homens, mulheres, crianças. A ideia de que uma moçoila como aquela tivesse caído nas garras do diabo com os melhores presentes do casamento, com todo o ouro e as joias, sem deixar uma lembrança, sem uma palavra de adeus! Uma ideia assim, pobres tias! Estava para se tornar um tormento, uma fisgada no coração. Um assassinato daqueles. Rancor, horror, terror, um grito na escuridão! As estirpes humanas, as *gentes*, ao desencadear-se uma tensão demoníaca que lacera de modo tão drástico as certidões *in-folio* do registro civil, circunscrição ou paróquia, e as vigilantes cautelas da vida, as *gentes*, àquela altura, tendem a reivindicar em juízo, ainda que não consigam obter de fato a coisa emprestada. *Commodatam repetunt rem.* Tornam a chamá-la da escuridão e da noite. Querem, querem de volta a flor! Com seu caule partido! O que foi perdido da sua vida. Como limalha no ímã, as mínimas fibrilas de suas vísceras se polarizam na *tensão do retorno.* Sentem que devem voltar a tragar a unidade gâmica expulsa, a unidade biológica, a pessoa já viva, eternamente viva, e, por sacramento, alienada em núpcias a um Sicrano. Gostariam de ter novamente à disposição a possibilidade, o valor nupcial oferecido a outro, ao marido (neste caso): ao cunhado ou genro que o *demos* lhes ofereceu. E a unidade gâmica cuja posse se reivindica inclui também uma quantia econômica. Era uma bela moça, e era um cofre de joias, uma e outro amadurecidos pelos anos, pelos lentos, tácitos anos. Era uma moçoila, e era uma caixinha cuja chave, eles, os Valdarena, tinham confiado ao marido, assim como o direito de servir-se dela, *clique, clique*: o sagrado usufruto. E o coadjutor de Cristo, na igreja de Santi Quattro, abençoara o trato. Com o devido *asperges in nomine Domini*, mas sem lambuzá-los demais. Ela, sob a grinalda de flores de laranjeira e coberta pelo véu, baixara o rosto. Que ele devolva, portanto, devolva o que nos tirou indevidamente, caçador imbecil, caixeiro-viajante de tecidos. Como usou sua beleza? Ou como a desperdiçou? Tão gentil beleza? E os *paoli*, aquelas moedas de prata? As moedinhas, bonitas também, não é? Onde é que foram parar, as moedas de prata? E os *marenghi*, aquelas moedas de ouro com a efígie do cavalheiro feio? Aquelas moedas de ouro, amarelinhas, redondinhas, do tempo em que não havia aquele Fantoche no palácio Chigi berrando lá do balcão feito um trapeiro? Ela tinha 44 delas, a Lilianuccia, 44 bem contadas: que faziam *trim trim* dentro de um saquinho cor-de-rosa, das amêndoas confeitadas do casamento da avó. Que pesavam mais do que dois rins no Natal. "E agora, onde é que foram parar?", pensavam. "O que ele sabe a respeito, o caçador?" *Manet sub Jove frigido.** Que núpcias reservou à noiva, à validade carnal e dotalícia da sua mulher? O que soube fazer, o viajante apoplético, da sua tenra carne? E do pecúlio, parte integrante dela? Pois é, do pé de meia a ela legado por uma ruminação persistente do tempo, pela virtude econômica da família de credores? Assim como aquelas mornas carnes que ela herdara da veemência acumulada das gerações, após duras manhãs. Os parentes de Liliana pareciam dizer: "Ah, doce noiva, recheada de belo dinheiro! Tesouro dos anos! Crédito inesperado dos equinócios! Que ele devolva, então, devolva tudo, esse comerciante matuto! Não ouse acusar Giuliano, esplêndido rebento da estirpe, só porque deve enfrentar a comparação com ele". O cérebro delas, daquelas duas bruxas, tia Marietta e tia Elvira, enveredava por seus caprichos: "Giuliano, flor dos Valdarena! Ardor dos dias púberes! Grumo de vida!".

Existe uma região dramática de todo rancor, a partir do baço e da vesícula, dentro da irritação do fígado, até as penumbras atrás dos móveis da casa onde oficiam os *lares* — os deuses que veem e se calam ao respirar o cheiro da naftalina morta das cristaleiras, mas que na primeira aparição da lâmina tremeram por não poder gritar; e nos opacos volumes

---

* Horácio, *Odes*, I, 1, 25. [*N.T.*]

da sala, naquele momento, empalideciam e choravam, com os nervos dos mártires. Pois bem, lá, entre as pernas do sargento e do chaveiro, afastado o mapa-múndi da dona Manuela, vagavam todos aqueles espectros intoxicados. Eretas e rígidas, as tias esperavam justiça: o Oreste não sabia, nem mesmo ele, como se comportar.

No Collegio Romano, o Valdarena fora submetido a sucessivos interrogatórios. Os álibis por ele alegados (escritório, contínuos do escritório) mostraram-se válidos até as 9h20, mas não depois. Dizia ter ido dar uma volta pela cidade. Uma volta onde? Em visita a quem? Clientes? Mulheres? Na tabacaria? Duas ou três vezes corou, como se fosse mentira. Havia citado até o barbeiro, mas logo se retratou: não, tinha sido no dia anterior. Na realidade, àquela hora, nenhum dos moradores o vira. Somente às 10h35, quando ele chamou gente. A menina Felicetti, em uma acareação, negou tê-lo encontrado na escada — aquela que ia dar bom-dia aos Bottafavi, que tinha encontrado as vendedoras de queijo fresco.

— N... não — disse, com grande esforço dos lábios, que mal conseguia articular. — Esse aí... não estava...

Depois emudeceu, e, pressionada por novas e renovadas perguntas, e depois por exortações de todo tipo, baixou o rosto aos prantos. Fez menção de dizer que sim, mas não se decidiu: não abriu a boca. Depois, com lágrimas escorrendo pelo rosto, deu a todos a impressão de querer fazer sinal de não.

A mãe dela, ajoelhada, com o rosto encostado no da filha, acariciava sua cabeça, da qual saem os depoimentos, e sussurrava em seu ouvido, beijando-a:

— Diz, diz a verdade, meu amorzinho. Diz para a mamãe, vamos, se é que você viu esse mocinho, nas escadas, está vendo como ele é loiro? Como parece um anjo? Diz, diz minha lindinha! Não chora, a mamãe, que ama tanto você, está aqui, toma. — Sapecou-lhe dois beijos. — Não fica com medo do doutor. O dr. Ingravallo não é um doutor daqueles feios, que são muito maus, coitadinhos, daqueles que fazem dodói na sua língua. Ele é um doutor de roupa preta, mas é muito bonzinho! — E apalpou sua barriguinha sob o vestido, como que para verificar se estava seca ou molhada. Em certos casos, as testemunhas acompanham o testemunho com secreções adequadas. — Fala, fala, vamos, vamos, meu docinho, que o dr. Ingravallo dá para você uma boneca, daquelas que mexem os olhos, de avental rosa com florezinhas azuis. Você vai ver. Conta para a mamãe, aqui no meu ouvido.

Ela então baixou a cabeça e disse:

— Sim.

Giuliano empalideceu.

— E o que o moço estava fazendo? O que ele falou para você?

A menina desatou a chorar, gritava desesperadamente em meio às lágrimas:

— Vamos embora, vamos embora.

Depois a mãe limpou seu nariz: adeus! Não foi possível arrancar mais nada dela. A mamãezinha, "eu que o diga!", afirmava que ela era uma menina muito esperta para a idade:

— Sabe, é preciso saber lidar com as crianças.

Ingravallo, ao contrário, achou a menina uma idiota, merecedora da mãe que tinha.

O caso Pirroficoni* ainda não havia afligido as páginas policiais da Urbe; o Cabeça de Morto com seu bicorne já ansiava, aliás, pela pena de pavão do indiciado, para poder enfiá-la onde ele costumava enfiar as penas — de pavão ou de frango estragado e fedorento.

---

* Alusão ao caso verídico ocorrido em Roma na década de 1920, envolvendo o fotógrafo Gino Girolimoni, injustamente acusado pelo homicídio de cinco meninas. Os jornais e Mussolini, em uma tentativa de demonstrar a eficiência do regime fascista no combate ao crime, montaram uma campanha midiática e pressionaram a polícia para que o culpado fosse entregue à justiça. Apesar de ter sido absolvido em juízo, sua vida já havia sido destruída pela opinião pública. [*N.T.*]

De qualquer modo, era oportuno, já então, proceder com certa cautela: era o que dom Ciccio intuía pelo faro, assim como o dr. Fumi, depois que a opinião pública, ou seja, a loucura coletiva, se apoderara do fato.

"Usar" o acontecimento — aquele acontecimento *qualquer* que Júpiter Canalha, mestre das nuvens, soprou diante do seu nariz, *plaf*, *plaf* — para a glorificação de uma atividade pseudoética pessoal, *in facto* protuberantemente cênica e porcamente teatralizada, é o jogo de qualquer um, instituição ou pessoa, que queira atribuir à propaganda e à pesca as dimensões e a gravidade de uma atividade moral. A psique do demente político exibido (narcisista de conteúdo pseudoético) agarra o crime alheio, real ou imaginário, e ruge sobre ele como um bicho idiota e enfurecido, a sangue-frio, sobre uma mandíbula de burro: comportando-se dessa maneira para esgotar (relaxar), sob a vã aparência de um mito punitivo, a tensão imunda que o compele à ação, a qualquer ação, contanto que seja uma ação, à ação *coûte que coûte*. O crime alheio é "usado" para aplacar a Megera anguícoma,* a multidão ensandecida — que não se aplacará com tão pouco. É oferecido, como bode ou cervo a ser dilacerado, às desgrenhadas que o destroçarão, ágeis nos pulos ou tetudas onipresentes e vorazes no bacanal que se acende com seus gritos, e com o suplício e o sangue se avermelha: adquirem assim trâmite legal uma pseudojustiça, uma pseudosseveridade, ou a pseudo-habilitação para deduragens, cujos sinais manifestos parecem ser tanto a arrogância da instrução leviana quanto o orgasmo sem critério, cinobalânico,** do julgamento antecipado. Releia-se em *Guerra e paz*, no livro terceiro, terceira parte, capítulo 25, a dolorosa e cruel narrativa,

* Coroada de serpentes. Referência à Medusa. [*N.T.*]

** Cinobalânico, *cinobalanico* no original, é um neologismo de Gadda, que recorre ao grego clássico, unindo as palavras *kynos*, cão, e *balanos*, pênis, em um decalque da expressão vulgar italiana *a cazzo di cane*, que significa "de maneira descuidada, sem capricho, sem critério". [*N.T.*]

e entenda-se a execução sumária do infeliz Vereshchagin considerado espião sem sê-lo; o conde Rostopchin, governador de Moscou, encenando na escadaria do palácio diante da expectativa sombria da multidão, ordena aos dragões que o matem a golpes de sabre, na presença da multidão; segundo o belo fundamento íntimo, minha Nossa Senhora, de que "*il leur faut une victime*".* Era de manhã, às dez. "Às quatro da tarde, as tropas de Murat entravam em Moscou."

Bem mais vil e teatral, *chez nous*, aquele Cara-Feroz de penacho: nem vamos conceder-lhe, como a Rostopchin, os atenuantes imediatos do temor (de ser ele o linchado), da angústia, da ira e do pandemônio (psicose total da massa) e do inimigo a caminho após os tiros secos de canhão e o massacre (de Borodino).

O infeliz Pirroficoni foi levado quase à morte pela força das pancadas de um italiano como ele, porque pretendia-se arrancar dele, de qualquer jeito, em uma "câmara de segurança", a admissão verídica de que havia estuprado certas meninas. Caiu de paraquedas das nuvens, implorando que não, que não era verdade coisa nenhuma; mas mesmo assim apanhou até desfalecer. Ah, manes generosos do Beccaria!**

A Urbe, no tempo de seus acessos de bons costumes e de policialesca "federzonite", tomou conhecimento (1926-27) de alguns estrangulamentos periódicos de meninas. Sobravam nos gramados os despojos e o tormento e a mísera e perdida inocência: lá, lá fora dos muros, depois das devoções das igrejas suburbanas, e das epígrafes dos antigos mármores e sacelos. *Consule Federsonio, Rosamaltonio enixa: Maledito Merdonio dictatore impestatissimo.**** Pirroficoni, coitado!

* "Eles precisam de uma vítima", em tradução livre. [*N.E.*]

** Cesare Beccaria (1738-1794), jurista e humanista, autor de *Dos direitos e das penas*, em que lança as bases filosóficas do direito penal moderno. [*N.T.*]

*** Paródia das inscrições em latim em edifícios por toda Itália, um costume iniciado pelos papas e adotado também pelos fascistas. "*Rosamaltonio*" é uma referência à mãe de Mussolini, cujo nome de solteira era Rosa Maltoni. [*N.T.*]

Cortejava então uma dama um tanto roliça e também já madura, mas de difícil acesso; quinto andar, edifício estilo Humberto I, zeladora no portão, marido presente, eficiente... de chinelos: grupos de inquilinos *ad libitum*, glosadores por natureza, mais do que Irnério.* Por isso, ou melhor, a partir dessas premissas factuais, um patético sobe e desce de bilhetes manuscritos de enunciado variado aos cuidados de uma gentil donzela (treze anos), que os levava com alguma circunspecção e igual apreensão até seu destino. E as conversas por sinais e por gestos variados da janela até a rua: e vice-versa. O acanhado e gesticulador galanteador foi detido na calçada, naquele ato de despachar alguns sinais de seis ou sete dedos (horas, amor) em direção a uma janela do quinto andar (o que, na opinião da chefatura de polícia, era um "disfarce estratégico"), e de confiar um bilhete destinado à madame, segundo estratagema, à sua jovem e graciosa criada, toda aflita por tamanho encargo, e com o rosto todo corado. O Pirroficoni, como de costume, fizera algum afago na menina: tal ato, e o rubor por ele causado, foram sua perdição. Com base nesse indício, o Cabeça de Morto com seus penachos arrotou que "a polícia romana, em menos de 48 horas, etc.". E o policial, consolado pelas altivas palavras do bucéfalo, cai de pau. A intervenção dubitativa de algum funcionário honesto salvou os ossos do Ficoni, já massacrados de antemão, porém.

O Balducci, por sua vez, também foi interrogado por muitas horas, e na tarde daquele mesmo dia, 18 de março, em Santo Stefano del Cacco, pelo delegado-chefe. O juiz instrutor interveio *pro forma*, "a iniciativa das investigações ainda estava

* Um dos fundadores da faculdade de direito na Universidade de Bolonha no séc. XII, o primeiro glosador dos textos legislativos latinos compilados por Justiniano. [*N.T.*]

nas mãos da polícia". Daquela vez, Ingravallo realmente não teve coragem. Afinal de contas, era um amigo! Não quis nem estar presente. E, depois, claro, se deparariam com assuntos delicados: o escabroso interrogatório acabaria esmiuçando detalhes de um tipo específico de inquisição, ou enveredando pelas cruezas desagradáveis de uma investigação das mais cruas. As relações... entre o Balducci e a mulher; estados de espírito. Voltou à tona toda aquela história incrível das sobrinhas, a estranha "mania" da vítima de querer a todo custo uma filha. Seria capaz de comprá-la de segunda mão em Campo dei Fiori, na falta de uma opção melhor. Quanto à bufunfa, o dr. Fumi não demorou a se convencer de que os dois cônjuges, tanto ele quanto ela, tinham uma situação econômica invejável. Com aquele lastro no porão... não havia mar que sacudisse o barco, não havia inflação.

O viúvo esboçou uma lista dos títulos de crédito, assim, de memória, tanto os seus como os de Liliana. Para facilitar a demonstração, disse que era preciso colocá-lo acima de qualquer suspeita, da desconfiança de um minuto que fosse.

— Eu? Minha Lilianuccia? Como assim? Estão de brincadeira? — Seus lábios começaram a tremer, desatou em soluços, fazendo estremecer a gravata.

Enxugadas as lágrimas, tentou novamente puxar na memória; usou como auxílio uma caderneta de couro, couro de crocodilo, daquelas de gente fina, que tinha levado consigo. Lá estavam anotados os bens deles. Liliana mantinha um cofre de segurança no banco, na agência número onze do Commerciale, que oferecia aquele serviço e tinha uma caixa-forte das mais modernas na Piazza Vittorio, bem em frente ao mercado, sob os pórticos. Isso mesmo, na esquina da Via Carlo Alberto. Mas tinha também outro cofre no Corso Umberto, no banco Santo Spirito.

— O pai de Liliana, meu falecido sogro, era um homem sincero, um desses com faro. Pouco acreditava na revolução, não vai ser desta vez, dizia. E, quanto às sociedades anônimas, não há por que confiar nelas, de jeito nenhum. Antes de mais nada... justamente porque são anônimas, não sabemos como se chamam, não sabemos o que fazem, onde estão. Se um dia, assim, do nada, decidem que vão passar a perna em um otário, o que você faz? Vai procurá-las lá em Milão para dizer: "Sra. Sociedade Anônima, estou aqui, quero meu dinheiro de volta"? Pode esperar sentado! Não, não. "Bônus do tesouro quinquenais!", dizia. "São mais seguros do que ouro!", dizia, que sobe hoje, mas cai amanhã. E um pouco de dívida consolidada a cinco por cento, talvez, um investimento para você dormir tranquilo. Coisa garantida pelo estado, pelo estado italiano! O estado é um edifício de granito, pode crer, lá ninguém vai passar a perna em você. Que interesse haveria nisso? Esse que está aí, dizem que quer fazer tudo direito.

Após citar o sogro, diante de um triste sorriso do dr. Fumi, o Balducci... se limitou a produzir listas minuciosas, exatas. Ele, Liliana. Forneceu referências comerciais e bancárias "irrepreensíveis", e, depois, diversos esclarecimentos sobre sua situação de representante, no ramo têxtil, de algumas indústrias do norte. Podia-se dizer que, entre ele e a mulher, problemas de dinheiro não existiam.

— Não nos faltava nada, nem a mim nem à Liliana. Uma dificuldade, uma falta de liquidez, um empréstimo, mesmo que fosse apenas de um dia para outro... Nunca. Uma promissória? — Naquela família, nem sequer sabiam do que se tratava. — Promissórias comerciais, no meu ramo de negócios: sim... Sem promissórias seria impossível sobreviver.

Então por que, com tantos meios, viviam no meio daqueles comerciantes avarentos, mercantes aposentados, comendadores de mil e quinhentas liras por mês?

— Pois é, a ideia da mudança, a preguiça. O apartamento foi comprado por meu sogro, ele até morou lá com Liliana quando ela ainda era moça. Foi lá que nos conhecemos. — E o coitado, também daquela vez, não conseguiu conter as lágrimas. A voz grossa tremeu: — Foi lá que nos casamos! Eu e Lilianuccia!

O dr. Fumi também ficou com um nó na garganta: como o nível da água, subindo em um poço. O pai de Liliana, exatamente. Uma boa oportunidade, no comércio!

— O senhor sabe como é, doutor...

Já se frequentavam havia tempos: relações de negócios. E então... Ela, filha única, órfã de mãe: um esplendor! Ah, bons tempos. Tinham noivado, tinham se casado naquela casa. Depois, uma vez marido e mulher... Gostavam-se, faziam companhia um para o outro. Uma certa modéstia nos gostos. Uma certa reserva.

— A vontade de não se matar de trabalhar para os outros: para quê? Mais dia, menos dia, acabamos morrendo mesmo: e nada de filhos. Parecia que era de propósito. E depois... o armistício da guerra! E então já tínhamos nos acomodado, estávamos acostumados. Havia o aquecedor, embora não esquente tanto assim, mas enfim! Dá para o gasto. Havia o banheiro... Uma tigela ou outra quebrada, uma cadeira sem par. E quem não tem? Liliana não gostava de muita gente à sua volta. Com a ideia fixa, àquela altura, de adotar uma moça, de qualquer maneira! E a coitadinha da Lulu, que não queria se mexer por nada no mundo! Ela também! Aonde tinha ido parar, agora, pobre cadelinha? Um mau agouro!

A guerra! Quantas preocupações com a dispensa! Toda a papelada! Um trabalhão! Mas ele tinha conseguido. Dispensa, não, mas quase. Um cinturão de couro, um revólver: "dava medo olhar para mim". Balançou a cabeça.

— De maneira que, na Via Merulana... "Em dezessete, depois de quase dois anos de noivado, acho que eles não vão desistir," disse para mim mesmo. E, então, coragem. Já que tinha que ser feito, tomei uma decisão. O senhor se lembra da situação dos apartamentos; todos aqueles refugiados! Na casa do meu sogro, tinha lugar, em outras partes, não se encontrava. Fui me meter... na casa do sogro; não havia outra coisa a fazer. Aquela casa era como se fosse nossa, quero dizer, minha e de Liliana.

— Era o ninho de vocês, entendo.

— Imagine: poder ficar em mangas de camisa quando se está com vontade.

Um grande desejo de tranquilidade, depois do trabalho, depois dos trens, de poder fazer o que quisesse, de não precisar se ocupar dos problemas dos outros.

E aquela melancolia de Liliana. Aquela espécie de obsessão. E depois com a basílica de Santi Quattro lá perto.

— Liliana, meu Deus do céu! Ai de mim se ela me ouvisse falar de tirá-la de lá!

Tudo isso os induzira a permanecer onde estavam: naquele maldito edifício de número 219. Arrependera-se... Qualquer pessoa, no lugar deles, teria procurado algo melhor. Sabia disso. Bom, tarde demais! Um belo apartamento em Prati, uma casinha à margem do Tibre... Suspirou.

— E... e quanto ao resto?

— Quanto ao resto? Pois é, nós somos homens. Viajamos. Umas brincadeirinhas extras, sabe...

O dr. Fumi olhava para ele. Mas naquela direção... um instante de titubeio e um certo aumento, ainda que leve, do rubor natural do rosto.

Giuliano Valdarena havia sido submetido a três interrogatórios no mesmo dia, sem contar o primeiro, de quinta-feira, no local do crime, na presença, por assim dizer, do corpo testemunhal da vítima. Três funcionários acompanhavam o processo, três "cães de caça", dentre os quais dom Ciccio — o mais encaniçado de todos. Depois Fumi e o general Di Pietrantonio, ou sargento que fosse. Horas e dias preciosos: ideias, conjecturas, hipóteses que não levavam a nada. Valdarena e Balducci, primo e marido, foram confrontados na manhã do dia 19, que era sábado. Balducci tinha ido dormir no hotel D'Azeglio. O marido, grave e sério; o Valdarena, mais perturbado e angustiado, mais nervoso. Encararam-se, conversaram. Pareciam se encontrar depois de anos, aproximados pela dor, procurando o horrível motivo do mal um no rosto do outro, sem que, todavia, um o imputasse ao outro. Ingravallo e o dr. Fumi não os perdiam de vista um instante sequer. Nenhuma animosidade. Giuliano, inquieto, às vezes, como se atingido por recorrentes rajadas de medo. As afirmações de ambos não se revelaram contraditórias. A tudo o que já havia sido obtido, acrescentavam pouco, para não dizer nada.

Quando o dr. Fumi estava prestes a dispensá-los, foi anunciada a visita "de um padre".

— Quem é?

Dom Lorenzo Corpi pedia para ser recebido por causa de comunicações urgentes "relativas ao doloroso caso da Via Merulana". Falara com o sargento de plantão. Fumi, com um gesto da mão, mandou que os dois saíssem; o Valdarena, escoltado. Pediu que Balducci ficasse na delegacia.

Fizeram entrar dom Corpi, que tirou o chapéu devagar, com um gesto prelatício.

Era um padre bonito, alto e corpulento, com alguns raros fios grisalhos despontando aqui e ali entre o cabelo corvino, dois grandes olhos de coruja muito próximos do nariz, que, no meio dos dois, só podia parecer um bico. Decorosamente envolto na batina, segurava na mão esquerda, junto do chapéu novo, uma pasta de couro preto daquelas que os padres usam às vezes para ir ao advogado e mostrar quem tem razão. Dois sapatos bem pretos, lustrosos, compridos e sólidos, bons para caminhar no Aventino, e também no Celio, de sola dupla. Homem de notável altivez e de excepcional robustez, a julgar pelos movimentos e pelo modo de caminhar, pelo aperto de mão que deu no dr. Fumi, pelo volume da batina no alto e também na altura da cintura, e pelo esvoaçar da parte de baixo, mostrando que se tratava de uma túnica de um tecido pesado, como a bandeira do Juízo Final.

Após um preâmbulo um pouco constrangido ou, pelo menos, bastante cauteloso, visto que os olhares mais suaves do dr. Fumi o estimulavam a falar, disse que estivera fora de Roma, visitando alguns amigos em Roccafringoli, bem no topo dos montes, quase no monte Manno, ao qual se chega partindo de Palestrina em lombo de burro, e, tendo voltado havia quase vinte horas, "assim que tomara conhecimento do terrível incidente", apressara-se em procurar o testamento hológrafo que lhe fora entregue, pessoalmente, pela "pranteada" sra. Balducci, a qual ele "fora visitar" no Policlínico na tarde anterior, "que descanse em paz".

Em um primeiro momento, afirmou, ainda todo emocionado e horrorizado com a "coisa", tivera motivo para temer... que o documento tivesse sido roubado. Procurou-o por toda parte, revirando os papéis de todas as gavetas do escritório: mas não o achou. À noite, de repente, se lembrou: guardara-o com outros envelopes e com certas... lembranças pessoais no banco Santo Spirito. De fato, naquela manhã, tinha estado lá, logo após a abertura, depois de ter rezado a missa das seis. Seu coração quase disparou.

Tirou-o daquela pasta preta de couro de bezerro e estendeu para o dr. Fumi, que o recebeu com a mão muito descorada, um envelope branco em formato A5, com cinco lacres de cera vermelha. O envelope e os lacres pareciam perfeitamente em ordem: TESTAMENTO HOLÓGRAFO DE LILIANA BALDUCCI.

Os três funcionários, ou melhor, o dr. Fumi e Ingravallo, decidiram abri-lo imediatamente e fazer a leitura das "últimas vontades da pobre senhora" em voz alta, na presença de dom Corpi e de quatro testemunhas, além do reconvocado Balducci. Últimas vontades que deviam, porém, remontar a cerca de dois meses antes. Últimas pois não haviam sido alteradas.

Consultaram primeiramente, por telefone, o tabelião real dr. Gaetano De Marini, da Via Milano, 292-784; que, segundo dom Lorenzo, "devia estar a par de tudo". O telefone tocou várias vezes e por fim ele atendeu. Era surdo. Uma secretária napolitana o auxiliava ao aparelho. Ambos caíram de paraquedas. Balducci conhecia De Marini, a quem tanto o pai de Liliana quanto ele mesmo haviam recorrido muitas vezes, mas "achou que pudesse descartar a possibilidade" de Liliana ter recorrido para seu próprio testamento àquele velho verme, simpático e muito esperto, indubitavelmente competente, mas terrivelmente surdo.

Para servirem de testemunhas, foram usados dois escriturários e dois policiais. O cerimonial logo foi cumprido. Era meio-dia, ou quase, mais uma manhã perdida sem que chegassem a lugar algum.

O testamento, à medida que o dr. Fumi o recitava em voz alta, com vívidas cadências, ressonâncias napolitanas pelos quatro cantos do teto, aos poucos foi manifestando um andamento imprevisível, como se tivesse sido redigido em estado de comoção especial por uma pessoa que se deixava levar pelo ato da escrita, ou até mesmo com as faculdades mentais alteradas. Por aquela leitura, suave, quente, convincente, conduzida com extrema eficácia nos tons mais harmoniosos do Golfo de Nápoles, os presentes puderam captar, com interesse e surpresa crescentes, que a pobre Balducci tornava o marido herdeiro de uma pequena parte do seu patrimônio, com alguns ouros e joias, a legítima — por assim dizer, quase a metade. Uma porção conspícua, ao contrário, coube "à estimada Luigia Zanchetti, conhecida como Gina, filha do falecido Pompilio e de Irene Spinaci, nascida em Zagarolo em 15 de abril de 1914". Para ela, pobre criatura, "pois a vontade imperscrutável de Deus não quis me conceder a alegria de ser mãe".

O Balducci não deu um pio: fazia uma cara como se fosse ele o culpado. Ou talvez, mais provavelmente, foi o pensamento de ver todas aquelas belas coisas (benza Deus!) tomarem o caminho de Zagarolo. Até a maioridade da pupila, a muamba devia ser confiada, para que fosse administrada, a dois curadores ou homens honestos, um dos quais era o próprio Balducci, "meu marido Remo Eleuterio Balducci, pai de coração, se não de sangue, da desamparada Luigia". A mãe de Luigia, segundo o testamento, estava "acometida por um mal que não perdoa" (tuberculose, provavelmente complicada por priapomania); de vez em quando, embebedava-se em Tívoli com seu amante açougueiro, e depois era preciso muito esforço para que os carabineiros não a despachassem de novo para Zagarolo sem volta, devido "à incapacidade de subsistir com os próprios meios" e também devido às circunstâncias em questão: escândalo público. O açougueiro, não se sabia bem de que maneira, conseguia abafar o caso todas as vezes, quase certamente com o argumento irresistível do "filé de primeira" (primeira qualidade), ou seja, que à pobre doente convinha muito mais o seu rosbife do que o ar rarefeito demais de Zagarolo, e a consequente barriga vazia. Outras vezes, batia nela como se fosse um tapete, ela tossia e cuspia sangue, coitadinha, quando não era gelatina de framboesa. "O que foi que eu fiz, afinal?" Tinha arrancado violetas na Villa d'Este, ou algumas margaridas de março na Villa Gregoriana um pouco antes da cascata. Um futuro súdito do Bigodinho-Feroz,* munido de um Zeiss, ao explorar com aquela perfeição de luneta todo o morro da Vênus Desmazelada, palmo a palmo, de uma lâmina de grama a outra, *more deutonico*, de repente vê por acaso, sob o sol a pino, uma espécie de aranha inspirante-expirante — um estranho emaranhado, à sombra de uma grande touça de louro, a mais gregoriana, segundo o seu Baedeker, de todas as touceiras de Tívoli. Uma espécie de dorso, em uma espécie de casaco de sapador, porém, com

* Alusão a Adolf Hitler. [*N.T.*]

quatro pernas e quatro pés, dos quais dois de cabeça para baixo. E aquele dorso tão vigoroso parecia tomado por uma agitação irrefreável de natureza alternativa, ritmada como um metrônomo. A foca com a luneta acreditou, então, que era seu dever relatar tudo aquilo à administração — "*Verwaltung, Verwaltung! Wo ist denn die Verwaltung? Drüben links? Ach so!*"* —, que procurara demoradamente, suando, e afinal descobrira, onde não havia vivalma, pois estavam todos em casa comendo e tirando um cochilo depois do almoço. Padre Domenico, no domingo seguinte, tonitruava já às nove no púlpito da igreja de São Francisco, que par de pulmões! Vivia implicando com certas mulheres desavergonhadas, em geral, garantindo que iriam para o inferno, bem lá para o fundo; um lugar adequado para elas: tripticava aqui e ali com a cabeça e com o punho erguidos, como se falasse um pouco com Marta, um pouco com Madalena, um pouco com Pedro, um pouco com Paulo. Mas todos entenderam desde o primeiro rugido aonde ele queria chegar com aqueles olhos arregalados e aquela raiva de quem parecia desejar morder alguém, mas que depois foi se acalmando, devagarinho, e foi bater direto na cabeça do diabo, a quem acabou de desabafar — e o diabo, bem quietinho, agachado, caladinho, por causa do medo que sentiu —, e depois tornou a ascender bem suavemente até as "belezas da natureza concedidas tão copiosamente a esta *Tibur*** pela suprema providência divina", e também até os "prodígios da arte e da caridade pátria tão sabiamente dispensados a esta antiga terra pela sábia mão do pontífice romano Gregório XVI após o grande cataclismo telúrico de 1826 e a assustadora cheia do Aniene". Compartilhava o orgulho pela cheia do Aniene, pois havia nascido em Filettino, a pouca distância das nascentes e 1.062 metros acima do nível do mar.

---

* "Administração, administração! Onde fica a administração? Ali à esquerda? Ah, certo!", em tradução livre. [*N.E.*]

** Nome latino da cidade de Tívoli. [*N.T.*]

"Hoje em dia, infelizmente contaminados", tanto os prodígios quanto as belezas, "pelo hálito infecto e pestilento das trevas, à espreita por toda parte, em todos os lugares em que percebem poder desencaminhar uma criatura, poder arrancar uma alma da salvação"; até mesmo na Villa Gregoriana.

Ao chegar ao mal que não perdoa, o dr. Fumi gaguejou, tossiu, como acontece quando queremos expulsar uma migalha prestes a descarrilar para a traqueia. Acalorado com a leitura, a certa altura, engasgou-se com um pouco de saliva. Sem parar, aquele acesso queria destrambelhar seus pulmões.

O rosto levemente corado, mas as veias tumefatas, na testa — todo o maquinário inflado por uma deflagração de descargas internas, que, todavia, não chegavam a rebentá-lo. Recuperou-se: deram tapinhas nas suas costas. Aos poucos, voltou ao normal, com a voz, aliás, mais clara. Parecia, a quem o escutava, um advogado de defesa que mergulha nos tons sombrios da peroração, com uma calma aparente, mas que prenuncia o pior esperando irromper na moção demoníaca "da desamparada Luigia". Uma quantia razoável, 48 mil, para o primo, o dr. Giuliano Valdarena, filho de Romolo e de Matilde Rabitti, nascido etc. Item: o anel de brilhante "herança do meu avô, cavaleiro oficial Rutilio Valdarena, a título de depósito sagrado, e a corrente de relógio em ouro com berloque de pedra dura [*sic: nec aliter*] que pertencia ao mesmo". Item: "tabaqueira de tartaruga engastada de ouro", e finalmente algumas pedrinhas de ônix ou continhas de lápis-lazúli, também de procedência agnatícia "para que ele, lembrando-se de mim como uma irmã que do Céu rezará constantemente por sua pessoa, siga o exemplo luminoso dos avós Valdarena e do inesquecível tio Peppe [o tio Peppe, de fato, doador forçado ao *fascio* do bairro Nomentano, ainda cheirava rapé da tabaqueira de tartaruga em 1925, no Viale della Regina, número 326] e se dedique a sempre percorrer os caminhos do bem, os únicos capazes de nos reconciliar na vida e na morte com o perdão de Deus". Não se esquecera nem mesmo da velha ex-doméstica Rosa Taddei, paralítica no asilo de San Camillo, nem a Assunta Crocchiapaìni (Crocchiapani,* na realidade: foi erro de leitura devido à caligrafia, ou talvez um deslize do dr. Fumi), virgem albana, sem paralisia alguma, coroada por um altivo silêncio e olhos fulminantes: "À sua florescente juventude, desejo e anseio desde já, com todo o meu coração de mulher, a sublime felicidade de uma prole cristã". Legava a Assunta, entre outras coisas, seis lençóis de casal, dezoito fronhas, e uma dúzia de toalhas com franjas, indicando quais. Seguiam vários legados, por nada desprezíveis, para obras de caridade e institutos femininos; alguns legados para as freiras de Santa Orsola, para algumas conhecidas, para algumas amigas, para várias meninas e mocinhas, "hoje tenras flores da inocência, amanhã, com a proteção de Nosso Senhor, mães abençoadas da nossa Itália".

Por fim, uma bolsinha com vinte mil liras ao próprio ouvinte lá presente, mas sem dar na vista, dom Corpi, com um Crucifixo de marfim com a cruz de ébano, "para que me assista com suas boas preces no caminho de purgação até a Esperança celeste, assim como me socorreu neste vale de lágrimas com seu conselho paterno, e com a doutrina da Igreja".

— Como essa mulher existem poucas! — exclamou o dr. Fumi, batendo com dois nós dos dedos da mão direita naqueles tristes papéis, por onde a mão gentil da trucidada havia passado (enquanto isso, segurava-os com a esquerda).

Todos estavam calados. O Balducci, apesar daquelas doações, pareceu ser o primeiro a ter lágrimas nos olhos. Na verdade, sem chegar a tanto, demonstrava que também ele estava convencido. A sonoridade quente e dedutiva da voz, da frase, convencera um pouco a todos: uns recebendo, outros abrindo

* Jogo de palavras: *Crocchiapaìni*, devora-engomadinhos; *Crocchiapani*: devora-pães. [*N.T.*]

mão, como que reunindo as almas aturdidas sob o manto da vontade de Deus. Uma bela voz máscula e napolitana, quando vem à tona das límpidas profundezas da dedução, como nudez clara de sereia que surge das lactescências marinhas ao luar de Gaiola,* soa de todo despojada, em cada pausa, daquele jeito tão furiosamente assertivo que é próprio de certas bestas-feras do norte, e de seus *condottieri* casados-tostados (em uma fogueira de gasolina).** Agrada, agrada ao nosso ouvido entregar-se à tão feliz argumentação, como rolha arrastada pela doce correnteza rumo ao vale, rumo ao clamor das profundezas. A fluência sonora nada mais é do que um símbolo da fluência lógica, a nascente da enunciação eleática*** transformou-se em curso d'água, fervendo nas disjunções ou dicotomias do espírito ou nas cegas alternâncias da probabilidade, eterniza-se em um defluxo dramaticamente heraclítico παγτα δε πολεμοζ, cheio de urgências, de curiosidades, de desejos, de expectativas, de dúvidas, de angústias, de esperanças dialéticas. O ouvinte se torna capaz de opinar em qualquer direção. A objeção da parte contrária pulveriza-se naquela volúpia musical, solidifica-se com um novo nariz, como a herma de Jano olhada de frente; e logo depois, de costas.

Todos se calaram.

Ao ler, ou ao ouvir a leitura daquele texto com tanto envolvimento, na verdade um pouco fora do comum, seria possível acreditar que, no ato de redigir o testamento hológrafo, Liliana, tomada por uma espécie de loucura, de alucinação divinatória, já pressentisse a iminência do próprio fim; ou então que, até mesmo, tivesse premeditado o suicídio. O testamento era datado de 12 de janeiro, dois meses antes. O aniversário

---

* Ilha no Golfo de Nápoles. [*N.T.*]

** Alusão a Adolf Hitler, que se suicidou com sua esposa, Eva Braun, e ordenou que os corpos fossem queimados. [*N.T.*]

*** No contexto filosófico, refere-se à teoria do ser desenvolvida por Parmênides na escola de Eleia. [*N.T.*]

dela, observou o marido, logo depois do Dia de Reis. Era o "desabafo de uma exaltada", opinou tacitamente alguém. Até mesmo a escrita revelava, para Balducci, para dom Ciccio, para dom Lorenzo, uma certa desconexão, uma certa agitação — um grafólogo poderia fazer uma perícia proveitosa. Uma estranha embriaguez na indiferença pelas coisas, por seus nomes e pelos símbolos, aquela volúpia da despedida que logo distingue as consciências heroicas além das mentes inconscientemente suicidas — quando alguém, não ainda em viagem, já se encontra, talvez, com um pé na arrebentação, à beira das trevas.

Ingravallo pensava; pensou até mesmo que o Natal, que o Presépio, que o Dia de Reis... com suas crianças, com seus presentes, com os reis magos... com aquele feixe de raios de fios de ouro sob o Menino... palha no presépio, luz da fonte divina... pudessem ter acumulado, como em um nimbo mental, certas fixações melancólicas da senhora: 12 de janeiro. A pobre testadora, àquela altura, não devia estar com todos os sentimentos em ordem. Puxa vida. No entanto... no entanto, mantivera as decisões tomadas. Não mudara nada, nem mesmo depois, em fevereiro, em março; nem uma sílaba sequer. Por isso, aliás, confiara o testamento a dom Corpi, com a recomendação de "escondê-lo e esquecê-lo".

Fórmula enigmática, mas já clara para dom Ciccio: esquecê-lo enquanto durasse sua vida, como se almejasse ver sepultada, o mais depressa possível, aquela torpe lista de bens; os bens que, apenas em seu último tormento, poderia dilapidar; os bens que a reconduziam, a cada novo dia, para as obrigações e para as razões vazias do viver enquanto a alma já tendia a uma espécie de expatriação (a querida alma!) da terra inútil rumo a silêncios maternais. A cidade e as pessoas conheceriam o futuro. Ela, Liliana... Ignorando as barracas e os gritos, com curtas asas de opala, Hermes surgiria para ela em sua verdadeira essência na doce hora, quando toda despedida é necessária e todo muro já morno empalidece na noite, e por fim olharia de novo para as portas com seu silêncio imperioso: as portas pelas quais se parte, enfim, enquanto o povo da cidade continua a fabular, para descer, descer para uma vaidade mais perdoável. "*Evasi, effugi: spes et fortuna valete: nil mihi vobiscum est: ludificate alios*"* — no Museu Laterano, um sarcófago. Liliana guardara essa frase, pedira que ele a traduzisse.

"Aquele dar, aquele presentear, aquele dividir com os outros!", pensou Ingravallo. Operações, a seu ver, tão distantes da carnalidade e, por consequência, da psique da mulher (mulherzinhas, pensava ele de algumas, burguesinhas) que, ao contrário, tende a receber, a provocar a dádiva, a acumular, a guardar para si ou para os filhos, brancos, negros ou café com leite; ou, de qualquer maneira, a desperdiçar e esbanjar sem doar nada a ninguém, torrando cem mil notas no culto a si mesma, ao próprio pescoço, ao próprio nariz, aos lóbulos ou aos lábios, nunca, porém — e dom Ciccio se acalorava, como em um delírio pré-estabelecido —, nunca, porém, em honra das concorrentes, e muito menos das rivais mais jovens. Aquele jogar fora, aquele dissipar, como pétalas ao vento ou flores no regato, todas as coisas mais importantes, as mais trancafiadas, os lençóis — contrariamente às leis do coração humano, que, se presenteia, o faz com palavras, ou com aquilo que não é seu —, acabaram por revelar a dom Ciccio a alteração sentimental da vítima, a psicose típica das insatisfeitas ou das humilhadas na alma, quase, justamente, uma dissociação de natureza pânica, uma tendência ao caos; ou seja, um desejo ardente de recomeçar do zero, do princípio possível, um "retorno ao indistinto". Porque somente o indistinto, o Abismo, ou a Treva, pode reabrir para a cadeia

* "Escapei, fugi. Adeus, esperança e fortuna. Nada tenho a ver convosco. Judiai dos demais", em tradução livre. [*N.E.*]

das determinações uma nova ascese: sua forma renovada, renovada fortuna. Valiam ainda para Liliana, era verdade, as poderosas forças inibidoras e, mais ainda, as forças coibidoras da Fé, os enunciados formais da doutrina. O símbolo atuava como luz, como certeza. Irradiada na alma. Ingravallo assim ruminava. Os doze lemas tiveram o efeito de canalizar a psicose dela para o funil de um testamento hológrafo perfeitamente legal. O balancete da morte estava correto até os últimos centavos. Para além do confessor e do tabelião, os espaços límpidos da Misericórdia. Ou, para outros, a liberdade desconhecida do não ser, as eras livres.

"A personalidade feminina", resmungou mentalmente Ingravallo, como se pregasse para si mesmo, "o que queria dizer?". A personalidade feminina, gravitando tipicamente em torno dos ovários, se distingue da masculina, na medida em que a própria atividade do córtex, no cérebro de uma mulher, se manifesta em uma aprendizagem, e em uma reelaboração, do raciocínio do elemento masculino, se é que podemos chamá-lo de raciocínio, ou diretamente em uma reedição ecolálica das palavras postas em circulação pelo homem que ela respeita. Pelo professor, pelo comendador, pelo médico de mulheres, pelo advogado de luxo ou por aquele fedorento do balcão do palácio Chigi. A moralidade-individualidade da mulher se dirige, por meio de adensamentos e de coágulos afetivos, ao marido, ou àquele que desempenha tal função, e retira dos lábios do ídolo o oráculo cotidiano da admoestação subentendida, pois não existe homem que não se sinta Apolo no santuário délfico. A qualidade eminentemente ecolálica do espírito feminino (o concílio de Mainz, em 589, concedeu-lhe uma alma pela maioria de um voto) a induziu a adejar suavemente em torno do eixo do cônjuge — maleável cera, pede a marca do sinete; ao marido, o verbo e o afeto, o *ethos* e o *pathos*. Daí, isto é, do marido, o lento e pesado amadurecer, o descender doloroso dos filhos. Na falta dos filhos, sentenciou Ingravallo, o marido de 58 anos descamba, sem demérito próprio, para bom amigo, mas de gesso, para enfeite agradável da casa, para delegado e secretário-geral da confederação dos bibelôs, para mera imagem, ou seja, para manequim de marido, e o homem em geral (na aprendizagem inconsciente dela) é degradado a fantoche — um animal infrutífero, com uma falsa cabeça carnavalesca. Uma ferramenta que não serve, uma verruma sem rosca.

É então que a pobre criatura, antes viçosa, se dissolve como flor ou corola que solta ao vento suas pétalas. A alma doce e cansada voa rumo à Cruz Vermelha, no inconsciente "abandona o marido", e, talvez, abandone todo homem enquanto elemento gâmico. A personalidade dela, estruturalmente invejosa do marido e aplacada apenas pela prole, cede, na falta da prole, a uma espécie de ciúme desesperado, e, ao mesmo tempo, de forçada συμπατια sororal em relação às pessoas do seu mesmo sexo.

Cede, poderíamos pensar, a uma forma de homoerotismo sublimado, ou seja, a uma paternidade metafísica. A esquecida por Deus — e Ingravallo já se debatia de dor, de rancor — acaricia e beija em sonho o ventre fecundo das coirmãs. Observa, em meio às flores dos jardins, os filhos das outras, e chora. Dirige-se às freiras e aos orfanatos para ter a "sua" criança, para "fazer" também seu filho. Enquanto isso, da caverna escura, os anos chamam. A caridade educadora, de ano em ano, substituiu o suave filtro do amor.

Nesse ínterim, outra circunstância surgiu da minuciosa (é claro) revista ordenada e realizada na habitação do Valdarena, que morava em Prati, em um belo quarto-estúdio na Via Nicotera, em um pequeno sobrado. Enquanto isso, em seu lugar e em sua cama de menino, na casa da família, isto é, na casa da avó (a tia Marietta de Liliana), quem se aninhava e dormia lá, sem seu aquecedor de colchão, era aquele montinho de ossos da tia Romilda: a viúva do inesquecível tio Peppe. Sobre o mármore da cômoda, na Via Nicotera, "foi encontrado" um retrato de Liliana. Dentro, na primeira gaveta, um anel masculino de ouro com brilhantes e uma corrente de relógio de ouro, bastante pesada, bem comprida.

— Isto é uma corrente de navio — disse Ingravallo, mostrando-a ao Balducci, que reconheceu os dois objetos como já pertencentes ao "tesouro" da mulher.

Sem rancor nem surpresa especial.

A corrente, em uma das pontas, terminava no característico dispositivo de fecho com mola (para a presilha do relógio), e, na outra, em uma pequena haste de ouro cilíndrica, para ser enfiada na casa de um dos botões do colete, uma das nove mais altas das então doze: *ad libitum*. (Conforme a casa escolhida, "personalidade marcante".) E, depois, a presilha do berloque.

O Balducci logo notou que o enorme berloque balançante mudara de pedra. Era uma espécie de relicário: oval, com uma minúscula pátena folhada a ouro e segura por uma haste de ouro, para poder balançar, ou melhor, girar completamente sob aquele arco, com dois pinos invisíveis que espetavam suas laterais; ouro, ouro, todo em ouro, ouro maciço, ouro puro, ouro bonito, ouro vermelho, ouro amarelo, nos dedos nodosos e nas barrigas secas dos avós, o que hoje não passa de papel gasto e nojento, cheio de miséria e peste, ou palavras vazias ao vento. Um vento fedorento de carestia, com o sabão a trezentas liras o quilo. Na moldura, fora engastado um lindíssimo jaspe, recoberto atrás por uma plaquinha de ouro, para ser revirado entre os dedos. Também de forma elíptica, claro. Um jaspe sanguíneo: pedra verde-escura em um tom brilhante como o de uma folha pantanosa, feita para certos cortes nobres, ou cantos, ou aduelas de arcos, à maneira de uma *signoria** secreta em seu palácio com arquitetura de Melozzo da Forlì ou do Mantegna, ou nos painéis murais de mármore de Andrea di Castagno, com exíguas veias de um cinabre vermelhão como estrias de coral, quase sangue coagulado, na carne verde do sonho. Em caracteres ditos góticos, interligadas e entrelaçadas em glíptica, as duas letras G.V. No verso, lisa, exata, a plaqueta de ouro claro.

Todas essas novidades no lugar da opala azul-acinzentada que o Balducci vira das outras vezes, pedra de duas faces, frente e verso, e também muito bonita, explicou a Ingravallo: mas... Pedra sublunar, pedra elegíaca, com doces e difusas lactescências como de um céu nórdico (*nuits de Saint Petersbourg*) ou, talvez, de cola de sílica, assentada e congelada lentamente à luz fria, no crepúsculo-alvorada do paralelo sessenta. Em uma face, estava gravado o monograma RV, Rutilio Valdarena, a outra era lisa. O nome do avô, do arquétipo de todos os Valdarena, que desde bebê tinha cabelo loiro: loiro-avermelhado, diziam. Morto o avô, a corrente (com o berloque) havia passado para o tio Peppe, em cujo colete de veludo preto pontilhado de amarelo gravitara alguns meses, aos domingos e nas outras festas de guarda. O avô a destinara a Liliana, é claro: a Liliana. Porém, o avô Rutilio provisoriamente a legara ao tio Peppe, em uma espécie de fideicomisso equitativo. No que diz respeito ao tio Peppe, o berloque de opala agira sem perder tempo, porém, não como berloque, com a tepidez benigna e benfazeja de todos os penduricalhos e de todos os chifres e chifrinhos, mas com as sinistras atitudes cancromotrizes que infundiram *ab aeterno* a nobre e melancólica frigidez da gema. Sete meses e meio após a morte do avô, o tio não pôde se furtar ao dever, puramente opalino, de transferir a Liliana a propriedade da corrente de ouro,

* Na Itália medieval e renascentista, forma de governo que concentrava o poder executivo das cidades nas mãos de uma só pessoa (*signore*). [*N.T.*]

segundo a norma do testamento paterno, com penduricalho e tudo. Foi então, declarou o Balducci gravemente, que o tio se tornara inesquecível. "Pobre e querido tio Peppe!", lacrimejavam os sobreviventes. O Balducci ainda revia suas feições no grato espelho do coração, de marido da sobrinha. Acomodado em sua poltrona, em um suflê de almofadas, entre os parentes reunidos atentos aos seus lábios; dois belos bigodões de foca acinzentados e dois dentões de cavalo amarelados orquestravam seu sorriso tristonho, o bom sorriso amarelo de "homem de bem à moda antiga", ex-cliente emérito das termas de Chianciano. Naquela postura tão largada, na opinião do dr. Beccari, e com aquela luz nos bigodes e nas maçãs do rosto, um pouco ingênuo, ele celebrava em meio à família a grande virtude dela mesma e de toda a linhagem dos Valdarena em geral, e o pingente azul do dia do Nosso Senhor costumava repousar sobre seu colete preto, na altura do duodeno-fígado. Animada pelos dedos magros e céreos do fideicomissário, a gema ficava tanto sobre o duodeno quanto sobre o fígado; um pouco em cada um, de preferência, como uma moça que controla dois namorados ao mesmo tempo. Foi exatamente de um câncer no fígado, em concomitância com um coirmão no duodeno, que o portador da opala acabou por sucumbir.

Potente emanação do azarento bióxido! Contra o trato abdominal, Nossa Senhora, e metade das tripas do tio Peppe! Presença testemunhal de uma luz invisível, aquele talismã, pelo contrário, era filho da elegia não imitada: alferes da alvorada distante de setembro, pajem da azuláctea reticência do semestre polar. Digno, por sua nobreza, de ter ornado o dedo de um conde palaciano adormecido em Roncesvales* com sete janelas no coração; ou de um visconde, repentinamente empalidecido nas prisões de setembro. Portador da dupla uruca,

* Município espanhol onde, em 778, o exército de Carlos Magno foi derrotado em batalha, com a morte do seu líder militar Rolando, cuja história foi narrada no poema épico do século XI *A canção de Rolando*. [*N.T.*]

conjecturava Ingravallo, por causa da dupla face. O biazar devia sair do bióxido. O câncer conjunto duodeno-fígado é daquelas duplas que mais raramente são sorteadas na cancerologia, na moderna cabala cancerológica, tanto na Europa quanto no exterior.

Todos, a princípio, ficaram amedrontados. Começaram a bater na madeira, uns aqui, outros ali.

— Quanto a Liliana, bem, doutor, acho que...

E, ainda daquela vez, o coitado do Balducci soluçou, sua voz tremeu. Chorava. Vinha sendo convocado, pode-se dizer, todos os dias a Santo Stefano del Cacco.

Na pequena escrivaninha perto da varanda, na Via Nicotera, o sargento Di Pietrantonio, auxiliado pelo agente de elite Paolillo, encontrou dez mil liras, em dez cédulas de mil novinhas em folha. Os familiares, consternados pela morte de Liliana, depois pela detenção, a seu ver, arbitrária do rapaz, não souberam indicar a proveniência do dinheiro. Na Standard Oil, negaram lhe ter dado o dinheiro após a remuneração habitual no fim de fevereiro. Dez mil liras! Era pouco provável que Giuliano as tivesse economizado, mesmo em um ano, do salário de recém-formado e de agente subordinado, de jovem representante e de belo rapaz. Com as despesas do casamento às portas, o que equivale a dizer, já em parte enfrentadas.

Um salário, ainda que bom, e algumas participações nos negócios por ele administrados, podiam lhe permitir, em Roma, comer, se vestir, se lavar e pagar o belo quarto com banheiro na casa da sra. Amalia, manicure e cigarros à parte, assim como o *fettuccine* da avó. As mulheres, devido ao seu charme, que deixava dom Ciccio tão enciumado, pareciam não custar muito. “Recebia muitos convites”, segundo os parentes; e também da senhoria, mas não proprietária da casa.

— Recebia no quarto, sim. Não, não a senhora do retrato. Algumas mulheres da aristocracia... — Assim gorjeou.

Ingravallo suspirou "mentalmente", com muita ponderação. O quarto tinha livre acesso. Ao enunciar essa prerrogativa do quarto, ela, a senhoria, fez uma voz séria, soberba, como um empresário da construção civil que diz: "vista panorâmica, três banheiros".

— Sobretudo, grandes convites. Porque todos gostavam dele.

— Ou melhor, todas — grunhiu dom Ciccio, para si mesmo, ao mirar outra vez os grandes olhos da sra. Amalia.

Eram bem fundos, cercados de dois quartos de lua azul que combinavam com os dois quartos de lua de ouro que usava nas orelhas. Ao primeiro movimento de cabeça, parecia que fariam *trim trim*, como em uma odalisca do sultão.

Ingravallo submeteu o Valdarena, já ouvido naquele dia, a um enésimo interrogatório. Era noite, 19h30. Acendera, para reforçar, uma lâmpada "especial" que descia até sua mesa. Mostrou para ele, de repente, sem aviso prévio, "os corpos de delito": ou seja, a corrente, o anel com o brilhante, as dez cédulas de mil, sem incluir entre eles a fotografia de Liliana, que, todavia, tinha deixado lá no meio também. Valdarena, ao ver o dinheiro e os objetos sobre a mesa, junto do retrato de Liliana, corou de repente. Dom Ciccio tinha puxado um jornal que os escondia. O jovem sentou-se: depois, lentamente, tornou a se levantar, enxugou de novo o suor da testa, se recompôs, encarou o predador. Fez um movimento rápido com o pescoço, com toda a cabeça, jogando a cabeleira, como se estivesse decidido a mergulhar no pior. Entrou, ao contrário, na fase ousada, quase eloquente, aliás, da própria obstinação e da própria apologia: calou-se por meio minuto.

— Senhor delegado! — gritou em seguida, com a arrogância de quem reivindica a licitude de um fato, de um sentimento de outra pessoa, que, no entanto, diz respeito a si mesmo. — De nada adianta eu continuar calado, quer por respeito humano, quer por respeito a uma morta, a uma pobre criatura assassinada, ou por vergonha de mim mesmo. Liliana, minha pobre prima, sim, gostava de mim. É isso. Não me amava, talvez... Não. Digo no sentido... em que uma outra mulher teria me amado, em seu lugar. Ah! Liliana! Mas se sua consciência de mulher — *sic* — tivesse permitido, a religião na qual nasceu e cresceu... bem, tenho certeza de que teria se apaixonado por mim, de que teria me amado loucamente. — Ingravallo empalideceu. — Como todas.

— Claro, todas.

Valdarena não pareceu captar.

— O grande sonho da vida, para ela, era... unir-se a um homem. — Olhou para o sombrio dom Ciccio. — A um homem, ou talvez mesmo a uma serpente, que pudesse lhe dar a criança desejada; a "sua" criança, o bebê... esperado em vão por tanto tempo, aos prantos. Chorava, rezava. Quando começou a entender que ninguém conseguia segurar os anos, adeus! Pobre Liliana! Em sua exaltação, não queria reconhecer a própria incapacidade: não admitia, não. Mesmo sem pôr em palavras, nos lábios, fantasiava que, com um outro, talvez... Acredite, doutor, existe um orgulho físico, uma vaidade do corpo, das vísceras. Nós, homens, é sabido, uns mais, outros menos, por nossa natureza, somos todos um bando... de pavões que vivem se exibindo. Gostamos de caminhar no Passeio. Mas as mulheres também têm seus caprichos... caprichos físicos, quero dizer. O senhor deve saber disso melhor do que eu.

Ingravallo se mordeu por dentro, carregado como um temporal.

— Ela, Liliana, conversando com ela a sós algumas vezes, como fazem os primos, sabe, eu via perfeitamente... ela vivia com aquela fantasia, pode-se dizer, que com outro... com outro! Que nada! Com toda aquela religião dela! De maneira que, em sonho, ela, em suas vísceras, parecia acreditar, parecia entender... que esse outro, esse homem, poderia ter sido eu...

— Ah — disse dom Ciccio. — Meus parabéns, de coração!

Uma careta atroz, um rosto sombrio.

— Não ria, senhor delegado! — gritou o detido, enfaticamente, todo fulgurante em sua jovem palidez sob a luz "especial" de cem watts. — Não, não ria! Liliana me falou tantas vezes! Disse uma vez que tinha amado Remo... sinceramente, ou seja, como uma tola, eu diria, coitadinha. — Ingravallo, no fundo, não pôde deixar de concordar. — Filha única! Sem mãe, sem experiência... Ela o amara desde o primeiro dia em que o vira, naturalmente. Ainda o amava, tinha estima por ele, pobre Lilianuccia! — A voz hesitou, depois deslanchou: — Por nada no mundo, religião à parte, teria pensado em traí-lo. Mas ver os anos passando daquele jeito, os anos bons, sem nem a esperança... de um fruto do amor... era, para ela, como uma desilusão torturante. Sentia-se humilhada, como se sentem todas quando o bebê não vem; pior ainda do que o desgosto é o despeito, em pensar que as outras mulheres triunfam, e ela, não. A mais amarga de todas as desilusões da vida. Assim, para ela, o mundo foi só tédio, não passou de um pranto sem fim. Um pranto que não proporcionava consolo algum. Tédio, tédio, tédio. Um pântano de tédio. De enlouquecer.

— Está certo, tédio, tédio... Mas e a corrente, e o brilhante? Passemos aos fatos, doutor. Acho que estamos perdendo tempo. Vamos deixar de lado esses voos... românticos. — Fez um gesto, como se estivesse soltando um pássaro, encorajando um falcão rumo ao azul. — Vamos falar um pouco desta corrente de navio. — E, segurando-a por uma ponta, balançava-a sob o nariz do outro e o encarava com firmeza, sombrio. — Este bibelô tão miudinho. — E o sopesava com a outra mão.

Pareceu morto de curiosidade, observando-o minuciosamente, como um macaco em cuja mão caiu um apito. Cacheada e preta, aquela cabeçorra de azeviche inclinada sobre os dedos e sobre o metal que despertava a avidez de todos parecia irradiar tenebrosos preconceitos; e o clarão processual da sala, assim que os preconceitos despontavam, parecia forçá-los a se encaracolar daquele jeito, a permanecer sobre o crânio como uma cabeleira brilhante e carvoeira.

— Lemos o testamento da sra. Liliana, que sua alma descanse em paz, pobre mulher. Ela os deixava para o senhor — largou a corrente, pegou de cima da mesa e começou a sopesar na palma da mão o anel —, porque o velho avô Romilio, diz o sr. Balducci, como se chamava? Romilio? Falei certo? Ah, Rutilio? O vovô Rutilio queria que ficassem para os netos, para o sangue dele... em família, entendo, entendo, ou seja, para o senhor, que é o melhor exemplar. Mas, como é que fomos encontrá-los na sua casa? Como é que a opala virou um ônix? Um jade... ou melhor... um jaspe?

Giuliano ergueu a mão direita, que era branca, vívida e levemente estriada de azul, as veias flexíveis da adolescência. Mostrou no anular o magnífico jaspe que o cárcere não lhe havia tirado, aquele que Ingravallo lembrou-se de ter visto em seu dedo na casa dos Balducci, depois do almoço de 20 de fevereiro, enquanto tomavam café.

— Ela queria combiná-lo com este — respondeu. — Queria que eu me casasse, que tivesse um filho. Você o terá, com certeza, me dizia todas as vezes, e chorava. Quando eu disse que ia me casar (no início, ela não queria acreditar), que iria morar em Gênova, logo que mostrei a fotografia de Renata, bem, não, não posso dizer que ela sentiu ciúme, como aconteceria com outra mulher... Pelo contrário, disse: como é linda. Mas com os dentes um pouco cerrados. É morena, não é? Linda moça, combina com você, que é loiro como um anjo. Começou a chorar. Logo que se convenceu do casamento, e que não era conversa-fiada... ela, doutor, o senhor não vai acreditar... parece que estou enlouquecendo... me fez jurar imediatamente que eu teria logo um filho: um pequeno Valdarena. Um Valdarenuccio, dizia entre as lágrimas, jure! Mas bonitinho, bonitinho. Tinha enlouquecido, pobre Liliana, uma mulher tão ajuizada como ela! Coitada da nossa Lilianuccia! Ela adotaria o bebê, porque eu e Renata, segundo ela, logo teríamos outro, um terceiro, um quarto: e esses, então, seriam para nós. Mas ela, dizia, tinha direito ao primeiro. A Providência, para nós dois, para Renata e para mim, daria quantas crianças quiséssemos. Porque Nosso Senhor é assim mesmo, dizia: para uns tudo, para outros nada! E é justamente nisso que se manifesta sua misteriosa perfeição. Você é moço, dizia, é saudável... (como um chifre de coral, doutor, isso quem diz sou eu)... como um Valdarena. Logo que se casar, você terá um filho, parece que o estou vendo, que o estou ouvindo... Se é que já não o encomendou no meio do caminho. Ria, chorava. E deve jurar que vai dá-lo para mim. Resumindo, que eu a deixaria adotá-lo como se fosse filho dela.

"E o que você me dá, se eu entregar meu filho?, perguntei uma vez. Já tinha passado o Natal, o réveillon... tinha passado o Dia de Reis. Sim! Já passava de meados de janeiro. Eu brincava. Ela baixou a cabeça. Começou a pensar... cansada, tristemente: como uma pobrezinha que nada tivesse para me dar em troca, que precisasse pedir esmola. O amor? Não, não, não era o que eu queria dizer: não pretendia dizer o amor, estava brincando. Ela empalideceu, sentou-se, parecia desesperada."

Ingravallo também empalideceu.

— Encarou-me com aqueles olhos, implorando. Seus olhos embaçaram. Ela me pegou pelos dedos da mão direita. Olhou o anel da minha mãe, este aqui, começou a tirá-lo. Você vai deixá-lo comigo por alguns dias, disse. Por quê? Porque sim: porque quero combiná-lo com o presente que vou dar a você. Deixei-o com ela. E, na vez seguinte que fui até lá, Remo estava viajando, estava em Pádua, eu, sem saber, tinha ido visitá-los. Na vez seguinte... assim que me viu, devolveu o anel, depois, sem muitos rodeios, me fez um sinal... um sorriso como se faz com as crianças. Tome, me disse, e me olhava: tome! Pegou minha mão e enfiou no meu anular esse aí, o anel do avô dela; porque este aqui, da minha mãe, eu uso no dedo médio, como o senhor pode ver. Tome, Giuliano, veja, é o anel do vovô! Do meu avô, do seu avô; aliás, do seu bisavô, que era bonito, bom, forte! Um homem como você, ele era! Como você! (Aquele como você, como você, fez com que o buldogue rangesse os dentes.) E esta é a corrente do vovô... E também a mostrou para mim (esta aqui que pegaram na Via Nicotera) e virou os olhos para o retrato, sabe? Aquele oval, de moldura de ouro com folhas de hera, sabe?

— Folhas de hera?

— Sim, bem verdes, na sala de estar: o retrato grande do avô, vovô Rutilio. Ainda se vê essa corrente em cima da sua barriga. É essa aí mesmo. — Apalpou-a, esticando a mão sobre a mesa, tristemente. — Com o berloque... — Balançava a cabeça. — Depois ela me dizia, Lilianuccia, pobre Liliana! Me dizia: você me disse que precisa ir a Gênova. Antes de se casar, precisa montar casa no lido de Albaro? Com os genoveses, não se brinca, eu sei. Olhe! Olhei. Não, eu disse, não, não, Liliana. O que você está fazendo? Não faça história, ela disse, um homem como você! Conheço as necessidades de um homem, as necessidades de quem vai se casar. Pegue, então, pegue. Pegue, estou dizendo. Pegue! Faça-me esta gentileza, estou dizendo, não me canse. Você sabe que não gosto de me cansar. Tome! Eu me esquivava, não queria, fiz menção de escapar, coloquei uma cadeira no meio... Tome! Agarrou-me pelo braço, enfiou no meu bolso um envelope: esse aí... — E o apontou com o queixo, em cima da mesa, perto das cédulas. — As dez mil liras... já vai fazer quase dois meses: 25 de janeiro, eu me lembro bem. Depois, quis me dar a corrente de presente também. A qualquer custo. Não teve jeito, acredite.

Ingravallo duvidou firmemente de tudo.

— Estávamos na sala de estar. — Em seguida, disse, pensativo: — Mas, na corrente, não tinha nada preso, quero dizer, aquele berloque agourento. Amanhã você deve passar no

Ceccherelli, que é o meu ourives. Deve entregar a ele a corrente, só dois minutinhos, para prender a pedra, sabe... Sabe o quê? Mas, claro, vamos, você sabe muito bem que aquela pedra estava presa aí: mostrei-a a você tantas vezes! Agora mandei trocá-la, dizia. Troquei a opala por um jaspe. Para combinar com esse aí, o do seu anel. Uma semana antes, propositalmente, pedira que eu o deixasse com ela. Pegou minha mão, olhou. Disse: que lindo! Como ficam bem em você! O ouro também! Parece ouro puro. Que ouro bonito faziam antigamente, antes da guerra! Mas este foi minha mãe quem me deu, eu disse, como lembrança... logo depois, quando se casou de novo com o engenheiro, você sabe. Bom, eu não sei, ela disse, com uma carinha amuada. Mandei colocar o jaspe. Um jaspe sanguíneo, verde-brilhante, tão escuro quanto a pimpinela, com dois veios de coral... vermelhos! Parecem duas veias do coração, uma para mim, outra para você. Eu o escolhi, dizia, no Campo de Marte. Já deve ter sido gravado a esta hora, ia ser engastado hoje de manhã com as suas iniciais, como esse que você tem no dedo. Porque eu não queria mais ver aquela opala na família. Vamos bater na madeira! E bateu na mesinha, sabe. Fez com que eu batesse também. Ria: como era linda! — Ingravallo aguentou, de cara fechada. — Não quero mais ver a opala na família. Parece que está dando azar para todo mundo. Não, não, chega: não quero mais. A esta hora, Ceccherelli já deve ter terminado. A opala, não, não, não existe mais! (E bateu na mesa de novo.)

"Não existe mais porque eu não quero, embora fosse do vovô. Dizem que dá azar. E, de fato, o tio Peppe... você viu? Um câncer. Duplo, ainda por cima! Quem teria imaginado! Tão bom, coitado do tio Peppino! Pode crer, doutor. Ficou tudo gravado em minha mente, palavra por palavra. Não consigo esquecer aquele rosto. Como ria, como chorava! Aqueles presentes! Uma cena entre primos. E poderia ter sido uma cena de amor! Não, de amor, não, de jeito nenhum! — Pareceu ter percebido o erro. — Era até engraçado, pobre Liliana! Então vá lá amanhã, vá hoje mesmo, dizia. Prometa! Sim, sim, no Campo de Marte, sim, Ceccherelli, lembre, um pouco antes de chegar à basílica de Lucina, onde fica a pizzaria. Isso, isso mesmo, em San Lorenzo in Lucina. Não se faça de bobo, você sabe muito bem. Mas à direita."

Ingravallo não queria acreditar: não devia. Mas entendia, aos poucos, que estava sendo levado a acreditar naquilo que teria acreditado ser inacreditável.

— Doutor, ouça o que estou dizendo — implorou Giuliano. — Talvez ela estivesse louca. Não quero ofender uma morta, uma pobre morta. Morta daquela maneira! Ouça, doutor. Eu, para ela, eu... eu tinha entendido. Eu...

— O senhor... o quê?

— Eu... — Giuliano se atrapalhou um pouco, riu de nervoso, riu de si mesmo. — Eu, para ela, era como o melhor exemplar da raça: da bela raça dos Valdarena. Sério. Se ela pudesse, se fosse livre... Mas sua consciência, e também... a religião. Não, não era uma depravada — *sic* —, não era como muitas. — *sic* — Vivia apenas para aquela ideia: para aquela ideia fixa da criança. Que era, acredite, era uma obsessão, uma mania, àquela altura, qualquer um teria entendido... uma coisa que a fazia perder a razão. Mais forte do que ela, acredite, doutor.

As afirmações de Valdarena tinham o timbre e o calor irrefutável da verdade.

— E como o senhor explica o desaparecimento do cofre de ferro? E das duas cadernetas de poupança?

— Sei lá! — disse o jovem. — Como eu poderia saber quem foi? — Olhou para o doutor. — Se soubesse, com certeza o sem-vergonha já estaria trancafiado no meu lugar. O cofre? Nunca o vi. A corrente e o anel, com as dez mil liras, foi ela que me deu: forçou-me a aceitá-los. O envelope foi ela que quis esconder aqui. — Bateu a mão no quadril. — Por sinal... até Remo deve saber disso, pode crer.

— Não, ele não sabia de nada! — Ingravallo contestou com dureza. — Segredos de primos! — Por baixo do breu que tinha na cabeça, estava lívido. — E o senhor — incriminou-o com o indicador —, o senhor sabia que ele não sabia.

Giuliano corou, ergueu os ombros.

— Bem, vou repetir: as dez mil liras, foi ela. Enfiou-as aqui, no paletó. — E tocou o quadril. — Aquele envelope lá, que pegaram na minha escrivaninha. — Dom Ciccio franziu a testa. — Então fugi, saí correndo. Fui para a sala de jantar, tranquei-me lá dentro, de brincadeira: *vrac*. Mal entrei, ela bateu... Então abri. Ela foi até o aparador... o bufê.

— Ah, na sala de jantar? Perto do bufê? Exatamente onde o senhor cortou a garganta dela?

A cara de Ingravallo, naquele momento, estava branca: furiosa. Os olhos eram os de um inimigo.

— Cortei a garganta? Mas estamos falando de dois meses atrás, senhor delegado: ainda em janeiro, 25 de janeiro, como eu disse. Uns vinte dias antes... de nós dois termos nos conhecido. Lembra-se daquele domingo, há um mês mais ou menos, quando o senhor estava almoçando com eles? Pois bem, uns vinte dias antes daquele almoço. E aí aconteceu logo depois, meu Deus. Bem, como é que não pensei nisso? Pergunte ao Ceccherelli, ao ourives do Campo de Marte. Eu é que fui pegar esse bendito jaspe. Ele pode confirmar. Havia recebido ordens, de Liliana, para entregar a mim, pessoalmente, o berloque com a nova pedra e as minhas iniciais, no lugar da outra, para prendê-la ele mesmo à corrente de ouro do avô — indicou-a com o queixo, sobre a mesa —, que essa aí eu levaria para ele, pessoalmente. Liliana, organizada como era, já tinha combinado tudo: havia mostrado meu retrato ao ourives. Ele, porém, o Ceccherelli, quando me apresentei, quis ver uma carteira, um documento qualquer, dizia, a carteira de identidade. Desculpou-se. Mas eu estava levando a corrente. Melhor documento que aquele, pense bem...

— Então foi vinte dias antes de 20 de fevereiro, ou até o dia 25. Certo. Como se explica, então, o fato de o senhor não ter dito nada a ninguém? À sua avó, à sua tia? De não ter mostrado nada, em família? Presentes de casamento, pelo que o senhor diz. Joias de família. Ouro antigo dos avós, que devem permanecer em poder dos netos. Mas por que escondê-lo? E como é que Balducci, hoje cedo, caiu das nuvens? Uma lembrança do próprio... bisavô... pode muito bem ser mostrada à própria avó: que é filha do bisavô, se não me engano.

— Nora, doutor, porque o avô Valdarena, o vovô Rutilio, era avô do meu pai, isto é, me explico, pai do meu avô. — Dom Ciccio olhou para ele, furioso. Desconfiou que o outro estivesse caçoando dele, naquelas condições? — Por isso, eu também me chamo Valdarena. Minha avó, a vovó Marietta, que me criou, era a *nora* do vovô Rutilio.

— A nora, a nora, sei. Ah? O quê? A nora? O avô do seu pai, o senhor disse? Então a sra. Liliana... sua tia?

— Não. A pobre Liliana era minha prima de segundo grau. Uma geração antes. Por isso, talvez, eu gostasse tanto dela! Por isso ela era tão incrível! — Dom Ciccio aquiesceu, carrancudo, betuminoso. — Era filha do tio Felice, o tio Felice Valdarena, que era tio do meu pai, irmão do pai do meu pai. Liliana e meu pai eram primos de primeiro grau.

— Entendo, entendo. Então o senhor escondeu tudo? Com tanto cuidado? Tinha receio de ter que dividir? De ter que repartir a corrente de ouro... com os pobres? Como Amadeu II e o colar da Anunciação?*

— Vítor Amadeu...

— Vítor, Vítor, eu sei: com os parentes pobres? Com algum primo de terceiro grau?

---

* Vítor Amadeu II de Saboia (1666-1732) deu um dos dois Colares da Ordem Suprema da Santíssima Anunciação, a mais alta honraria da Casa de Saboia, a um grupo de súditos pobres, fato relatado em todos os livros didáticos italianos durante a monarquia. [*N.T.*]

— Algum patinho feio da nova geração — caçoou o acusado.

— Ou teve medo de que o sr. Balducci, assim que descesse do trem, por causa de todos aqueles presentes, todo aquele dinheiro... não engolisse essa história?

— Não, não! — disse o acusado, com voz suplicante. — Foi ela, coitadinha! Ela: realmente não era minha intenção. Foi ela que disse: ouça bem, Giuliano, isto deve permanecer entre nós, um segredo inocente nosso, o segredo dos primos... como nos romances! O segredo da beleza, não somos bonitos, nós dois? Da felicidade esperada e não obtida. O que estou dizendo, meu Deus! E cobriu o rosto com a mão. Você terá a felicidade. E, então, o segredo... deixe-me pensar, o segredo de duas almas boas, que em um mundo um pouco melhor do que este aqui... talvez tivessem formado outras almas. Neste, pelo contrário, do jeito que é (doutor, se o senhor a tivesse visto naquele momento!), deveremos ir um para cada lado, como folhas arrancadas pelo vento. Meu Deus, dizia, quanta bobagem está saindo da minha boca hoje. Que belos votos estou fazendo para você. Para você, que deve ter a criança. Giuliano! Me desculpe, me desculpe! Chorava! Depois sorriu, chorando. Aliás, começou a rir. Alegre, bonito, há de ser o bebê, dizia. E loiro, por favor. Como você quando criança, sempre rindo! Querendo fazer xixi sem se virar, na cara de todo mundo!

Dom Ciccio sentiu necessidade de remexer um pouco nos papéis, em cima da mesa.

— Ria. E dizia: o que Remo diria, ao voltar! Se soubesse que dou presentes para um rapaz! Mesmo sendo um primo, o primo bonito que vai se casar. Ria: que vai se casar com outra, pobre de mim! Não, não, nem à vovó você deve contar, pobre velha, nem à sua mãe, quando for a Bolonha. Não deve dizer a ninguém, jure! E eu jurei.

Dom Ciccio suou frio. A história toda, teoricamente, cheirava a conto da carochinha. Mas a voz do rapaz, aquelas entonações, aqueles gestos, eram a voz da verdade. O mundo das tais verdades, filosofou, não passa de um contexto de conto da carochinha, de pesadelos. De maneira que só se pode chamar de verdade a névoa dos sonhos e das fábulas. E, nas pobres folhas, é a carícia de um raio de luz.

Com o esgar desdentado, e com aquele bafo de fossa que o distingue, o senso comum já debochava da narrativa, tinha vontade de soltar uma gargalhada imunda na cara de dom Ciccio, de escarrar o não redondo dos espertos na sua cabeleira de delegado ainda não nomeado *cavaliere*. Mas não é possível deter o pensamento: ele chega antes. Não é possível apagar da noite o clarão de uma ideia, de uma ideia meio suja, então... Não se pode reprimir o antigo fescênio,* banir da velha terra a fábula, sua eterna comédia atelana — quando evapora subindo, alegre e torpe, o riso, das gentes e das almas, como não se pode privar do próprio aroma nem o tomilho, nem o mentastro, nem o orégano: os cheiros sagrados da terra, do morro descarnado, ao vento. Vindo das cidades abarrotadas, das pessoas, de cada esquina, de cada parapeito de ponte, das praias morenas, e a população deformada e prateada das oliveiras, que sobem o morro. Quando, sobre o cume das casas e todos os telhados dos homens, um ar azulado tremula. Quando a estrumeira quente, em cima do gelo, fumega esperanças renascentes: as fabulosas esperanças da verdade! Quando se dissolve, cada leira, dentro de fumegantes araduras! Quando a descida reta da podadeira consagra a oliveira a seu fruto, e desbasta sua mentira. A Ingravallo, ocorreu de súbito, entre a dor e a indignação, que era muito mais natural e muito mais simples, uma coisa mais lógica, visto que Liliana desejava tanto uma criança, que em vez de dar ela mesma àquele belo rapaz lá (que estava na sua frente) as

* Em latim "Fescennina", refere-se a um tipo de poesia popular e satírica, caracterizada por improvisações obscenas, muitas vezes associadas a festas rurais e celebrações rituais na antiga Itália. [*N.T.*]

correntes de ouro dos mortos... crianças, de correntes de ouro é que certamente não nascem... seria muito mais fácil se ela mesma recebesse dele, pelo contrário, um outro brinquedinho, mais adequado ao objetivo. Aquela história, na verdade, cheirava a balela. Tudo lorota, tudo farsa.

E depois, não, não, não era verdade coisa nenhuma. O marido, o Balducci, afinal, era um marido: um marido grosseirão. Se a criança não tinha nascido, pior para ele, aquele macaco. Os homens é que não tinham culpa. Rangeu os dentes, pálido, juntou a papelada na pasta vermelha. Mandou quc levassem Giuliano de volta para o xilindró.

CAPÍTULO 5

Mas os depoimentos do Ceccherelli, do seu "jovem atendente", um tal Gallone, um bom velhote, bem magro e de óculos, e de um ajudante, um tal Amaldi, ou Amaldini, foram totalmente favoráveis a Giuliano. O Ceccherelli, apoiado por ambos, confirmou com todos os detalhes o encargo recebido da pobre senhora mais de dois meses antes, e as várias fases de preparação do berloque: "É para um parente meu que vai se casar, deixo nas suas mãos". A senhora havia mostrado um anel de ouro com sinete, maciço, ouro amarelo, com um jaspe sanguíneo, lindíssimo, com as iniciais GV em glíptica, e em caracteres góticos, por assim dizer: "Eu gostaria que o jaspe da corrente combinasse com este". Deixara o anel. Ele havia feito o molde em cera: primeiro das iniciais, depois da pedra inteira, que emergia do engaste. Liliana Balducci voltou à loja mais duas vezes, escolheu a pedra entre cinco que haviam sido mostradas após terem sido solicitadas diretamente na Digerini e Coccini, a empresa fornecedora, que trabalhava com Ceccherelli havia muito tempo: de maneira que não houve objeções para um empréstimo. Também foi confirmado que a opala — lindíssima, apesar de todo o azar que as opalas carregam consigo — deveria ficar com Ceccherelli, como de fato ficou, como acerto de contas, apesar daquele RV levemente gravado.

— Eu, na verdade, sabe, falando com todo respeito, estou pouco me lixando para todas essas superstições das pessoas, que parecem viver na Idade Média! Eu, em sã consciência, trato de fazer meus negócios da maneira mais limpa possível. Nos quarenta anos em que tenho a loja, acredite, doutor, nunca recebi uma reclamação, nem por um alfinete que fosse! E depois, por desencargo de consciência, eu imediatamente a joguei na gavetinha que uso exatamente para isso, bem depressa, logo que a tirei do engaste, com alicates, sem sequer tocá-la com os dedos, pode-se dizer. Dei um pulo no barbeiro aqui em frente para desinfetar os alicates com álcool e joguei aquele troço na gaveta, aquela do fundo, isolada, no caminho para a privada. Você, Alfredo, sabe disso, e você também, Peppì: onde fica aquele monte de chifres de coral, que, se por acaso, aquela opala resolvesse azarar minha loja... azar para o meu lado? Pode tirar o cavalinho da chuva, quero só ver, coitada! É como um capão no meio de muitos galos! Mas com o bico afiado, é o que eu digo.

Ele devolveu o anel à senhora dois dias mais tarde, "se me lembro bem, quando ela passou na loja para ver os jaspes". O berloque devia ser entregue a Giuliano em pessoa. Ele passaria para retirá-lo, levando consigo a corrente, "essa mesma". Reconheceu-a perfeitamente.

— Aquela corrente — dissera Liliana —, sabe? O senhor a conhece muito bem, sr. Ceccherelli, lembra? Aquela que foi avaliada em duas mil liras? É a que vou dar de presente. E o anel do vovô, com o brilhante, lembra dele? Que o senhor avaliou em 9.500 liras?

Ingravallo mostrou também o anel.

— É esse, não resta dúvida: um brilhante de doze quilates, doze e meio, no mínimo. Uma transparência magnífica. — Pegou-o, revirou-o, ficou olhando, ergueu-o contra a luz. — O vovô me disse tantas vezes: lembre-se, Liliana, de que deve ficar na família! Você sabe de quem eu estou falando!

A frase do avô, uma fórmula quase sagrada para ela. Estava na cara, ela a repetira duas vezes, na loja: "Não é verdade?".

Na presença do Gallone, na presença do Giuseppe Amaldi, que confirmaram com a cabeça. A própria Liliana fez questão de explicar tudo ao Amaldi: como eram as duas letras entrelaçadas que devia gravar, como queria engastar o jaspe, um pouco saliente sobre o engaste oval; o Ceccherelli acompanhou com a unha do mindinho o firme contorno da pedra verde, montada em sinete, ou seja, com uma leve saliência sobre o engaste, e com uma chapinha de ouro no avesso, para esconder a face bruta, para arrematar.

Além dos ourives, que foram ouvidos de manhã, é preciso dizer que a família Valdarena e agregados, ou seja, a avó de Giuliano, o próprio Balducci, as duas tias da Via dei Banchi Vecchi, o tio Carlo, a tia Elvira e os parentes em geral, estavam correndo atrás havia três dias, uns aqui, outros ali, para encontrar o fio da salvação e tirar Giuliano dos apuros em que se encontrava, pobre rapaz, sem ter culpa nem pecado. Falar é fácil. Mas após os três depoimentos em sua defesa, dos três ourives, que já eram bons, apareceu um melhor ainda, do caixa-chefe do banco, do banco Santo Spirito. A ficha da conta (das cadernetas de poupança) revelou que o saque de dez mil liras havia sido feito por Liliana, lá mesmo, justamente no dia 23 de janeiro, dois dias antes do presente que ela dera a Giuliano no dia 25, em casa, quando ele fora visitá-los e a encontrara sozinha. O caixa-chefe, contador Del Bo, conhecia Liliana. Foi ele que a atendeu daquela vez, era quem estava no guichê número oito, cheio de sorrisos paternais. Quase ao meio-dia. Sim, claro, lembrava-se perfeitamente. Na hora de contar em cima do vidro as dez notas — dez notas grandes e sujas, manchadas, daquelas ensebadas, que andaram na carteira sanfonada de um pastor de ovelhas de Passo Fortuna, ou no balcão molhado de vinho de uma adega em Castelli, disse ela, com aquela voz tão suave, e aqueles olhos tão profundos:

— Olhe, sr. Cavalli, por favor, me dê notas novas, se tiver: o senhor sabe que gosto delas limpas... — Ela o chamava de Cavalli, em vez de Del Bo.

— Assim? — perguntou ele, guardando as sujas que já tinha nas mãos e mostrando um maço fresquinho, no ar, quase em contraluz, segurando-o por uma das pontas, balançando-o entre os dedos. — Novinhas em folha, veja! Acabaram de chegar ontem da Banca d'Italia: recém-saídas da impressora. Um cheirinho gostoso, sinta. Anteontem de manhã ainda estavam na Piazza Verdi.* O quê? Tem medo de germes? Tem razão! Uma mulher bonita como a senhora.

— Não, sr. Cavalli, é que preciso dar um presente — dissera Liliana.

— De casamento?

— Sim, de casamento.

— Dez notas de mil são sempre um bom presente, especialmente para um jovem casal.

— Um primo, que é como um irmão. Se o senhor soubesse! Fui quase como uma mãe para ele, quando era pequeno.

Foi exatamente o que ela disse. O caixa-chefe se lembrava muito bem, podia jurar sobre a Bíblia.

— Felicidades para os noivos, e para a senhora também.

Trocaram um aperto de mãos.

Domingo, dia 20, de manhã, novas informações do Balducci aos dois funcionários: depois ao dr. Fumi, a sós, quando dom Ciccio, por volta de meio-dia, foi convidado a "se ocupar com outra coisa", preferindo "dar uma saidinha". Na verdade, "outros casos", em cima da mesa, não faltavam. De fato, aliás, a mesa os regurgitava para as estantes e, de lá, para os arquivos.

* Praça onde fica a Casa da Moeda da Itália, em Roma. [*N.T.*]

Gente subia e descia, e esperava do lado de fora; alguns fumando, outros jogando fora o cigarro, outros ainda escarrando nas paredes. Bastante pesado e enfumaçado, o clima gentil de Santo Stefano Cacco, em um cheiro sincrético, um pouco como um quartel ou um camarote do teatro Jovinelli — entre fedor de sovaco e chulé, e o de outros eflúvios e aromas mais ou menos primaveris, uma delícia de sentir. Os "outros casos" eram tantos que dava para chafurdar, nadar neles; e gente na sala de espera! Virgem Santa! Mais do que aos pés da torre de Babel. Foram alusões (e mais do que alusões) de "foro íntimo" proferidas pelo Balducci em parte espontaneamente, deixando-as escapar, podia-se dizer, abandonando-se como caçador-viajante àquela espécie de logorreia a que sucumbem certas almas penadas, ou arrependendo-se um pouco, talvez, por seu comportamento no passado, assim que sobrevém a fase do abrandamento, como o hematoma sobrevém à pancada na cicatrização pós-traumática; quando, ao mesmo tempo, sentem que o perdão, de Cristo e dos homens, os alcança, em parte, pelo contrário, puxada da boca com o mais suave barbante por uma dialética gentil, por uma peroração apaixonada, por um vívido revirar de olhos, por uma tracionadora maiêutica e pela caridosa papaverina-heroína da fala e do gesto, do Golfo e do Vômero,* com ação branda e, ao mesmo tempo, persuasiva, *cataploft!*, de um tiradentes do tipo amável. E lá estava o dente. Liliana, àquela altura, já tinha enfiado na cabeça que, do marido... não viriam filhos. Considerava-o um bom marido, claro, "sob todos os aspectos", mas, quanto à chegada de um bebê, nada! Nem sinal. Em quase dez anos de casamento, nadica de nada! Nem inspiração, e ela havia se casado aos 21 anos. Os médicos haviam sido claros: ou ela, ou ele. Ou ambos. Ela? Para excluir que a culpa fosse sua, precisaria ter experimentado com outro. O professor D'Andrea também havia dito

* Referências à cidade de Nápoles: Golfo de Nápoles e Vômero, bairro central da cidade. [*N.T.*]

isso. De maneira que, daquelas decepções contínuas, daqueles dez anos, ou quase, em que a dor, a humilhação, o desespero, o pranto tinham fincado raízes tão tormentosas, daqueles anos inúteis da sua beleza, datavam também aqueles suspiros, aqueles "ai, ai", aqueles olhares compridos para todas as mulheres, para as grávidas, então! Quem diz "ai, ai" longe não vai... para as crianças, para as belas empregadas carregadas de aipos e espinafres na sacola, quando vinham da Piazza Vittorio, de manhã, ou com o pandeiro virado para cima, abaixadas para assoar o nariz de um bebezinho, ou para tocá-lo e verificar se não tinha se molhado fora de hora — é justamente nessa hora que dá para ver melhor a empregada, toda a sua saúde, as coxas, a retaguarda, já que está na moda usar calcinhas bem curtinhas, se é que as usam. Olhava as moças, retribuía em um lampejo, como uma nota profunda de melancolia, os olhares atrevidos dos rapazes; uma carícia, ou uma bem-intencionada licenciosidade, mentalmente distribuída aos futuros distribuidores de vida, a qualquer um que parecesse trazer em si a certeza, a verdade germinal, semente do secreto devir. Era o límpido consentimento de uma alma fraterna para aqueles que delineavam o desenho da vida. Mas os anos passavam depressa, um depois do outro, dos seus estábulos escuros, para o nada. A partir daqueles anos, devido à coerção dos costumes, as primeiras manifestações e depois a gradual exasperação de um delírio de solidão.

— Raro em uma mulher — interveio brandamente o dr. Fumi. — Em uma mulher romana, então...

— Somos de companhia, nós, romanos — concordou Balducci.

E aquela necessidade, ao contrário, de apoiar-se espiritualmente na imagem física alheia, e na vívida capacidade gerativa das pessoas e dos pobres. Aquela mania... de presentear as empregadas com lençóis de casal, de dar a elas o dote à força, de encorajar ao casamento quem não esperava outra coisa, aquela fantasia de querer chorar, e de assoar o nariz, que a tomava por dias inteiros, pobre Liliana, se realmente chegavam a se casar. Como se ficasse com inveja, uma vez o fato consumado. Uma inveja que corroía seu fígado, como se tivessem se casado só para magoá-la, para depois dizer: "Veja só, quatro meses, e o bebê já está a caminho! O nosso garotão de quatro quilos, um quilo por mês". Certas manhãs, bastava que uma amiga dissesse: "Se você visse o barrigão da Clementina!", para que ela ficasse com os olhos avermelhados.

— Uma vez me aprontou uma cena daquelas, a mim, seu marido, por causa de uma moça de Soriano nel Cimino: uma camponesa que tinha vindo a Roma com o ônibus de Viterbo, para me trazer os doces do casamento. "Aquela vagabunda, não quero nem ver a cara dela!", berrava. A recém-casada, pobre moça, chegou com o marido, precedidos por uma barriga que parecia um balão na festa de São João, para lançar fogos. Diziam: "Trouxemos os doces". É claro, estavam um pouco envergonhados. Eu disse a eles, rindo: "Dá para ver que o ar de Cimino é bom". Ela corou, baixou os olhos sobre o ventre, como Nossa Senhora quando o anjo se põe a explicar tudo; depois, porém, tomou coragem para responder: "Bom, o que podemos fazer, sr. Balducci? Somos jovens. Adiantamos um pouco o expediente... Quando a criança nascer, quem vai se lembrar se tinha ou não padre para nos abençoar? Agora fique sossegado, que já fomos abençoados os três". Os anos! Como uma rosa que murchou. As pétalas, caindo uma após a outra... no nada.

Foi a essa altura, com uma cara cinzenta, que Ingravallo pediu licença por motivos de serviço. Informações e relatórios de subalternos, palavras e anotações em papel, ordens a dar, telefone. O dr. Fumi o acompanhou com o olhar enquanto ele se dirigia para a porta, cabisbaixo, as costas encurvadas, com uma atitude que parecia cansada e absorta. Viu-o tirar do bolso um maço de Macedonia e, do maço, um cigarro, o último, submerso em sabe-se lá quais aflições. A porta tornou a se fechar.

Dom Ciccio parecia que já tinha tomado conhecimento daquela história havia muito tempo. As impressões e as lembranças que o primo e o marido de Liliana andavam desencavando, em uma espécie de atormentada recuperação, do tempo dela, tão cruelmente dissolvido, confirmavam aquilo que ele já havia intuído por conta própria, embora de maneira vaga, incerta.

Até aquela ideia de querer morrer, se não tivesse a criança: dom Ciccio a havia de certa forma "imaginado", ou acreditava nela, por conhecer a sra. Liliana. Um pouco tinha vindo à tona pelas declarações do primo e pela fala do marido, que se tornara loquaz por causa da desgraça, e por se sentir no centro das atenções e da compaixão geral (era um caçador, achava que estava voltando com a lebre, o fuzil sobre as costas, as botas enlameadas e os cães esgotados), precisando desabafar, depois da pancada, e dissertando livremente sobre a delicadeza da alma feminina e, em geral, sobre a grande sensibilidade das mulheres, que, nelas, pobres criaturas! É algo difuso. O "difuso" ele havia lido em Milão, no *Secolo*, em um artigo de Maroccus... o doutor do *Secolo*, finíssimo.

O prontuário clínico póstumo de Liliana foi depois completado pela piedade das amigas e das beneficiadas: orfãzinhas que choravam, freiras da Sacro Cuore que não choravam, pois tinham certeza de que, àquela hora, ela já estava no Paraíso, podiam jurar. Tia Marietta e tia Elvira de luto fechado, e um par de outras tias de Banchi Vecchi, também em trajes pretos, e várias conhecidas, entre elas a condessa Teresa (a Menecacci) e dona Manuela Pettacchioni, além de algumas outras gentis moradoras do 219, as duas trincas antagonistas: a Elodia, a Enea Cucco, a Giulietta Frisoni (escada B), de um lado e, de outro, a Cammarota, a Bottafavi e a Alda Pernetti (escada A), que também tinha um irmão, que valia por mais seis. Todas mulheres, de *sensibilidade difusa*, portanto; embora daquela espécie que Liliana... evitava. Uma difusa e delicada ovaricidade, isso mesmo, permeava o caule da alma de todas, como essências antigas, na terra e nos gramados da Mársica,* o caule de uma flor, apertado longamente até explodir em um suave perfume da corola — sendo a corola delas, ao contrário, o nariz, que podiam assoar quando quisessem. Todas mulheres, tanto na lembrança quanto na esperança, tanto na palidez dura e obstinada da reticência quanto na púrpura do seu *non-confiteor*, que o dr. Fumi extraiu naqueles dias em uma análise memorável, com o tato e o garbo que o distinguiram durante toda a sua laboriosa carreira. (E ele hoje foi nomeado — merecido prêmio! — conselheiro da comarca de Lucunaro com a anuência de Gaspero.** Não, melhor ainda, de Firlocca, um lugarejo delicioso, onde ele tem plena liberdade de mostrar todas as suas qualidades.) E com aquela voz calorosa... que indicava imediatamente sua presença, antes mesmo da campainha (sala número quatro), aos ouvidos de todo cabo e de todo ladrão, assim que ele punha os pés na repartição.

O funeral, ao contrário da expectativa, ou melhor, da esperança da polícia, não fez avançar um passo sequer a investigação, somente as fofocas. Os jornais não as largavam, as mil lastimáveis discussões crepitavam como chama dilatando-se sobre os restolhos em outubro — sem resultar em ideia alguma. O cortejo saiu do Policlínico às oito, segunda-feira, 21 de março; um dia mais para frio, por ser o início da primavera, nem bonito nem feio, de céu nublado. As exéquias foram respeitosas e, ao mesmo tempo, discretas, para não dizer apressadas, como era desejo das autoridades, que acabaram por se aborrecer com toda aquela confusão. Com poucos padres na frente e algumas moças e freiras, mas, disseram os jornais,

---

* Região histórico-geográfica da Itália, situada na fronteira ocidental dos Abruzos com o Lácio.

** Alusão a Alcide de Gasperi, primeiro-ministro da Itália entre 1945 e 1953. [*N.T.*]

"com grande afluência popular", sobretudo de mulheres, que formavam uma fila que não acabava mais, tomaram o atalho do Viale Regina Margherita, que fazia mais ou menos um ano que havia sido prolongado até lá, e, às 8h30, 8h40, chegaram em San Lorenzo in Verano, depois de terem levantado um bocado de poeira, já que o asfalto ainda não tinha sido passado, embora os barris já estivessem lá. As autoridades estavam perturbadas ao pensar que, em Roma, e de dia, em um mesmo edifício, tinham acontecido dois crimes como aqueles, o segundo mais terrível do que o primeiro. Ainda por cima, a detenção do Valdarena, a julgar pelo rumo que estavam tomando as coisas, não fazia sentido, e a detenção do comendador Angeloni... também não levava a nada, visto que o comendador, pobre homem, nada tinha a ver com aquilo tudo. Por outro lado, para justificar a atuação da polícia e das autoridades hierarquicamente estruturadas no estado ético, deve-se dizer que, justamente no dia anterior, domingo, 20 de março, às 11h, 11h30, desembarcara no cais Beverello o marajá de Sherpur, proveniente das margens do Bramaputra, para fazer uma visita ao Artífice dos novos destinos da pátria, e eventualmente aos túmulos de seus dois genitores e à casa natal do próprio, que, todavia, era um casebre de dois vinténs. Atrás dele, vinham seis ou sete desengonçados com umas caras de chocolate, com calças de seda branca nas quais as pernas dançavam, apesar de também os homens serem gorduchos para aquelas bandas, salvo se fazem a penitência de jejuar alguns meses de vez em quando para ganhar o paraíso deles, já que eles também têm um. Esse marajá de Sherpur mandara costurar na altura da testa, bem no meio do turbante, dois brilhantes que soltavam fagulhas e um penacho pontudo que era o mais comprido de toda a Ásia e a Europa juntas, mas o do nosso Chefe de governo era mais comprido ainda; e ele, o marajá indiano, por meio das vias diplomáticas normais dos nossos cônsules, que o Chefe do governo havia mandado até as Índias, expressara havia muito tempo a esperança de poder visitar o Policlínico e a Central Leiteira. Naquela época, a Central ainda não existia, e o tifo do Ano XV* ainda não havia acontecido. Quanto ao Policlínico, ele pretendia construir um em Sherpur, às margens, mais ou menos, do Bramaputra natal — um pouco menor, é claro, mas não menos bonito do que o nosso —, em Sherpur, a cidade onde o marajá havia nascido vinte anos antes, e onde se encontra o Tesouro, o grande Mamon do estado. A visita era algo combinado; estava programada para segunda-feira, 21 de março, às onze, hora em que se presumia que aquelas benditas exéquias da pobre senhora já tivessem chegado ao fim. Por isso a justificada pressa das Autoridades, que, por volta das dez, se transformou em corre-corre. Dom Ciccio, uma vez em San Lorenzo, enfiou-se com as orelhas em pé no meio da multidão que entrava na igreja, e seus cães de caça fizeram o mesmo. E novamente meia hora depois da saída. Com pouco resultado. O sr. Remo havia seguido o rabecão com o chapéu na mão, com uma cara arrasada, acompanhado pelas tias, que compareceram quase todas, e dos parentes mais próximos. Celebrada a missa, dada a absolvição ao caixão e, depois, dentro do cemitério Verano, abençoada a cova, onde caíram lírios e cravos brancos entre soluços desesperados, "adeus, Liliana, adeus!", o sombrio Ingravallo grudou em dom Lorenzo, como um boxer ao lado de uma girafa paramentada para a ocasião, e não o largou mais até a sacristia. Deixou que ele trocasse de roupa, acompanhou-o até seu automóvel (por modo de dizer, um calhambeque!), e levou-o a Santo Stefano.

Lá, uma vez apresentado a Fumi, esse último manifestou a opinião... de que o exímio sacerdote talvez pudesse esclarecer um pouco mais as condições... espirituais da pranteada senhora, de modo a facilitar para as autoridades de segurança

* Décimo quinto ano da "Era Fascista", ou seja, 1937. [*N.T.*]

pública um exame mais aprofundado do caso e a redação definitiva, "digamos, do laudo psicológico". A emocionada prudência de dom Corpi acrescentou algumas vírgulas, uns pingos nos is, ao laudo-síntese. As visitas e as súplicas da Balducci, na igreja de Santi Quattro, em certas estações alegres no céu — ou menos tristes — eram, podia-se dizer, cotidianas. Tanto no confessionário quanto no altar de Nossa Senhora, ou então no presbitério, ao longo dos portais, em volta do "belo claustro do século XIII". O céu quadrado era só luz, como que iluminado pela presença eterna dos confessores, dos quatro: um de cada lado. A pobre alma pedia um auxílio para seu sofrimento, a doce palavra da esperança, a palavra misericordiosa da caridade. Fé, ela tinha mais do que qualquer um. Dom Lorenzo observou, sem violar a norma sacramental, baseando-se exclusivamente em confidências extrassacramentais e nas invocações de quem o elegera depositário das próprias angústias, que podia confirmar plenamente o que já havia sido dito, ou seja, o que emergira da incerteza amnésica do *depois*, encorajada pela delegacia para tornar-se certa e verídica, e pelo intuito e sagacidade complementar do primo e, por que não, do marido. Confiável e sólido após aquele primeiro e já superado constrangimento da primeira vez (viagem até Roccafringoli, atraso, ainda que involuntário, em se "apresentar às autoridades" e em "apresentar o testamento da finada senhora"), com o cabelo à escovinha, em um tom de piedade clarividente que implicava plena lucidez do juízo de mérito, afirmou, quase jurando, que a pobre defunta era alma das mais castas, das mais puras, intencionalmente...

— Como assim? — perguntou o dr. Fumi.

Ele continuou. Os enormes sapatos pretos e muito brilhantes pareciam conferir valor ao testemunho: um tamanho uso de graxa, uma intervenção tão enérgica do cotovelo (de quem quer que seja) não podem se sobrepor à mentira e à desordem. A ideia do divórcio e da anulação do casamento, à parte às dificuldades canônicas, parecia-lhe abominável. Não, Liliana não queria acreditar. "Amava" e respeitava demais o marido, o homem por ela escolhido, dado a ela, um dia, por Deus. Seu desespero e sua esperança (vã) se coagularam em uma loucura melancólica. (Dom Ciccio o entendeu no ato; o dr. Fumi, um pouco depois, mais ou menos.) Encontravam uma espécie de redenção naquele propósito, naquela ideia fixa (deixou escapar), naquela grande bondade da adoção, da adoção legal, justamente, de uma criança. Mas, enquanto isso, parecia aguardar, aguardar: como se esperasse, um dia, poder ter coisa melhor. Aguardava dia a dia um filho, ano a ano. De quem, afinal? Um filho futuro, o futuro afilhado: ele, dom Corpi, já não conseguia imaginar de onde, ou de quem.

— O primo! — exclamou o dr. Fumi.

E, enquanto isso, como que para enganar o desespero, *adotava*. Adotava. Adotava "provisoriamente", adotava por assim dizer. Adotava, com palavras: embora tivesse substituído um testamento por outro. Havia pedido de volta três vezes o envelope amarelo, com os cinco selos de lacre. Três vezes rompeu os selos, depois restaurou a figura. "Testamento hológrafo de Liliana Balducci." Adotava, com palavras, ainda que com uma verdadeira efusão espiritual, com toda a sinceridade de uma esperança, renascida a cada novo encontro, desiludida a cada novo abandono. Adotava provisoriamente todas aquelas belas moças, um cortejo, àquela altura, um fio de pérolas. Uma melhor do que a outra. Em três anos, já havia levado quatro para casa, uma depois da outra, contando a Gina, coitadinha.

Com a permissão do sr. Remo, que dizia, todas as vezes: "Faça o que você quiser, o que achar correto", para ter um pouco de paz na família, por mais um tempinho. Para saber que ela estava em casa com alguma companhia feminina, enquanto ele dava no pé com o Cristoforo atrás da lebre, para testar os cães em Cimino. E, de toda maneira, ela buscava o parecer de dom Corpi. O qual, às voltas com tantas almas, com tantos afazeres na igreja, e sem conhecer realmente as moças (nem sabia quem eram, de onde vinham), limitou-se a cada vez aconselhar prudência, prudência, foi o que disse e parecia verossímil que assim fosse, a preveni-la ("Ouça o que eu digo!", mas ela não queria dar ouvidos), a intimá-la a não dissipar daquela maneira, e em repentinas aventuras do sentimento, a dádiva... o tesouro... de uma consciência inefável da grande missão da mulher, que vinha, certamente, de Deus. Quatro! Em três anos!

— Um grande coração, pobre sra. Liliana.

E acariciava as domésticas, e as perdoava sempre que quebravam um prato. Dizia que tivessem esperança no Nosso Senhor. Mas elas, pelo contrário, tinham mais medo do que esperança: de ter um filho antes do tempo, talvez. Nosso Senhor, dizia Liliana, com toda razão, nunca deixa faltar a vida a quem deseja a vida, e a contínua ressurreição da vida. "É um desejo que muitas têm", pensou Fumi.

Dom Lorenzo, com todo respeito pelos vivos, pela pobre "falecida", mencionou as três jovens que Liliana Balducci acolhera como filhas e depois dispensara, e os vários motivos que, aos poucos, determinaram a separação, mais ou menos fácil, mais ou menos espontânea, das três pupilas perdidas. A quarta, então, a Gina de Zagarolo, que era a atual sobrinha, se beneficiava por todas. Os policiais de Tívoli já tinham interrogado a mãe, e também o açougueiro. Irene Spinaci queria ir a Roma, mas quando soube que Gina estava na Sacro Cuore, calou a boca. Afinal de contas... o que ela ia fazer lá? Jogar dinheiro fora? Se não tinha um tostão nem para pegar o trem?

Dom Lorenzo, vencida certa hesitação, abriu então seu bico com... caridosa prudência. Primeiro, virou e revirou bem devagar o chapéu sobre os joelhos; com aquela mão (e aqueles pés) parecendo São Cristóvão. Atraído, embora padre, pelos vivos e patéticos olhos do dr. Fumi (daquela vez, eram eles que oficiavam no lugar da língua), rendeu-se à tração magnética daquelas orbes, que se reviravam tão docemente, uma paralela à outra, nos engastes, isto é, na armação das pálpebras. Íris pretas como um veludo grosso, como duas esferas de turmalina sob a sombra aveludada e um pouco melancólica dos cílios — chamas aflitas e, no entanto, refulgentes de persuasão e dialética deslizante, naquele rosto branco, paterno, pensativo, convidativo, acolhedor como uma armadilha. Embaixo daquele outro focinho de porco do Predappiofez,* emoldurado e pendurado na parede, que fazia caretas de bicho-papão para as moscas secas na parede oposta, os lábios caídos em seu enfado obtuso, como o de uma criança tola de três anos, para fazer todas as Maria Babacas da Itália se apaixonarem por ele; no cocuruto, o fez com o penacho do Emir. Emir de Sábado Gordo.**

Três jovens. A primeira, Milena, uma mocinha sardenta, apenas um mês depois daquelas boas comidinhas dos Balducci, e com aquele colchão de lã embaixo e a colcha em cima, na cama, começara logo a criar polpa: dois melõezinhos redondos embaixo da blusa, um discreto hemisfério, atrás. Mas, juntamente com a polpa de novilha, crescera também seu desejo de roubar, e, na mesma proporção, de dizer mentiras. Roubava da cristaleira e da bolsinha em cima da cômoda, e mentia com a boca. Sua língua acompanhava as unhas, sem que ela nem percebesse, como o rabo atrás da bunda, quando se trata de um cavalo.

Um dia, então, ao refazer sua cama, a empregada encontrara uma vela, uma Mira Lanza*** de Turim, daquelas duras de antigamente, que ela devia ter tirado do pacote novo da

---

* Alusão a Mussolini, nascido em Predappio, e ao seu chapéu fez. [*N.T.*]

** No rito litúrgico ambrosiano, ou milanês, a Quaresma tem início quatro dias depois do rito romano e o "Sábado Gordo" corresponde à "Terça-Feira Gorda". [*N.T.*]

*** Renomada fábrica italiana de velas, sabões e detergentes. [*N.T.*]

cozinha, onde ficava de reserva, na cristaleira — para quando falta luz, às vezes. Ela, prontamente, disse que era para acender para Nossa Senhora, porque fizera uma promessa. Mas estava sem o fósforo, e dormira com a vela na cama. O dr. Ghianda examinou a moça, deu-lhe para beber água de cedro, que é um bom calmante para certas fantasias dos nervos, e algumas gotas, três vezes ao dia, de água anti-histérica de Santa Maria Novella de Bolonha, que os frades destilam com um filtro, e que são especiais. (Essa foi, em seguida, a confirmação: vinda das melodias merulanas da sra. Pettacchioni.) De qualquer modo, para evitar mal-entendidos, o professor foi chamado de novo e Liliana pediu a ele que lhe desse um conselho. Ele franziu a testa por um instante, olhando-a com um esboço de sorriso, um trejeito de papai severo e bonachão que costumava usar com as crianças. Era um pediatra de muito prestígio. Futricou com três dedos o berloque da sua corrente de ouro, sobre o colete. Após um instante de suspense, relaxou a testa, respirou fundo, aconselhou: "parece que a melhor coisa" é mandar de volta a menina para os respectivos pais, os quais, porém, não existiam, nem um nem outro. De maneira que, após certo tempo, arranjado um pretexto razoável, foi devolvida aos "tios", previamente consolados para recebê-la de volta por uma bela ordem de pagamento bancária cor verde-mar, daqueles bem psicotônicos, da nossa cara Comit. "A Banca Commerciale Italiana... pagará, *tac*, *tac*, *tac*, por esta belezura aqui, cor de água-marinha, a quantia de... liras." Quanto mais, melhor.

Dom Corpi esticou as pernas, segurando o chapéu com os antebraços, como um escudo sobre a barriga, entrecruzou os grandes dedos das mãos, que caíram em seu colo. A segunda pupila, já com vinte ou 21 anos, a Inês, um tempo depois se casara: um casamento como manda o figurino. Casara-se com um bom rapaz de Rieti, filho de proprietários de terras, estudante do oitavo ano de direito: o curso completo durou dez anos. Ela, um belo dia, justamente quando os agrados de Liliana tinham chegado ao ápice, saiu de lá, de repente, "pois queria seguir sua vocação". E a seguiu: com resultados excelentes. Da aventura filial e urbana, acumulara um certo dote, montara um enxoval, umas duas malas de roupa de cama e mesa bordada. Acometida, como era, por uma forma clássica de clarividência feminina, mas não do tipo afanador como a moça precedente, soubera conquistar o coração da madrinha, tão maternal, ou ternamente sororal. (Liliana tinha uns oito ou nove anos a mais do que ela.) E agira com persistente assiduidade em uma determinação infalível, minuto a minuto, e, na premeditação sistematizada de cada gesto, sorriso, palavra, trejeito, olhar ou beijo: tudo o que distingue o tácito desejo da mulher, quando tem "caráter"; mestra, por vezes, em sugerir uma ideia sem sequer esboçar verbalmente seu contorno, por alusões, por provas e contraprovas enviesadas, por mudas expectativas, desencadeando um processo de indução, como o estator em um gerador — com a mesma técnica com que se costuma circundar e proteger (e direcionar para o bem) os primeiros passos vacilantes de um menino, dirigindo-o, todavia, para onde ela deseja, que é onde ele poderá fazer xixi da maneira mais apropriada, com total relaxamento.

A Inês. A aventura urbana! Das claridades matutinas do Galilei,* quando o ofício e o mistério de Latrão e a verde alegria do pátio da igreja acolhem no interior de seus muros o matuto com o devoto sinal da cruz, após amarrar o burro por um instante, *iha!*, diante dos fastígios dourados, nas vésperas, ou cor de rubi, e das abóbadas plenas do Maderno,** de cujo arco jorrou nos séculos sem retorno o hino indelével à glória de Maria, Mãe de Deus, dos PV e BM*** e dos dez

* Alessandro Galilei (1691-1737), arquiteto que redesenhou a fachada da basílica de São João Latrão.

** Carlo Maderno (1556-1629), arquiteto. [*N.T.*]

*** Bondes das linhas Prati-Vescovi e Borgo Pio-Macao. [*N.T.*]

buracos do disco do telefone, e da grande caixa do rádio que ela havia escangalhado quatro vezes, a premeditadora perdiz trouxera para casa uma certa aptidão expeditiva para remendar as meias rapidamente, ou seja, alinhavando o furo em toda a sua volta, com a agulha e a linha. Em seguida, após aquele rápido périplo, puxava a linha triunfalmente, e logo a mordia: com os dentes. Um cerzido de classe! Nem mesmo a princesa Clotilde poderia fazer melhor. Uma protuberância, uma bala de espingarda embaixo do calcanhar, que reconfortava o coração, durante a festa inteira. Como tantas dobras orogênicas em direção ao cume de uma montanha em cone, daqueles cones que furam as nuvens, que, por sua vez, são as meias do Senhor.

Proporcionara ao noivo-estudante, além dos dias serenos e das doces noites da comunhão das almas e das línguas, proporcionara... o que uma moça pode proporcionar de mais prático e oportuno, a um estudante-noivo: uma grande desenvoltura ao passar calças, depois de ter queimado umas seis ou sete do Balducci. Aquela, como se sabe, havia sido a sua disciplina, a sua *gradus ad Parnassum*. Quem não faz não erra. É errando que se aprende.

A terceira, a Virginia! Dom Lorenzo baixou as pálpebras, olhando para o chão, apesar de ser homem-feito, depois ergueu os olhos para o céu por meio segundo, como se dissesse: não me façam falar! Juntou as piedosas manzorras e balançou-as rapidamente sob o nariz, diante do queixo, um vaivém no plano do azimute, de tipo itálico decente. "Melhor não tocar nesse assunto!", parecia implorar ao dr. Fumi. Era necessário falar. Os dois delegados esperavam. Ingravallo, aliás, de pé, sombrio, balançando nervosamente uma perna. Os dez dedões do gigante repousaram em seu colo, estreitamente entrecruzados uns contra os outros — pente e contrapente, como os de um apóstolo de travertino, daqueles que ficam de pé na balaustrada, em cima da cornija da basílica de São João Latrão.

Dez quilos de ossos de dedões bons para quebrar nozes, naquela covinha preta da batina, em que desciam bem pretos, correndo um atrás do outro, toda a caravana dos botões de padre, que não tinha nem começo nem fim, como o catálogo dos séculos. Os dois sapatos em repouso, brilhantes, cor de papa-defunto, não mais do que todo o resto, aliás, se exibiam para fora da roupa, parecendo duas coisas proibidas, acampavam por conta própria perto do dr. Fumi, embaixo da gaveta da papelada, entre as quatro pernas da mesa; certamente com dois pezões duplos de São Cristóvão de pedra lá dentro.

— E então, e a Virginia?

Aos poucos, foi se revelando seu caráter, sua vitalidade atrevida, do tipo insolente. Resultou que a sedutora havia seduzido duas almas, em duas direções diferentes. As mulheres da vizinhança, aliás, diziam que ela havia enfeitiçado ambos, fazendo-os perder a cabeça. Sua beleza provocante, sua saúde, de diaba de coral dentro daquela pele de marfim, seus olhos! Realmente era de se acreditar que tivessem hipnotizado marido e mulher, "aqueles modos prepotentes", aquele jeitinho da roça, que, todavia, revelavam "um grande coração sincero" (Pettacchioni) ou, como disse o dr. Ghianda, sorrindo e ao mesmo tempo franzindo a testa com seu tique profissional, "uma puberdade perversa". A esse mesmo dr. Ghiandola,* sem que ele pedisse, Virginia mostrou a língua com uma expulsão rapidíssima e um igualmente rápido retorno ao seu lugar, como um movimento tipo automático com a ponta reta, que era sua marca registrada. Sustentando, em seguida, com a autoridade gélida de todo o rosto, ainda que com uma ponta de malícia nos olhos, o olhar irritado, sulfuroso dele, cheio de desdém e vapores de alcatrão. Ao ouvir que era chamado de pedatra, ou de pedastro, com todo o respeito, não só pelas

---

* Jogo de palavras com o sobrenome Ghianda (referindo-se a bolota, boleta, glande, fruto do carvalho, em italiano) e Ghiandola (referindo-se a glândula, em italiano). [*N.T.*]

madames da escada A, mas até por algumas da B, ela acreditou que o ilustre sanitarista, que via subir e descer as escadas do edifício com aquele sobretudo de papa-defunto para vermifugar a criançada, também fosse o calista do monsenhor, ou seja, de dom Lorenzo: que fosse esse, aliás, o principal ofício do varapau. Ideia que, uma vez enfiada na sua cabeça, ninguém mais conseguiu tirar. As dimensões dos pés de dom Lorenzo deram-lhe a certeza de que tinha razão ao acreditar que, para umas lanchas daquelas, fosse preciso um pedatra daquele calibre. De resto, meu Deus! Ela tinha dois quadris gloriosos, dois seios de mármore, dois peitinhos duros que pareciam esculpidos a formão; com aquele dar de ombros a todo instante, orgulhosa, e aquele lábio desdenhoso, como se dissesse: "Vão à merda!". Sim, senhores. Depois de horas mudas, a petulância bizarra, a gargalhada cruel, com aqueles dentes brancos triangulares como os de um tubarão, como se fosse dilacerar o coração de alguém. Aqueles olhos! Debaixo das franjas dos cílios, que faiscavam de repente com um brilho preto, sutil, aparentemente cruel, um lampejo estreito, que escapava agudo, enviesado, como uma mentira delatora da verdade, que, ainda não proferida, já queria desfalecer na ponta da língua.

— Era uma moça cheia de caprichos, mas de bom coração — opinou, uma hora mais tarde, o vendedor de galinhas, também intimado.

— Uma boa menina, podem crer. Gostava de bancar a atrevida — confirmou a mulher do salsicheiro da Via Villari.

— Ah! A Virginia do terceiro andar? Como era simpática!

— Aquela? Aquela tem parte com o diabo — diziam as amigas.

— Essa aí tem o Farfarello* no corpo.

---

* Personagem de *A divina comédia*, de Dante Alighieri, Farfarello é uma espécie de demônio ou duende presente no *Inferno*. [*N.T.*]

Mas uma delas, que era dos montes de Pàtrica, deixou escapulir algo diferente, ficando vermelha no ato:

— Essa aí tem o Farfarello no rabo.

O comendador Angeloni, tirado do cárcere de Regina Coeli por uma hora, o bastante para tomar um pouco de ar puro, coitado, e interrogado em Santo Stefano del Cacco, foi logo enterrando a cabeça nos ombros feito um caramujo intimidado.

— Bem — limitou-se a resmungar, mostrando um par de olhos melancólicos, parecendo um boi de mau humor. Em poucos dias na Via della Lungara, tinham se tornado amarelos. — Pelo que me lembro, devo ter trombado com ela algumas vezes na escada, mas não a conheço minimamente, não posso dizer nada de uma pessoa que não conheço — sentenciou. — Era a sobrinha dos Balducci, me disseram.

Uma vez, várias (relatou ainda dom Lorenzo), talvez sem levar muito em consideração que altura a "figura" ou a "posição" de mãe Liliana Balducci pretendia assumir, ela, ou seja, a Virginia, em casa, na Via Merulana, o marido fugitivo nos trens, carente a empregada, havia abraçado e beijado a dona da casa. "Quando era tomada por certos f... urores." Dom Lorenzo conseguiu salvar o F. Com a voz segura da caridade relatou: ela, nessas horas, das duas uma, ou perdia a noção das coisas ou talvez achasse que estava interpretando um papel no teatro. O certo é que ela abraçava e beijava a patroa.

— Patroa? — interrompeu o dr. Fumi, franzindo a testa.

— Patroa, madrinha, dá no mesmo. Beijava-a como se pode beijar uma pantera, dizendo: "Dona Liliana, minha linda, a senhora é a Virgem Maria para mim!". Depois, baixinho, em um tom ardoroso ainda mais abafado: "Eu te amo, eu te amo, um dia desses, vou te devorar". E apertava seu pulso, e o torcia, encarando-a. Torcia o pulso da outra como em um torno, boca contra boca, a ponto de se sentir o ar da respiração na boca, uma contra a outra, peitos contra peitos. — Dom Corpi retificou, é claro: — Quero dizer, encostando-se nela com o seio e com o rosto. — Mas tanto Ingravallo quanto o dr. Fumi tinham compreendido já da primeira vez.

Um dia, em um acesso de amor filial, mordeu para valer sua orelha: tanto que Liliana, daquela vez, ficou com medo. Virgem Maria! Sentiu muita dor! Correu até Quattro Santi desabalada. Pálida, ofegante, mostrou aquela parte chamada antelóbulo, ainda marcada por um pequeno círculo... por aqueles dentes! Meu Deus! Assim, de brincadeira... Brincadeira de mau gosto, porém. Se aquilo lá é brincadeira.

Então, tinham tentado arrastá-la até a igreja.

— Para que fizesse umas boas orações, o maior número possível. A oração, pode-se dizer, é o bilhete de entrada para o Paraíso, ou pelo menos para o Purgatório, para quem tem a mala cheia, quem não passa na alfândega do Paraíso... logo de primeira. Orações? Que nada! Ela as cantarolava pelo nariz, só dando uns tapas mesmo, como um *stornello*, uma daquelas canções romanas acompanhadas por violões... tristes, cantadas entre o nariz e a garganta. Ou então, balançava a cabeça o tempo todo, com os olhos nas pontas dos sapatos, *la-lá, la-la-lá*, cheia de graça fazendo pirraça, como se quisesse enganar todo mundo, inclusive a Virgem Maria. A Virgem Maria! Estou dizendo! Uma lenga-lenga para boi dormir. Uma vergonha! Porque se tem alguém que pode nos ajudar neste mundo, esse alguém é justamente a Virgem Maria, e só ela: porque o Nosso Senhor... eu, por mim, acho que fazemos de tudo para que ele se f... arte de nós. — Salvou o F mais uma vez.

Ou, às vezes, ela punha o véu, mas ficava com a cabeça nas nuvens, durante a santa missa, em uma espécie de astenia feliz, ou de ecolalia entediada, distraía-se com o terço de madrepérola que Liliana lhe dera de presente, segurava o missal de cabeça para baixo, para não poder lê-lo, como se conseguisse entender alguma coisa. Na festa de Corpus Christi... não teve a coragem de imitar os cônegos de San Giovanni, durante o ofício? Com voz de homem? Que só o diabo podia ter emprestado, naquele momento. Os Santos no altar pareciam todos protestar, embora pintados, porque ela os fizera perder a paciência. Ele a havia encarado, parando de cantar... sentado à direita do monsenhor Velani. No final, depois da missa, quando foram se despedir, sob o pórtico, ele deu uma bronca nela e em Liliana! Mas a expressão máxima da contrição dela foi dar de ombros, aquela fera.

— Chegou a dar coceira na mão.

Ergueu e abriu sobre a mesa a mão, finalmente deixando o dr. Fumi e Ingravallo admirados.

CAPÍTULO 6

Naquela mesma tarde da terça-feira, dia 22, enquanto acontecia na sala número quatro a referida confabulação dos três, posteriormente registrada a termo como "quinto interrogatório do Balducci", receberam em Santo Stefano (ao Collegio Romano) uma ligação telefônica do Comando dos Carabineiros de Marino relativo às investigações do "caso Menegatti". A ligação foi atendida pelo sargento Di Pietrantonio. Confirmava o transmitente Comando, oficiosamente e a título de mera premonição, que o proprietário do cachecol verde (não mais radicalmente verde àquela altura) fora identificado como um tal Enea Retalli, vulgo Luiginio, de dezenove anos, filho de Anchise e Venere Procacci, nascido e residente na localidade "Torraccio", perto de Frattocchie: Lui-gi-ni-o! Ah, sim, sim, Lui-ginio! De paradeiro desconhecido no momento. Sim... não... pois é... perfeitamente. Não, não... não o encontraram em Torraccio. Resumindo, foragido. De tudo o que as diligências auriculares do Di Pietrantonio conseguiram reunir finalmente da mensagem naufragada (o chiado do microfone e a indutância da linha sonorizavam a mensagem: várias interferências, da rede urbana, interzumbiam, atrapalhavam a recepção), resultou, aproximadamente, que o incauto Enea Retalli ou Ritalli, vulgo Luiginio (mas, obviamente, Luigino), mandara tingir o cachecol... um total de 3.600 quilos de parmesão! Alô? Quem está falando? Expedidos ontem de Reggio Emilia... Fala o tenente da Marinha Racace. Alô, alô! Comando dos carabineiros de Marino! De parmesão curado, alô... casa do almirante Mondegùggoli! Sociedade Bavatelli de Parma, sim, de caminhão... Comando dos carabineiros de Marino, precedência de serviço. Um total de 3.600 quilos, sim, três caminhões, partiram ontem às dez. Não, a senhora condessa está na clínica... Na clínica com seu almirante... na Via Orazio: O-ra-zio! Sim, senhor. Não, não senhor. Vou perguntar. Precedência, serviço de polícia, chefatura de Roma. Um total de 3.600 quilos de Reggio Emilia, tipo Parma, de primeira qualidade! O almirante fez uma operação na segunda-feira, operou a bexiga, da be-xi-ga. Sim, senhor... Não, não, senhor...

O que foi possível extrair de tal barafunda foi, resumindo, que o Retalli havia levado o cachecol para ser tingido por uma mulher de Due Santi, na Via Appia, uma tal de Pàcori, Zamira Pácori. Zamira! Z de zebra, A de arca! Zamira! Sim, sim, Za-mi-ra! Conhecida de muitos, se não de todos, em Marino e em Albano, por muitos dos seus méritos, se não por todos. Depois a ligação foi interrompida, em benefício e em honra dos escalões superiores, ou assim pareceu. Quase terminava de cair a noite quando chegou de motocicleta em Santo Stefano o cabo Pestalozzi, ou Pestalossi* que fosse, portador de um relatório escrito e também de uma mensagem vocal do Comando, isto é, do sargento Santarella, que, na folga do tenente titular, naqueles dias, ou em outras circunstâncias especiais, respondia por ele. Eram oito horas, quase a hora do estômago e da colher. O Balducci já havia sido dispensado; o comendador Angeloni, com os mais calorosos cumprimentos, cumprimentado, despachado. Àquela hora, devia estar na cama, certamente, e com o nariz escorrendo mais do que nunca, a touca enterrada até a nuca e sobre os olhos: enfiado na cama da vovó embaixo de um grosso edredom e em cima

* Trocadilho com o nome do cabo: Pestalossi (*pestare* = esmagar, *ossi* = ossos). [*N.T.*]

de um colchão macio, mas vazio, o mais apropriado e o mais cobiçado por um palerma daquele calibre. A voz de Fumi:

— Mande entrar o Pestalozzi.

A náusea da papelada do Cacco estava prestes a vencer até os mais resistentes... Mas aquele nome ossolense* e militaresco os eletrizou. O Pestalozzi, que se entregara com afinco à caça ao cachecol, foi logo recebido e ouvido na sala de número quatro, por Fumi: presentes Ingravallo, Di Pietrantonio, Paolillo e o Garra. O qual, protegido pelas sombras de uma espécie de estufa apagada, acabava de enfiar na boca e mastigar rapidamente um sanduíche de rosbife, que, em sua maior parte, já havia estraçalhado lá fora, no corredor. O Maccheronaro, na Via del Gesù, a dois passos de lá, não perdia a chance de demonstrar-lhe a própria simpatia, e, dentro do pão, enfiara as tais três fatias de filé, que, à primeira vista, pareceram três escamas de ardósia em um telhado de Sampierdarena: apoiadas uma sobre a outra, e presas por aquela viga de um pãozinho duplo, que, Nossa Senhora, parecia uma pantufa, e que hoje em dia nem lembramos como eram, depois do império.** A panaceia das panaceias, para seu estômago vazio de sopa, mas já irrigado pelos sucos de uma gratidão antecipada, e de um peristaltismo não menos precoce. Os fregueses no balcão, ao ver aquele milagre, arregalaram os olhos. É natural: sabe-se lá o que tinham pensado!

— Ei, Pompè, o que você está fazendo aí atrás da estufa? Venha cá — intimou o dr. Fumi. — Você também precisa ouvir.

Começou e continuou lendo em voz alta, com vigor musical, o relatório do Comando de Marino. Ao terminar a leitura, começou a crivar de perguntas o Pestalozzi e, alternadamente, o Di Pietrantonio, auxiliado por seus olhos brilhantes, que, na

* Mais um trocadilho com o nome do sargento Pestalozzi ("Pestalossi"), originário de Val d'Ossola, região do Piemonte, norte da Itália. [*N.T.*]

** Império colonial italiano, que, em 1936, compreendia Eritreia, Etiópia, Somália, Líbia (Tripolitânia e Cirenaica), o Dodecaneso e a Albânia. [*N.T.*]

penumbra da sala, ele fazia correr, aos poucos, pelos rostos de todos. E abrandava, com relatos paralelos cada vez mais vivos, cada vez mais soltos (como riachos irmãos), a disciplina militaresca e rígida do primeiro e o zelo matreiro do segundo. Tal disciplina é bem evidente, em geral, e se manifesta por meio de uma resistência tácita, dura e cautelosa diante da organização policial concorrente. O fato é que, diante dos olhares docemente convidativos do dr. Fumi, tão pretos, tão límpidos e melancólicos no rosto pálido — mesmo de noite, e com a fraca voltagem da lâmpada — mesmo de noite, logo que desciam da motocicleta, os mais reservados não resistiam ao maravilhoso timbre da sua voz. O Pestalozzi, então, tendo ainda que pegar o Retalli, de quem só pusera a mão no cachecol, estava interessado, por sua vez, em obter o máximo possível dos cinco especialistas de Cacco, em sugar o melhor da cisterna urbana de Santo Stefano del Cacco. Dados de fato, ilações variadas, motivos de suspeição, hipóteses fundadas, dúvidas, conselhos, notícias frescas; e as últimas novidades, as últimas disjunções da grande sagacidade dedutiva. Depois, o amor-próprio do policial, o orgulho de participar das investigações do grande crime sobre o qual o povo todo inventava histórias, desde Frascati até Velletri, com a Itália inteira jogando na loteria, na loteria das melhores cidades: Loteria Real, outrora, e hoje Loteria da República. De maneira que uma espécie de osmose entre a polícia estatal e a militar começou e continuou a se realizar na sala número quatro, e àquela hora avançada, através da membrana da pele de asno da desconfiança recíproca, do ciúme profissional e do trabalho de equipe — um fluxo de informações em dois sentidos, uma partida de *do ut des*, com fases de amabilidade, ou até mesmo abandonando-se a fofocas.

Di Pietrantonio conhecia pessoalmente o sargento Santarella, sem falar de Ingravallo, que, ainda por cima, era seu consobrinho por parte de velhas, de tias, de comadres em cadeia — a cadeia das genealogias, repetida no tempo ao longo da cadeia montanhosa, dos árduos montes Apeninos, havia repercorrido a costura íngreme da bota, de Vinchiaturo a Ovindoli. E, além disso, Santarella era o fúlgido epônimo da disciplina e do dever do Lácio. Di Pietrantonio, por sua parte, conhecia a Pàcori, e o Garra também a conhecia, porque tinham parado para tomar uns tragos no balcão, em setembro: a Zamira, de cujo nome e de cujos comportamentos, manifestos ou velados, para não dizer secretos ou esplêndidos, o mito se tornara descobridor ou trovador e depois divulgador e trombeteiro, de Marino a Albano, de Castel Gandolfo a Ariccia.

Enquanto isso, em relação a Enea Retalli, de dezenove anos, filho de Anchise e de Venere Procacci, conseguiu-se esclarecer que seu nome de guerra era Iginio, e não Luiginio. "Que não faz sentido, que não faz sentido!", berraram em consenso. "Ah, é claro!", concordaram. Erros induzidos pela indutância, pela linha sobrecarregada! Pelo serviço inadequado! Pelas obras em andamento! Pela troca de gestão!

A Pàcori, assoberbada por um monte de trapos, panos, suéteres pesados e blusas esburacadas a serem tingidas, tanta coisa que seria necessário o caldeirão de Belzebu, seu padrinho, e com suspeita de insetos lá no meio, no auge da angústia, terceirizara o tingimento, inclusive da echarpe verde, para a empresa Ciurlani, em Marino, que, dois dias antes, em meio à fúria de um vendaval equinocial dos mais cretinos, com chuva oblíqua, enviara uma carroça para retirar aquelas tralhas. O cavalo chegara encharcado e desancado, pobre animal, tanto que foi preciso desarreá-lo, e, depois, enxugá-lo em uma pequena estrebaria, onde chovia, e acariciar sua bunda e dar-lhe vinho quente para beber. Era lá, ou seja, em Marino, que o Pestalozzi tinha ido parar. Havia roupa já tingida, em um monte, em cima de uma mesa, e roupa para ser desinfetada ou tingida em dois sacos encostados na parede, no chão. Mas, quanto a eles, advertiu dona Mara, o senhor sargento devia tomar cuidado, prudência nunca é demais:

— São bichos que, quando grudam...

O Pestalozzi, homem de peito, aguçou os olhos, mas, com as pernas, se retraiu imediatamente, *taf*, *taf*, com agilidade militar, como na escola do pelotão.

— Dois passos para trás!

Depois de algum vasculhar da Ciurlani (ou seja, a própria sra. Mara), proprietária do estabelecimento, naquele monte sobre a mesa, que já estava bem cozido e desbotado, depurado na autoclave de qualquer eventual quadrúpede, surgiu justamente o cachecol, a echarpe, puxada por uma ponta, interminável, como uma cobra puxada do buraco pelo rabo; que um dia fora verde, sim, verde-escura, com pontinhos, e não o era mais, porém ainda não da nova cor, que idealmente deveria ser marronzinha, porque para aperfeiçoar o marrom era necessário um segundo banho. Foi o que disse a Ciurlani.

Por que, porém, perguntaram os peritos a Zamira, a calceira de Due Santi, tinha ousado delatar?

O Pestalozzi deu a entender que a ideia de se dirigir a ela tinha sido dele, e, "só em um segundo momento", do sargento Santarella. Eram ambos motociclistas do Comando. Ele, durante certas trocas de ideias frente a frente com certas cabeças-duras, dispunha de argumentos não de todo ineficazes, para não dizer bastante convincentes, contra a grande praga da reticência (Di Pietrantonio já corria, em pensamento, para o cinto das calças), argumentos que, em certos casos, podiam chegar a equilibrar, e até mesmo a derrotar, nos corações duvidosos, nos roceiros teimosos, o temor contrário, o terror da vingança pessoal. Mas, com a boa Zamira... não tinha sido necessário chegar a tanto. Que nada! Uma mulher! E uma mulher daquele estofo, e com aquelas formas! Nem mesmo chamá-la ao quartel *ad audiendum verbum*, nem mesmo aquela oportunidade se apresentara, coisa que, de resto, "por assim dizer", teria dado a ela mais prazer do que medo. Ah! O sargento Santarella, ou seja, em suma... o

Comando, sim, o Comando tinha lá seus bons peões — um pouco aqui, outros acolá, "por todo o tabuleiro de xadrez". Di Pietrantonio, interrompendo a frase do colega-adversário, fez a cara mais sagaz do Cacco.

— No meio do teatro de operações — acrescentou Fumi, sério, virando um papel, com suave gravidade.

Uma sobrinha... uma funcionária da Pàcori. Um ramalhete de prímulas para o senhor sargento. Duas meias de tricô para sua filha menor, Luciana, com poucas palavras de acompanhamento. Poucas, mas boas.

Fumi lembrou então que uma moça, aquela Inês, Inês... — e ia procurando com a mão o relatório das belas mulheres, que mantinha sobre a mesa como a lembrança do aroma de belas flores em um vaso — Inês... Ciampini, sim, de Torraccio, ou Torracchio, na Via Appia, a parada depois de Frattocchie, fora detida algumas noites antes por uma patrulha da delegacia de San Giovanni; na noite anterior ao crime, detida por vadiagem, falta de documentos e pela fundada suspeita de exercer atividade meretrícia em local público (Santo Stefano Rotondo!), atividade para a qual não estava habilitada por alvará (mera amadora, portanto). Desacatara os policiais da força pública, chamando um deles de "seu casca-grossa". Havia se exposto, "embora, admitamos, com prestações esporádicas e, naquela noite, de modo totalmente ocasional", fora pega em flagrante contravenção da lei Federzoni sobre o saneamento das calçadas urbanas sob o regime truculento, "nos termos daquela circular especial do ministério do interior, de 14 de fevereiro, você sabe qual, Ingravallo, número 718, ajude um pouco, Ingravallo, com essa sua memória! — relativa à moralização da cidade". Ingravallo não abriu a boca.

— E detida por suspeita de cumplicidade em um furto — lembrou Di Pietrantonio ao delegado-chefe.

— Que furto?

— Uma galinha.

— Onde foi que roubou?

— Na Piazza Vittorio.

Na manhã de quarta-feira, dia 16, depois da batida policial para prender as ninfas, o sargento Juppariello, da delegacia de San Giovanni, a mostrou às duas mulheres que haviam sido vítimas do roubo, três dias antes: uma vendedora de galinhas e uma outra que vendia chinelos. Um furto de um par de calçados desparelhados na barraca dessa última, e de uma galinha também, lá perto, na outra barraca, depenada e sem pescoço, pelo que foi apurado, mas, em compensação, com três penas no traseiro. E quem deu sumiço tanto no par de calçados quanto na galinha foram dois sujeitinhos, um rapaz e uma moça loira, "que ficaram perambulando por muito tempo na avenida, cheia de gente àquela hora, depois se separaram e desapareceram misteriosamente com a mercadoria". A mulher do vendedor de galinhas, que era a que gritava mais do que todo mundo, "em um primeiro momento", achava ter reconhecido em Inês, Inês Cionini, de Torraccio, justamente a moça loira que ela pensava ter roubado a penosa, ou melhor dizendo, a depenada. "Em um segundo momento", porém, pareceu titubear. Uma galinha de amostra, para iluminar a polícia, fora levada a San Giovanni, em tudo semelhante à sua colega que havia desaparecido três dias antes, no domingo dia 13, e dois sapatinhos também. Acusada e acusadora foram enfim levadas até Santo Stefano, e, com elas, a vendedora de chinelos. Interrogada na delegacia, Inês afirmara e jurara, gritando que não sabia nada sobre a ave.

— Quero ficar cega se não for verdade!

Era costureira, embora desempregada no momento, já havia trabalhado como calceira em Due Santi, depois de Frattocchie.

— E depois?

Depois disse que foi obrigada a vir para Roma para procurar trabalho.

— Procurar trabalho não é vergonha.

A galinha fedia terrivelmente — levada ela também à delegacia, com os dois calçados, ambos do pé esquerdo, vê-se que, uma vez em Santo Stefano del Cacco, ficara com medo, talvez, e, apesar de morta, fizera cocô na mesinha de Paolillo. Uma titica de nada, na verdade.

— Vamos ouvir a Inês!

Fumi contorceu-se na cadeira, apertou o botão, perguntou de Piscitiello, encarregou Paolillo de mandar Piscitiello entregá-la, se é que, por acaso, não a tinham mandado para Regina Coeli. Logo depois, Paolillo mandou entrar uma moça até que bem-apessoada, com dois olhos maravilhosos no rosto, muito luminosos, brilhantes, mas incrivelmente suja e desgrenhada, e com umas meias! Uns sapatos de pano meio furados, com um dedo de fora. Uma lufada de natureza selvagem, para não dizer coisa pior, atravessou a sala; um cheiro! "Hum, caramba!", disseram todos mentalmente.

Depois de alguns preâmbulos sobre seus dados pessoais, Inês... Inês Cionini, interrogada em parte pelo dr. Fumi, em parte por dom Ciccio, e examinada da cabeça aos pés pelo sargento Pestalozzi, pelo sargento Di Pietrantonio e Paolillo, e, mais atrás deles, pelo Garra — a Inês logo entendeu o que queriam dela. Queriam ouvir sua voz. Então, foi abrindo o bico. Sem se fazer de rogada. Por acaso, havia trabalhado para a Pàcori? Sim, isso mesmo, para a Pàcori: para a Zamira. Zamira? Sim, o nome dela era esse. E... como? E... quando? E... por quanto tempo? Ah, por mais de um ano! E... o que a Zamira fazia? Que tipo de fregueses tinha? Ah, de todos os tipos! Era frequentada por todos, e todas, por causa do carteado. E, cá entre nós, o que ela guardava na adega? Bem, enfim, no andar de baixo? Ah, guardava um garrafão de azeite! Ah, pecorino também! Ah, pois é, então. Pois é, pois é. E quantas eram no ateliê? E de que idade? Dos dezesseis para cima? Ah, mas algumas de quinze também. E os cocheiros? E os cavalos? Ah, na cocheira... É claro!

E que outros animais havia lá? E quem tomava conta deles? Ah, é mesmo? Ah... lá também jogavam escopa? Ah, mas só aos sábados! Claro, claro. É natural. Sábado à noite. Todo mundo ia lá. O vinho era bom. Sim, ela tinha alvará — para as bebidas alcoólicas também. Etc., etc. Veio à tona que, às sextas e às terças, era frequentada até pelos carabineiros, a polícia militar do rei. O Pestalozzi queria protestar, ou sentiu que devia. Achou, pelo contrário, que era preferível também para ele, ἐξωτέρῳ, deixar correr um pouco de água fresca de uma bica tão generosa, e se contentou, nos momentos críticos, em dar de ombros e balançar a cabeça:

— Histórias, histórias!

Mas todos acreditavam naquilo. A delegacia se nutre justamente de histórias, em concorrência com os carabineiros. Cada uma das duas organizações gostaria de monopolizar as histórias, aliás, a própria História. Mas a História é uma só! Ora, são capazes de parti-la em duas, um pedaço para cada um, por meio de um processo de desacoplamento, de desdobramento amébico: metade minha, metade sua. A unicidade da História se anula em uma historiografia dupla, reverte-se em salmo e em antífona, e se exalta em duas certezas contrastantes: o relatório da delegacia, o relatório dos carabineiros. Um diz sim, o outro diz não. Um diz branco, o outro diz preto. Cães e gatos não brigam tanto.

A Inês Cionini tinha um admirador, admitiu, um rapaz bonito, engomadinho como manda o figurino. Todos pensaram que o homem devia tê-la conhecido e talvez até, por que não, tratado com certa ternura em uma época muito mais próxima do seu último banho. Olhando bem, ela era muito bonita, apesar da esqualidez da sala, da luz embolorada sobre as lajotas, e branca no rosto e no colo, entre as manchas e as franjas de sujeira — com lábios carnudos, vermelhos, quase de uma sílfide menina, mas precocemente incomodada pela puberdade, e um tanto ondulante ao se virar, ou ao se curvar, estorvada por volumes (como certas Santas, certas freiras consideradas espanholas), como se fossem uma carga inevitável, um fardo pesado, eterno, imposto a ela pelo antigo capricho da Natureza. Superfícies imitativas do volume verdadeiro e essencial pareciam envolvê-la repetidamente, como círculos formados por uma pedra atirada na água, amplificavam no "pensamento dos presentes", ou seja, no delírio masculino, aquela estupenda sugestão. Ela emanava, junto com o já mencionado aroma, o sentido verdadeiro e profundo da vida visceral, da fome e do calor animal. A ideia que é própria dos estábulos, dos palheiros, e que abandona os pragmatismos esqueléticos. Seus olhos-gemas, de criança, enunciaram a todos aqueles machos mortos de fome o nome de uma felicidade ainda possível; de uma alegria, de uma esperança, de uma verdade superior à papelada, às paredes esquálidas, às moscas secas no teto, ao retrato do Merda. Do Fanfarrão empesteado. Quem sabe, pobre criatura, o adjetivo tão conveniente ao maltoniano* defecado devia ser declinado para ela? Não, ela não parecia doente, a não ser de fome, de beleza, de puberdade, de sujeira, de descaramento, de abandono. Talvez de sono, de cansaço. Seu namoradinho a induzira ao furto, depois de ter se deleitado com ele, porque os doces sussurros ao cair da noite foram concluídos por um "se vira". A mentora havia esclarecido suas ideias, ou lhe dera a oportunidade de esclarecê-las. O amor, depois de tê-la conspurcado, a entregou aos acasos da fome. Todos, então, esperavam encontrar nela a almejada alcaguete de que precisavam. Ela entendia, sabia; de resto, ah, dane-se! O mal que os dias azuis despejaram sobre ela era tão grande

* "Maltoniano", referência à mãe de Mussolini, Rosa Maltoni. [*N.T.*]

que precisava ser devolvido aos protetores. De maneira que abriu o jogo. Sobre a professora.

— Professora de costura? Professora costureira?

Professora com costura e sem costura. Sobre a Pàcori: sim, a Zamira. Paralelamente, o Pestalozzi e o Di Pietrantonio redigiam o relatório. Ingravallo também balançou a cabeça umas três ou quatro vezes.

Sobre a Zamira, sim: conhecida de todos, entre Marino e Ariccia, pela falta dos oito dentes da frente (a dentadura dela começava nos caninos: a Inês mostrou os próprios como paradigma, abrindo e entortando com um dedo os belos lábios), quatro em cima e quatro embaixo, de maneira que a boca, viscosa e salivosa, de um vermelho ardente como febre, abria-se mal, quase um buraco para falar. Pior, esticava-se nos cantos em um sorriso escuro e lascivo, nada bonito e, sem dúvida, involuntariamente vulgar. Embora, murmurava-se, aquele esgar, aquele vazio, parecesse, para alguns guardas reais ou não, um obscuro atrativo. Às vezes, em certas tardes, seus olhos eram faiscantes e, ao mesmo tempo, amolecidos, inchados embaixo como duas bolhas serosas, cheios de uma malícia aturdida e um pouco espantada. Estava de pileque, era óbvio, dava para sentir pelo bafo. As rugas então se aplainavam como se estivessem sob o sopro quente do vento favônio. Essa outra parecia mais ela: ela, Zamira. A luz, então, devia bater em algo duro, como o fogacho de um malefício de bruxa no rosto. A rudeza áspera e o emaranhado tempestuoso do cabelo, nessas horas, as rugas paralelas e profundas do rosto inteiro, que era marrom e escuro, de madeira, e o ávido meandro do olhar marcavam ainda mais seu aspecto, como o de uma maga antiga em um sacerdócio de abomináveis sortilégios e de raízes, de raízes cozidas, nas quais se enleou a alma de Lucano, de Ovídio.

Sua atividade oficial era de remendeira e cerzideira, calceira, tintureira, algumas vezes mascate, empírica no tratamento da ciática com ervas secretas, adivinha, quiromante e cartomante, com alvará e local de vinhos e licores em Due Santi, e maga oriental com diploma de primeira linha: no ateliê-taberna onde os cocheiros da Via Appia paravam para tomar um trago, exatamente em Due Santi. Era consultada no ramo de exorcismos, para fazer e quebrar encantamentos, tirar o mau-olhado de recém-nascidos e de crianças abobadas, mandingas preventivas em geral; e até em matéria de lavagem da cabeça para acabar com os piolhos, ou para quando as regras de alguma moça não vinham, seja por nervosismo ou por outro distúrbio, pois, como se sabe, são muitos. Imunologista com muita prática e de rara competência, após a libertação da Itália do pesadelo da hidra bolchevique por obra da Grande Sacada do Santo Sepulcro* (28 de outubro de 1922),** o *cracking* da urucubaca, vulgo mau-olhado, cuja infinita casuística ela dominava, foi se tornando cada vez mais o tema principal dos apelos à arte dela. Mas não de todos. Era experiente, *sic et simpliciter*, como que por dom da natureza, autora de decocções propiciatórias e até mesmo repulsivas, conforme o caso, e de quase todos os filtros e pozinhos do amor, de ambos os sinais, ou seja, positivo e negativo. Fazia abortos em cadelinhas de raça, coitadinhas, emprenhadas por algum vira-lata bastardo. Sabia inculcar, mediante honesta remuneração, um tanto, ou seja, a quantidade certa de energia cinética nos duvidosos, nos inseguros: incitá-los à prática, fortalecê-los para a ação. Com dez liras, adquiria-se, com seu remédio, a capacidade de querer. Com mais dez, a de poder. Deskirkegaardizava os vigaristas do interior, encaminhando-os para "trabalhar" na cidade, vulgo Urbe, depois de ter purificado sua alma das derradeiras perplexidades ou dos derradeiros

---

* Grande Sacada do Santo Sepulcro é uma referência à sacada do Palazzo Venezia, onde Mussolini discursava, e à Piazza Santo Sepolcro, em Milão, local onde foram fundados os "*Fasci di Combattimento*" em 1919. [*N.T.*]

** Data da Marcha sobre Roma. [*N.T.*]

escrúpulos. Encaminhava os audazes, mostrando-lhes que as criaturas do sexo frágil não esperavam coisa melhor, naquela época, do que se apoiar em alguém, se agarrar a alguma coisa capaz de dividir com elas um orgasmo sem memória, a doce dor de viver — catequizava-os para a proteção da jovem, em concorrência com a associação homônima.* E os catecúmenos a tinham como mestra, embora a chamassem, entre um trago e outro, de suja, quando achavam que ela não estava ouvindo, é claro, e de trapo velho e de bruxa — tal é a falta de consideração da nossa época, e o descaramento pessoal deles. Às vezes, até de porca a chamavam, logo a Zamira Pàcori! E de velha alcoviteira, ora, uma costureira como ela! Uma maga oriental com diploma de primeira linha! Bela gratidão. E tinham o topete de dizer também que os dois santos que davam nome a Due Santi... eram... um par de "se é que você me entende", acompanhando a afirmação com uma manucaptação--prolação despudorada do par aludido, apesar de envolto no "gancho" das calças: despudorada, sim, mas não infrequente, então, no uso popular. Calúnias. Bocas-sujas. Marginais roceiros, que saem à noite para roubar galinhas.

Ah! O nítido fio do tempo, do tempo albano e dela, se desenrolava da roca da sua divinação como a verdade de um oráculo. Conturbados ou serenos, mas todos convocados em seu presságio, os dias e os acontecimentos pareciam orbitar ao redor dela, surgir e desvanecer. E ela, então, diante da ansiosa expectativa da multidão, achava justo aproveitar o longo estudo de tais acontecimentos para tirar de cada consulta alguns tostões, de cada dilação do milagre um incremento à fé, de cada inalação mais secreta a aurora boreal de um improvável retorno à probabilidade. Pois é, bem, então, mas quem poderia imaginar? Apesar da gratidão e do medo reverencial

* Associazione Cattolica delle Opere per Protezione della Giovane (Associação Católica das Obras de Proteção da Jovem), fundada em Turim, em 1902. [*N.T.*]

que geralmente a circundavam — esperança e religiosidade coletiva, senso órfico do mistério e da transcendência no grande coração do povo —, apesar dos diplomas e dos títulos, orientais e ocidentais, e depois das infinitas sessões, depois de todos aqueles equetés perequetés com a caveira em cima da mesinha, e o honrado alinhavar por mais de uma dezena de anos, suas meninas em volta, pobres coitadas, alinhavando ou tricotando ou pregando botões sobressalentes, bem, pois é, então, muito bem, quem podia imaginar? Não faça o bem se você não quer atrair o mal. Para a Zamira também. O baixo ceticismo dos carabineiros continuava a envolvê-la na costumeira suspeita indecorosa pela qual eles... muitas vezes, chegam a estragar a vida das adivinhas, ou a amargurar a alma das cartomantes ou das mais respeitáveis costureiras. Ou seja, achavam, ou melhor, tinham certeza de que ela era uma ex-puta (e ninguém podia dissuadi-los dessa opinião) viúva, de ano em ano, de uns quinze ex-capitães da reserva reformados, cujos rastros, pouco a pouco, de outono a outono, foram sumindo, entre Marino e Ariccia. Entregando-se, com o cair dos anos e dos incisivos, a um rufianismo cada vez mais astuto e ousado com epicentro justamente em Due Santi, em uma espécie de adega embaixo do ateliê-taberna. Adega ou porão com entrada de luz, e às vezes até de sol, da horta. A horta — algumas couves desgrenhadas, um ou outro pé de repolho desmilinguido pelo siroco, infestado de pierídeos, com uma galinha vesga que se alvoroçava por lá de vez em quando, presa por um barbante todo emaranhado, e botando ovo no Pentecostes — ficava em um nível inferior à altura da rua, da Via Appia. A adega, ou porão, dispunha de um penico, e, mais, de uma caminha que rangia à toa, aquela porcaria, e era revestida por uma "colcha" verde-desbotada, adamascada por indecifráveis manchas, as quais, em seu hermetismo autêntico, tendiam para o barroco — para um barroco pleno, faustoso e de primeiro impulso, apesar de lavada depois e posta para secar na horta, a colcha. E pareciam já excluir hipoteticamente qualquer tentativa neoclássica tardia. Pregada na parede, de um lado da cama, ficava à vista uma oleografia muito bonita: um belo bando de moças nuas, em consulta médica, e um doutor de barbicha preta que as olhava uma a uma, vestido de romano antigo, sem óculos, mas de sandália. Seu polegar estava enfiado no buraco de uma palheta e, com os outros dedos da mesma mão, apertava um punhado de pincéis, para pincelar com tinta sabe-se lá qual pedaço de pele, se por acaso encontrasse uma pereba qualquer em alguma delas. Essa salinha, ou sala de consulta, dava acesso, por uma porta com cadeado, ao santuário, ou reduto oracular, propriamente dito. Lá brotavam os vaticínios e as repostas (nas horas depois do trabalho) da costureira-sibila. Quando todas estavam na parte de cima, porém, nas horas de costura e de *tric-trac*, bem, nessa hora o arsenal mágico era visitado por alguns ratões, com todos os cuidados de praxe. Ratazanas que mediam quase meio braço, que se aproximavam na ponta dos pés, com o focinho aguçado, filhas da mãe! Com uns bigodões! Para farejar um lençol de fantasma a dois palmos de distância no escuro, e o cheiro de queijo a um quilômetro, no monte de lixo em que mantinham a família hospedada. Mas deviam se contentar apenas em cheirar aquele maná, sem poder alcançá-lo de outra maneira a não ser com o olfato. Farejavam a Ideia, a presença de uma Forma invisível. Uma forma de pecorino dos bons, da montanha, de quando o império ainda não havia caído sobre nós — sim, nas nossas costas. No escuro, um tripé. Uma estufa de ferro fundido do tipo parisiense. Uma lareira daquelas da roça, um caldeirão dentro da lareira, pendurado por uma corrente, e uma bela tina, em um canto, no meio de uns trapos! Uma espécie de grande bacia de cobre, que em poucos anos cairia em poder da Pátria Imortal beligerante ombro a ombro com o boche,* ao primeiro sinal do Buce, do seu adorado Beócio,** ladrão das panelas e das caçarolas de todos, com a desculpa de guerrear com a Inglaterra.

Lá havia todo o necessário. O ateliê da Zamira, em suma — era impossível encontrar outro lugar mais apropriado para destilar uma gota, uma única e esplêndida gota da eternamente proibida, ou eternamente inverossímil. Probabilidade. Suéteres para serem tingidos, calças para serem remendadas, as traças devorando a coruja... Mas sempre sobrava um pouco, os olhos da coruja vivem, topázios conscientes e imóveis na noite, no tempo, sobrevivem às ruínas do tempo. Um ponto de encontro dos compossíveis: magia, malharia, alfaiataria, calçaria, vinho de Castelli e de Bitonto também (um tonel, a torneira, dois garrafões, os sifões de borracha), queijo e favas, em abril, o netinho do *Duce* dos ratos bigodudos brincando dentro da caveira, na adega, isto é, na "sala de tingimento", crânio onde entrava e de onde sairia por um olho, por uma órbita sem fundo, é claro. Baralhos em cima da mesa, eram os tarôs astrológicos, ampulheta, cabala da loteria e pentagrama — uma coruja empalhada, com olhos enormes! E pecorino, em um grande armário, e as garrafas de azeite, trancadas a sete chaves, que nem mesmo os ratos... Sim, meus caros, com a Zamira! Podiam morrer de vontade, queridinhos. Equeté, perequeté, pufetê, iné.

A reunião elísia das doces sombras, a chamada, a evocação das compossibilidades! Pobre e querida Zamira! Costumava servir os carreteiros da Appia, os carabineiros em ronda. De pé, eles vinham do verão, mosquete no ombro — empoeirados, acalorados, cegados pela imensidão, atordoados por infinitas cigarras, com a cabeça e o quepe entre as nuvens de moscas que, de vez em quando, produziam um

---

* Alusão a Adolf Hitler. [*N.T.*]

** Alusão sarcástica ao Duce. [*N.T.*]

zumbido semelhante ao de um violão invisível dedilhado pela falange de um espectro. Depois de servir a bebida, ela tornava a se sentar em uma cadeira para tricotar sem dentes (os da frente) na roda de suas tenras noviças também sentadas para o trabalho — um trabalho de costura, ou de tricô. Cabisbaixas, porém, de vez em quando erguiam a cabeça um segundo, uma após a outra, depois da vizinha, para jogar para trás com a mão, como se estivessem incomodadas, o emaranhado dos cabelos que viviam caindo para a frente. Mas, naquele instante, relampejavam os olhos: pretos, brilhantes, saídos do tédio. Depois, pousavam entediados sobre a indiferença de um objeto qualquer, um botão, a coronha do mosquete, a pistola de ordenança do primeiro-cabo, ou um pouco mais abaixo, ou um pouco mais acima, um pouco mais à direita, ou um pouco mais à esquerda. Um cheirinho de mulheres camponesas de saias curtas. Que promessas, que esperanças demográficas, coitadinhas, para a eterna primavera da Pátria, para nossa dileta Itália! Uns joelhos, Virgem Maria! Que joelhões... Meias, nem pensar. Calcinhas, sabe-se lá! (Eram as montanhesas que mais as usavam, quando ouviam o Touro mugir na tribuna.) As pernocas bem apertadinhas, como se estivessem chocando um ovo, um tesouro. Ou então, totalmente ao contrário: os pés sobre a trave da cadeira, de maneira que, colocando-se em uma posição vantajosa, imagine, eram verdadeiros panoramas. Umas coxonas!

O olhar afundava na penumbra, depois nas sombras; insinuava-se, erguia-se entre as gargantas da esperança como afunda e depois se ergue um explorador de cavernas, ou um limpador de chaminés. Imagine os carabineiros, então! De cara fechada, por obrigação, mas sem nunca parar de esfregar os olhos. E elas retribuindo! Olhares! Dardos furtivos! Flechadas, de sentir o coração desfalecer no peito, nos carabineiros em pé enquanto a costureira conversava com eles sobre a

Líbia, sobre a quarta margem,* sobre as tâmaras que lá amadurecem, deliciosas, e sobre os oficiais que lá havia conhecido e que a tinham "cortejado" com sucesso. Aquele ato de relembrar os capitães ou os coronéis cortejadores para simples soldados rasos era um expediente da sedução. Os olhos dela, então, tornavam a faiscar, pequenos, penetrantes, pretos, inquietos, sob os múltiplos sulcos da testa, sob a pérgula desgrenhada do cabelo, que era cinzento e duro como os pelos de um mandril. Um pouco de saliva lubrificava a fonte do seu discurso, evocativo ou oracular que fosse; os lábios sedentos, febris como as gengivas, áridos ou viscosos, desprovidos da fileira cortante do velho marfim, pareciam a soleira, a livre antecâmara de toda magia amorosa. Da qual, certamente, a língua era o instrumento principal.

Equeté, perequeté, pufetê, iné,
Ábele, fábele, domi-né...

O diabo não resistia ao chamado.

Sim, claro, a Zamira dispunha de um bom contingente de sobrinhas aprendizes, e reservas, também, situadas ao longo da Via Appia, da Adreatina ou da Anziate, em tal ou tal quilômetro, de cerzideiras suplementares que, em uma situação extraordinária, *cric* e *crac*, *cric* e *crac*, poderiam dar uma mão. E davam. Por exemplo, durante as manobras de verão, do quarto regimento dos *bersaglieri*.** Para os patrulheiros, os carabineiros, militares pacientes no verão infinito, não era necessária muita coisa: bastava o contingente das dependentes imediatas, e sobrinhas. Todas as sobrinhas, ou quase

* Referência ao litoral da Líbia durante o período da colonização italiana (1934-1943). [*N.T.*]

** Unidade militar do exército real italiano que participou das guerras de unificação do país, das guerras coloniais italianas e das duas Guerras Mundiais. [*N.T.*]

todas, prontas para adoçar as avinhadas paradas, da maneira mais atraente, mais conturbadora, ao abrigo da solina depois de quilômetros, quilômetros brancos, para os empoeirados e suados portadores de um fuzil. Em patrulha, depois de ter levado o fuzil para passear por ruas e ruelas, ou o pesado revólver com todas as balas dentro e um par de pentes de munição na cartucheira, os indomáveis servidores da ordem gostavam de se refrescar por um instante naquele harém da Zamira, tão calorosamente sombreado e silencioso que era, para todos os adeptos, o vestíbulo da hipótese feliz, o santuário das consultas, dos consolos albanos. O instante de doce angústia era fugaz, ah, que outra coisa pode ser um instante? Mas o sucessivo o sucedia. A integral dos instantes fugazes é a hora, a incomparável hora, quando um pensamento exato se extravia em esperança e angústia, como lançadeira de tear disparada, na urdidura dos olhares furtivos, das mudas dissensões, dos mudos consentimentos.

O fato é que os carabineiros paravam lá, no estabelecimento da Pàcori, a costureira. Nem o Comando nem a disciplina se opunham e, às vezes, recorriam a ela. Pequenos serviços de costura, até mesmo quando um botão está prestes a cair e é necessário reforçar a haste. Certa manhã, um daqueles garotões tirou o paletó, corando, para que consertassem um rasgo que ele havia arranjado sabe-se lá em que sarça ou abrunheiro. Outra vez, um outro levou as calças; é o que diziam as pessoas, por motivo não de todo análogo, acrescentavam. A Zamira mandou que ele as tirasse na adega e mandou a Clelia atrás dele, ou, segundo outros, a Camilla, para pegar as calças e levá-las para cima, para serem consertadas no ateliê. O despir-se do soldado real exigiu algum tempo: muito, muito tempo tão doce! De maneira que as moças, lá em cima, a certa altura, começaram a pigarrear, a dar risadinhas, a fazer *hum*, principalmente a Emma, descaradíssima. Até que a Zamira perdeu a paciência, ficou irritada, deu uma bronca nelas, chamou-as de algo que não deu para entender direito sibilando baba pelo buraco.

Até o sargento, o sargento Fabrizio Santarella, pois é, um dos dois centauros do Comando albano, o de patente mais elevada dos dois, até ele havia levado à maga-tintureira suéteres para tingir: volumosos embrulhos. Anunciava a si mesmo de longe, de Torraccio, das últimas casas de Frattocchie, outras vezes de Robine Vecchie ou do torreão de Sant'Ignazio, ou do santuário Divino Amore. Aproximava-se espocando, chegava ribombando, *bum bum bum bum bum*; a motocicleta se acalmava diante da porta. Eram suéteres femininos, aqueles embrulhos, porque o sargento Santarella, que um dia arrastara para o altar uma mulher (e nem tão inchada assim), vivia com nove: a mulher, a velha sogra cega e a cunhada meio abobada, uma irmã, castíssima, com todos os ornamentos psíquicos que a castidade confere às irmãs, três filhas sem idade ainda para deixarem de ser castas, e duas pensionistas, duas gêmeas, em certo momento prestes a perder a castidade, mas, àquela altura (depois da desistência do esperado descastizador, que, não sabendo se resolver, dera um fora nas duas antes mesmo de meter... a mão na massa), definitivamente precipitadas na castidade. Um dia, decidido a sublocar, em virtude dos tempos, da ocasião e do seu salário, um pedacinho excedente dos penetrais, cujos bolores se voltavam para Austro, ele pensou naturalmente no jornal de maior tiragem. Ao proferir a oferta no *Il Messaggero*, não se sentiu à vontade para impor aos leitores o "exceto mulheres", aquele cruel "alto lá" da senhoria de Ingravallo. Não, não, não em sua casa... muito pelo contrário: mulheres havia e mulheres haveria.

De macho, na casa, só havia ele, sem contar a máscula voz do Duce, que, de vez em quando, ressoava em suas câmaras timpânicas suscitando ressonâncias tonificadoras, revitalizando a cabeça dele e a de doze milhões de italianos: afinal, a dele era a cabeça de um sargento, embora astuta. De vez em quando, como que para dar corda em um despertador. Saía a querida voz, é claro, da caixa do rádio, que Fabrizio Santarella havia conseguido em Milão, quando lá estivera em "missão especial" para seguir as pegadas de dois valentões, ambos chamados Salvatore. Tinha voltado de Milão com os dois Salvatore e, ainda por cima, com um rádio de duas válvulas, prodigioso achado daquela prodigiosa civilização. Outra voz masculina, também de tom baritonal, era aquela pastosíssima e extremamente suave de um gramofone nos momentos em que se comportava como homem: porque logo depois, de repente, resolvia funcionar como mulher. Ou seja, a maravilhosa engenhoca se transmutava, com a mais perfeita desenvoltura, de macho em fêmea e vice-versa por meio de perturbadoras alternâncias de vozes, do duque de Mântua para Gilda,* e de Rodolfo para Mimi.** De resto, na casa do sargento Santarella, mulheres havia: e mulheres haveria. Os maldosos, e mais ainda as maldosas, diziam que, apesar das nove mulheres e dos dezoito sapatinhos com os dezoito saltos femininos que tiquetaqueavam à sua volta nas horas de *loisir*... doméstico, entre as paredes... domésticas, em presença dos deuses domésticos, que eram dois lindos gatos de gesso sobre a lareira apagada, paridos, pobres bichanos, de um macho de Lucca, diziam, pois é, pois é, enquanto o gramofone da Via Zanardelli difundia 23 vezes seguidas a *gelida manina**** em sua alma, na dele e na de toda a vizinhança, diziam, diziam, sim, que ele também tinha uma queda por algumas das sobrinhas aprendizes da Zamira, a tintureira de Due Santi. Bem, ele tinha bicho-carpinteiro, o sargento Santarella; como todos os sargentos.

---

* Personagens de *Rigoletto*, de Giuseppe Verdi. [*N.T.*]

** Personagens de *La Bohème*, de Giacomo Puccini. [*N.T.*]

*** Alusão à ária "Che gelida manina", (Que gélida mãozinha), da ópera *La Bohème*, de Puccini. [*N.T.*]

Perito da arte, é lógico. No momento certo, sabia fechar um olho. Ou, pelo contrário, arregalar os dois.

Uma tez maravilhosa: um rosto cheio, bronze-avermelhado nas faces e no nariz, preto-azulado na parte em que a barba feita o virilizava. A pele generosa dos itálicos, tostados em suas colheitas, em julho, ao sol da debulha — adustos, para falar como Carducci. Uma saúde de atravessador agrícola. Aqueles bigodinhos espetados à Guilherme II. O revólver sobre a nádega esquerda, pesando três quilos. Vê-lo era de alegrar o coração. As moças, em certas noites de lua cheia, sonhavam com o sargento. Para certos maltrapilhos, que carregavam consigo toda a miséria do império iminente, certos ladrõezinhos de bicicletas mortos de fome, vagabundos ociosos que perambulavam pelas ruas e pelas baiucas de dia, e trabalhavam à noite, não parecia verdade, após completarem seus golpes, o fato de serem algemados por ele, de serem "levados para o xilindró". Quando ele chegava, maldito diabo, respiravam aliviados; era o fim da ansiedade, do perigo. Chega de suar, de correr, de dar um jeito, de se sobressaltar por causa de um rangido, por causa do duvidoso chiado distante de um portão, de arrombar portas com o coração na boca. É isso, o fim de todo o sofrimento: no xadrez, recobravam a alegria, pobres rapazes! A confiança no amanhã. Ficavam tão contentes de vê-lo que esqueciam sua triste obrigação, maldito prefeito. A obrigação de fugir com o butim, e, o que era pior, com as ferramentas também, sobrecarregados. Depois de tanto trabalho, ainda ter que dar no pé! Que nada! Eles o cumprimentavam com uma olhada, com uma risadinha de cumplicidade, aquela que quer dizer "cá entre nós...". Entregavam espontaneamente molhos inteiros de gazuas, coleções inteiras de pés de cabra. Pediam, com respeito, seu último fósforo para acender, voluptuosamente, a última guimba. "Aaah! Aah!", faziam expirando, com uma volúpia na garganta, ou soltavam fumaça pelo nariz. "Pois é, claro, tudo bem, sabe como é", diziam. E estendiam os pulsos: neles havia nascido o desejo repentino das algemas no pulso como o esgotado e cansado que só quer saber de cama.

Entregavam a ele as duas patinhas gatunas — que ele fizesse o que bem entendesse com elas. Atordoados por aquele rosto escurecido, por aqueles olhos parados, pretos, penetrantes, por aquelas faixas vermelhas nas calças, por aqueles galões de prata na manga, por aquela bandoleira branca de vaqueta que era como a insígnia da autoridade que investiga, persegue, algema, por aquele V.E.* na granada de prata do quepe, por aquela barriguinha, por aquela bunda. Sim, bunda. Porque ele se virava, girava, fremia e, depois, outra vez se revirava de repente, cravava o par de olhos na cara de todos e cada um, com os bigodes espetados, pontudos como dois pregos, e pretos: agia, deliberava, telefonava, *cric*, *cric*, *cricricric*, berrava no fone, pedia o reforço de dois soldados do Comando, dava ordens a que todos obedeciam, isso é que é interessante, e em uma espécie de frenesi sádico, de volúpia masoquista, presos no círculo mágico do V.E., na elipse gravitacional daquele núcleo de energia irradiada com tanta felicidade aos satélites, e, depois deles, a todos os ladrões em geral. Que só tinham um desejo na vida: vê-lo, serem arrastados para o xadrez por um olhar dele. Depois, quando tudo parecia terminado, e as mulheres estavam cochichando, *papapapapá*, eis que, então, os estalos da tremebunda Motoguzzi acrescentavam glória à glória, vida à vida. Partia entre nuvens de poeira, deixando as moças sussurrando, as esposas, as sobrinhas da Zamira de pés descalços; demônio fugitivo da legião com faixas vermelhas, exalado de castelos em ruínas, onde a noite, surpreendida por aquelas não serem as horas dele, coitada, havia se esquecido de enfurná-lo novamente, quando ela, ao contrário, apaga sobre as ruínas de cada torre os dois círculos amarelos da coruja. A asa tardia esmaece como

---

* Iniciais do rei Vítor Emanuel. [*N.T.*]

um retalho de tenebroso veludo em seu ninho de sombras e de pedra. Tapeçarias de hera blindam seu dia. Ele, ao contrário, mal o céu se torna rosa e ouro, de Rocca di Papa a Castel Savelli, para baixo de Rocca Orsinia até o monte Nuncupale, para cima; pois a marra ou a enxada já estavam trabalhando, no vinhedo ou nos olivais. *Bum bum bum bum*, correndo a toda, reavivado, o motor tremendo entre seus joelhos. Ou então sobressaltava-se em um sussurro contido a manhã, onde a estradinha se embrenha discreta em um matagal ou onde, ao se aproximar dos montes, perde-se rumo às rochas, entre os espinhosos abrunheiros. Ou onde está cheio de morangos e cobras, depois de Nemi, sob o matagal. Agente, ele agia: desaparecia, reaparecia como Farfarello invocado por magia, imóvel junto ao tronco de uma azinheira, talvez, ele e a potranca Guzzi, um pé no chão. E um pouco mais à frente, ereto, o primeiro-cabo parecendo um poste, presença obsessiva com faixas vermelhas, com bandoleira de vaqueta branca a tiracolo, com V.E. na granada de prata do quepe. Orgulho, com algemas na cartucheira, do Comando albano, com duas algemas para quatro pulsos e dois maços de cigarros vagabundos, e uma dúzia de balas de reserva, centauro-flecha da Via Ardeatina e mais ainda da Via Appia. Em determinado quilômetro, em certos dias, alcançava a toda velocidade os Lancia, Virgem Santíssima, e, depois da ajuda Dela, uma repentina passagem — emparelhava e, aí, davam-lhe passagem, mas ainda não o Lancia vermelho de Francesco Messina,* que, nessa época, ainda não voava até a Sicília para dar um beijo na mamãe. Entrava *au ralenti* na curva fechada da estação de Cecchina; desligava apenas, depois freava, conforme o caso, na estação de Santa Palomba, na estação de Campoleone, onde a Ardeatina ou a Anziate cruza, na passagem de nível, com o advento desabalado do Roma-Nápoles. Terror das galinhas de plantão,

---

* Célebre escultor siciliano (1900-1995). [*N.T.*]

a locomotiva-plaina vem chegando com lívidos lampejos no pantógrafo e depois nas suspensões e nas juntas; atrás de tudo, o resto do trem e o escarcéu cadenciado do expresso, repetido, repetido a cada eixo, a ponto de arrancar todas as ponteiras das agulhas. E as galinhas continuavam a se debaterem, levantavam voo, estrangulando-se em seus atormentados vocalises, doavam penas, e plumas brancas, ao turbilhão. O que não faz o medo? Faz voar os gansos. Ou então, no meio de Frattocchie, ele precisava parar — no cruzamento da Appia, ou em Ca' Francesi, em Tor San Paolo, na estação de Ciampino, sem se importar, outras vezes, com os mais peremptórios avisos: *Curva perigosa! Passagem de nível! Vala!* Ou com os seus símbolos vindos de Milão. Os milaneses, o Luigi Vittorio, tinham disseminado por toda a Itália a rara semente das suas advertências, das suas "placas rodoviárias". O pronunciado semaforismo deles, um belo dia, fez da velha bota um novo semáforo. Prevenir as pessoas, inculcar nos velocipedastras o respeito às disciplinas viárias, e, ao mesmo tempo, ao próprio pescoço deles, ensinar ao próximo como se comportar no mundo, erguer ferros por toda a Itália, hastear neles "placas rodoviárias" esmaltadas pela oblação pública, aquele era um desejo que os fazia babar. Usando como pretexto os mais inócuos, os mais sonolentos cruzamentos, cada curva, cada bifurcação, cada vala, ou como eles dizem, cada rego. A lembrança técnica do Bertarelli, do Vitòri, do Lüis,* naquela época: depois, nas muretas caiadas na entrada de cada vilarejo, o memento político-totalitário do Merda. ("É o arado que traça o sulco! Mas é a espada... que não defende patavina.")** O sargento Santarella, *cavaliere* Fabrizio, era um "entusiasta" do Touring, cujo hino, como "sócio vitalício", sabia de cor: "o

* *Vitòri* e *Lüis* correspondem a Vittorio e Luigi em dialeto milanês. [*N.T.*]

** Citação sarcástica do slogan mussoliniano "*È l'aratro che traccia il solco. Ma è la spada che lo difende*" [É o arado que traça o sulco. Mas é a espada que o defende, em tradução livre]. [*N.T.*]

hino do Touring!", que nasceu em Valtellina da musa hipocarducciana-hipossáfica de Giovanni Bertacchi, hino nobremente cesurado, como a Marselhesa e como todo hino em geral, pelo intrépido ímpeto do refrão. Daquele estribilho tão caro a todos os corações dos sócios vitalícios motociclistas: "Avante, avante, vamos!", que exclui, como se pode ver, qualquer possibilidade de marcha à ré.

O Santarella, tendo envolvido em uma hipotética melodia aquele revitalizante heptassílabo, seguia a cantarolá-lo demoradamente e a saboreá-lo com a alma — assim como se mastiga um palito depois do almoço — em sua fugaz pregnância, durante a sucessão rimbombante dos quilômetros vindouros do empoeirado trapézio da estrada. Depois, perto de Ciampino ou em Palomba, erguia os olhos bem para o alto; caravanas brancas de nuvens, transcorrendo no céu em meados de março sem serem perseguidas por nenhum oficial real, embora também houvesse quem se encarregasse de enganchá-las — eram as extremidades prateadas das antenas, como os dentes de um pente cardando o chumaço de algodão no pelo do fugidio e níveo rebanho, abriam-se em uma deformabilidade perpétua, depois voltavam a se fechar em uma alternância inatingível de presságios, com o vento alto, frias nesgas de azul.

CAPÍTULO 7

— A Inês Cionini...

— Às ordens, sr. delegado-chefe — disse Paolillo.

— Manter-se à disposição!

Pobre moça, ia esperar o amanhecer na mesa da cela-forte, enrolada em um cobertor cinza de quartel infestado de piolhos em companhia de outras nereidas pescadas no oceano pela patrulha, também envoltas em vicunha dupla, e igualmente incomodadas pelos bichinhos aparentados; às vezes suspirosas ou até mesmo eloquentes no sono, e em presença de um cântaro mudo, tapado, em um canto — o comendador, realmente respeitável, o tesoureiro dos excrementos. Reconduzia o espírito a certa fartura romana e a uma despreocupação em relação à vida e às suas funções, a um certo pré-quarentaeoitesco (ou pré-quarentaenovesco)* e bastante buzanfânico *loisir de siéger*.

Pobre moça. Dada aquela ordem, porém, o sr. Paolillo foi buscá-la de novo às dez.

Quanto ao Pestalozzi, a certa altura ele pedira licença ao dr. Fumi, solicitando que lhe fosse concedida a possibilidade de se revigorar um pouquinho após o longo e imperfeito dia — ideia essa que Fumi também achou excelente. Vindo dos mais salubres montes, o supersargento-centauro interpretara o desejo de todos. Marcaram de voltar a se reunir às 9h15, 9h30.

---

* Alusão aos grandes movimentos revolucionários na Europa em 1848 e à breve República Romana de 1849. [*N.T.*]

Antes de cair fora, logicamente, Pestalozzi quis combinar o que se seguiria para concluir o que já fora feito. Em um tropel pelos corredores e escadas, a reunião se desfez.

Enquanto isso, depois de subir o palácio Simonetti, na Via Lanza, Ingravallo amadureceu com afobação o que o Tosco, em seu trono, no palácio do Mapa-Múndi,* teria chamado de diretrizes a serem comunicadas... às hierarquias inferiores. Ou seja, aos vasos de barro que, um embaixo do outro, engoliam em cascata suas truculentas idiotices, um do traseiro do outro. Estava tarde. Chuviscava. Tudo na noite continuava de pernas para o ar. Dom Ciccio enfiou na boca uma colher da magra sopinha, que nem era tão magra assim, enfatizando com um resmungo aguado a pobreza das proteínas e ingredientes pépticos. Depois, enfadado, mastigou e engoliu um bocado de qualquer jeito, sem dizer uma palavra, com a cabeçorra acima do prato, daquele guisado de músculo de borracha, pobre dom Ciccio! Fora o alvo amoroso de alguns "Mas o que o senhor tem esta noite, doutor?" da incomparável senhoria cheia de anseios, de cuidados, que não parava de girar em volta dele e da comida.

— Um pouco de queijo? Aquele *stracchino* de Corticelli de que o senhor tanto gosta, doutor? — E, diante da cara fechada dele, disse: — Só um pouquinho, doutor! Experimente: está muito bom! Não vai lhe fazer mal algum...

Sob a luminária de vidro, orlada de plissados e de babados brancos e verdinhos como a salada, o cabeção parecia ainda mais tenebroso, mais encaracolado do que nunca. Nada de automóvel! Nenhuma comodidade nos deslocamentos. Automóveis não faltavam, ah! "Mas só para os chatos de galocha da política", isto é, do esquadrão político. A excursão perdida, a terrível quinta-feira.

---

* Mais uma referência a Mussolini e ao Palazzo Venezia, com a famosa sala do mapa-múndi, construída por Pietro Barbo (1417-1471) logo após ter se tornado o papa Paulo II (1464-1471). [*N.T.*]

— Dia 17! O pior número. — Suspirou. — O mais xexelento de todos! — grunhiu, apertando os dentes.

Todo o mérito passara para os carabineiros de Marino. "Esses varapaus de teatro de marionetes." Pestalozzi jantou com bom apetite na mesinha de mármore na Via del Gesù, no Maccheronaro, aonde havia sido levado por Pompeo — o Garra, como era chamado. Quando necessário, ele também era o mestre de cerimônias em Santo Stefano.

Pompeo, por sua vez, não viu contraindicação em introduzir uma réplica do sanduíche das sete, que mais parecia um sapatinho. Daquela vez, com imbricações de rosbife e mortadela cozida em fatias alternadas, suavemente deitadas naquele sofá de pão pelos dedos peritos e roliços do Maccheronaro — que as envolveu, por fim, após uma olhada de aprovação, de despedida, com o pré-cortado e pré-separado teto ou tampa (a metade de cima do pãozinho). O lábio inferior estendido, mas só um milímetro, enquanto a papada comprimida e, por assim dizer, achatada contra o colarinho, se é que se podia imaginar lá um colarinho, acabou por esconder toda a sua gravatinha de primavera, borboleta, com bolinhas esverdeadas.

Os fregueses presentes empalideceram de inveja. Um torpedeiro de alto-mar, uma coisa excepcional. Visto de fora... discretíssimo; mas, dentro, poderosamente recheado. O Maccheronaro levantou as pálpebras com toda a seriedade, o lábio esticado um milímetro, enquanto isso, olhando se o caro cliente abria a boca, bem na hora e no ato em que lhe entregava aquele troféu. "É ou não é?", parecia querer dizer o olhar. Pompeo deixou que o outro o olhasse. Deu uma dentada onde merecia ser dada. Depois de algumas mordidas bastante educadas, sua boca parecia um britador excêntrico. Não conseguiria responder, se alguém perguntasse algo. Girava os olhos para o interlocutor, dois grandes olhos bem arregalados, com ares de ter entendido.

Às 10h30, estavam todos reunidos na sala do dr. Fumi. Paolillo levou a Inês. Quem era o rapaz, e onde estava? E aquela amiga da amiga? Ora, que amiga? Aquela... aquela que tinha sido mencionada pela Mattonari, a Camilla. "Que é, se não me engano", disse o dr. Fumi, "a amiga que trabalhava com você na Zamira", em Due Santi.

A Camilla Mattonari, admitiu Inês, tinha falado de uma amiga que esteve a serviço em Roma, mas não trabalhava o dia inteiro.

— Meio período, você quer dizer.

— Bem, não sei se era meio. Estava com uns patrões que tinham lhe dado um dote, de maneira que agora devia se casar.

— Casar-se com quem?

— Casar-se com um bacana, um industrial do comércio, desses que moram em Turim para fabricar carros. Tinha lhe dado duas pérolas de presente. E, no dia da candelária, de fato, ela usara as pérolas nas orelhas. Todo mundo a viu. — E ela mesma a tinha encontrado também uma noite... aqueles olhos!

— Que olhos o quê!

Fumi se aborreceu, deu de ombros.

— É, isso, uns olhos — rebateu a Inês —, mas diferentes. Diferentes dos que todas nós temos. Como se ela fosse uma bruxa, uma cigana. Duas estrelas pretas do inferno. Na Ave-Maria, quando anoitece, parecia que o diabo tinha se vestido de mulher. Aqueles olhos botavam medo na gente. Pareciam ter dentro uma ideia, um desejo de vingança de alguém.

— Então, você a conhece.

— Não, eu só a vi uma vez... à noite.

— Onde?

— Bem... em uma estradinha no campo.

— Que campo? Escute aqui, mocinha, não pense que pode me embromar... Está querendo me levar no bico.

— Uma estrada de terra onde tem um gramado... onde tem uma igreja que nem tem padres, chamada de rotunda.

Uma mentirosa que se enrolava nas próprias mentiras. Fumi já estava se perguntando se ela não era louca, ou algo parecido. Os tortuosos rodeios de uma camponesa mentirosa. Depois que todos os quatro a abocanharam, como quatro cães atacando uma gazela, empurrando-a e puxando-a de um lado para outro no tormento das fáceis, mas repetidas, objeções, conseguiram finalmente arrancar de seus lábios a mentira tranquilizadora, a mentira plausível, aquela que, contradizendo ou desfazendo todas as anteriores, pareceu enfim ser a verdade. Conseguiram descobrir que a "estradinha de campo" devia ser uma estrada (naqueles anos, porém, erma e campestre) em Celio, entre silenciosos pinheiros-guarda-chuva, plantações de alcachofras e algumas estrebarias, muros em ruínas e uma arquivolta ou duas, percorrida, ao cair da noite, pelos passos maravilhosos da solidão, tão apreciada pelos amantes: talvez Via di San Paolo della Croce, mais provavelmente Via della Navicella ou Via di Santo Stefano Rotondo. A arquivolta era a de San Paolo, ou então o arco da Villa Celimontana, ao lado de Santa Maria in Dòmnica. A rotunda... "onde nem tem mais padres", não era, não podia ser o Templo de Agripa, para onde os policiais se dirigiram em pensamento, excluindo-o logo, já que não ficava "no campo". Era, ao contrário, Santo Stefano Rotondo, fechado ao culto, naquele tempo, devido a obras de restauro.

Com toda aquela logística, o dr. Fumi perdera um pouco a cigana de vista, a noiva do turinense. Os cães de caça pareciam estar afundando na lama.

— Conte mais sobre os brincos.

— Eu não vi. Mas todos sabem: dois pingentes... como se ela fosse uma dama. — E reforçou, articulando em uma cantilena: — Ganhou de presente do noivo, que é um industrial de Turim, um que compra e vende automóveis. Mais claro do que isso...

— Deixe o claro e o escuro de lado... que no claro pensamos nós — retrucou, com os olhos já sonolentos de enfado, o dr. Fumi.

Quem era ela? Sim, aquela bruxa, aquela cigana... Onde morava? Onde ficava sua casa?

— Sua casa... — titubeou ainda Inês.

Ora, devia ficar para os lados de Pavona: era o que a Mattonari tinha dito. E era o que todos, em Due Santi, diziam.

— Essa aí é sortuda: em Roma, as moças se perdem. E ela até conseguiu um dote, isso sim. E, agora, quando quiser, poderá se casar com um bacana.

Os funcionários, o dr. Fumi, Ingravallo, o tenente Di Pietrantonio e o sargento se entreolharam. O Garra, que era um rapagão perspicaz, captou naqueles olhares um pensamento. "Essa aí está nos enrolando. Está tentando roubar um cego."

Ingravallo parecia cansado, perturbado, aborrecido. Depois, absorto atrás de uma cadeia de pensamentos. Estranhas analogias, desconfiou o Garra, ocultas para os demais, estavam trabalhando naquele cérebro. Não havia conexão aparente, mas talvez houvesse alguma, e quem sabe Ingravallo a descobriria, mudo e sombrio em suas reflexões. Não havia nenhum fio condutor com o entregador de avental, com o ladrão de macacão, com o assassino desconhecido, com os olhos da cigana.

— E o moço?

— Que moço?

— O seu queridinho, aquele rapaz, o bonitão: como posso dizer? — O dr. Fumi pareceu encorajá-la, convidá-la a arrepender-se, a contar.

Então a Inês se intimidou. De repente, pareceu esgotada em sua suja formosura. Pareceu se retrair de vergonha, revestir a dor: com olhos encovados, assombreados, com a testa branca envolta em tristeza sob o cabelo loiro tão áspero, que endurecera com a pouca chuva que se secara e com a oleosidade que a poeira ressecara (aquele cabelo, todos pensaram, do qual um pente verde de celuloide teria tirado ouro no sol), com os lábios um pouco inchados e quase rachados, por cada rajada da tramontana, em março.

— Ele se chama Diomede, meu namorado. Agora, onde está morando, eu não sei. Vive zanzando por aí.

— Zanzando como?

Zanzava nos dois melhores sentidos do verbo: mudando com frequência de quarto, ou melhor, de pardieiro ou de catre; e andando a esmo por Roma o dia todo em busca do que aparecesse. Da última vez, ela tinha trombado com ele no túnel Umberto I. Morava um pouco aqui, um pouco ali. Mas não dizia onde estava. Uma cama na casa de parentes: de aluguel na casa de uma costureira. Na cama vazia do tio que havia morrido na semana anterior... isto é, do tio de um amigo, amigo esse que tinha perdido o tio. Depois, quando não conseguia mais pagar o aluguel, então devia mudar de ares, é claro.

— Entendo — concordou o dr. Fumi à meia-voz.

E vagava sem destino pela cidade, ou com itinerários lentos e talvez premeditados. Afastava-se passo a passo de um bairro a outro: Monti às dez, Trastevere às quatro, Piazza Colonna ou Esedra com as luzes e os anúncios rubro-verdes do fim da tarde, da noite. Nos bairros altos? Sim.

— Também circulava pela Via Veneto, Via Ludovisi, de vez em quando, que é um pouco mais escura, por causa das mulheres.

A moça corou, ergueu a cabeça, e disse, com a voz irritada, de mau humor:

— Caminhava, caminhava, depois precisava trocar a sola do sapato todo mês: caminhava, desaparecia, não se sabia mais onde tinha ido parar.

Seja para correr atrás das beldades ou para se esquivar delas — de certas beldades, pelo menos foi assim que Ingravallo pareceu entender, loucas por ele, ansiosas para reencontrá-lo, para capturá-lo com longos olhares penetrantes através do fluxo dos carros, de uma calçada a outra, ou ao longo da calçada abarrotada de mesinhas e bancos, de senhoras e senhores bebendo ou chupando, de maneira cuidadosa, repetidas vezes, os pálidos canudos.

— Iriam procurá-lo até no fim do mundo — afirmou, com olhos parados, calmos.

"Ele também, ele também!", os sentimentos de Ingravallo doíam. "Na lista dos afortunados e felizes, ele também!" Seu rosto se fechou. "Ele também! Perseguido pelas mulheres!"

— De maneira que ele vive zanzando, se é que vocês me entendem... — E, após uma hesitação, e uma certa perturbação no tom: — Para não ser encontrado em casa por todas as que o procuram, para não ter que tropeçar em uma moça a cada passo.

Com uma das mãos, ela jogou para trás a cabeleira suja. Calou-se.

— Entendo — retomou o dr. Fumi. — Então me diga: como ele é, que cara tem esse Diomede? A propósito: Diomede, e o sobrenome?

— O sobrenome dele... — Inês baixou os olhos, corou para ganhar tempo, para fabricar a septuagésima terceira mentira.

— O sobrenome — reforçou Ingravallo. — Sim. Talvez precisemos dele também.

— Que ele também nos diga algo — acrescentou o dr. Fumi.

— Bem, o sobrenome, ele não quis me dizer.

— Mas depois ele disse — insistiu Ingravallo. — Vá desembuchando o sobrenome.

— Ouça, garota. Todos nós aqui... é melhor para você... precisamos da ajuda dele.

— Seu delegado, para que vocês precisam dele? Ele não fez mal a ninguém.

— Fez a você! Já que foi detida pela patrulha.

— Bem, isso é problema meu e dele; a delegacia nada tem a ver com isso, é assunto nosso.

— Ah! A delegacia nada tem a ver com nisso! Garota, você está variando. Nós é que sabemos o que a delegacia deve fazer.

— Ele não fez nada.

— Então diga qual é o nome dele.

— Eu também tenho certeza de que não fiz nada. — Seus olhos ficaram marejados. — Me deixem ir embora também.

— Então, Diomede... — O olhar do dr. Fumi tinha a implacabilidade de uma solicitação de documentos, de papéis necessários.

— Pois bem, me disseram que se chama... Diomede, Diomede Lanciani. — E ela desatou em uma espécie de choro sufocado, submisso.

— Não se preocupe. Nós o queremos aqui porque ele precisa nos contar... algumas coisas, algumas coisas interessantes. Por isso é que precisamos encontrá-lo.

— Trate de desembuchar: como é a fuça desse Lanciani? — insistiu Ingravallo, com dureza. — É alto? É baixo? É loiro? Tem cabelo escuro?

Dividida entre a desconfiança e a vaidade, Inês enxugou os olhos com o dorso da mão.

— Esse Lanciani trabalha como eletricista — disse, com orgulho, começando a descrever sua aparência.

A voz, depois de pausas de medo, de desconfiança e de admissões cheias de uma cautela tardia, animou-se até o contentamento desmedido, quase alegria. Ficou ressentida com a palavra de Ingravallo.

— Quanto à fuça — retomou, dirigindo-se a Fumi como ao mais benevolente dos dois inquisidores principais —, muita gente gostaria de ter um rosto daqueles: pode crer, seu delegado, até mesmo o senhor gostaria de ter um rosto assim.

Sim, sim.

— Um rapaz dessa altura.

E fez o gesto que geralmente se faz, erguendo e posicionando horizontalmente a mão. Inclinou a cabeça de lado para observar melhor a palma, para avaliar, de cima a baixo, a pertinência daquela indicação de estatura.

— Um bonitão, sim. Um bonitão. E daí, por acaso é proibido? Um rapaz esperto. Sim, loiro. Ele não tem culpa se a mãe o fez loiro. Por quê? Ela lá ia fazer moreno se tinha vontade que fosse loiro? — Tinha até o retrato dele na pochete.

Paolillo foi correndo ao depósito para catar a miserável pochete no meio dos trapos. A carteira de identidade da coitadinha, que ela não quis entregar à patrulha, durante a detenção, já estava em cima da mesa do dr. Fumi, embaixo da luz, aberta, amarrotada. Paolillo voltou com a "pochete" da sem-teto e, na outra mão, a fotografia de um rapaz autografada com dificuldade, com um garrancho torto:

— Lumiai Dio... — Ele soletrava caminhando, prestes a entregá-la.

— Me dá isso aqui. — O dr. Fumi a arrancou da sua mão: — Lun-ci-a-ci Di-o... Sabe lá deus o que está escrito aqui. Diomede! — exclamou, vitorioso.

Um tipão! Um rosto daqueles que a publicação bimensal *La difesa della razza*,* quinze anos mais tarde, exibiria como exemplo de magnífico arianismo, do povo latino e sabélico. Uma cópia fiel, sim. Era loiro, é claro, a foto o comprovava. Um rosto viril, um topete! A boca, um talho reto. Sobre as bochechas e o pescoço, dois olhos firmes, arrogantes, que prometiam o melhor às moças, às criadas, e, o pior, às economias tiradas dos seus cofrinhos. Um sujeito insolente, feito para ser cercado e disputado, seguido e alcançado, e depois paparicado um pouco por todas, de acordo com a disponibilidade de cada uma. Alguém para representar lindamente o Lácio e sua juventude no *Foro Italico*.**

Essa fotografia, explicou Inês, tinha lhe custado um número inacreditável de tapas, porque ele, um dia, a quis de volta. Sim, queria a fotografia de volta a todo custo. Estava prestes a anoitecer. Ficou irritado quando ela recusou. Parecia um louco. Esbravejou na cara dela, xingando-a disso e

---

* Revista publicada na Itália entre 1938 e 1943 que foi o principal instrumento para a promoção do antissemitismo e das leis raciais fascistas. [*N.T.*]

** Alusão ao Stadio dei Marmi, parte do complexo esportivo Foro Italico, construído em 1928, cercado por 60 estátuas de mármore representando várias modalidades esportivas. [*N.T.*]

daquilo, teve até coragem de bater nela, e, como se não bastasse, a ameaçou. Estavam sozinhos entre dois muros, embaixo de um lampião quebrado, no Clivo Publício, em Rocca Savella, onde moram os fidalgos. Anoitecia. Mas ela aguentou os tapas sem piscar. Ficou firme. Pelo menos aquela lembrança! Do tanto que tinham se gostado! E ela continuava gostando dele, mesmo se agora... a estavam obrigando a dedurá-lo.

— Mas não tenho nada para dedurar! — berrou. — Sim, ele me deu dois tapas, e daí? Foi um assunto entre nós: vocês não podem colocá-lo na cadeia por causa disso.

— Dois tapas! — O dr. Fumi, meneando a cabeça, a encarou. — Antes você disse outra coisa: não tem importância!

Enterrou a cabeça entre os ombros. Estava prestes a repetir que ela não tivesse medo: queriam apenas interrogá-lo, e não o deter, muito menos prendê-lo.

— Mas, no fim das contas, tenho certeza de que não vão conseguir: esse aí, ninguém encontra — falava, cabisbaixa e distraída. — E, depois, se for encontrado, bom, fico satisfeita. Será o fim da história... com aquela americana. — Pareceu se desculpar, como mulher, para si mesma.

A fotografia de Diomede passou de mão em mão. Ingravallo também a espiou de esguelha, como que de má vontade, na realidade com certa irritação secreta. Passou-a para Fumi, distraidamente — um gesto que significava antipatia, fadiga e vontade de ir dormir, que estava na hora: "um dos muitos". Por último, depois de alguns outros "pois é", depois de uns "sei lá", depois de um "mas eu já o vi", a foto foi entregue a Pompeo, autor da última exclamação, que a guardou na carteira de couro de crocodilo falso, e a carteira ele enfiou no peito, afirmando em alto e bom som:

— Bem, tentaremos fazer o possível.

Enquanto isso, o delegado-chefe havia feito um sinal de "venha cá" com o ancinho dos quatro dedos da mão direita. Ele, então, se aproximou. Curvado, então, esticava o ouvido em direção aos sussurros do chefe sentado, e já havia assentido várias vezes com a cabeça, olhando para bem longe, ou seja, para as vidraças empapeladas ou opacas da janela — o olhar da noite, fora, observava trepidando, venerando. Aquele ouvido escutava com o zelo costumeiro; e o doutor deixara pingar aqueles sussurros, como muitos pingos de um meimendro* raro. Ia acompanhando o movimento dos lábios com uma vívida movimentação dos dedos, em forma de tulipa fechada, o indicador e o polegar em uma oscilação disjuntiva.

Ao ver a foto do seu amado junto ao peito do Garra, a Inês, pobre criança, empalideceu. Em cima do narizinho, as sobrancelhas entristecidas se franziram, uma zanga que pareceu ira, mas não era. Lágrimas brilharam, repentinamente esplêndidas, sob os longuíssimos cílios dourados (pelos quais, antigamente, ao seu olhar de menina, a luz, a resplandecente luz albana, se rompia e se matizava nas manhãs). Desceram pelas faces, deixando lá, ou assim pareceu, dois filetes brancos, desceram até a boca — o caminho da humilhação, do assombro. Não tinha com o que assoar o nariz nem enxugar aquele pranto. Ergueu a mão como que para conter com o gesto aquilo que da solidão miserável do seu rosto poderia jorrar, para tornar perfeita a crueldade dos minutos, o frio e o escárnio da hora, o resultado de tudo aquilo. Parecia nua, despreparada, diante de quem tem a faculdade de inquirir a nudez da vergonha e, mesmo sem zombar, a julga — nua, despreparada, como estão os filhos e as filhas sem abrigo e sem sustento, na arena bestial da terra. O aquecedor estava gelado. A sala estava fria, via-se a respiração; as lâmpadas da Esquadra Investigativa eram lâmpadas do governo. Ela sentia sobre si, estremecendo, os olhares dos homens, e os rasgos, os furos, a estamenha miserável, a sórdida pobreza da roupa: uma blusa de pedinte.

* O meimendro é uma planta que aparece em textos antigos italianos como mágica e medicinal, historicamente associada com bruxaria. [*N.T.*]

Vestida daquele jeito, certamente não podia se dirigir a Deus. Quando ele a chamara pelo nome, o nome de batismo, três vezes, "Inês! Inês! Inês!", na entrada da mata, três vezes, como três são as Pessoas da Trindade... os carvalhos se contorciam em presságios sob as rajadas do vento mistral, abriram para ela o caminho da mata, atrás do andar deliberado do rapaz. Quando o Senhor a chamara de volta, com seu olhar de raios de ouro em meio à noite, pelo janelão redondo de Crocedomini, ela, ao Senhor, o que tivera coragem de responder? "Vou com meu amor", respondera àquele olhar, àquela voz. De maneira que tinha que deixar o Senhor em paz.

Baixou a cabeça e seu cabelo seco e empastado, ao cair sobre o rosto, o sombreou e, por um instante, o escondeu. Seus ombros pareceram se afilar, definhar, quase, nos sobressaltos de um silencioso soluço. Enxugou o rosto e o nariz com a manga. Levantou o braço: quis esconder o choro, proteger a consternação, o pudor. Um rasgo na costura da manga, outro na camiseta logo abaixo, descobriram a brancura do ombro. Nada mais tinha para se cobrir, a não ser aquele trapo rasgado e desbotado de uma roupa de pobre.

Mas os homens, aqueles homens, a extorquiam só com o olhar, aceso e interrompido de vez em quando por sinais e por lampejos, não pertinentes à prática, de uma cupidez repugnante. Aqueles homens queriam ouvir dela, saber. Por trás deles, estava a justiça: uma máquina! Uma tortura, a justiça. Melhor era a fome; e vagar pela rua, sentindo a garoa no cabelo. Melhor dormir em um banco ao longo do Tibre, em Prati. Queriam saber. Então? Com o que estava metido o tal Diomede? E ela calada. E eles: vamos, vamos, fale, desembuche. Não estavam pedindo a ela que fizesse mal a ninguém, no fim das contas; só que dissesse a verdade, suplicavam. Bela verdade, prender as pessoas. As pessoas... que são forçadas a se arranjar de alguma maneira; do contrário, não sabem como sobreviver. Falar, abrir o jogo. E rápido também. Nada de mal, no fim das contas. Caso contrário, ficha suja para ela. Eles precisavam, em nome da justiça, porque um grande crime, que estava em todos os jornais, havia sido cometido. Mostraram-lhe alguns deles. Papel sujo. Enfiaram os jornais embaixo do seu nariz, batendo a mão em cima deles, como que dizendo: aqui está. (Ela retraiu a cabeça.) Em nome da justiça.

— Não para fazer mal a você, nem a ninguém — acrescentou o Garra, pacato, persuasivo, com um vozeirão que vinha direto do coração.

Era da irmandade da boa morte, o Garra, aqueles com o capuz na cabeça que acompanham os mortos. Para consolar as viúvas, não havia ninguém como ele. "Diomede", a moça pensou consigo, "é certamente inocente. Tapas na cara, ser cafajeste, não quer dizer estripar mulheres com uma faca." Ficava na dela. Titubeava. "Com esses aí, nunca se sabe." Talvez fosse melhor fazer a vontade deles, pensou. Melhor para Diomede, e melhor para ela também. Aquilo acabaria, pelo menos! Dariam fim àquela lenga-lenga. Pompeo a levaria de volta para o dormitório. Ela se jogaria em cima das tábuas: dureza por dureza, conseguiria dormir. Sabe-se lá se até os piolhos não pegavam no sono, coitadinhos! Sentia-se morta de cansaço, abobalhada, esgotada.

— O que Diomede fazia? — Ela se sobressaltou. — O que eram aquelas mulheres que não largavam do pé dele? Que mulheres eram?

Ela, entre a humilhação e a raiva do grande ciúme que sentia, com o rosto afundado no cotovelo, com o cabelo que se estendia sequíssimo para além do cotovelo, ocultando totalmente sua testa... acabou dizendo, pois é, que ele era capaz de ficar até com umas bruacas... desde que...

— Desde que?

Bem, pois é, sim, não. Não era para fazer pirraça para ela que ele fazia aquilo. Era... por interesse próprio. Porque ele estava desempregado havia dois meses e não encontrava trabalho; algum outro trabalho um pouco melhor para tocar o barco.

— O que ele faz? — perguntou o dr. Fumi, com gentileza. — O que faria, se não estivesse à toa?

Os olhões do inquisidor se dilataram, um pouco amarelados nos cantos, pousaram tristemente naquele emaranhado de cabelo, que jorrava como uma fonte do cotovelo da moça.

— Eletricista! — soluçou ela, sem erguer completamente a cabeça, tirando-a só um pouquinho daquela defesa do braço e do cotovelo, para deixar a voz sair.

Umedecia de lágrimas a manga, na qual reapareceram um furo, na ponta do osso, e o rasgo da blusa e da camiseta, bem como o branco da pele, no ombro.

— Agora deve estar com uma inglesa — afirmou, recomeçando a chorar no meio daquela molhação, com palavras úmidas. — Com uma americana feia, como vou saber? Essa aí não é velha, mas tem um cabelo que parece estopa!

Enxugou o nariz no pulso.

— Ela tem grana, se tem! É só o que ela tem. — E desatou a soluçar de novo.

— E quem é? Você sabe quem é? Onde está? Não saberia me dizer? Fale, fale. Essa americana, essa inglesa...

— O senhor está pensando o quê? Está achando que eu sou o quê? Ela deve estar por aí, em um daqueles hotéis de luxo onde ficam os bacanas...

— Por aí, onde?

— Por aí, nos bairros altos, na Via Boncompagni, na Via Veneto. Que sei eu? Sei que se chama Burger... Borges...

— Entendi, a pensão Bergèss — disse Pompeo, pronunciando ao seu modo.

— Pompè — disse o dr, Fumi, virando-se —, até esta noite, consiga para mim as fichas dos hotéis.

Pompeo consultou o relógio de pulso. Ingravallo se afastou da mesa, começou a passear sobre as lajotas frias, de um lado para o outro, devagar, cabisbaixo, aborrecido. Parecia meditar sobre todas aquelas trapalhadas, como sempre fazia.

— No departamento de estrangeiros, Pompè, no fichário. Pensão Bergesse. E boa pescaria. Já que só temos um indício, vá direto ouvir o que o porteiro tem a dizer. Referências! Porteiros! Informações! Do contrário, o que esses porteiros ficam fazendo nos hotéis? — Hesitou um instante. — E nas pensões também, Pompè. Ingravallo, você também deveria dar uma olhada... nessa maldita americana.

Dom Ciccio assentiu, com um movimento de dois décimos de milímetro da cabeçorra.

— E, amanhã cedo, Pompè, vá dar uma volta na Via Veneto. Você vai encontrar a inglesa por acaso, entendeu? E, depois, você já entendeu, não é? — Pousou os olhões em Pompeo. — Trate de ir atrás dela, segui-la e pegá-la com o rapaz! — O indicador apontou para o abismo. — Depois do *rendez-vous*. — E disse, em tom triunfal: — Você deve pegá-la com o rapaz, não antes. — Nota de canto. — Depois que tiverem se encontrado! Você me entendeu, Pompè? Cabelo de estopa! — Franziu a testa. — Inglesa, inglesa. — *Pensif, minding*. — Ou melhor... por que não? — *Minding*. — Escocesa ou americana! — Breve silêncio. — Depois do *rendez-vous*!

— Entendi, doutor delegado-chefe, mas...

— Cabelo de estopa!

Sobrancelhas e cílios inexoravelmente virados para as estrelas, um tom inapelável; a palma da mão estendida, como se estivesse a refutar, a refutar qualquer objeção lícita ou ilícita, os dedos esticados como um ostensório.

— E a fotografia do rapaz fotografada aqui. — Bateu a mão no peito, com ênfase patética. — Do rapaz bonito, a fotografia do Diomede Lu-cia-ni.

— Lan-cia-ni — corrigiu Ingravallo.

— Está bem, está bem, Igravallo! Do Lanciani, do Lanceiro. — Depois, dirigindo-se aos presentes, correndo os olhos pelo círculo formado por eles, e com o tom aplacado de quem disserta *de moribus, de temporibus*: — Aquelas moças desembarcam na Immacolatella,* 150 de cada vez! No cais Beverello!** Do Conte Verde! — sentenciou, e esticou a sobrancelha até a metade da testa, indicador e polegar unidos com toda a autoridade formando um círculo. — O maior transatlântico da Cauns Láine!

Saem voando aos borbotões, de fato, da barriga do Conte Verde, como uma galinha saindo de uma gaiola que, depois de um longo passeio mundo afora, enfim é posta no chão, aberta. Os grupos descem a prancha com bolsas, algumas de óculos, espalham-se pelo Beverello entre baús, agentes de hotéis da Cook's Travels com a inscrição em fio de ouro no boné, e carregadores, e atendentes boquiabertos, vendedores de sorvetes e de chifrezinhos de coral, e gente oferecendo serviços e endereços, e inventores de ocorrências que não ocorrem, vigaristas, curiosos de toda espécie, mulheres.

— Mas... — O dr. Fumi agitou o círculo formado pelos dois dedos, destacando o mindinho. — Galinhas que botam ovos de ouro! Quando botam. O pai, a mãe, em Chicago, pensam que elas vêm para ver os quadros do Museu, para examinar como está vestida a Virgem Maria, como é bonita, como é bonito nosso San Gennaro também. — Ele caminhava balançando a cabeça para a certeza dos pais e das mães. — A capela de Fra Angelico! As salas de Rafael! Os afrescos de Pinturicchio! — suspirou. — São outras salas que essas pequenas buscam — murmurou. — A Assunção da Virgem! — exclamou. — De Ticiano Vecellio! — O sobrenome, naquela reles sala de delegacia, acrescentou decoro ao nome, como o de alguém com os documentos em dia, que a suspeita não pudesse sequer tocar. — O retrato da Virgem sem tirar nem pôr! Com aqueles sete anjos de cera em cima da cabeça!

---

* Passagem no porto de Nápoles na área do Palácio da Immacolatella. [*N.T.*]

** Principal terminal de balsas e barcos do porto de Nápoles. [*N.T.*]

Quando era vice-delegado em Frari, os cinco querubins escarlates de uma das seis virgens entronizadas de Giovan Bellino (Academia)* ficaram estampados em sua memória, memória nobre embora burocratizada, como os sete selos do Apocalipse em um céu cor de chumbo. E assim ele os havia dado de presente para a Virgem da "Assunção", na qual os meninos dançam em volta da sua cabeça, alguns com asas de pombos; outros, não; um, sem asas, com um pandeiro, aclamador.

— É o que pensam os pais, em Boston, no Brúquilin. — Bateu o indicador na testa, como um martelete. Fez dois olhos sagazes, uma cara de esperto, para reproduzir a esperteza dos pais. — Pensam que essas mocinhas viajam pela Itália em bandos, às centenas, feito meninas de escola. Cem no museu, cem no teatro, cem no aquário... vocês sabem, onde ficam os peixes, na água... cem nas termas de Caracalla, cem em São Calisto, seguindo os monges com a vela, que depois se apaga. Essas aí, Ingravallo, você entende, nem pensar. — Virou a cabeça para os subalternos. — Essas aí mal descem pelo portaló, você me entende, Ingravallo, *frrr*, *frrr*. — Esvoaçou as mãozorras, lançando-as de um lado para outro como relâmpagos, com os olhos do fulminador.

— Uma aqui, outra ali... entenderam? — E os olhos, muito brilhantes de aflição, recolheram adesões ao redor. — Cada uma por si. Deus por todas! Em Taormina, em Cernobbio, em Positano, em Baverno... — Insistiu: — Em Capri, em Fiêsole, em Santa Margherita, em Veneza... — O tom endureceu, enfatizou-se severo no crescendo, ruga vertical no meio da testa: — Em Cortina d'Ampiezzo!

— D'Ampezzo — resmungou Ingravallo.

— D'Ampezzo, d'Ampezzo. Tudo bem, Ingravallo, você é um professor de filosofia. — Franziu a testa. — Em Cortina, em Positano! Até logo! — Saudou repetidamente, com a mão

---

* Giovanni Bellini, pintor veneziano (1425 ?-1516). A *Virgem com querubins vermelhos* faz parte do acervo do museu da Academia, em Veneza. [*N.T.*]

no ar, alguém que não existia. Levantou o rosto da mesa. — Nos vemos aqui, daqui a seis meses. — Indicador para baixo. — Aqui, aqui, no cais Beverello. Daqui a seis meses, exatamente. — Calou-se. Suspirou com conhecimento de causa. — Rafael uma ova! — exclamou em um novo sobressalto, em um retorno à indignação; indignação essa que rolou e foi se amortecer atrás dos enunciados precedentes, como um trovão atrás de um temporal que foge. — Salas, pois sim! — E se agitava. — Pinturicchio coisa nenhuma! A sala que essas aí querem é outra, Pompé! Uma sala que você tem que procurar a noite inteira! — Enfim tranquilizado, com seus botões: — Até o Pinturicchio... é um outro...

As moças, assim que eram despejadas no Beverello do tenebroso ventre do Conte, logo sentiam em seus corações, e, por serem moças, vocês não poderiam culpá-las de todo, entendiam, intuíam de repente que, na terra das belas artes e dos excelentes artesãos, preferiam um pintor vivo a um Pinturicchio falecido.

Ingravallo, além de Lawrence, também tinha lido Norman Douglas: e destilara Calábria, Sardenha (rosnando), como que de ampolas de um elixir superpotente. Ocorreu-lhe que um dos dois estudiosos do eros, mas não sabia qual, um belo dia, havia se transformado em estudioso da geodesia, e considerara a possibilidade de desenhar um mapa das isoípsas masculinas, estendendo-o por toda a superfície da Terra. Portanto, em sua geodesia, triangulara também o território circeu, chegando à documentada certeza de que Circe não escolhera mal o local no qual exercer sua arte, que era a de atordoar os rapazes. Esse território do mais profícuo atordoamento, ou seja, do mais alto nível do potencial masculino, era, segundo Norman Douglas, ou segundo Lawrence, um triângulo esférico, ou melhor, geodésico. E os vértices, as balizas geodésicas extremas do inigualável triângulo, ele, Norman Douglas, ou ele, Lawrence, reconhecia que emergiam das três cidades de Régio (de Calábria), Sássari e Civitavecchia, para grande despeito dos palermitanos. "Podia chegar um pouquinho mais ao norte, esse pisto... logista", imaginou Ingravallo, rangendo os dentes de raiva. "Chegar mais para o Leste", sugeriu-lhe o inconsciente, "até o alto do Matese". Deu de ombros. "Problema dele!" E tirou, entre os dentes, a conclusão: uma conclusão injusta, que, de qualquer modo, não interessa absolutamente ao presente relato.

As fragmentadas, mas explícitas, confissões da moça continuaram a gotejar até as onze, praticamente. O despeito, ou a ira, em algum ponto do seu espírito, pareceu superar o amor, a ardente rememoração da carne. O Diomede, a princípio, a visitava na Zamira todos os dias. Parecia que o jovem em chamas não podia se conter por mais do que algumas horas longe dos olhos dela, e do ávido exercício dos próprios. Ou, ardendo, tremendo, havia acompanhado a moça, às vezes, por um bom pedaço de estrada ou estradinha perdida nos campos e solitária, atrasando o passo, entre duas moitas, com cada possível atraso do corpo e do coração — e dos sentidos. Enveredavam pela trilha que margeia o bosque de carvalhos, em direção a Tor Ser Paolo, ou pela estradinha da fonte da saúde, rumo à Casa del Butiro. Inês parecia pensar. Abriu os lábios, como se quisesse articular uma nova palavra:

— A Zamira gostava dele a seu modo. Usava-o quase como confidente.

De fato, sussurrava umas histórias compridas embaixo do seu nariz, olhando para o seu rosto, fixamente, devorando-o com os olhos — ela também, é claro, por que não? —, com uma voz balbuciante, sussurrada em surdina, como no confessionário. Cochichos! Como se rezasse para ele ou lhe desse bons conselhos — bons só para ele, que precisava especialmente daquilo, para a saúde da alma. Não parava de cochichar... *ch, ch, ch*, às vezes, para maior segurança, correndo os olhos ao redor, erguendo-se na ponta dos pés, subia com a boca até a orelha do rapaz. Os maravilhosos segredos não iam para o nariz, mas para a intimidade secreta do tímpano.

— Parecia estar rezando, uma reza dessas que não acabam mais, que esgotam a paciência de qualquer um. Pior que o terço duplo da vigília...

Como se o instruísse secretamente sobre negócios, fatos, obrigações, oportunidades, encrencas, negociações, expedientes... de uma certa importância. Zamira falava então com o Diomede, com o revirar dos olhos e o trotar dos lábios de um ministro das Relações Exteriores recém-empossado e, no entanto, já conhecido,* quando o caro embaixador, em voz baixa, contava-lhe fábulas com palavras novas, em um reservado "particular". Ao mesmo tempo, supervigilante, trata com o devido respeito e a devida distância os outros, que parecem zombar dele só de olhar, com a segurança calma das raposas, consumadas em sua arte; o focinho sutil saturado de sutis iniciativas, a cauda, de prudente experiência, e o dorso, de pauladas inesquecíveis. Na boca sem dentes, o buraco, escuro, pelo qual, entre uma palavra e outra, ela tornava a sugar a saliva já expelida, com uma espécie de sibilo um pouco úmido no qual, depois, os Rs chapinhavam de volta, como quem, lançado lá pela arrebentação, é arrastado de volta pelo refluxo. Um adiamento de bolhas pequenas, delicadíssimas, acompanhava nos lábios a recuperação, que, logo depois, com uma repentina ceifada, a ponta escarlate da língua se encarregava de aperfeiçoar. Sim, um brilho no olhar, no rosto, assim que começava a falar com o rapaz, Diomede: sim, dentro das duas vesículas serosas das olheiras, dois pontos pretos,

* Após a Marcha sobre Roma (28/10/1922), Mussolini se torna primeiro-ministro da Itália e acumula também a função de ministro das Relações Exteriores, cargo que ocupará até 1929. [*N.T.*]

os olhos, duas cabeças de alfinete. Parecia que o Cramunhão revelara a ela onde se encontrava o tesouro, embaixo da terra, a pilha impossível de encontrar dos cequins, dos dobrões, ou o elixir do amor correspondido. Um sorriso lívido torcia sua boca, de um lado, delimitando o buraco; na pele de metade do rosto, uma reverberação amarela, de dar medo, como de certos fogos doentios, da forja do Tinhoso.

— Resumindo, gostava do Diomede, aquela bruaca medonha. — Fumi voltou a encarar Inês, deixando cair o queixo, a língua pendurada, como se estivesse embasbacado. — E ele também se prestava a ser seu confidente, então. E, às vezes, ela até o arrastou para a adega para conversar com ele mais à vontade! Parecia que tinha algo importante a lhe dizer. Sem-vergonha! Na idade dela! As garotas... me chamavam até de babaca. Eu ficava nervosa! Mas quem não tem um tostão não consegue comer. Não, eu não conseguia me manter, em casa, com aquele pai que nem a cadeia queria. Então eu tinha que aguentar de qualquer jeito.

Zamira e Diomede desapareciam escada abaixo, um atrás do outro. Quanto aos motivos de todos aqueles misteriosos cochichos, "ninguém sabe, eu não sei".

— Vamos, desembuche. Mas que choradeira é essa? — perguntou Ingravallo, com dureza. — Chega de soluços!

A interrogada, pobre criatura, admitiu, depois negou, depois duvidou, depois supôs que devia se tratar, com muita probabilidade, de uma série de sugestões, ou advertências.

— Para fazer moças como nós perderem a cabeça, sem que ele entregasse o coração a nenhuma.

Um código, ou um guia de boas maneiras do amor prudente; uma iniciação ao cavalheirismo controlado, contabilizado, quando não ao cavalheirismo rentável. Nesse caso, rentável para ambos, "para ele e para ela": ela, Zamira. O Pestalozzi esboçou um sorriso, deu de ombros levemente, como que dizendo: "Eu já tinha entendido faz tempo; natural, sim, senhores".

Os funcionários, em virtude da hora, decidiram entender que Diomede, o almofadinha, devia funcionar — encargo recebido de Zamira? — como chamariz, ou como isca, para as garotas. As garotas, as pobres Vênus da roça; algumas robustas, sólidas, para quem qualquer roupinha era um sonho, na aridez e na luz inquieta do dia, entre os abrunheiros e os restolhos, ao sol de agosto. "Qualquer roupinha", pensou Fumi, "uma graça oferecida pelo mistério." E era, ele pensou, o dourado, o fumegante mistério da cidade. As roupas, os enfeites, os odores, os frascos... Uma lamela de ouro, em meio a tanta luz na noite, como um símbolo, como um salvo-conduto em um rito órfico, para entrar lá onde, enfim, se realizava a vida. Um orgasmo desconhecido para os não iniciados, mas pressentido e sonhado (com cheiro de alho no hálito) pelo coração, de noite. Um mudo "Você vive! Você viverá!", depois de rápidas forcadas de forragem, vindo das nuvens ardentes da tarde, da promessa do quente horizonte.

"O torpe mistério deste mundo", pensou, por sua vez, Ingravallo. Já odiava, em seu coração, aquele sujeito, por mais que fosse loiro. E o habitual rangido leve dos dentes, ou forte dos maxilares, acompanhou o surgimento e o desvanecer não imediato da imagem. Em sua cabeçorra de diorito, era uma imagem abominável. Algo sujo, miserável, aquele almofadinha... Aquele gigolô! "Ah", ruminou, "Diomede devia agir então como aliciador, como iniciador aos ritos sagrados do equeté perequeté; como batedor, como um pointer, apontando as codornas e as perdizes nos morros; como perdigueiro novo, para desaninhar as galinholas do pântano." Foi o que concluíram, pelo menos, todos os que estavam lá, na sala onde se via a respiração condensada sob as lâmpadas em formato de pera, reunidos em círculo em torno das palpitações de uma perdiz, entre policiais graúdos e subalternos: o dr. Fumi, Ingravallo, o tenente Di Pietrantonio, Pompeo e Paolillo, conhecido também como Paolino... o sargento Pestalozzi, "o motociclista". Inês não disse explicitamente, mas eles acharam que podiam deduzir pela apreciada historinha de descida ao antro (do ousado loiro com a Sibila de Cumas), pelos muitos, embora titubeantes e arrependidos, "não sei, não saberia dizer", que podiam registrar em autos que Diomede Lanciani, o lanceiro, também havia concedido seus favores impetuosos (pelo que a moça deixou intuir, eram sempre assim) à madura taberneira costureira e tintureira, que tirava manchas de roupas militares e civis.

Sim, concedido favores: a despeito da Vênus Entojada e de todo o esvoaçar dos seus grandes cupidos empoados. "Aquela ex-vaca velha desdentada!", imaginou Pestalozzi em seus florilégios, bastante ossolenses, a bem da verdade. Era evidente, afinal: o loiro dera repetidas provas de sagacidade e coragem à velha, por mais que, vista a obviedade das lisonjas e dos itinerários, conhecidos desde sempre e repetidos ao longo dos tempos, a sagacidade tivesse se revelado supérflua, a coragem fora mais do que nunca necessária, pensou Pestalozzi, corrigindo-se. Uma coragem despreocupada com qualquer repulsa de contingências adversas. Dera a ela o melhor, ou o pior, do próprio espírito de iniciativa. Sim, estava claro, o espírito de iniciativa... ele o havia ousadamente incutido, na maga: talvez, aliás, sem dúvida, mediante adequada remuneração.

— Já que antes ele não tinha um tostão. — Inês deixou escapar. — E agora tem.

O sargento Pestalozzi pareceu lembrar, sem dificuldade, da silenciosa pessoa do Diomede que ele havia encontrado no bar em Due Santi. Franziu a testa. Quase achou que poderia reconhecê-lo. O quê? Será possível? Pois é. Mas justo naquele dia? O silencioso e imprevisto aparecimento dele na escadinha — um jovem de singular beleza, sem dúvida, loiro como um arcanjo, mas sem espada, voltando de uma incursão no Abismo. O Abismo, daquela vez, devia ter sentido a pancada. Um golpe digno de elogios. Ele trazia no rosto resoluto e pálido, com as maçãs um pouco saltadas, trazia nos olhos claros e certamente azuis, essa espécie de volição insolente, quase histérica, pela qual um pintor, nas Marcas, havia se esforçado (e conseguido) aperfeiçoar as formas fisionômicas naturais das criaturas aladas celestes, quando as encarregava de certas embaixadas um tanto escabrosas. Essa volição, se fosse descrita em palavras, seria transcrita com os conhecidos termos: "Tudo deve seguir seu caminho, que, antes de ser o 'seu caminho', é o meu, já que eu sou um arcanjo. Se alguém for de opinião contrária, eu logo dou um jeito com este porrete aqui".

A princípio, porém, ele não pareceu muito convencido, embora fosse uma criatura excepcional, de estar cara a cara com um sargento dos carabineiros — um sujeito que não lhe agradava muito, tão vermelho e preto, e que não agradava a quase a ninguém, em certas circunstâncias. Mas ele, esperto, viu logo que o sargento havia molhado o gogó com uma gasosa. Pois é, ainda bem.

Tendo ido a Roma para trabalhar como eletricista, conforme disse à Inês, ele encontrara trabalho em uma loja ganhando sessenta liras por semana, "mas foi despedido". De maneira que, depois, fazia um bico aqui e outro ali por conta própria.

— Ia nas casas para consertar os fios quando estavam gastos, ou para fazer a instalação em um quarto, em um apartamento novo; de preferência, de uma velha gagá — insinuou, e se irritou. — Também para trocar os fusíveis e consertar as campainhas, quando dão defeito e não querem mais tocar, porque ali moram certos grã-finos, e especialmente as esposas, que se apavoram só de pensar em tocar nos fusíveis da eletricidade. Nossa Senhora! Correndo o risco de levar um choque. E, depois, se pensarem bem, quem ia ter coragem de subir até o topo de uma escada, até encostar a cabeça no teto? A não ser um pobre coitado que faz isso para ganhar o próprio pão? E ficar horas a fio no alto da escada? Trançando fios, quer dizer, enfim. Para nós, para nós mulheres, aquilo deixa tudo à mostra... eu acho... as ligas e todo o resto. — Revirou seus olhos magníficos, duas joias. — Não, uma coisa dessas ninguém vai querer. — Pareceu hesitar um instante, os outros não sabiam o que esperar. — Os milaneses, bem, todos sabem. Aliás, eles se divertem com isto: são todos engenheiros.

Estava repetindo, ou foi o que pareceu, uma afirmação do rapaz.

Ingravallo coçou de leve, *zic, zic*, com o dorso do polegar, a cabeleira de angus preto.

— Trabalhava por empreitada, então. Podia indicar na casa de quem?

— Isso eu não sei, ele não me disse. Ia trabalhar na casa dos grã-finos. Às vezes, ia até na casa de uma condessa, me disse, uma que falava em dialeto veneziano. — Fez uma carinha ressentida, adorável. — E também com essa aí, acho que... se não me engano. — E parou.

— Você acha o quê? Coragem — disse Pompeo, com delicadeza.

— Acho... que ele encontrou conveniência. É um homem esperto. Encontra rapidinho onde está o defeito. E, em Roma, com as despesas altas. Não podia ser diferente.

Fumi dirigiu os olhos para Ingravallo na mesma hora em que ele os erguia, mais turvos, para encará-lo. E depois a moça.

— E essa condessa? Onde mora? Diga. — Apertou os lábios. — Onde é que ela mora?

— Para os lados da estação, eu acho, depois da Piazza Vittorio. Mas eu... não conheço bem aquelas bandas. — Corou de leve: a voz pareceu se dissolver, vacilar, tremular em direção ao choro. — Eu... que foi? Agora querem me obrigar a dedurar? Eu...

— Quanta lorota, mocinha! Ou dentro ou fora. Trate de escolher. Como quiser... — ameaçou Ingravallo, sem qualquer amabilidade, e levantou-se, sombrio.

— Uma rua larga, comprida — disse ela, titubeando entre a vergonha e o remorso. — Toda reta... que vai dar em San Giovanni.

— Entendi — disse o dr. Fumi. — Entendi tudo. — Olhou de novo para o colega, que, por sua vez, o encarava.

Diomede precisava de dinheiro. Tinha, gastava, arranjava mais, gastava esse também. Café, cigarros, a gravata, o jogo de futebol, o cinema, o bonde; até na loteria ele jogava.

— Até aperitivo ele toma, o Carpàno. — (Pronunciou assim.) — No Piccarozzi, embaixo da Galeria. Antes de ir almoçar, antes de comer. — Mas disse isso com orgulho, como se dissesse: "Tem uma camisa de seda de grã-fino, sim, senhores!".

— E onde ele come? — perguntou Fumi.

— Depende. Se está sozinho, se vira com um sanduíche. É capaz também de beber da torneira de uma fonte. Um gole de água Márcia, em Via della Scrofa, ou na pequena fonte Borghese. Mas, se estiver com certas senhoritas, com certas madames...

— Ele não era só seu, então — alfinetou Pompeo, com uma risadinha. E, roçando no ombro dela. — Vamos! Trate de se consolar, princesa!

Ela se afastou, irritada, como se estivesse enojada por aquele contato.

— Sim, sim. — Chorava. — É claro que quero me consolar. — Limpou-se com a mão, soluçou, mudou de opinião. — Bem, o que você acha? Que eu já não me consolei?

Com um novo solucinho, fez menção de pegar o lenço para enxugar o rosto, o narizinho; até que acabou limpando na manga, como sempre. Pobre criatura! O cotovelo revelou o furo, e a manga, os cerzidos e os fiapos. O pulso miserável, o braço, os ombros estremeceram em soluços desesperados. Mas levantou a cabeça. Com o rosto ensopado, olhou para os outros.

— Quando ele encontra uma que topa, quero dizer, uma daquelas mulheres... que não fazem muita história, porque é o que elas estão procurando, ele a arrasta para um restaurante elegante. O Bottaro, talvez, na Passeggiata di Ripetta, ou o Aliciaro, na Via dei Quattro Cantoni, atrás de San Carlo. Ou talvez à Via della Vite, se ele percebe... que é uma forasteira, e que veio de longe, e de classe alta. Ele tem olho bom para isso. Até mesmo o Buco, em Via Sant'Ignazio, às vezes, pois eles são toscanos, me disse, direto da Toscana. De maneira que, ali, você tem que beber o vinho deles, que é mais caro, porque tem mais fama de luxo.

— Entendi — murmurou Fumi, a cabeçona sobre a mesa.

— Toscanos! — retomou ela, e, virando a cabeça, com uma das mãos, jogou a cabeleira para trás, cachos loiros sobre os quais pareciam ter caído grandes gotas de cola. Depois, sussurrou, chateada: — Fedorentos eles também, que se danem. — A imprecação se perdeu em voz baixa na apócope do infinitivo, em um balbuciar cada vez menos benévolo da língua, dos lábios.

— Fedorentos? E o que foi que eles fizeram para você? — alfinetou o Garra, logo em seguida, com uma risadinha, diria um romancista; mas, vista a goela dele, foi como um estrondo de trombone.

— Nada, não me fizeram nada, mas sei que são fedorentos. Pronto.

— Fique quieto, Pompé. Não perturbe — disse o dr. Fumi, torcendo o nariz. E à moça: — O que você estava dizendo?

— Estava dizendo que, com aquelas mulheres, ele logo consegue o que quer, não precisa dar muito a entender. Por favor, sabe dizer onde é Villa Porchese? E estão na Via Veneto. Nos arcos da Porta Pinciana, elas estão! As idiotas! Não fica longe daqui. Também pudera! E só atravessar a rua. Ele acende o cigarro dela, talvez. Posso acompanhá-la, se quiser. Imagine se não vai querer! Comigo é diferente, vestida com estes trapos... eu morro de frio. Ele já nem quer andar comigo agora, diz que eu sou uma tonta, que pareço uma mendiga. Mas, com aquelas, não! De Porta Pinciana ao jardim do lago, ao terraço do Pincio, não é uma caminhada de causar dor nos pés. Duas palavrinhas andando pela rua, virando-se de vez em quando para se encararem, fitando no fundo dos olhos um do outro. Eu sei, eu sei como ele faz.

— E você?

— Eu? Eu me ferrei, foi isso que eles fizeram comigo, que nem sei onde ir para comer um naco de pão, que por pouco não me atiro no rio. Para aquelas lá, tem sempre um almoço bem quentinho, ou, na pior das hipóteses, um jantar.

— E a gaita?

— Que gaita?

— O dinheiro, quero dizer, quem põe a mão no bolso? — interrompeu de novo Pompeo, esfregando o polegar e o indicador.

— Calado, Pompè, você já está esgotando minha paciência — advertiu Fumi. Depois disse a ela: — E esses almoços, digamos, esses jantares, quem paga?

— Ele paga, é claro — rebateu a moça, com altivez e dolorida inveja. — Mas o dinheiro é ela que passa para ele, por baixo da toalha, ou na entrada do Bottaro — (inveja da rival financiadora) — enquanto ficam olhando na vitrine... os pratos do dia que estão escritos lá. Se tem frango ou carneiro. Porque já combinaram tudo entre eles, quando estavam a caminho. Ele é guia de turismo registrado, já prestou os exames, só falta ir buscar a licença na Via Panisperna, mas precisa ainda de uns papéis, uns selos. Ele sabe de cor todas as cantinas de Roma, mas seria um papelão para ele, e para ela também, se descobrissem que é ela quem paga. Aqui não é como em Paris. Aqui tem o Papa.

Riram. Por último, cansada, chorando, ereta na luz bolorenta da sala, ela falou, resplandecente. Os cílios, loiros, virados para o alto, irradiavam acima da seriedade luminosa do olhar. As lágrimas haviam lavado as íris castanho-escuras, as duas gemas turquesa que as envolviam. O rosto surgia sujo, cansado.

— Até da tia, se é que é tia mesmo, pegou emprestadas cem liras. Uma vez que tinha pressa de ir não lembro aonde. E acho que ela nunca mais viu aquela nota de cem. Ela é mulher de um mal-encarado dos diabos, que diz que era padeiro, mas que nunca põe os pés em casa.

Com a Zamira, estavam brigados.

— Talvez porque ele tenha me convencido a sair de lá, e ela ficou uma fera. Você vai se arrepender, me dizia. Aquela bruxa! Ouça o que eu digo, você vai se arrepender, queridinha! Com aqueles olhos de megera! Ele me fez tocar em um chifre de coral,* ele também tocou. Sim, foi ele quem me convenceu. Por isso que eles brigaram. Talvez por isso, ou talvez, quem vai saber? Porque não tinha mais interesse entre eles. Ela é uma bruxa, uma puta roceira. Até na África ela foi fazer a vida! Quinze anos atrás. Por dinheiro, é capaz de degolar com faca até mesmo o próprio pai. Ele me tirou de lá.

— E por isso eles brigaram? — perguntou Fumi, pouco convencido.

A moça não ouviu a pergunta.

— Ele, por outro lado, dá para entender. Um homem daqueles! Por nada, pois é... por muito pouco! Mandou que ela procurasse outro. Disse que nunca pensou em trabalhar de graça. Vocês mulheres, disse, só entram com um pouquinho de paciência. E só ficam quietas dois minutos. Uns suspirinhos. Enquanto isso... *domino vobisco*, até mais! Até a próxima! Mas, para nós, ele disse, nós, e estufou o peito, para nós, é outra história.

— Vocês ouviram? — disse o dr. Fumi, muito abalado, como quem ouve ou vê sendo bombardeadas ou caçoadas, por imprevista zombaria ou bomba, as mais sagradas, as mais arraigadas opiniões sobre a bondade da natureza humana.

Correu os olhos à sua volta: tristes, como se estivessem pedindo ajuda aos colegas investigadores. O pescoço afundara em seus ombros, como se um apóstolo mal-humorado tivesse batido com o calcanhar em sua cabeça, A cínica desfaçatez daquelas tiradas do rapaz, contadas por Inês, pareceu colocar um ponto-final no relato.

---

* Tocar em um chifre de coral vermelho para afastar o azar e o mau-olhado é um costume difuso principalmente na região sul da Itália. [*N.T.*]

Estavam prestes a dispensá-la, e Paolillo já estava se preparando, um bocejo irrefreável comprometendo suas bochechas, que ansiavam por um comprometimento bem diferente àquela altura. Mas, tendo enxugado as lágrimas, ela foi soltando uma palavrinha ou outra, como um adendo ao que havia dito; com voz calma, sonora, como se estivesse retomando uma "ária" que havia emitido anteriormente para a alegria dos ouvintes.

— Ele também tem um irmão mais novo que se chama Ascanio. Esse também deve ter andado pelo palácio onde mora a condessa veneziana. Um homem bonito, esperto como ninguém! Sempre com medo de não conseguir se safar, parece. Alguém que olha para você de cima a baixo, e depois fecha as pálpebras de repente; parece um gato quando quer dar a entender que está com sono, mas, na verdade, aprontou alguma travessura pior do que de costume, e sabe disso, mas não quer que você fique sabendo. Um garoto esperto, como o irmão, mas de outro tipo, entre o coroinha e o entregador, daquele padeiro lá de baixo.

— E esse seria o irmão caçula, o irmão mais novo, Ascanio Lanciani — disse Fumi, pensativo, convidativo, mergulhando com toda a língua na sílaba "cia" de Lanciani, *more insolito*.

Mas o leite já havia sido derramado àquela altura.

— Sim, Ascanio. — Ela foi abrindo o jogo. — Ascanio.

Ingravallo teve um sobressalto, que conteve, um rosnado da alma — como um mastim cochilando em sua desconfiança profissional que desperta, à noite, o passo felpudo e cauteloso do Provável, do Improvável.

— Um rapaz que trabalhava em uma loja, na loja que vende frios... Ele também, um pouco aqui, um pouco ali. Depois deve ter circulado pelos vilarejos, com um mascate. Eu o vi justamente no domingo passado, dia 13 deste mês, vendendo leitão assado com a avó...

— Onde?

— Na Piazza Vittorio, ele até me deu um sanduíche rapidinho, por baixo do avental; é alguém que sabe fazer mágica. Com aqueles olhos, branco de medo que a vó visse, com aquele topete. Disse: “Não conte a ninguém que você me viu por aqui”. Por que será? Sei lá! Sempre cheio de mistérios! Um sanduíche com um pedaço de leitão com alecrim. Era comida para dois dias. Mas sem deixar a avó ver. Aquela bruxa era até capaz de bater nele, se percebesse. Já tinha me olhado atravessado quando viu que eu estava conversando em voz baixa com o rapaz...

— A que horas foi isso?

— Deviam ser onze. Eu estava morta de fome. O sino principal, de Santa Maria Maggiore, não parava de badalar... para conseguirmos uma graça de São José, que é tão bom, dizem. Sábado era a festa dele, mas eu já estava aqui. De fato, ele me fez esbarrar com Ascanio, que me deu o sanduíche. Quando ouço aquele sino, parece que minha avó está na cadeira de balanço; para a frente e para trás, para a frente e para trás, *brrr, brrr*, a cada impulso que dá, deixa escapar uns ruídos também por trás: *brrr, brrr, brrr, frrr, frrr*... Que fome! Eu disse com todas as letras que estava com fome, que era uma boa cliente, enquanto ele continuava a berrar: “Olha o leitão! Olha o leitão!”. (Que, por aquele preço, ninguém queria.) “Olha o leitão de primeira!” Ele me entendeu, já tinha entendido só de olhar para a minha cara. Foi a última refeição que eu fiz, um pouco de sustância antes de vir parar aqui. Ainda bem!

O acaso (*non datur casus, non datur saltus*), bem, parecia que, naquela noite, pelo contrário, era ele que havia ajudado os perplexos, corrigindo o rumo das investigações, mudando a direção do vento; o acaso, a sorte, a rede, um pouquinho desfiada, um pouquinho esfarrapada, da patrulha noturna, mais do que qualquer sagacidade ardilosa ou dialética minuciosa. Ingravallo mandou chamar o Deviti (ele estava lá, daquela vez) e o encarregou de procurar, pela manhã, o rapaz mais jovem, Ascanio Lanciani. As características do sujeitinho... podiam ser fornecidas imediatamente por Inês, um retratinho-falado nos conformes. E devia também explicar a ele onde ficavam a barraca e a avó, onde vendiam leitão assado. Sim, na Piazza Vittorio, sim; lá tinham o ponto. Foi entregue ao Pestalozzi a cópia de uma lista, datilografada, de turquesas e de topázios, na qual todas as letras O (olho de gato, crisoberilo, espinélio) apareciam como buracos ou furos no papel de seda, redondos justamente como as letras O; úlceras de uma exatidão e de uma deliberação operativas não adequadamente contempladas pelos orçamentos. Alguns eram topázios propriamente ditos, embora desprovidos de acento circunflexo, outros eram *topa-tias*: as joias da agredida em domicílio e destopaziada Menecazzi, que era reintegrada, daquela vez, na posse definitiva e no gozo pleno, de fato e de direito, das letras Z do seu sobrenome; porém, fora alegremente trocado o *ga* da região do Pó pelo *ca* centro-itálico. Foi assim que aconteceu, nos documentos da implacável administração, da qual temos a honra e o prazer de receber os papéis e os carimbos necessários para viver, que a recuperação de um Carlo Emilio a partir de um Paolo Maria, precedido, por sua vez, pelo nome do grande morto de Canas, foi contrabalançada pela aparição de um Gadòla — que, por isso, é obrigado a brilhar na execração pública no lugar de um Gadda.* À folha da lista Menecazzi, foi acrescentada outra lista (Ingravallo, estendendo ao sargento Pestalozzi a segunda folha, pousou os olhos nela), mais soturnamente horrenda e esplêndida: a das outras joias, guardadas outrora no estojo de ferro da primeira gaveta da cômoda da sra. Liliana.

---

* Aparte no estilo tipicamente complexo e irônico de Gadda para narrar um erro burocrático que, segundo o relato, o viu registrado como Paolo Maria, e em seguida como Emilio Paolo (daí a referência a Lúcio Emílio Paulo, cônsul e militar romano que morreu em 216 a.C. na Batalha de Canas), e com o sobrenome Gadòla, em vez do seu nome correto: Carlo Emilio Gadda. [*N.T.*]

CAPÍTULO 8

O sol ainda não tinha a menor intenção de surgir no horizonte e o sargento Pestalozzi já saía (de motocicleta) do quartel dos RRCC* de Marino para se catapultar até a birosca-ateliê onde não era minimamente esperado, ao menos como sargento em serviço. As moças, e antes delas a maga, tinham farejado, sim, no ar, um certo interesse indefinível, percebido em seguida certo *zum-zum-zum* circunscrito dos carabineiros (como moscas terríveis quando, de repente, um novo milagre começa a odorar no campo), do subtenente e do sargento em especial, em torno da suave fragrância da malharia, e até a soleira da baiuca e também lá dentro, no balcão; um vaivém que não era o habitual, que do dia 17 ao 18, de quinta a sexta-feira, no decorrer de 24 horas, havia se objetivado em um cachecol de lã verde. Sim, e provavelmente, senão certamente, afanado. Daí a urgência, para o beneficiário da transferência de propriedade, de levá-lo para Zamira a fim de ser tingido. O novo, e talvez até um pouco intensificado, *zum-zum-zum* dos brutamontes vestidos de cinza-esverdeado ou preto e vermelho,** daquela vez, não podia ser atribuído a uma premente necessidade pessoal, ou seja, ao transbordamento da linfa eterna por entre as estreitezas da disciplina. Nada disso! O diligente e cada vez mais apertado cerco ao ateliê, ou melhor, ao casebre

* RRCC, sigla dos Carabineiros Reais. [*N.T.*]
** Cores dos uniformes da polícia e dos carabineiros. [*N.T.*]

que o abrigava, caracterizara-se, nos últimos dois dias, por um *zum-zum-zum* real e carabineiresco, obviamente atribuível a um determinado caso de gatunagem. Em suma, por um *zum--zum-zum* benemérito. Portanto, elas, as moças, qual é? Bico calado. Só costurando, cortando e tricotando: *tritric* e *tratrac* na máquina. Os dois fardados, o tenente e o sargento, um após o outro, e quase competindo entre si, tinham disparado, com eficaz displicência, como se não passasse de uma curiosidade momentânea, aquela perguntinha imprevista, e depois prevista e esperada, sobre o cachecol: como era, de que cor era, se era de pano ou de tricô, feito à mão ou feito à máquina. Uma velhinha o perdera, segundo eles... ao descer do bonde. A Zamira soprou, pelo buraco, bolhinhas de saliva que perolaram seus lábios, nos cantos — era seu jeito de palpitar, de participar. Fazia, podia-se dizer, um convite com as pálpebras, o mais emoliente, o mais edulcorante, convite de *mi-carême*. Mas uma outra jovem, quase uma noiva, aquela que, diante do coração paterno do tenente, era a rosa desabrochada e purpúrea do buquê das flores cândidas em botão, flechara os olhos dele com os "seus" olhos. Um olhar rápido e luminoso de adepta; aquela flechada tão orvalhada de inteligência havia sido mais do que suficiente para o tenente. Para combinar com parapatia imediata, um encontro, vespertino e casual, ah casual, casual, na metade da estradinha de Santa Margherita in Abitacolo, em uma hora sem vivalma. Lá, então, o cachecol foi a ele apresentado (em ideia): verdíssimo, e, no fervilhar dos cochichos, também vieram à tona a carroça, o mês de março e a chuva horizontal, a lua nova e todas as ventanias de março, e o vinho quente oferecido ao cavalo — pobre animal! — em uma bacia. E, o que era mais importante, a empresa Ciurlani de Marino. Então, finalmente, o nome, sobrenome, apelido, domicílio habitual do referido homem ou "namorado", com algumas informações suplementares, algumas dicas sobre as feições, sobre o caráter, tipo, modos, aparência, cadarço dos sapatos. O macacão, todavia, bem como o boné, não aparecia no retrato; uma pergunta específica do tenente ficou sem resposta. No ateliê-birosca de Due Santi, todas as moças, todas as vezes, e até mesmo a Zamira, tinham se perdido em uma inocência sonhadora, ficaram caladas, interrogando, por sua vez, com os olhos, os interrogadores. Ou tinham dado de ombros, ou contraído a boca em sinal de ignorância.

Por volta de segunda-feira, então, aquele zelo um pouco recente dos carabineiros se aquietara por completo. Um militar havia parado lá, é verdade, descendo da sua bicicleta para pedir uma gasosa. O oscilar da maçaneta da porta de vidros (coloridos) deu o oscilante aviso prévio de um freguês, e ele apareceu — era um carabineiro de passagem. Tomada a gasosa, quando o relativo gás, como de costume, evaporara de volta naquela espécie de criptoarroto anasalado que se segue a uma beberagem do gênero, o militar desabotoou o paletó, abrindo-o para ter mais conforto e respirar melhor. Uma maçaroca foi tirada de lá, mais recheada de papéis do que um sanduíche de frios; uma carteira podre, órgão indispensável, para o suado e mísero carabineiro, para efetuar o laborioso pagamento de uma "bebida". Aquele seu dedilhar nas botoeiras, devolvendo os mais nobres botões do uniforme a um esplendor mais livre, permitiu às moças, sem falar da costureira-mestra, lançar uma olhadinha furtiva, mas certamente experiente, às linhas vívidas do tórax, apreciar o estado de espírito do saciado de sede, paz, vigor, distensão, inibição, orgulho, e lançar esse estado de espírito no ativo do patrimônio geral da humanidade. Excluída, naquele momento, qualquer incumbência meritória, qualquer "causa" ou razão de serviço.

Então, era 23 de março, no quartel dos Carabineiros Reais em Marino. Depois de se levantar à noite, descer ao raiar do sol, um militar esperava no pátio. O Pestalozzi surgiu da escuridão, sombrio, por baixo do arco e caminhou até o veículo; distinguia-se a bandoleira, branca, evidenciando o desembaraço dos gestos em um elegante aparato de autoridade. Poucas palavras ao subalterno, breve inspeção da fera enlameada até o focinho. Uma vez no selim, com um pé no chão, o esquerdo, ligou o motor com o direito. A sentinela tinha escancarado os batentes como para a saída de uma grande carruagem, de príncipe romano apostólico e duque de Marino. Pestalozzi parecia preocupado. Quarta-feira, dia 23, pensou. De fato. Ergueu os olhos para a torre, que um derramamento de luz quase amarela, de uma lâmpada coberta, tingia no alto e de raspão, logo abaixo da aspereza sobrevivente da cornija em fastígio. No relógio da torre, 6h25: o mesmo no dele, exatamente. Como companhia, convocara aquele carabineiro, cujo traseiro já arriava a garupa, e que estava, por sua vez, prestes a pôr os pés nos estribos, apertando a cintura do superior, com as duas mãos, e esperando o primeiro disparo do motor. Ele calcou com o direito, reiterou a partida. O cilindro enfim começou a gorgolejar, a máquina a fremir, a bater as asas. A sentinela bateu continência; atravessaram a soleira. A curva não ocasionou quedas. Mas pesavam, ambos, sobre os pneus. A pista de seixos era escorregadia, em forte declive; uma película de lodo, em certos trechos, a tornava mais perigosa. A alazã com os dois cavaleiros na garupa foi descendo contida, resfolegando; virou à direita, depois à esquerda, rumo à porta do povoado, entre muralhas escuras e sombrias de *peperino*, sob janelinhas quadradas, providas de barras de ferro enferrujadas para encarcerar as trevas. Um lampião público balançou, despedindo-se dos fugitivos, em meio à pobreza escura e pedregosa do povoado. Saliência que saía dos muros cobertos de líquens que se retraíam em escarpa, como muralhas de castelos — menina dos olhos dos orçamentos bem-intencionados, soluço derradeiro das vísceras do vice-prefeito para a solidão de uma estrada antes do nascer do dia, de onde, à noite, sibilando, o vento da tramontana se precipita, ou onde o vento siroco amaina e para, três noites mais tarde. Desceram até a porta da aldeia.

Passando a arquivolta, a estrada começou a se estender rumo à Via Appia, atravessando olivais recém-prateados pela manhã e esqueletos inclinados de videiras nas vinhas. Depois se enrolava, feito estola, sobre as costas molhadas do monte. Na primeira curva, mudou também o panorama. Pestalozzi levantou a cabeça um instante, desligou o motor, freou, interrompeu a corrida com certa cautela; parou dois minutos para conjecturar a manhã.

Era a alvorada. Os cumes do Álgido, dos montes Carseolani e dos Velini estavam inopinadamente presentes, cinzentos. Magia repentina o Soratte, como um rochedo de chumbo, de cinzas. Atrás dos maciços de Sabina, através de desfiladeiros e frestas que interrompiam o contorno dos cumes, o céu ressurgia ao longe em finas estrias de púrpura e mais longínquos e incendiados pontos e esplendores, de enxofre amarelo, de escarlate; estranhas lacas, nobres reverberações, como de um cadinho das profundezas. Cessada a tramontana do dia anterior, para alternar os auspícios, a baba quente, na pele e no rosto, o hálito gratuito e já minguante de uma rajada de siroco. De lá, de trás de Tívoli e de Cársoli, flotilhas e nuvens horizontais encrespadas por cirros, com flocos falsos de açafrão, atiravam-se à batalha uma depois da outra, enfileiravam-se alegremente para se esfiapar. Para onde? Onde? Sabe-se lá! Mas decerto para onde o almirante delas ordenasse que fossem se danar, como, para nós, o nosso, com todas as velas estufadas ao vento. Instáveis, mutáveis fustas bordejavam, em grande e irreal altitude, naquela espécie de sonho invertido que é a nossa percepção. Ao despertar da manhã, bordejavam os penhascos cinéreos das montanhas dos Equi, a nudez caiada do Velino, os primeiros baluartes da Mársica. Pondo-se outra vez em movimento, o motorista obedeceu à estrada, a máquina se voltava para as curvas, inclinando-se com os dois homens. A metade oposta do clima, lá, lá em cima do litoral de Fiumicino e de Ladíspoli, era um rebanho marrom, esfumando em certas manchas plúmbeas: ovelhas enlameadas, apertadas, compactas, mordidas no rabo por seu cão, o delas, o vento, aquele que torna o céu chuvoso. Um trovão ou outro, *rrrooo*, filho da mãe!, também teve a audácia de se fazer ouvir no dia 23 de março!

O sargento pisou fundo, acelerou rumo a Fontana. À direita, onde a planície se adensava de casebres e descia até o rio, Roma surgiu alongada como em um mapa ou em uma maquete: uma leve fumaça, em Porta San Paolo, uma proximidade clara de infinitos pensamentos e palácios que a tramontana havia limpado, que a morna chegada inesperada do siroco, algumas horas mais tarde, com a malandragem habitual, transformara em imagens fáceis e suavemente desbotadas. A cúpula de madrepérola; cúpulas, torres, manchas escuras de pinheirais. Ali cinzenta, lá toda rosada e branca, véus de crisma, açúcar em uma *haute pâte*, uma pintura matutina de Scialoja.* Parecia um relógio achatado no chão, que a cadeia do Aqueduto Cláudio ligava... unia... às misteriosas fontes do sonho. Lá ficava o quartel-general da Arma. Lá, lá, muitas luas além, sua requisição sonhada esperava, esperava. Como peras, nêsperas, o amadurecimento de uma requisição também se destaca por aquela capacidade de aperfeiçoável maceração que a capital do ex-reino confere ao papel, medida por um tempo não circular, mas inerente ao papel e aos relativos carimbos, de incubação e de indolência romana. Adornam-se de muda poeira todas as pastas e fichários dos arquivos; de pesadas teias de aranha, todos os caixotes do tempo, do tempo da incubação. Roma doma. Roma choca. No palheiro dos seus decretos. Chega um dia, enfim, em que o ovo da almejada promulgação irrompe das suas vísceras, do cano de descarga do labirinto decretal, e a relativa resposta, aquela que habilita o macilento solicitante a bater aquele ovo, batê-lo

* Toti Scialoja (1914-1998), pintor e poeta romano. [*N.T.*]

pelo resto da vida, é fulminada pelo destino. Em mais de uma ocasião, a habilitação chega com a Extrema-Unção. Habilita o destinatário em estado de coma a exercer, com a segurança de um documento por escrito, aquela arte sonolenta, aquele ofício capenga que, veladamente, havia exercido até então, até a Unção: e que, dali em diante, *de jure decreto*, se esforçará para exercer, um pouco de cada vez, no inferno, com toda a tranquilidade proporcionada pela eternidade.

O sargento descia depressa para Due Santi. Era um dia incerto, o siroco parecia ter bebido dos pântanos. Mas o vento do deslocamento e alguns pingos finos, como chumbinho de espingarda no rosto, prenunciavam a alacridade da investigação e das frutíferas intervenções nas horas úteis da manhã. Tocando a buzina para um ganso, que se delongava chacoalhando a bunda como um pato na estrada, triturou um semipalavrão entre dentes. Foi justo naquele momento que reaflorou e relampejou em sua mente, alucinada por ter despertado tão cedo, o sonho interminável da noite.

Tinha visto no sono, ou sonhado — que diabos fora capaz de sonhar? — com um ser estranho, um torpe... um torpázio. Tinha sonhado com um topázio. O que é, afinal, um topázio? Um vidro lapidado, uma espécie de farol muito amarelo que aumentava, crescia a cada instante até se tornar logo depois um girassol, um disco maligno que fugia dele, girando à frente, e quase que embaixo da roda, da motocicleta, como que por silenciosa magia. A marquesa queria o topázio, estava bêbada, berrava e ameaçava, batia os pés, a cara, nervosa com estranha palidez, dizia obscenidades em veneziano, ou em dialeto espanhol, mais provavelmente. Dera uma bronca no general Rebaudengo* porque seus carabineiros não eram capazes de alcançar, em nenhuma rua ou estrada, o

* Giovanni Battista Rebaudengo (1814-1855), comandante dos Carabineiros Reais. [*N.T.*]

maldito topázio, o amarelázio. Tanto que, na passagem de nível de Casal Bruciato, o vidro girassol... direita volver! E tinha desaparecido ao longo dos trilhos, assumindo a aparência de um ratázio e soltando risadinhas *rat-rat-rat-rat*; e o Roma-Nápoles corria, corria a toda velocidade atrás do crepúsculo e já quase na noite e na escuridão circeia, com seu diadema de relâmpagos e de fagulhas espectrais no pantógrafo, pipa saturada de eletricidade. Até que, tendo percebido que aquela rotação doida ao longo das paralelas fugidias não era suficiente para que ele se salvasse, o ratopázio saiu dos trilhos, lançando-se ao campo de noite, rumo aos canais sem foz de Campo Morto, ao matagal e ao emaranhado do litoral de Pomezia. As mulheres no posto de guarda-linha berravam, gritavam que ele tinha enlouquecido, que o detivessem, que o algemassem. A locomotiva o perseguia pelo pântano com os dois olhos amarelos, vasculhava tanto o juncal quanto a escuridão até longe, onde os nomes rareiam, ao pé do monte da condessa Circe, onde luminárias e guirlandas balançavam sobre os mirantes da praia, ao sopro serôdio do mar. Nereidas, lá, recém-saídas das ondas e imediatamente despidas de suas vestes de algas e espuma, entre o vaivém dos garçons de branco e dos sifões gelados e dos canudos, costumavam alegrar a noite enfeitiçada de Castel Porcano.* A condessa, em meio a lânguidas cantilenas, pedia uma ampola para o sono, para o esquecimento, para os arabescos vãos, para as ausências do sonho. Do sonho de não ser. Em Castel Porcino,** sob festões de lâmpadas amarelas de dois watts e balõezinhos embriagados e docemente obesos no inflar e murchar de cada melodia, a maga da tabaqueira (perpetuamente) aberta, ao cheirar rapé, evocava os iminentes suínos, aqueles que, por meio daquele filtro e daquele aroma, voltariam a ser porcos

---

* Jogo de palavras com a localidade de Castel Porziano, vinte quilômetros ao sul de Roma. [*N.T.*]
** Vide nota anterior. [*N.T.*]

focinhudos, após terem sido burros orelhudos na escola, dos porretes e dos estratagemas. As alunas, branquíssimas, exceto pelo trígono peloso, já se desvencilhavam de todo veto restritivo dos pais, contorciam-se em mudo oferecimento, que, de lenta, contida e mourisca sarabanda, ia aos poucos se exaltando até o ritmo trocaico de uma *estampie,** na qual a batida resoluta do pé oferecia fortes ársis ao assoalho, enquanto a súbita ereção e o estremecimento do pescoço e da cabeça lançavam o cabelo no abismo, significando a indômita altivez da cerviz e do espírito, reforçada pelo *taratatá* das castanholas. Intervindo, então, no coro, a agressão dos homens nus (e nem por isso hebetados), a *estampie* se exasperava em sicínio,** em dança simuladamente apotropaica: um bando de peitudas assustadas fingia ter horror de um bando de sátiros, escondendo-se e protegendo-se, com as mãos e com a fuga, dos seus rubescentes e fumegantes tirsos, já meio imbecilizados, a bem da verdade, pelo excesso de celebrações, com o nariz. Àquela altura, caindo entre suas pernas como o raio sombrio de todas as cócegas e de todo acontecimento sombrio, o ratopázio doido, de repente, assustou as belas mulheres. Como estilhaços de um coração explodido, elas correram em todas as direções e para todos os cantos, interrompendo de chofre, só de ver aquele endemoniado roedor, seu rebolativo e mamilescente sacerdócio. E eram gritos e agudos indizíveis enquanto dardejava lá e cá o bigodudo como setas de balestra, preta e pontiaguda almôndega. Muitas, esquecendo-se de que estavam nuas, fizeram o gesto de baixar a saia até os joelhos para proteger uma delicadeza indefesa: mas a saia era pura imaginação. E a delicadeza, também.

Assim, em seu delírio, elas haviam buscado uma salvação na fuga, nos espelhos do pântano, nas sombras dos juncos,

---

* Composição musical medieval ocasionalmente acompanhada de uma dança caracterizada por batidas dos pés. [*N.T.*]

** Antiga dança frísia desenfreada em homenagem ao deus Sabázio. [*N.T.*]

na noite, na mata prateada das azinheiras, dos pinheiros litorâneos, nos refluxos livres da praia, dominada por um borbulhante marulho; outras, poetisas e oceânides precipitadas dos penhascos lunares do monte Circeu, tinham se atirado nas espumas do mar. Mas a condessa Circe, embriagada, jogava a cabeça para trás, seu cabelo molhado recaía (enquanto balõezinhos amarelos riam e balançavam em chinês) na entorpecida benignidade da noite — encharcado de um xampu de *white label.* A fenda da boca, como em um cofrinho de barro, arqueava-se vulgar até poder tocar as orelhas, partia seu rosto como uma melancia após o primeiro corte, em dois bate-bates, em duas solas de chinelo, e, dos olhos arregalados, cujo branco embaixo da íris era visível como o de uma Teresa repossuída pelo demônio,* escorriam lágrimas etílicas, gotas azuladas, pérolas opalescentes de um Pernod de contrabando. Invocava a garrafa do ratafiá, chamava os auxílios do Papá, do Papé, do grande Aleppo,** do invisível Onipresente, que era, ao contrário do abjeto Onivisível, proclamado salvador da Itália, onipotente ao praticar cócegas, qualquer tipo de cócegas; tanto quanto o outro era impotente para levar a cabo seja lá o que fosse, e muito menos suas verborrágicas bravatas. Ela destilava pérolas azuladas, lágrimas de babosa, de terebinto e de vodca; a cabeça jogada para trás, o cabelo perdido na noite. Com os dois dedos, polegar e indicador, com um topázio amarelo em cada, levantara a saia, na frente, mostrando a todos que usava calcinha. Usava calcinha, a santa mulher: sim, sim, sim, usava, usava. O rato endiabrado enveredara por aquele caminho, que era o caminho do dever, para ele e para seu farejante medo. Trepava por suas coxas como uma hera, gordo e tremendo de terror, provocava nela risadas, gargalhadas tolas, fazia com que ela se contorcesse de cócegas. Lá estava.

---

* Referência à escultura Santa Teresa em Êxtase, de Bernini, localizada na capela Cornaro da igreja de Santa Maria da Vitória, em Roma. [*N.T.*]

** Referência a Dante, *A divina comédia*, Inferno, canto VII, v. 1. [*N.T.*]

Suas calcinhas eram de papelão e de gesso, daquela vez. Porque, uma vez na vida, tinham engessado sua ratoeira.

O sargento corria, crepitando seco, em direção a Due Santi, com o soldado agarrado na cintura, apertando as pálpebras quando batia vento, incomodado pela poeira. A decepção o despertou de repente. O tempo em que diríamos que os sonhos se estendem tem, vice-versa, a rapidez diafragmante do clique de uma Leica. É medido em fulgurantes tempúsculos, em infinitésimos da quarta ordem no tempo orbital da terra, dito comumente solar, tempo de César e de Gregório. E lá está, de repente, atrás da flotilha de nuvens que bordejava os penhascos a oriente, a opala rosa, o rosa adensado e estratificado em carmim: a lividez por toda parte, à sombra do dia nascido. Depois, finalmente, dos cumes, a maravilhosa sobrancelha — um ponto de fogo, do topo dos montes Hérnicos ou Simbruínos, a insustentável pupila, o olhar intenso e direto do bonitão, do grande farol. As cinzentas latitudes do Lácio clareavam e tomavam forma, os estilhaços das torres sem nome revestidas de púrpura surgiam como ruínas das pedras miliárias do tempo.

Quando o *bu-bu-bu-bu* calou-se em Due Santi, com uma breve derrapada das rodas, que os freios logo obstruíram e depois travaram, o militar se viu outra vez em pé sobre a terra, como se lá tivesse caído. Um ursinho montanhês, esticando, com uma das mãos não menos do que com a outra, à direita e à esquerda, a aba inferior do paletó cinza-esverdeado, que se revelou um indumento extremamente curto, sobre as opulências roliças do seu tipo antropológico. À direita da Appia, para quem seguisse em direção a Albano, a pequena porta de vidros opacos ou coloridos de uma lojinha, cujo limiar de *peperino* cinzento e gasto, do lado de fora, ficava no nível do asfalto ainda molhado. Diante da porta, à esquerda da rua que subia pacatamente, entre as duas saídas de duas ruas que iam dar naquele lugar — das quais uma os levara até lá, provenientes do quartel e do subúrbio —, a mureta de uma horta, ou de uma vinha ou de algo parecido, da qual despontavam, um tanto desordenadas, em meio ao gotejar quente da manhã, as pontas de alguns cálamos ressecados. A mureta era interrompida por um alto tabernáculo, com telhado de duas águas e volteios de estuques claros na fachada. Duas copas, com algumas prímulas e pervincas dentro, consagravam com finalidade devocional, floriam e coloriam a pedra do peitoril daquela espécie de janela da qual o divino, um tanto atordoado, se debruçava, como em uma tribuna, sobre o alvoroço da Appia. Emoldurada pelos umbrais e pelo arco abatido, a velha pintura, embora desbotada e esbranquiçada, ainda chamava atenção. Fara Filiorum Petri* dirigiu os olhos para ela, embora entorpecido pelo sono e estupefato pelas novidades do passeio. Duas figuras, ambas certamente de santos, conforme deduziu pelos indícios, isto é, pelas vestes que não eram o paletó e as calças dos homens, mas os cocurutos aureolados. Um deles, menorzinho, sem barba, escuro e calvo; o outro, duro e ossudo, com uma maçaroca branca no queixo como uma colherada de cal, o cabelo basto até a metade da testa, branco, ou assim outrora, entre o círculo amarelado da auréola. Aquelas duas túnicas, emboladas como bandoleiras sobre os ombros esquerdos dos dois companheiros, deixavam descobertas, embaixo, as canelas e, mais embaixo ainda, os maléolos repintados, e haviam permitido ao primeiro pintor, ao "criador", pôr em cena quatro pés insuspeitos. Os dois direitos, enormes, surgiram-lhe em um ímpeto, e se tentaculavam esplendidamente em dedos, estendidos em seu passo para a frente para perfurar o primeiro plano, a folha ideal (vertical e transparente) à qual está

---

* Gadda se refere ao segundo-sargento Cocullo usando o curioso topônimo da sua suposta cidade natal na região dos Abruzos, Fara Filiorum Petri, que significa "terra dos filhos de Pedro". [*N.T.*]

ligada todo ato de visão. Com especial vigor enunciativo, em uma admirável adaptação ao ensinamento dos séculos, estavam reproduzidos os hálux. Em cada um dos dois, estendidos, a tirinha de um calçado, quase imperceptível, separava e destacava o nodoso artelho naquela augusta proeminência que é só dele, do hálux, e apenas do hálux, tirando-o da tropa dos dedos de patente menos elevada, e menos disponíveis para o dia de glória, mas, ainda assim, nos atlas dos osteologistas e nas obras-primas da pintura italiana, dedos dos pés. Os dois dedões arrogantes, valorizados pelo gênio, projetavam-se, arremessavam-se para a frente, viajavam por conta própria, assim emparelhados, quase batendo no seu olho. Ou melhor, em ambos os olhos. Sublimavam-se em patético motivo central da pintura, ou afresco, pois era justamente disso que se tratava. Um céu fulgurante, uma lua de horas atormentadas os embranquecia, a qual, porém, na prática, parecia emanar das profundezas da terra, uma vez que incidia neles de baixo para cima. O zurro distante de um burrico, ao amainar do vento, com retintim de pequenos guizos. Parte da glória da gloriosa história da nossa pintura se deve aos dedões. Luz e hálux* são ingredientes primordiais e inefáveis de toda pintura que aspire à vida, que quer dizer a que veio, narrar, persuadir, educar, subjugar nossos sentidos, arrancar corações do Maligno... insistir por oitocentos anos nas representações prediletas. Os santos, sobretudo, tão carregados de tantas dádivas do Nosso Senhor, não poderiam, nem mesmo eles, carecer da dádiva indispensável dos pés, e muito menos aqueles dois,** que foram caminhando pela Appia até a Babilônia, rumo à decapitação ou à crucificação de ponta-cabeça. Eles tinham, de fato, nos pés, o instrumento físico do seu apostolado itinerante, chegando

---

* No trecho a seguir, Gadda cria um jogo de palavras, menos perceptível em português, com a assonância em italiano dos termos *luce* (luz) e *alluce* (hálux). [*N.T.*]

** Os apóstolos Pedro e Paulo. [*N.T.*]

aos pés de Enobarbo. Que pouco se convenceu, porém. Não, os santos não podem deixar de ser dotados dos dedões, assim como, aos soldados de infantaria, não pode faltar a dotação de latinhas de carne — muito menos quando um pintor italiano do século XVI ou XVII, do século XVIII ou pior, ajoelha-se diante deles e se prepara para retratá-los de baixo, com a alma de um pedicure. A luz, na Itália, é mãe dos hálux. E se você é um pintor italiano, não brinca, justamente, como não brincou o Manieroni em Due Santi, nem com a luz nem com o hálux. O metatarso de São José pedunculou-se de inimitável hálux no *tondo* michelangiano da Palatina (Sagrada Família).* Dedão esse que, na verdade, em uma parte mínima, possui tegumento pictórico do dedãozinho da Esposa — uma luz lívida e quase surreal, ou escatológica até, propõe a Ideia-Polegar, encarnando-a elevadamente, ou seja, ossificando-a nos primeiros planos do contingente, e a recupera de imediato para os hematomas metafísicos da eternidade. O mesmo metatarso protubera como dedão podálico rival do dedo michelangiano e palatino (ilustrando o milagre, ou melhor, o audigre,** da castidade viril) em *O casamento da virgem*, do Urbinense,*** hoje em Brera. O afastamento do hálux solitário e descarnado do bando remanescente dos dedinhos é tornado evidente pelas comissuras perspectivamente atraentes do calçamento limpo, onde não há casca nem crosta, nem de castanha nem de laranja, nem folha lá pousou, nem sequer folhagem, nem homem lá urinou, tampouco cão. E o dedo mestre, mesmo separado dos dedinhos, é, na sua raiz, esporoado e nodoso. Depois converge para dentro, como que forçado pela gota ou

* *A Sagrada Família*, também conhecida como *Tondo Doni*, devido à forma circular (*tondo*, em italiano), é uma pintura de autoria de Michelangelo (1475-1564). Hoje faz parte do acervo da Galleria degli Uffizi, e não mais da Galleria Palatina do Palazzo Pitti, em Florença. [*N.T.*]

** Gadda, a partir da etimologia da palavra milagre (mirar), cria o neologismo "audigre" para um milagre que se revela pela audição. [*N.T.*]

*** Rafael Sanzio (1483-1520), pintor natural de Urbino. [*N.T.*]

pelo aperto habitual de um calçado retirado por um instante, ou *domum relapsa*, deixado em casa, por ser demasiadamente fétido para a hora das núpcias. E, tornado augusto pela separação, corresponde ao alto e ereto êxtase do caule sutil ou cajado que, de noite, teve a florescência branca de três lírios, em vez do costumeiro cravo, e adquire, pela conjuntura bastante rara da inocência fabril com a fabril pobreza, valor testemunhal de traço artesanal. Mais do que um hálux de um carpinteiro descalço, daquela maneira.

No que diz respeito à iconografia dos dois santos, e dos santíssimos apóstolos em geral, ah, Manieroni não lhes dedicou as energias inesgotáveis de barbados quarenta anos da própria idade? Amparado em andaimes e pranchas não só por seu fervor de crente, mas também pelas qualidades trágicas da sua genialidade e por uma saúde de ferro, por um físico de atleta, por um apetite de profeta e por um punhado ou outro de dinheiro, de vez em quando, entregues, mesmo a contragosto, por quem o encarregava daqueles milagres. Na edícula de Due Santi, floreada e adornada de estuques pálidos como ricota, ele pôde enfim reunir e empregar na obra os títulos — todos os títulos de que, aos poucos, foi se enchendo seu pincel, em vinte anos de iniciação e de aprendizagem pictórica, e de persistente disciplina, em vinte outros de maestria barbada. Rabiscados com ímpeto e com mão firme na argamassa então fresca, ou seja, um afresco, os dois hálux, o de Pedro e o de Paulo, demonstram todo o vigor e a urgência da criação... irrefreável, da enunciação... por impulso reprimido, como que esguichados por alguma nascente ou fonte... "que da altura desce".* O "criador" não conseguia mais... se abster da criação. "*Fiat lux!*" E o hálux se fez. *Plaf*, *plaf*.

Por outro lado, também do pintor Zêuxis correm boatos de que fez um monte de bela espuma na boca do seu cavalo,

* Referência a Dante, *A divina comédia*, Paraíso, canto XII, v. 99. [*N.T.*]

espirrando sabe-se lá que esponja no seu focinho, por birra, mas o acertou mais embaixo. E deu certo. Enquanto Pestalozzi começou a remexer na máquina, abaixado e concentrado, o rapaz de trajes curtos, depois de atravessar a rua, dirigiu-se à edícula como que para uma prece ou uma promessa. Esboçou, só com o polegar, o sinal da cruz, olhou para cima boquiaberto e percebeu que os dois andarilhos seguravam a ponta da própria veste com uma das mãos, visto que, do contrário, teria se sujado pelo caminho. De fato, também era enlameada, rumo ao lodaçal da planície, a estrada, ou trecho, que ainda restava a percorrer — aquela mesma, talvez, que o Farafiliopetri via agora descer rumo a Frattocchie. Outrora, uma luz devia irradiar do alto, mas os anos, os decênios ou os séculos a igualaram à esqualidez da caiação: vencida pela luz subterrânea. O santo calvo, um feioso de cabelo preto nas têmporas, aparentava saber das coisas e ler e escrever corretamente como um advogado, ou até melhor — mas parecia diminuir o passo, e nem mesmo a contragosto, para dar a precedência ao colega. Uma espécie de direito de primogenitura aureolava a cabeça desse outro, acendia, aguçava suas pupilas, como barba hirta envolvia o queixo avidamente estendido para discernir, quase como o de um pescador vasculhando a rede. Endurecia o nariz para selecionar: o couro cabeludo grisalho, mas lanoso, a testa minimizada da parte mais dura o intitulavam de um principado que parecia de pedra. Embaixo das figuras de ambos, nas duas cártulas ondulantes, uma gravada sobre a outra, o atarracado de Farafiliopetri conseguiu ler, abrindo e fechando os lábios em silêncio, articulando-os com dificuldade sem emitir palavra: "*Crescite ve-ro in gratia e in co... co... cocotione Do-mi-ni Preti Sec Ep*".* O sargento, enquanto isso, teimava, a despeito de todos os planos anteriores,

* *Crescite vero in gratia et in cognitione Domini. Petri Secunda Epistula* (III, 18). "Crescei na graça e no conhecimento do nosso Senhor." [*N.T.*]

em querer medicar logo sua máquina, inclinado-se sobre suas vísceras oleosas. Continuava a titilar obstinadamente um cabeçote ardente ou haste, tirando os dedos de repente, toda vez com um “cacilda!”, com um “puta merda!” em voz baixa, e estalando-os sempre no ar, como que para aliviar a queimadura. “Saépe”, leu o Farafilio, “*propusùi venire ad vos et pro-hi-bìtus* [assim, mentalmente] *sum usque ad kuc Paul ad Rom.*”* Assim teve certeza de ter merecido plenamente o diploma de conclusão do primário. Ele o recebera no ano anterior, como um batista recebe o batismo depois dos vinte anos, e logo o adicionou aos seus documentos exibidos e certificados previamente: cabelo, castanho; olhos, cinzentos; nariz, reto; estatura, 1,64; tórax, 91; circunferência da pança... não é necessário. E, por fim, após o auxílio diuturno da hastada deusa das hastas, enfim aspergido pelo raio de Palas Silabante, lá estava o “título de estudo”: diploma, sim, sim, senhor, do primário.

Zamira, já que era realmente ela, desgrenhada e descomposta, com uma vassoura na mão, precedida pelo devido emaranhado de lãs caseiras e palhas e lixo indefinível, recebeu os dois sujeitos com a salivosa lubricidade do sorriso profissional e a falsidade camponesa do olhar. A careta resultante, empalidecida pela claridade incerta do tempo na janela e depois incendiada por um repentino dardo do sol, pretendeu fazer passar por muito grata a desagradabilíssima visita.

— Entrem, entrem.

Estava esperando-os? Ou intuiu sua razão, ou seu objetivo, no ato? O duro sargento quis levar para dentro a motocicleta, conhecida demais por todos para ser deixada lá fora,

* *Saepe proposui vinre ad vos et prohibitus sum usque adhuc. Pauli ad Romanos:* (1-13). “...muitas vezes me propus a ir ter convosco — e fui impedido até agora...”. [*N.T.*]

na rua. Após forçá-la a descer o degrau com suas rodas, como um cavalo não muito convencido, estacionou a muito custo perto da máquina de tricotar. Olhou para a bonitona, a maga. Ainda não tinha se penteado. A cabeleira, uma maçaroca; um emaranhado cinzento de espinheiros e de sarças. Sob as protuberâncias da testa e a calha dos dois arcos orbitais, o faiscar pontiagudo das íris, pretas, ou quase — medo verdadeiro ou suspeita, reticência, escárnio, cilada. Ladeado pelos quatro caninos sobreviventes, o fórnice, obsceno; os lábios, nos cantos, formaram uma baba de asquerosas bolhinhas, em meio ao irradiar de mil rugas, ainda não esticadas ou dissipadas pelo creme. Aquele fórnice parecia uma portinhola malvada, de onde saía a pretejar, feito cobra, primeiro a cabeça e depois todo o pescoço de um estratagema imprevisto, uma trama de camponesa alcoviteira. Os dois bocós perceberam, assombrados, o feitiço que evaporava de lá, do hálito dela, em direção a eles, como o de uma lagartixa ou dragão do qual não se conhece a habilidade em duelo. O Pestalozzi precisou, e quis, fazer um esforço para se controlar: com uma das mãos pareceu limpar os olhos, isto é, as pálpebras, sob a viseira, e desanuviar a alma e as faculdades sensoriais necessárias à investigação. "Maldita bruaca!", argumentou mentalmente. Com aquela jaculatória, sentiu-se outra vez sargento:

— As referidas Clelia Farcioni, filha de Achille, natural de Pozzofondo, e Camilla Mattonari, filha de Romolo, residente em Pavona, trabalham aqui. Onde estão?

O Farafiliorum, enquanto isso, ia coçando o traseiro à vontade, ou, quem sabe, tentando desgrudar a cueca apertada demais. Com as duas mãos, e com dois gestos paralelos e simétricos, tentou esticar o paletó sobre os quadris. Parecia uma camiseta curta demais; ele sentia vergonha, aquela insuficiência estragava seu dia.

— Fique à vontade, senhor sargento. Elas já vêm. Quem gostaria de falar com elas? — perguntou, por sua vez, a Zamira, insinuante, insolente.

Estava segurando, com as duas mãos, o cabo daquela vassoura suja de bruxa, toda fiapos, como se lá se apoiasse em repouso, e toda ouvidos. Pestalozzi, já tendo recobrado o autocontrole, fulminou a ordinária com o olhar. “Bruaca”, deu a entender, mudo, de lábios fechados, esticados, “você está vendo muito bem de quem se trata.” Ela pareceu se desmanchar em gentilezas, depois de juntar de qualquer jeito o lixo em um canto ao lado do aparador, repousou a vassoura como que para proteger o que havia recolhido.

— Vou chamar as meninas, se vocês ficarem de olho na loja para mim. Em vocês, eu confio!

Sorriu e se virou após ter pegado um xale no meio dos trapos, preparando-se para sair, rebolando, para a alegria dos abstinentes ávidos. Pestalozzi cerrou os dentes de raiva e agarrou-a imediatamente pelo braço. Uma apertadinha! A outra se virou de repente, como uma cobra cujo rabo foi pisado.

— Se elas já vêm, vamos esperá-las aqui. Não se mexa, sente-se. — Arrastou-a até uma cadeira e a jogou lá. — Aí mesmo. Mas, se não vierem... vamos levar você, desta vez.

A boa tintureira empalideceu; a dureza dele, que vinha dos montes, era dura mesmo, apesar da escola de oficiais. Santa Maria Novella* não tinha operado milagres, ah, isso não, agraciando-o com um excesso de finezas. Naquela época, as glândulas da consideração pelos outros eram coisas do futuro para um aluno; esperanças, no peito dos bandidos, de um futuro melhor, o melhor futuro daquela época. A dureza, naquele tempo, fazia parte do dever — os “cursos de relações humanas” ainda não haviam sido instituídos. As insígnias de subtenente, que uma longa promessa abanava embaixo do seu nariz, como fiapo de comida embaixo do nariz da gata, exigiam sagacidade, firmeza; dureza, se necessário. Mais

* Escola central dos carabineiros em Florença, situada no quartel Goffredo Mameli, próxima à igreja de Santa Maria Novella. [*N.T.*]

tarde, já subtenente, poderia bancar o bom homem, o falso carrancudo... cheio de compreensão. Dureza, portanto — naquele momento, tornada mais pesada pela irritação. Aquelas bufadas, os olhos zombeteiros da maga, os lascivos subentendidos, era preciso dissipar seus malefícios, romper as espirais da hipnose.

— Saia de perto da janela — ordenou ao Cocullo. — Esconda-se ali.

A moto estava guardada, protegida dos curiosos, da chuva. Mas quase todo mundo tinha ouvido seu crepitar pela estrada provincial após a descida de Torraccio, e alguns até, ele pensava, chegaram a vê-la pela janelinha do banheiro — na hora de levantar, quando se espreguiçam de cueca, zanzando pela casa, arrastando os cadarços com os tornozelos em direção à pia, uma coçadinha na cabeça, no viço emaranhado do cabelo corvino, um nono bocejo daqueles que deslocam a mandíbula, uma esfregada nas pálpebras com os mais diligentes nós dos dedos e falanges: assim o sono, tão doce de manhã, se dissipa e evapora bem devagarinho, e quase a contragosto. Então a consciência se identifica consigo mesma, volta a vestir a própria pele, sua rota casaca. Volta a contar suas favas, os eventos corriqueiros das horas de luz. Uma moto na estrada provincial. O sargento pareceu refletir.

— Será que elas vieram trabalhar todos esses dias? Ou alegaram indisposição?

— Trabalharam... — A espertalhona hesitou. — Alegraram? Em que posição? — gaguejou para ganhar tempo.

Não, em sã consciência, não podia, e também não ousava, se mostrar conhecedora daquela linguagem de tribunal. Ela era mulher sincera, toda coração, de poucas palavras, mais de atos e feitos... para socorrer as almas, os corações necessitados que a ela recorressem para um conselho desinteressado. E é sabido que os corações, por natureza... tendem a se irmanar. Aos pares. O sargento também não podia exigir dela o estilo jurídico. Não tinha motivo, e muito menos direito, de exigi-lo, com todas as sutilezas, rodeios e cavilações que o turvam, na língua dos advogados. Ah! Os advogados! Como eram simpáticos! E que clientes bons! Ficou imaginando por um instante. Mas ai dela ser uma cliente deles, ponderou.

— Alegraram quem...?

— Não se faça de boba. Não finja que não está entendendo, pois me entendeu muito bem. As duas que eu falei. Quem?! A Farcioni e a Mattonati, quer dizer, a Mattonari. Parece que, terça-feira passada, dia 15, parece... que teriam alegado indisposição. Disseram que estavam doentes.

Inventou totalmente o "disseram". Não as tinha encontrado, nem procurado. Jogou lá a terça-feira no lugar do sábado para provocar a negação, e a consequente correção. A Zamira pareceu ter dificuldade em lembrar.

— Bem, fale logo. Depressa, precisa responder, minha cara madame; não fique tanto tempo pensando. De tanto pensar, só pode sair uma mentira. Trabalharam sempre? É o que estou perguntando. Ou algumas manhãs ficaram em casa? Quero ouvir da senhora, da sua boca. Nós já sabemos, não duvide: os carabineiros sabem tudo!

— Sabem o quê? Então por que me perguntam, já que sabem?

— Eu já disse. Porque quero ouvir da senhora, justamente, o que acha disso e o que tem a dizer. Sim, a senhora, madame Pàcori, a senhora, Zamira, que tem diploma de adivinha.

Procurou-o com os olhos pelas paredes, pendurado como um diploma de engenharia no gabinete de um mestre de obras. Mas devia estar lá embaixo, junto da caveira, na sala de consulta, perto do guarda-comida com cadeado em que também ficava o *pecorino*.

Ela tentou abrir de novo o sorriso, o mais lascivo deles. Chamou de volta as babas, aspirando a umidade pelos cantos apesar do fórnice no meio. Enxugou os lábios, passando sobre eles, como uma rápida foice, a linguinha que, em seguida, depôs por um instante no limiar da impudência... da putência, diria Belli.* Era, geralmente, uma linguinha viscosa e vermelha-escura, como se costumasse passar batom nela também, e, naquele momento, aninhou-se bem dócil entre os caninos, em uma postura de espera e, talvez, de bote, pois a paliçada dos incisivos estava apodrecida desde os tempos da marcha.**

— Bem, senhor sargento, o que posso dizer? O senhor é que deve me dizer...

E balançava a cabeça para cá e para lá, parecia um bicho da seda, uma gracinha. Ao mesmo tempo, tentava sacolejar, com a maior parte dos seus atrativos mal-ajambrados naquelas primeiras horas da manhã, fazendo ranger a cadeira na qual se sentia pregada.

— Me diga o senhor, pois imagino que até o senhor sabe, *hi*, *hi*, *hi*, que nós, mulheres, *hi*, *hi*, *hi*, sendo mulheres, *hi*, *hi*, *hi*, também temos nossos incômodos... de tempos em tempos, que nos foram dados por Nosso Senhor, *hi*, *hi*, *hi*, para testar nossa paciência, coitadinhas de nós! Não é culpa nossa se não somos como vocês, *hi*, *hi*, *hi*, que estão sempre de pé!

Enojado, foi a vez de o sargento se fazer de bobo.

— Que incômodos? Deixe os incômodos de lado!

E ela, com ares de superioridade:

— Bem, senhor sargento, pense um pouco a respeito, com seu bom coração! Não vai querer dizer que não é verdade. Coitadas das minhas meninas, coitadinhas! — Em seguida, implorando: — O quê? O senhor não tem mulher? — A descarada! — Umas irmãs? Nem isso? É que hoje, pode-se dizer, todo mundo tem. Quem, hoje em dia, com todos esses homenzarrões circulando por aí, não tem um par de irmãs

---

* Giuseppe Gioachino Belli (1791-1863), poeta que usava o dialeto romano. [*N.T.*]

** Alusão à Marcha dos fascistas sobre Roma em 1922. Trocadilho em italiano com as palavras *marcita* (apodrecida) e *marcia* (marcha). [*N.T.*]

para casar? Até aquele grande poeta patriótico tinha as dele, aquele que nos fez chorar tanto no Natal, na Líbia, em Ain Zara, com o sexto batalhão dos *bersaglieri*... que se chamava, porque agora ele está morto, coitadinho! Como se chamava? Giovanni, o senhor sabe, aqueles lugares onde cresce grama. — Com a mão, parecia querer puxar o nome da testa. — Giovanni, Giovanni Prati! Não, não é Giovanni Prati, espere — e continuava com a mão —, será possível que eu não lembre? São os desgostos que tive na vida... me fizeram perder a memória. Giovanni Pascoli!* Pronto, lembrei. Sabia que era o lugar onde se faz feno.

— Chega de grama e de feno, de prados e pastos, deixe os mortos em paz e trate de me responder, vamos.

— Senhor sargento, me deixe falar, se não como vou responder? Eu estava dizendo: quem hoje não tem uma irmã? E, se tem, quero só ver. Vai chegar o dia em que a coitadinha, a irmã, também vai ter dor de cabeça. Nós, mulheres, sentimos dor de cabeça aqui, *hi*, *hi*, *hi*. — E passou a mão na pança, como se a estivesse acariciando.

Seus olhinhos faiscavam ébrios, satânicos. A escura boca de forno, entre os incisivos. A língua retraída como a de um papagaio com o despeito gorgolhando na goela. O cabelo parecia eriçado pela eletricidade, prestes a pegar fogo e crepitar como abrunheiros, se uma fagulha em praias ardentes o incendeia.

— Sim, estou entendendo, até dor de cabeça dá em vocês, de tanto tricotar. Mas não me esgote a paciência com a dor de cabeça agora. Chega de lorota, chega de conversa-fiada. Trate de me dizer quando as duas moças ficaram em casa, a Mattonari e a Farcioni. Eu, por mim, já sei, mas quero verificar se o que você diz é verdade ou mentira. Se estiver mentindo,

---

* Brincadeira com o nome de dois poetas: Giovanni Prati (1815-1884), *Prati* significa "prados", e Giovanni Pascoli (1855-1912), *Pascoli* significa "pastos". [*N.T.*]

se estiver tentando atrapalhar as investigações, olhe... aqui estão as algemas, para elas e para você. — E sacou do bolso, balançando diante do nariz, um exemplar do famigerado instrumento. Sentada, a bruxa não piscou; aquelas pulseiras, de qualquer maneira, nada tinham a ver com ela. — E então?

— Bem, digamos... deve ter sido no mês passado, antes deste. Agora que estou pensando, acabamos de entrar na lua nova. — Teimosa, batia na mesma tecla. — E eu lá posso saber de cor... as luas de todas as garotas? Acho que é muita pretensão!

— Pretensão? As luas? Ei, Zamira Pàcori! Está perdendo o juízo? Com quem você acha que está falando?

— Mas no mês passado...

— Que mês passado, uma ova! Cuidado com o que diz. Mês passado, uma pinoia. Quero saber se alegaram indisposição na terça-feira, dia quinze, ou então na sexta. Uma das duas. — Não ousou arriscar o sábado. — É isso que quero saber. E você só deve me responder isso, porque você sabe muito bem.

Àquela altura, como que evocada das trevas, da porta semiaberta da escadinha que dava na loja (e que despertava a imaginação dos moleques, as fantasias de outros e era conhecida de vários por causa da quiromancia), apareceu, e depois ficou saltitando nas frias lajotas do chão, soltando seus *co-cocós*, entre dois montes de malhas, uma galinha carrancuda e meio depenada, sem um olho e com um barbante cheio de nós e emendas amarrado no pé direito, que não parava mais de sair, de subir — como, do oceano, a adriça interminável da sonda que o sarilho de popa recolhe a bordo, engalhardeada por uma barba, de trechos em trechos, uma embolorada e verde alga abissal. Depois de ter tentado mais de uma levantada de perna aqui e ali, com jeito de saber, a cada vez, muito bem para onde pretendia ir, mas de estar impedida pelas condições adversas do destino, a caolha capenga mudou completamente de opinião. Desgrudou as asas do corpo (e pareceu expor as costelas para uma inspiração de ar mais generosa) enquanto uma birra mal contida já gargarejava na sua goela; uma cominação catarrosa. Com a garganta irritada, começou a gorjear em falsete, debateu-se possessa no alto da montanha de farrapos, de onde inundou todas as coisas e o mundo das aparências com seu supremo cocoricó, como se tivesse botado um ovo lá em cima. Mas saltou esvoaçando lá do alto sem perder tempo, aterrissando nas lajotas com novos agudos paroxísticos, em um voo a vela dos mais bem-sucedidos, um recorde. Sempre arrastando o barbante atrás de si. Paralelo ao barbante e à fileira de nós e emaranhados, um fio de lã cinza ficara preso na sua perna, e o fio parecia desfiar-se de um cachecol cor de ruibarbo, embaixo dos trapos tingidos. Uma vez no chão, e após mais um cocoricó, não se sabe bem se por ira irremediável, paz alcançada ou amizade, postou-se com as pernas firmes diante das botas do surpreso sargento, virando para ele o marcial penacho da cauda. Ergueu a base do rabo, descobriu com elegância a boca do bispo, ajustou o diafragma para o mínimo, deixando toda aberta a rosada roda do esfíncter, e *ploft*! Fez cocô. Não por desdém, mas provavelmente como homenagem, dada a etiqueta galinácea, ao bravo suboficial, e com a maior desenvoltura deste mundo. Um chocolatinho esverdeado e espiralado à Borromini, como os grumos de enxofre coloidal das águas das termas de Acque Albule. Bem no alto, uma escarradinha de cal, ela também em estado coloidal, um creme clarinho, clarinho, de leite pasteurizado pálido, como já se usava então.

Com toda aquela aerodinâmica, naturalmente, e a subsequente emissão do bombom, ou da trufa que seja, a Zamira aproveitou para não responder. Penugens encaracoladas, nevosas e fofas como as de um filhote de pato, persistiam em ondular no ar, semelhantes aos anéis de fumaça de um cigarro se dissolvendo. Diante do novo prodígio, o imperativo de Pestalozzi desvaneceu. Ela se levantou rapidamente da cadeira com todo seu traseiro azulado e começou a bater os chinelos e abanar a saia, já que não tinha avental, atrás da maldita, gritando:

— Xô! Xô! Imunda, porcalhona! Fazer um papelão desses, você é uma imunda mesmo! Logo com o senhor sargento!

Foi aí que a imunda em questão, cacarejando ainda mil *co-co-cós*, e expectorando todos eles finalmente de uma só vez para o teto em um cocoricó sintetizador, embora duplamente ancorada tanto pelo barbante quanto pelo fio, alçou voo até o tampo do guarda-comida. Lá, irritadíssima, e com a dignidade restaurada, depositou na bandeja de estanho outro belo cocolhoma, mas menorzinho do que a primeiro, *pif*! E assim pareceu ter evacuado tudo o que tinha disponível. O medo (dos carabineiros) causa comportamentos extravagantes.

E eis que, na porta envidraçada, a maçaneta de latão também começou a dar sinais de inquietação. A porta se abriu. Uma jovem irrompeu do março lá de fora na grande sala como uma rajada de vento. Um xale escuro no pescoço; na mão, o guarda-chuva, previamente fechado. Uma onda de belos cabelos castanhos da testa para trás, quase uma cascata sobre o xale: março os invadira, com arabescos lunáticos. À vista dos cinza-esverdeados, mal tendo descido o degrau, ela parou com os lábios entreabertos, estupefata. Os dois militares e a Zamira tiveram a sensação de uma comoção repentina que subia do seu útero pelas glândulas linfáticas e vias vagais até o interior das tetas; um leve estertor, mas certamente o coração em forte disparada. Seu rosto perdeu a cor, ou foi o que pareceu — àquela altura, era de um branco um pouco histérico de uma moça desejável. Permaneceu boquiaberta, depois disse:

— Bom dia, senhor sargento.

Dardejou a bombordo o outro que já havia percebido ao entrar, e ao descer o degrau, mas que via pela primeira vez, entocado em seu canto, quase em uma modesta penumbra, sobre a qual prevalecia, de qualquer modo, o brilho das insígnias, ou seja, a superioridade hierárquica do Pestalozzi. Depois da olhadela para o desenxabido, fez cara de quem corria os olhos pelo lugar, procurando onde deixar o guarda-chuva, mas não escapou aos olhos de lince (ele mesmo os chamava dessa maneira) do supracitado sargento... Não, não passou despercebido um movimento da mão esquerda dela (que, com o anular e o mindinho, segurava aquele espantalho de guarda-chuva), contra ou em benefício da outra mão; uma espécie de coçadinha ou de massagem desferida ou aplicada com o polegar, por baixo, e com o indicador e o médio por fora, nos dedos longos e centrais da direita, como se os esquentasse previamente para o trabalho. Na aparente displicência do gesto, havia uma certa insistência, premeditação. Era o gesto, não casual, de quem quer tirar um anel e, embora se esforce, ao mesmo tempo tenta esconder dos presentes a difícil operação. O sargento encarou a moça, aproximou-se dela com duas passadas, *pam*, *pam*, segurou gentilmente, mas com firmeza, a mão direita pela ponta dos dedos — um convite para dançar que não admitia recusa. Pareceu apalpar e apertar um a um aqueles dedos, um depois do outro, como se quisesse sentir se havia uma verruga ou um calo, e, enquanto isso, a olhava dentro dos olhos, fixo e perplexo, com o jeito de um mago no palco durante uma exibição de hipnotismo. Finalmente, virou sua mão e começou a examinar a palma, a ler a sorte, podia-se dizer. Uma magnífica pedra amarela — um topázio? — refulgia como farol de trem, toda facetada na parte interna do dedo, o anular, depois da meia-volta dissimulada. Emanava a alegria vaidosa e quase um pouco tola do vidro colorido sob o súbito brilho e o alternado esmorecimento entre as nuvens de março do sol, tomado, ele também, por um langor uterino, pois, naquele primeiro mês, mal sente o cheiro de Áries no ar, ele também tem seus entorpecimentos e palpitações; o lindão.

— Você... quem é? — perguntou o Pestalozzi, radiante, tendo reconhecido no próprio desejo a estimulante identidade do rosto, dos olhos, do seu aspecto gentil, mas não a do nome, no arquivo do cérebro. — Você é a Clelia, a Farcioni? A Camilla, a Mattonari?

— Senhor sargento, como assim? Sim, sou a Mattonari, mas não a Camilla. Eu me chamo — hesitou — Lavinia Mattonari.

— E a Camilla então, onde está? Quem é? Sua irmã?

— Irmã? — Torceu os lábios, enojada. — Eu não tenho irmãs — desdenhou da hipótese do parentesco.

— Mas você a conhece, ela trabalha aqui. Você mesma disse o nome dela: Camilla. De maneira que são amigas.

Enquanto isso, segurava sua mão. Ela finalmente havia soltado o guarda-chuva. Ergueu as sobrancelhas.

— Eu disse o nome? Camilla? Repeti o nome que o senhor me disse, sargento.

Pestalozzi imaginou ter captado um sotaque toscano ou lombardo, mas que não fora pronunciado.

— Amigas? Eu não tenho amigas. — A violência da negação, pela segunda vez, como o sargento esperava.

— Bem, se não tem amigas, melhor ainda. Pode falar claramente, então. Não enrole que não tenho tempo a perder. Quem é Camilla? — continuava a segurar sua mão, pela ponta dos dedos.

— É... sim, é uma moça que também trabalha como aprendiz de malharia...

— Trabalha aqui?

— É, é... trabalha — admitiu, cabisbaixa.

— É prima: uma prima distante... — disse a Zamira, calma, no mesmo tom com que o Almanaque de Gotha, que tem o crédito de todos, diria que Carlota Elisabete de Coburgo é prima em quarto grau de Amália de Meclemburgo.

— E onde ela está? Por que não está aqui? Não vem trabalhar hoje?

— E eu lá sei? — A moça deu de ombros. — Deve vir.

— O senhor deve entender, senhor sargento — acrescentou Zamira, tranquila. — Estamos no campo. Trabalhamos quando tem roupa... a ser feita ou consertada, quando é preciso, quero dizer. Mais ou menos, um dia sim, outro não. Mas, no inverno, com um tempo desses... — E aproveitou um enfraquecer do sol através dos vidros e gesticulou para fora com a cabeça. — Com esses temporais que, de um dia para outro... nem dá para saber se estamos na primavera ou se ainda é janeiro... Com um tempo desses, pode ser um dia sim e quatro não. O senhor deve saber melhor do que eu, seu sargento, já que estudou as lunações de todas as temperaturas do clima, como eu estudei, para receber os papéis de quiromante diplomada.

E recitou, sentenciosa:

Candeias, Candeias
A primavera anseias
Mas se chove ou sopra o vento
Ainda é inverno, só lamento.

— Três semanas atrás, se o senhor se lembra, estava igualzinho a hoje, um tempo dos diabos: inundou a venda e aquela imunda — procurou-a atrás da máquina com os olhos — até parou de botar ovo. Hoje não tem nada, mas amanhã pode ter um monte.

— Pelo que estou vendo, vocês aqui têm trouxas para um mês inteiro.

Com o queixo, indicou as pilhas de roupas, espalhadas quase em dois montes, parecendo um dorso de camelo. Sempre segurando a mão da moça, deixou entregue às suas dúvidas a galinha saltitante e o duplo arraste, de fio e de barbante, e seus respetivos nós.

— E... me diga uma coisa: quem deu isso para você? — Ergueu a mão da palpitante Lavinia, apertando seu pulso e olhando na parte interna da mesma mão o topázio, que ela havia virado no dedo.

— Quem me deu? — E tentava corar, como se fosse um delicado segredo.

— Senhorita, vamos logo, tire o anel, tenho que confiscá-lo. E diga quem o deu para você. Se disser, bem. Se não disser... — Sacou do bolso a geringonça de sempre e a exibiu.

O rosto de Lavinia empalideceu.

— Senhor sargento...

— Pode parar com esse "senhor sargento". Tire logo o anel e o entregue para mim, depressa, porque, se você ainda não sabe, eu vou dizer: é mercadoria roubada. Está na lista de joias e braceletes roubados da condessa na Via Merulana, da condessa Menecazzi. Está aqui na relação das joias.

E, para motivar o pedido, que, apesar de tudo, ele achava um pouco prepotente, guardou as algemas. De outro bolso, sacou o papiro do Ingravallo. O medo dos procedimentos legais daquela que no Barbeiro* é denominada em fá sustenido "a força" ainda não havia afundado, em 1927, nas fossas oceânicas de hoje, mas, já naquela época, conhecia alguns aspectos do gosto atual. Até os agentes mais durões, sozinhos pelo campo em meio ao povo, conformavam-se a ela, como se conformam hoje. Então, depois de sacar a lista, folhear as duas páginas quase como se estivesse lendo um mandado, Pestalozzi fingiu procurar... a autorização legítima para proceder.

— Hmm... — Percorreu as primeiras linhas resmungando, topou logo com o que procurava. — Anel de ouro com topázio! — E foi um grito de vitória.

Sacudiu a folha timbrada, a primeira, colocou-a diante dos olhos da moça. Ela, Lavinia, nem sabia ler.

— Chefatura de Roma! — repetiu, na cara dela, com um tom de importância e de irônico distanciamento da organização concorrente, que, por saber bater algumas folhas à máquina, vivia se gabando. — Chefatura de Roma!

Pegou o anel que a moça lhe estendia, com o rosto branco de rancor, lívida, com jeito de que estava sofrendo, indefesa,

---

* *O barbeiro de Sevilha*, ópera de Rossini (1792-1868). [*N.T.*]

logo ela, uma pobre moça da roça, aquele abuso. A Zamira, calada, observava e ouvia.

— *Hehe*. É esse mesmo! — arriscou o Pestalozzi, examinando o anel com olho de entendido, revirando-o e analisando-o como teria feito um receptador da Via del Gobbo, propenso ao confisco imediato. Enquanto isso, segurava as duas folhas na outra mão, entre o mindinho e a palma. — É o topázio que estou procurando há dois dias, é ele mesmo!

Como se a sagacidade profissional, atuando em sua caixa craniana *ab aeterno*, tivesse permitido que ele o reconhecesse no ato. Na verdade, era a primeira vez que o via, e o procurava havia duas horas, se é que era mesmo um topázio, o topázio, e não um fundo de garrafa, quem sabe.

— Quem deu isso para você? Diga a verdade, foi ele, o Retalli. Você, dinheiro para comprar algo assim, não deve ter! Foi um presente do Enea Retalli, que já confessou ontem à noite para o sargento. — Retalli estava foragido. — Vocês são amantes, nós sabemos, e ele deu o topázio de presente para você. — Era uma observação bastante ingênua.

— Eu não sou amante de ninguém, e Enea Retalli deve estar na rua, trabalhando. Onde, eu não sei. E não é verdade coisa nenhuma que vocês o pegaram ontem à noite, nem que ele confessou alguma coisa.

— Pior para você, então. Vamos. Venha. — Fez sinal ao Farafiliopetri e a agarrou pelo braço.

— Sargento, o senhor precisa acreditar em mim — protestou a moça, desvencilhando-se. — Quem me deu foi uma amiga que está negociando com uma mulher para comprar o anel. Ela me emprestou por dois dias, porque hoje... hoje é o dia do meu aniversário. Me deu só por dois dias.

— Ah! E quantos anos você está fazendo?

— Ora, dezenove.

— Tem certeza?

— Fiz dezenove anos hoje de madrugada.

— Então você nasceu de madrugada. E quem emprestou o anel para o seu aniversário? Vamos ouvir.

— Senhor sargento, como é que eu vou saber... se era da condessa que mataram em Roma, ou de quem era. Os mascates que andam a cavalo pelas estradas de um lugar para outro, eles lá sabem de quem é, ou quem fez, as mercadorias que vendem?

— Chega de conversa-fiada! — Ele apertou o braço dela, que havia agarrado novamente e segurado.

— Ai! — disse ela. — Isso está me parecendo truculência.

— Quem deu para você? Venha. Você vai dizer para o tenente. Ele vai fazer você abrir o bico direitinho.

Puxou-a em direção à porta. O Fara fez menção de se mexer, obediente, saiu de onde estava: deixou seu canto. A galinha tinha se acocorado sabe-se lá onde.

— Foi uma garota que me deu, senhor sargento, uma que trabalha aqui. Já faz tempo que falávamos de corais para pôr no pescoço, de brincos para as orelhas. Eu sempre dizia que não tinha nada para usar no meu aniversário.

— Se sabe, diga quem é — sugeriu Zamira, empalidecendo.

— Foi a Camilla — respondeu Lavinia.

— Ah! A Camilla Mattonari, então? Tanta lenga-lenga por causa do nome da Camilla Mattonari! Da sua prima que é amante de um ladrão, um assassino, talvez. Vamos, me leve até ela.

— E a motocicleta? — balbuciou Zamira, que, só de pensar naquela máquina lá no ateliê sem o dono, já ficava incomodada até não poder mais.

Tinha se levantado da cadeira. Torcia as mãos em cima da pança, uma bolinha que a fazia parecer prenha de três meses, bastante suja embaixo do cinto, onde era possível perceber umas manchas de enxágue, ou de café. Não tinha avental.

Com os lábios novamente fechados, já esquecida de qualquer convite e de qualquer aceno, com o olhar de pressentimento e dedução de quem adivinha a partir de uma simples ação os motivos e as intenções do agente, com olhos brilhantes e atentos, acompanhou gesto a gesto os dois sujeitos em seus passos um tanto embaraçados entre o aparador e a moto, a máquina e a mesa, o balcão e as cadeiras, o amontoado de peças de malharia e a porta: a porta da rua. A luz de seus olhos mudou, tornou-se má, agourenta e quase sinistra. Pareceu oscilar, como a oscilação de uma carga, de uma tensão do espírito, como se pretendesse romper a sucessão dos atos e dos fatos inaceitáveis, a validade jurídica daquele fenômeno carabineiresco. Que, em dado momento, se apresentou a ela sob sua verdadeira luz, em seu sentido correto, de conhecimento obrigatório — uma diabrura cinza e escarlate do príncipe das trevas, aquele com as insígnias de sargento, aquele que, de qualquer modo, se mostrou várias vezes inimigo jurado de Due Santi, que se enfurnava à noite na sua fortaleza, em Marino, ao ulular da tramontana, para meditar diante do círculo azulado do pavio os malefícios do dia, depois onipresente nas grandes horas de sol como a vista do falcão, que esquadrinha e discerne por todas as terras, no terreiro e no gramado, no monte ou no campo. Um malefício rubro-negro, prateado, agaloado, carregado como a noite de setembro de mil sofismas persistentes, que, dia a dia, comprimem cada vez mais a pessoa que talvez até trabalhe honestamente, da pessoa que tenta se livrar de alguma forma, com o primeiro expediente improvisado, das muitas atribulações da vida. Um ofício, embora vão e maléfico, apto a determinar, e mais tarde justificar, a corpulência, a rubicunda saúde, a aposentadoria. Uma intervenção arbitrária e, portanto, ilícita nas operações privadas da magia, ou da simples quiromancia, de modo a estragar completamente seu êxito — e que, portanto, com razão, pode ser confrontado pelos olhares augurais justamente como os seus, zamirianos, bem como pela convocação em auxílio do grande rei dos chifres retos, Astaroth. Exatamente aquele que ela, Zamira, invocava. De maneira que, naquele momento, ela se esforçava para fazer com os dedos sobre o utrículo da sua barriga, como o boticário sobre o mármore, certos movimentos, certos rodopios, certos gestos estranhos não registrados pelo senso comum, como se debulhasse ervilhas invisíveis ou enrolasse ou atirasse algumas pílulas invisíveis em direção ao ignaro Pestalozzi, que estava de costas para ela, ainda sem saber o que fazer. Aos poucos, os lábios dela voltaram a ferver, a tremer, e as faces, a vibrar, a fremer *motu proprio* com um desprezo sombrio, que ia se aguçando no discurso fideísta de certos sacerdotes-feiticeiros de Tanganica, ou africanos cafres, ou niam-niams de nariz achatado e cabelo crespo, só cachinhos na cabeça, empoados de carvão, uma argola de ouro pendurada no nariz, o traseiro parecendo uma varanda, quando imploram ou imprecam a seus deuses-animais em sua língua monossilábico-aglutinante e em cantilenas semelhantes e bastante anasaladas: "*Nhem nhem tchep tchep i-ti i-ti*, mande um câncer na cacunda e mande para longe esse maldito missionário". Missionário menonita, é claro. E, enquanto isso, dão-lhe de beber suas cusparadas batidas com coco, em uma cumbuca de coco, em sinal de distinção subtropical e tanganicorreverencial.

— E a senhora trate de parar com esses dedos! — intimou Filiorum, irritado.

Suas maçãs do rosto coraram, de um vermelho de molho de tomate, descorando para branco cor de ricota na parte inferior das bochechas. Nele, a clareza objetiva do raciocínio sobrepujou os disparates das trevas, como se seu diploma de primário tivesse sido assinado de próprio punho pelo Filangieri, dom Caetano Filangieri dos príncipes de Arianiello, ministro do Reino.* Não queria admitir, não podia tolerar, sendo carabineiro, que, com aqueles movimentos dos dedos da megera, a "superstição" dos séculos passados fosse

---

* Caetano Filangieri (1753-1788), jurista e filósofo do Reino de Nápoles. [*N.T.*]

resgatada pela magia, por uma arte destinada a promover câncer na corcunda do próximo. Sempre existe um útero em nós, um útero racional, que é perturbado por uma piscadela, por um roçar das pontas dos dedos que corrompem, a despeito de todo o novo lume do Reino e de todos os diplomas em *magna carta*, das mais iluminadas certezas.

— Vamos. Vou deixar a moto aqui — repetiu o sargento Pestalozzi, decidindo-se. E virou-se. — Tome conta, ponha uma cadeira na frente e não deixe ninguém tocar nela.

A sra. Pàcori abriu um sorriso automático, embora escuro no centro; um sorrisinho bem amarelo, bem sonso, daqueles que costumava dispensar no balcão nos momentos cinzentos, por hábito do ofício, de revendedora que sabe respeitar os fumantes. Como sempre, desvelou o buraco; não podia ser de outro jeito. Suas pálpebras se fecharam por um instante, como em uma volúpia desfrutada de antemão — por dever, por obrigação profissional. Os olhinhos significavam, no brilho de um átimo, o costumeiro consentimento: "Para quem? Para quê?". No entanto, em sua fronte, a animosidade havia lustrado com cera os dois calombos, dois fortins ainda em poder do demônio.

— Onde está o Retalli? — perguntava o sargento à moça.

— Senhor sargento, eu não sei — dizia ela, o rosto transtornado. — E sua prima, sua prima onde está? Me leve até ela! Vamos.

Parecia tomado pela obsessão de prender qualquer um, para não voltar de mãos abanando ao quartel. Um anel, e que anel! Estava lá. Até aí, tudo bem. Mas precisava de um indiciado, um cúmplice, uma cúmplice, se não o próprio culpado.

— Mas eu... — Ainda choramingou a moça, esquecendo o guarda-chuva onde o havia deixado.

— Vamos, chega. Mostre onde ela está.

Abriu a porta, convidando-a com a outra mão, a desfrutar: do degrau, da saída. Lavinia saiu na frente.

— Na passagem de nível — sibilou, então, Zamira no ouvido dele.

Mas o sargento também a ouviu. Ainda não havia se apagado, sob a testa malévola de Zamira, a luz perniciosa do olhar.

— Ela é neta do guarda-linha, mora na passagem de nível.

— Que passagem?

— Pela estrada de Castel di Leva, até a ponte, depois, à esquerda, até a passagem de nível de Casal Bruciato.

Parecia uma surda-muda se explicando com os dedos, com o movimento áfono dos lábios. Não queria que a Lavinia a ouvisse, lá na estrada. O Farafilio tropeçou no degrau.

— Cuidado! — disse ela, maternal. Repetiu: — Na estrada de Divino Amore. Até a ponte, quase. Depois, à esquerda.

E, com aquele empurrãozinho, com aquele viático, conseguiu despachar os dois colegas e seus quatro coturnos. Iam ter muita poeira para comer! O cavaleiro Forcado tinha ouvido o fervilhar de suas preces, atendido às reiteradas invocações, às súplicas.

— Tome conta da moto! — gritou o sargento, lá fora, enquanto o olhar dela se aguçava de ruindade.

— Na ponte de Divino Amore! — gritou, como que para tripudiar sobre a retaguarda do vencido.

As bombas, as mandingas, lançadas atrás dos recém-saídos enquanto a porta envidraçada ainda estava aberta, a história, mestra do viver, não se deu ao trabalho de registrar.

CAPÍTULO 9

A ponte de Divino Amore! Falar é fácil! Dois quilômetros e meio, até mais; quarenta minutos de caminhada, e com a moça, com aqueles sapatos que ela usava. Vez por outra, surgia o sol, um disco, uma esfera instável ou desbotada com véus fugazes de vapores sobre o rosto, como a gema do ovo dentro da clara — às vezes morno, ou mole. Depois, devido a algum súbito bocejo do dia, entre uma nuvem e a próxima, despertava envaidecido e quase em riste, montando aquele galope do vento siroco; fuga e viagem, a partir do mar, de todas as nuvens carregadas de chuva, dando com os costados nos cumes do Apenino. A estrada era uma só, felizmente, exceto no primeiro trecho. A estatal, a Appia; depois, em ângulo reto, o desvio da estrada provincial, para Falcognana. Chegando nesse cruzamento, uma trilha adentrava no campo em diagonal. No entanto, o itinerário era demasiado lamacento, no meio das terras em pousio de um verde úmido e novo, encharcadas de orvalho. Aqui e ali, como que açucaradas pela geada. Se a Camilla Mattonari viesse subindo, foi o que Lavinia disse, eles certamente a encontrariam, trotando no asfalto, ou pelo menos no seco, ou seja, exatamente na estrada de Falcognana. Uma carroça, que os alcançou depois que entraram naquela estrada, permitiu ao sargento pedir uma carona para Lavinia, e para o soldado, além dela. Depois de embarcar o casal, ele voltou atrás até a pequena taberna da encruzilhada para pedir uma bicicleta emprestada a alguém. Senão, voltaria até a loja de Zamira para recuperar sua cavalgadura. O Farafilio, sério e com o rosto e o traseiro redondos, não pareceu desgostar do expediente do superior, que lhe poupava o passeio, embora saudável, e ao mesmo tempo proporcionava a morna proximidade da coxa da moça, embora — *Hélas! Keine Rose ohne Dornen*[*] — a emoção tivesse de ser dividida com o cocheiro do outro lado, isto é, do lado da outra coxa da moça. Apesar do cheiro, imediatamente sentido e saboreado, da vitalidade feminina, e do perturbador compartilhamento de assento, na carroça, de uma senhorita tão "sinuosa" e "gentil", o severo militar, isso deve ser dito a seu favor, obdurou, sim, obdurou em ser, ou pelo menos parecer, o mais legal e militarmente agnóstico dos carabineiros de toda a legião, naquele excitante março em Castelli. A descida era lenta, em meio às novas plantações de videiras (ainda nuas) que interrompiam o gramado. Chegaram em uma bifurcação com o cavalo, a ponte chamada de Divino Amore já à vista, com a qual a supracitada estrada provincial passa por cima da ferrovia de Velletri. Divino Amore em si, uma igrejinha bem antiga, lambuzada de reboco cá e lá, e dois casebres alugados ao sol pelo Lácio dos Príncipes Guardiães, e Castel di Leva, que os ladeia e domina ao alto, espiando ao redor com os olhos vazios do torreão, e que os cerca, ou cercava, com um muro, distam da ponte cinco quilômetros e meio. Lá, na bifurcação, o Pestalozzi conseguiu alcançar de bicicleta os companheiros de excursão mandados na frente, ostentando, no braço esticado, as insígnias, que pareciam um brevê, uma carteira de motorista a ele unicamente outorgada, para veículo tão pouco fluido. A bicicleta era uma caixa de música, com um *cro cro* nos eixos das rodas. Parecia uma máquina com dentes quebrados para comer *torrone*: mas, lá, *torrone*, nem pensar! O cocheiro fez "epa!" para o cavalinho, para contê-lo um pouco e, ao mesmo tempo, inclinado para a direita,

* "Ah! Não há rosa sem espinhos", em tradução livre. [*N.E.*]

ia virando o freio, enquanto cada vez mais as duas travas friccionavam nos aros até chiar. O cavalo, em declive, após ter resistido como podia, foi, afinal, amortecendo com o magro traseiro os safanões sucessivos dos arreios, que se sucediam, um após o outro, nas duas nádegas, como os avanços do mar sobre a inocência da areia, fincou as patas dianteiras na parte sólida da estrada, sem levantá-las mais para o trote, já encerrado, e parou, mal virando a cabeça ao puxão das rédeas, o que parecia querer dizer: "Que os raios partam você aí na carroça! Logo agora que estávamos indo tão bem, você tinha de me frear". Projetaram-se para a frente as três cabeças dos viajantes, os seios fartos e sacolejantes, o pescoço tão desejável, o rosto e a palidez um tanto histérica da Lavinia como se estivesse com ânsia de vômito — como acontece com tudo aquilo que não é empacotado como se deve, embalado e pregado dentro de uma estrutura, e viaja por conta própria, ou melhor, quase entregue ao acaso. O Pestalozzi desceu da bicicleta. Da estrada de Falcognana, que transpõe com a ponte de Divino Amore a meia trincheira da ferrovia algumas centenas de metros mais abaixo, saía naquele ponto a estrada vicinal para Casal Bruciato, que desce ainda hoje, em uma curva aberta, para atravessar a mesma via férrea em igual nível. Acima da cumeeira da casa amarela do guarda-linha, pairava uma fumaça, incerta e em segmentos interrompidos, que nem sequer dava para ver se saía da chaminé. Em pleno março, espalhava-se, como que a muito custo, representando naquela busca ascendente do próprio não ser a pobreza que a havia gerado; ou, então, dissolvendo na solidão agreste aquela dor da necessidade cotidiana que, para quem a vivencia, costuma ser chamada de fome. O nome perene e persistente, o desesperado ditongo do pio da corujinha-do-mato calara-se na noite, apagara-se com a alvorada. De um olmo não avistado, quem sabe de um azinheiro que sobreviveu ao machado no vazio do campo, o apelo intermitente, inatingível, o suplicante iambo do cuco.

Ao pressagiar os novos rebentos da terra, parecia rememorar as estações eternas e perdidas, as dores da primavera.

A Lavinia implorou ao sargento que a deixasse esperar "fora".

— Fora onde?

Lá, quer dizer.

— Aqui. Senão são capazes até de pensar... que eu andei dedurando minha prima.

Após algumas tratativas, o sargento concordou, a contragosto, e acrescentou algumas palavrinhas adequadas à ocasião: cartas na mesa, amizade ilesa. Acertou a volta com o cocheiro — encostou a bicicleta na beirada da estrada que, naquele ponto, além da vala, delimitava a elevação do terreno gramado: deixou-a aos cuidados do carroceiro. Chegando, com o fiel Farafiliorum, fará filhos de ouro, ao posto do guarda-linha, no quilômetro 20,25, foram recebidos pelos latidos furiosos de um vira-lata, cujos olhos quase não se viam, mas os dentes ralos e caninos assustavam, com suas grandes presas e o corpo hirsuto, meio spinone italiano, meio pastor-maremano-abruzês e meio filho da mãe (esse era o ideograma do Cocullo), mas, por sorte, acorrentado. Uma velha apareceu, contra qualquer hipótese aceitável naquela paisagem de ferrovia desconsagrada,* e começou a acalmá-lo, a aquietá-lo. Depois, se aproximou da cancela que interrompia a estrada, o que significava, se não a iminência, certamente a expectativa de um fenômeno extraordinário, ou seja, a passagem sombria do trem, o sopro por cima e por baixo do vapor, fluido maravilhoso que, até na subida, confere virtude e capacidade locomotora ao trem de carga, mas também ao misto carga-passageiros 181, o qual, de fato, já bufando, anunciava o jogo lúbrico das engrenagens *su su su fu fu fu* desde Frattocchie,

* A linha férrea Roma-Velletri foi construída por ordem do papa Pio IX e estatizada pela Itália quando os Estados Papais foram extintos. [*N.T.*]

vencendo a súplica distante do cuco. No posto de guarda-linha do quilômetro 20,25, venceria igualmente o trecho em aclive — um prodígio da arte, um trecho interminável com quatro por cento de inclinação, mas cheio de curvas e contracurvas, construído na segunda metade do século XIX. Naquele posto, chamado por alguns de Casal Bruciato, aquele trem era esperado todos os dias, uma vez por dia, com a certeza algébrica e a trepidação de espírito com que, no observatório de Arcetri, ou no do Monte Palomar, a cada 75 anos, espera-se a passagem do cometa Halley. A velha, embora decrépita, deve ter entendido na hora que aquela indesejada visita cinza-esverdeada e preta... parecia querer se dirigir à casa dela. Por isso, costurou, sem mais separá-las, as duas bordas exangues dos lábios, adornadas com dois pelinhos crespos aqui e ali, em cima da protuberância do queixo, e deixou a eles, Cosme e Damião, ao mais velho e mais graduado dos dois, a iniciativa dos cumprimentos. Enquanto isso, porém, sem dar na vista, esforçava-se em conter o evento, aquele lá, o dos três presentes que mais temia e detestava, no tormento das suas tripas, recorrendo com fervorosas preces por todos nós a Santo Antônio de Pádua, milagreiro amorosíssimo, e também uma prece para o bom funcionamento (em seus tempos passados, automático) do plexo hemorroidal médio, *plexus haemorroidalis medii*. De fato, conseguiu chegar à constrição deliberada dos mais cotados anéis retais, apesar de extenuados pela velhice — não de todo inoperantes, embora, com o passar dos anos, cada vez mais arruinadas, as assim chamadas válvulas de Houston, principalmente a superválvula de Kohlrausch, assim como a semilunar de Morgagni. A tentativa desesperada de bloqueio da ampola, cujas últimas retenções *ai ai ai* já eram pressionadas pelo trauma cinza-verde-preto-prata concomitante com o apito *pi pi pi* agudíssimo da locomotiva chegando, só conseguiu desbloquear algumas gotas bastante fóbicas, *ploft*, na plataforma de Casal Bruciato: *free along bank*, sim, F.A.B. Casal Bruciato, embora alguns digam C.I.F., *cost insurance free*, e outros até mesmo P.L.O.F.T. A carência providencial, embaixo da virilha da velha, daquele par de corretivos de nudez tubulares que nossos melhores repórteres chamam de "roupas íntimas", permitiu ao evento espatifar-se na calçada sem ser visto pelos dois agentes. Seguindo adiante, um atrás do outro, pela passagem de pedestres ao lado da coluna da cancela, os carabineiros avançaram, calados, pela plataforma com passos pesados e firmes até a porta do posto de guarda-linha; quase ignoraram a mulher, achando que estava no exercício de funções públicas e já às voltas com o trem. Mas se enganavam: depararam-se com o rosto branco e com formato de batata e a irrupção resoluta de uma moça que pegara, de uma banqueta, uma espécie de rolo de abrir massa, mas envolto em um pano vermelho e verde; naquele momento, mais verde do que vermelho.

Enquanto isso, vinha realmente chegando o *tchu-tchu*, a todo vapor: acesos em hora de claridade, os faróis contra a escuridão de cada nova caverna. O único trem da manhã naquele sentido. Vinha subindo de Ciampino todo escuro, com um ar de bombeiro mal-humorado, mandando para o céu canhonaços de fumaça marrom pela tromba e, depois, de repente, vapor branco, umas bufadas, *fu fu fu fu*, que pareciam outros disparos, fazendo com que as pessoas se perguntassem: "Mas o que aconteceu? O que fizeram com você?". Embaixo, por um par de bolsas cilíndricas, uma de cada lado, como se tivesse os bigodes no térreo. Giravam e davam cambalhotas reluzentes e besuntadas, a biela e, como a de um amolador ensandecido, a manivela, com um cheiro de óleo queimado, na trágica ascensão do trecho em aclive do engenheiro Negroni. Parecia alguém que se atira na sua frente, querendo xingar seus mortos na sua cara, e, sem poder sair correndo por causa da podagra, dispara contra você, nariz afora, a raiva que carrega dentro e, ao mesmo tempo, pelos pés. Atrás do posto do guarda-linha, na trilha cinzenta ao lado da barreira de cascalho, duas ou três galinhas, assustadíssimas e, no entanto, bem quietinhas, *more insolito*, apressaram-se a seguir os trilhos saltitando aceleradamente, para atravessar, esvoaçando, no momento mais oportuno, os para-choques bem próximos e, acima dos para-choques, os faróis, com aquela premeditação suicida que as distingue. O maremone, ou melhor, o maremano-spinone, avançou. Parecia querer degolar ou guilhotinar a si mesmo com a coleira, um fino aro de ferro no qual os pelos da fera se desgrenhavam e, com a corrente esticada, recomeçou a rosnar e a latir, explosões reiteradamente frenéticas, como se declamasse impetuosos versos de Foscolo,* sem, no entanto, compreender seu sentido, nem mesmo seu não sentido, para uma plateia tomada pelo sono, decidido a acordar todos eles e a chamá-los à expiação e à vigília, e a não perdoar a sonolência nem sequer do último deles. O idiota endemoniado, dessa maneira, expelia, entre os incisivos ralos e deformados e a ferocidade dos caninos, bem como soltava pelos lábios, em flocos esbranquiçados, a cada novo solavanco da cabeça, uma baba empapada como bechamel nos ardores de tão úmida raiva, erguendo ao céu os olhos sanguinolentos de fera, como se invocasse o beneplácito das Bestas superiores, os deuses da sua raça, como se com isso aplacasse a divindade suprema e promovesse seu consenso para os mais tolos hendecassílabos. Coisa que, cretino como era, ele considerava ritual incontestável entre os sapatos e as perneiras dos carabineiros. Os petardos biliosos do seu rancor dilaceravam sua maldita garganta, na qual, por instantes, diante do titubeio dos militares, revelava-se a vermelhidão cavernosa, como que de um antro infernal. Ao ver a galinhada correr na frente dos sopros superiores do preto, sua veemência redobrou até o paroxismo e, a certa altura, pareceu decidido até mesmo a competir, perseguindo as apavoradas sofonisbas, mas a solidez da corrente e a caridade

* Ugo Foscolo (1778-1827), poeta e escritor neoclássico alvo de muitas brincadeiras de Gadda. [*N.T.*]

do barbante — era, aliás, uma cordinha — prenderam-no, mesmo que a muito custo. Por isso, sua cabeça ensandecida continuava a saltar sem ideia e sem ganho, nem para ele nem para ninguém, a cada explosão da garganta. Cérbero de licença na terra e nas colinas, onde havia se instalado em ação, tragando a luz imerecida, a doce aura do céu aberto: *coeli jucundum lumen et auras.** O *tchu-tchu* estava prestes a "transitar". O vento que subia dos pântanos parecia cansado, amainava durante o dia, mas ainda se via o adejar de uma felosa desde uma moita até a calha ferruginosa, ou o voo entrecortado, mais alto, e, em resposta, os gritos misturados, de dois tentilhões sem ninho. A moça com a cara de batata afastou os dois sujeitos com a mão, como cartas de pouco valor, e, em um gesto de impaciência como o de uma donzela mal cortejada, inclinando a cabeça em uma careta, aproximou-se da plataforma com seu instrumento, onde, empunhando-o com mão firme, como se estivesse em posição de sentido, fincou-o na barriga, a exatamente 45 graus. Aquele rolo de massa com uma pele verde fazia sua pessoa florescer, e surgia, daquele tronco rude, com um broto de inusitado vigor, a despeito de quem devia ou não o ver; e era uma insígnia que não lhe pertencia. O rosto escurecido do maquinista já despontava da cabine para se certificar da cor do rebento. Um mouro de teatro, um Otelo com boné preto de esquiador. O *tchu-tchu* era o misto, o único trem matutino que subia, composto de três vagões de carga, de idade e estrutura variadas, e dois carros de passageiros em que os rostos, as cabeleiras, os olhos brilhantes e as bocas dos mais despudorados, ou de um babaca de maior prestígio do que o habitual, se projetavam ou se mostravam na janela, rindo debochadamente. Ou então alguns se debruçavam para fora com metade do tórax e com o braço, no adeus galante de um aceno de mão. Gritaram, com boca reluzente e ávida, cantadas fugazes à jovem — não deu para entender bem o quê, mas certamente baixarias.

* "O deleite do céu, da luz e da brisa", em tradução livre. [*N.E.*]

Eram um bando de dispensados do serviço militar da época, ou seja, da era, mas se tivesse sido outra era, seria a mesma coisa. "Está com o pau levantado!", conseguiu reconstruir o Cocullo um instante mais tarde, em meio ao barulho do trem que já se distanciava, e trincou os dentes de desdém, embranquecendo e avermelhando mais em cima e mais embaixo, entre as faces e o queixo. Se o trem, que parecia sem fôlego, não tivesse partido em seu ritmo vagaroso, teriam acrescentado ainda alguma gracinha para os carabineiros. Ouviu-se o guinchar dos freios e o chiado dos parafusos mal engraxados, na descida. Do trecho em aclive do número 71 da Negroni, transferia-se, depois da parte plana da plataforma, para a contravertente 73, sempre Negroni, que tinha fama de se oferecer como uma odalisca moura cheia de consentimentos participantes ao ímpeto desenfreado da transmissão por manivelas, de maneira que o *tchu-tchu*, livre do sofrimento e com a chaminé e os pistões mudos, teria se abandonado com as rodas livres à glória *mussolina** de uma capotagem de primeira e ao consequente desfiguramento das feições próprias e alheias, caso os freios não tivessem providenciado, justamente, o contrário. O ar tornara-se sonolento e parecia estagnar rente ao chão. O trenzinho ia sumindo, encolhia, rumo a caravanas altas de nuvens, em meio a vestígios cheios de memórias, estilhaços, muros destruídos, de uma história que não era a sua. Os penachos de fumaça que havia deixado atrás de si, depois da ponte (de Divino Amore) e antes de chegar ao posto do guarda-linhas, na altura apenas de um voo de andorinha, haviam se dispersado um pouco e pairavam, brancos e inúteis, sobre o verde molhado dos novais. As galinhas, como todos os dias, sobreviveram ao drama. Já fazia muitos anos que as ex-alunas de Melpômene haviam formalizado em um ritual algolágnico, teatralizado em uma "cena para turistas nórdicos", os mais previsíveis e calculados

* Única referência direta no texto ao nome de Benito Mussolini, ainda que sob a forma de um adjetivo neologizado, e estabelecendo um trocadilho com a palavra *mussolina*, musseline em italiano. [*N.T.*]

arroubos do seu primeiro e juvenil erro ao se alvoroçar e cacarejar por qualquer coisa em um crescendo hebefrênico. Tinham se adaptado, ao contrário, por razões poéticas bem ponderadas, ao silêncio e à palidez vagotônica do trem misto. Sua iniciação órfica, aos poucos, havia se aperfeiçoado magistralmente — atingira o clímax de uma sagacidade pictórica, deixando de lado os virtuosismos acústicos da puberdade. Uma volúpia semiapagada ou sonolenta e, no entanto, sempre disponível e recuperada, voltava a despertá-las todos os dias, com o arrastar-se do trem misto e seu apito, para a costumeira ficção — o orgasmo artificioso da vítima que ninguém ameaça, o saltitar precipitado e a correria ao longo dos trilhos e do cascalho, a tentativa de alçar voo (será que Delagrange vai voar?),* o suicídio simulado com os faróis em cima delas e a concomitante dejeção de um par de bombons, o *tchu-tchu* passando. Embora o movimento orgiástico fosse fingido, não podia ser falso o presentinho. Assim como no teatro, as paixões simuladas costumam dar vazão a beijos não simulados e os cornos do palco parecem ser, na maioria das vezes, cornos de fato. Todos os dias, todas as manhãs. Mal a entidade locomotiva completava sua aparição, esbanjando seus bufos, então, uma vez terminada a bobina dos sustos de praxe, elas recomeçavam a ciscar como se nada fosse, e a bicar do chão vermezinhos preciosos, como se estivessem extirpando ervas daninhas, em um mergulho e em um rápido recuo da cabeça, do pescoço.

Ultrapassada a breve caravana dos estímulos timpânicos, mais propriamente ferroviários, e quase silenciada a bicharada ensandecida, com calamitosos ganidos e rosnados com os dentes cerrados de raiva, você vai ver só, ah, se vai, o Pestalozzi

---

* Ferdinand Léon Delagrange (1872-1910) foi um escultor e pioneiro da aviação francês que realizou exibições e o primeiro voo de um avião a motor na Itália, em 1908. A publicidade para suas apresentações era feita com cartazes que diziam: "*Delagrange volerà!*" ["Delagrange vai voar!", em tradução livre]. [*N.T.*]

até se esqueceu da velha atrás ou dentro de cuja saia vazia e mal envergada, trapos com apêndices de fiapos, pareceu-lhe ouvir uns sussurros endiabrados, ou sapos coaxando. Não havia jetatura como na loja da maga, mas talvez *jactura*: preterintencional. Sim. E interpelou diretamente a moça.

— Camilla Mattonari é você?

Reconheceu-a como uma das costureiras de Due Santi, não sabia seu nome: a menos destacada, a menos "simpática". Sacou do bolso, dobrado em quatro, e, com decoro profissional, desdobrou devagar o papiro. Como justificativa legal da pergunta, a lista dos topázios já exibida na loja.

— Sim — disse ela.

Era bunduda, de porte médio, e a pele cinza-pálida parecia papel-manteiga no rosto achatado, meio batatudo. Os olhos eram pequenos, bem escuros, afogados na abundância de banha.

— Conhece isto? — Ele enfiou o anel embaixo do seu nariz.

— Que sei eu? Por que deveria conhecer? — Ela deu de ombros.

— Sua prima, Lavinia Mattonari, afirma... que você o emprestou a ela.

— Não, não, ela é uma mentirosa! O que eu tenho a ver com isso?

— Ela escolheu este — improvisou o sargento — entre os que você tem!

— Mentirosa! Sem-vergonha! Deve ter sido o namorado dela que deu. Eu nunca tive um anel desses...

— Desses! Está querendo dizer que tem outros, então, um outro, ou alguns outros, que são diferentes deste aqui. Quero ver. Mostre onde estão. E o namorado, quem é? — Mas não quis se deter naquela imagem tão comum do namorado, já tomado completamente pela ideia de que a atarracada estava mentindo, que devia estar escondendo alguma tramoia. — E, a propósito, por que não foi trabalhar hoje de manhã?

A moça, com os lábios brancos, o gesto de um autômato, ergueu o bastão de pele dupla, apontou-o com o queixo que não tinha e seus olhos fugiram à olhadela do sargento, como que dizendo: "Por culpa, ou por mérito, disto aqui".

— Sim, eu vi que você está com a bandeira na mão, mas a guarda-linha é você? Quer que eu acredite nisso?

— Não. Meu tio precisou descer até Ciampino, falar com o chefe. O titular é ele. Quando não está, eu fico no lugar.

Titular, para ela, queria dizer guarda-linha.

— Mostre os outros anéis, se houver, os corais: todas as joias que você tem, os brincos de festa.

— De festa? Não tenho corais nem brincos. O que o senhor pensa de nós, que passamos o ano inteiro de barriga vazia?

— O tio é funcionário público. Você trabalha na malharia, quando trabalha. Não vamos perder tempo. Trate de me mostrar o que você tem. Se é tudo seu, ninguém vai pôr a mão. E, se não for, temos um mandado de busca. E, se começarmos a procurar e na hora aparecer alguma coisa que não deve... Quem procura, acha, e quem acha tem que notificar aos superiores. Não sei se você está me entendendo. Não sei se conhece as disposições...

— As exposições? E quem conhece isso?

— As dis-posições! — gritou ele. — As disposições legais: o que é estabelecido pela lei...

— Como, senhor sargento? Explique melhor.

— Existe uma lei, não é mesmo? Um código, um regulamento de conduta, no qual está escrito como devemos nos comportar, como devemos proceder. Nós... devemos obedecer ao regulamento; devemos proceder de acordo com a lei. Por isso, preste atenção. Não me obrigue a revistar a casa — era, ao contrário, um posto de guarda-linha — ou seja, o quarto onde você guarda as coisas... as suas coisas. Seria um agravante para você: artigo 788. — Artigo 788 uma ova, ele o inventou na hora. — É um artigo bem claro.

A moça o olhava de soslaio, tendo ganhado um pouco de confiança para responder, os olhinhos escuros engastados na banha das pálpebras, com a avara reticência do camponês que hesita em abrir a boca, entre o medo e a desconfiança. A velha fez de conta que tinha o que fazer na horta e desceu até lá com uma enxada da qual se ouviam os golpes intermitentes no solo. O cachorro, após parar de rosnar, ainda observava ferozmente, com o zelo dos imbecis.

— Se tivermos de revistar — acrescentou o Pestalozzi —, vai ser pior para você. Eu já disse: quem procura acha. Está entendendo?

A atarracada, como se o sargento tivesse apontado uma pistola para a sua cara, se mexeu, deu meia-volta, foi caminhando feito uma sonâmbula, entrou em casa, ou melhor, no posto de guarda-linha. Os dois a seguiram. Daquele misto de cabine telefônica e cozinha que era o cômodo no térreo, subiram, por degraus de mármore *peperino* cinza, ao andar de cima, um aposento menor ainda, irregular, por causa do topo da escada. Era ocupado por três camas e, de resto, quase nada mais. O Pestalozzi e o Cocullo, atrás da moça, mal puderam se esgueirar até lá. Um cheiro de roupas — se resolvermos chamar de roupas os lipoides, os aminoácidos, a ureia, o suor, enfim, de que estão embebidas as roupas dos pobres —, uma janela com grade e mosquiteiro, nenhum móvel além dos três catres que pareciam três caminhas de cachorros, e um aparador minúsculo com um caco escalenoide de espelho, já quebrado havia tempos, pousado em cima. Na parede, acima da cabeceira de uma das três caminhas, com o raminho de oliveira de folhas retorcidas, ficava pendurada em sua moldura escura uma gravura barata e amarelada nas margens, que Pestalozzi reconheceu de imediato. Era Nossa Senhora do Divino Amor, que apareceu sobre o portão de Castel di Leva ao peregrino aflito e perdido na noite, que cães ferozes perseguiam, latindo, prestes a abocanhá-lo e dilacerá-lo quando, ao vê-la, se contiveram. E o cercado o acolheu.

Um aparador, meio armário e meio mesa de cabeceira, surgia depois da terceira cama, entre a borda do colchão que não cheirava a espinheiro-bravo — responsável, aliás, com os outros dois colchões, por aquele bafo "humano" —, e a parede recém-caiada. Tinha cara de abrigar a barafunda daquelas futilidades, daquelas maçarocas de linhas de costura, daqueles botões desparelhados, daqueles retalhos em forma de losango que as boas mulheres do campo e de qualquer outro lugar da fatal península recolhem tão escrupulosamente e guardam com extrema dedicação para as improváveis necessidades de um amanhã em que não exista linha nem barbante, já que não haverá nada para embrulhar. O Pestalozzi deu uma olhada no móvel, mas sem um interesse especial.

— E então?

— Ali — murmurou a batatuda.

Apontou, mais erguendo a cabeça sem quase nenhum queixo do que com um movimento dos lábios, para debaixo da cama, a segunda. Ao contorná-la, descobriram, e depois pegaram, uma arca: uma caixa de madeira, com uma folha de latão escuro nas bordas. A garota então pegou uma chave como em um passe de mágica, depois agachou para alcançar com as duas mãos a arca embaixo da cama. O rosto e a parte cheia do busto encostavam levemente nas cobertas cinzentas: tateava como cega, e conhecedora, olhando reto à frente até conseguir remover o paralelepípedo, depois como que agarrando trapos a esmo com o gesto divinatório de um cego, hábil em tocar no piano as teclas certas, em extrair do teclado os patéticos esquadrões da sua cegueira. Puxou a arca para fora e a abriu.

— Pode procurar, senhor sargento: mas não tem nada.

Como o sargento não se mexia, revelando no rosto quanto o hircino casebre já o decepcionava e enojava seu nariz, ela ergueu a tampa, tirou algumas blusas, um xale, meias pretas com o calcanhar branco, uma caixinha de papelão e uma camisa de homem, essa em bom estado.

— E o anel? O *seu* anel, onde está?

Incomodada pela dedução primária do sargento — "Quer dizer que você tem outro" —, abriu a caixinha de bicarbonato sob o queixo dele. De lá, como que de uma espécie de ninho de algodão, tirou uma mísera correntinha que parecia ser de ouro, com uma cruz leve que também parecia ser de ouro, um broche com um falso coral, um outro brochinho de metal com um trevo de quatro folhas esmaltado.

O sargento pegou a correntinha com dois dedos, alargou-os para segurá-la e deixou balançar a cruz. Em seguida, o broche de esmalte verde, como se tira de uma sebe de espinheiro-branco uma borboleta pousada com as asas fechadas, para devolvê-la ao voo. "Quer dizer que você tem outro." Ela havia dito que não. Então não considerou lícito desmentir, ou, de qualquer maneira, recuar da negativa. A qualidade oleosa, imóvel, obstinadamente estatuária dos seus atributos fisionômicos a ajudou, enquanto isso, a manter a língua em repouso. Palidez, banha e batatice, aquelas duas cabeças de alfinete que lá estavam espetadas como em um ovo de miolo de pão, duas maçãs do rosto redondas que pareciam inchadas por dois socos, em suma, todas as suas melhores características, permitiam que ela ficasse muda e ausente, sem dar um pio, fingindo apenas uma apreensão que a deixava, talvez, um pouquinho perturbada.

O sargento voltou a olhar para o aparador. Estava prestes a dizer: "Vire os colchões! Mostre embaixo dos colchões!". Em vez disso, contornou as camas e, após o difícil périplo, plantou-se feito um poste entre a última delas e a parede, parecendo que ia interrogar a mesinha de cabeceira. Puxou a porta, percebeu que tinha uma fechadura, coisa incrível em uma mesinha de cabeceira; era uma mesinha de cabeceira *sui generis*. Pediu a chave. A jovem Mattonari procurou embaixo de um colchão, achou-a. Abriu o aparador com uma tristeza gordurosa no rosto, como uma cidadã vexada pelo arbítrio.

Mais trapos, tralhas de mulher, um colete, um par de calças surradas despencaram no chão, para a constatação decepcionada do suboficial. Tinham sido guardados de qualquer jeito, socados lá dentro mal e porcamente. Ele tirou com a própria mão um corpete de tricô, uma pele de coelho, uma anágua azul-clara com partes descoloridas pela água sanitária. Duas ou três nozes rolaram para fora. Então, surgiu dos trapos, todo enrolado em meias puídas, um penico. Repleto de nozes, e com várias mossas no abaulamento esmaltado, deu para ver logo que não devia ser um Capodimonte, nem sequer um Ginori.

— Ai, meu Jesus! As nozes da minha avó! — gritou a Mattonari, como que para atribuir valor, com uma exteriorização de angústia possessiva, ao tesouro que o outono depositara na capacidade tão benigna do recipiente, *en passant*, tal qual peregrino que se desobriga, antes do amanhecer, sem se despedir, da hospitalidade tão bondosamente recebida.

E, abaixando-se ao lado do sargento lá em pé, fez menção de pegar o recipiente e tirá-lo do caminho, parecendo, afinal, movida pelos melhores propósitos. Pretendia, com aquele gesto, desobstruir o caminho para a Requisição, para o Agravante, para o Calvário, para a Lei. Mas a pituitária do sabujo havia farejado direitinho o Esconderijo.

— Parada! Pegue você! — ordenou ao Cocullo.

A moça se levantou. O fiel Farafilio agachou. Enfiou as duas mãos no aparador: para com uma agarrar pela alça o penico lotado e, com a palma da outra, pressioná-lo respeitosamente, como se acariciasse sua benevolência, tão roliça no hemisfério oposto, sem alça. E retirou-o do tabernáculo (estava pesado como raramente acontece) com a postura própria do usuário, ou até mesmo proprietário, que, de noite, vai dele se servir para a finalidade inferior. A oitava e a nona nozes rolaram. Curto demais para a opulência quase pueril do bravo soldado, o paletó cinza-esverdeado evidenciou as rotundidades posteriores do jovem, devidamente revestidas de pano da mesma cor. Enfatizadas pela posição de agachamento, pareceram emular e superar em tudo as rotundidades lisas do vaso, como se as tivesse inflado uma bomba, dessas de tripé, dos mecânicos de bicicletas. A incrível plenitude estava na iminência de arrebentar a costura mediana-posterior das calças, que, ao contrário, pareceu apenas afrouxar no zigue-zague apertado de uma linha azul-esverdeada, mais escura do que o cinza do tecido. Tal costura foi pressionada mais do que o devido, mas o ponto de ruptura não foi atingido. Todavia, um disparo seco ribombou no quarto. Não, não era um tiro de revólver. O Farafilio, coitado, muito provavelmente enrubesceu, com aquele seu jeito manchado de enrubescer, em seu rosto bom e severo. Agachado que estava, com o rosto contra o armário e o penico no braço, seu rubor não foi divulgado. O humilde dever havia nomeado a si próprio, só isso — certas posturas favorecem certas nomenclaturas, como que evocando o som das suas próprias fontes. A moça permanecia calada, amorfa. A testa do sargento anuviou-se no silêncio. Enquanto isso, repleto e pesado com a mais seca dádiva de Vertumno, o penico foi elevado às honras do topo (da mesinha de cabeceira), removido ligeiramente o reluzente caco de espelho. O manobrista se levantou, sem se virar.

— Idiota! Despeje em cima da cama! — disse, duríssimo, o sargento.

O manobrista obedeceu. Na meia-volta, metade do seu rosto se revelou, coberto, em zonas alternadas, por ilhas de rubor e de palidez; o rubor cor de bispo, a palidez cor de ricota. Além disso, demonstrou ter, em grau elevado, a qualidade dos bons, generosos e honestos: enrubescer até o pescoço. Apoiou devagar. Em seguida, virou rapidamente o recipiente onde o outro mandara, pondo as mãos em toda a volta, formando diligentemente uma barreira. Daquele tesouro de nozes, as mais tolas, ainda não liberadas, poderiam saltar e quicar várias vezes, festivamente rolantes e cretinas, indo se esconder uma para cada lado em um canto qualquer embaixo das camas caso não houvesse justamente o sulco, ou seja, a marca do corpo na própria cama. Mas elas se deram mal. Foram depositadas todas juntas, como em uma caçarola, formando um monte. No topo do qual, um pacote. De papel de embrulho azul, de quitanda. Açúcar, provavelmente: uma reserva secreta da avó. Posicionado do outro lado da cama, foi o sargento a desfazer com dedos impacientes o embrulhinho. Surgiu, então, um saquinho de tecido áspero: não estufado, mas pesado e encaroçado no fundo, onde ficava a mercadoria. Avelãs, talvez? Ou uma coleção de botões? Ou um terço? O pano era estrangulado perto da boca pelas voltas apertadas de um barbante, e, depois, nós e mais nós. O Pestalozzi apalpou. Seu rosto se iluminou com o brilho do "acertamos na mosca". A punição que mentalmente havia cominado ao discípulo evaporou de seus propósitos. Torceu metade de um lábio para cima, em uma careta de desdém, como para tornar mais explícitas a expressão de ironia — da sua ironia. A maçaroca de nós foi desfeita por persistentes unhadas, o aperto das voltas do barbante afrouxou-se, abrindo o caminho. Do saquinho desatado, despejado por sua vez com toda a precaução, mas sobre a cama da avó, que era a do meio, despencaram, quase que consolando-se reciprocamente na inesperada saída e queda, continhas verdes, medalhinhas, broches e cornalinas, bugigangas de ouro, correntinhas, cruzinhas, colarezinhos de filigrana enroscados uns nos outros, e anéis e corais — anéis nobilitados por pedras raras, ou reluzentes com uma só gema, ou, às vezes, com duas de cor diferente, diante da boca aberta do Cocullo e do coração em disparada do sargento, que já sentia as insígnias escalando sua manga, enxotando os que lá estavam. Insígnias de tenente, daquela vez. As joias ficaram paradas como bichinhos amedrontados, joaninhas que recolhem as asas para não chamar a atenção, no mísero regaço da indigência. Mas, ao contrário, chamaram; chamaram à atenção muitas mentirinhas desmentidas, reconhecidas pelo joalheiro de nariz adunco, no balcão, depois do roubo e do resgate, das cores mais curiosas e de todas as formas. Uma cruzinha de pedra semipreciosa verde-escura, que as pontas dos dedos do futuro tenente não se contiveram em saborear, com voltas e reviravoltas. Um lindo cilindrozinho verde e preto brilhante, mais adequado aos horóscopos dos sacerdotes cretinos do Egito do que aos desvarios de Pitágoras sobre o apótema do pentágono, alinhados a oeste a deblaterar, a observar o vértice das pirâmides ardentes. Joia misteriosófica oculta nas antigas vísceras do mundo, arrancada das vísceras do mundo, um dia, geometrizada em magia. Um pobre ovinho entre o azul-claro e o esbranquiçado, como uma pequena glândula de um pombo morto a ser jogado no lixo. E dois brincos, balançantes e pesados, com duas grandes gotas de um azul-celeste em forma de triângulo isósceles, arredondadas nos vértices, de uma maravilhosa felicidade-facilidade para os lóbulos de uma peituda risonha vestida de azul-claro, que em sua quase transparência estriada riam locupletados através de filetes de ouro que pareciam ter se encerrado ao congelar. E um grande anel cilíndrico de ouro, que tinha circundado o polegar de Enobarbo ou o hálux de Heliogábalo, com um grande confeito oval verde-alaranjado e, logo depois, cor de limão; atravessado, um pouco, por todos os raios da manhã equinocial como as claras carnes do mártir pelos 190 dardos, perfundido por luzes verde-claras, da aurora marinha até o resplandecer de uma pederneira — o que fez imediatamente os dois homens sonharem, encantados, com uma soda de cidra e menta na Piazza Garibaldi ao meio-dia. E um anelzinho de fio de ouro, com um grão vermelho de romã que uma galinha poderia bicar; e um último pingente, um balangandã, quase uma bolinha de azul de metileno para tirar o amarelo da roupa lavada, preso por uma plaquinha de ouro e por uma continha. Através dela, presa por malha de ouro a uma outra peça igualmente essencial de adorno, seja para a beleza transbordante de um seio ou então para uma máscula lapela ou para a autoridade pançuda e relojoada do tutor do tal seio, administrador, moderador e, em última instância, consorte. "E um panaca dos diabos!", pensou Pestalozzi, os dentes cerrados. Uma cruz de granadas, instantes vermelho-escuros da sombra doméstica. Anéis, broches: maravilha desacreditada. E o rubi e a esmeralda resplandeceram e repousaram na cavidade da cama de pele de rato, coinquilinos, por um momento, dos verecundos meandros da pérola, sobre o puído e quase esfarrapado tegumento daquele catre de velha — entre o reluzir precioso e o serpear, ou poligonar, dos ouros que incendiavam as mentes, depois das pupilas e retinas. Broches e brincos tinham se enroscado nas correntinhas, ou emaranhado entre si, como cerejas gêmeas entre os pedúnculos geminados das duplas coirmãs. Os pingentes, na súbita cascata, trouxeram consigo os anéis. Rubi e esmeralda se apresentaram fisicamente sobre a pobreza cinzenta do pano, ou do farrapo, no esplendor fechado e mudo inerente à autonomia de certos seres, destacando sua raridade, sua dignidade natural e intrínseca, aquela virtude mineralógica que, através de falsas fanfarras e piscadelas, é trombeteada com muita frequência, nos carnavais trombeteiros, por tantos fundos de garrafa quanto, em tais fundos, é completamente inexistente. O coríndon, cristais pleocromáticos, demonstrou ser isso, de fato, no ambiente rato-cinzento, vindo do Ceilão ou da Birmânia, ou do Sião, nobre por sua estruturante aceitação, verde esplêndido ou rubro esplêndido, ou azul-noite também, um anel que cristalograficamente sugere Deus. Memória, cada gema, e obra singular na memória longínqua e na labuta de Deus; autêntico sesquióxido Al_2O_3 autenticamente espaçado nos modos escalenoédricos ditrigonais de sua classe, premeditada por Deus, a despeito do valor-trabalho do

Tavão. Tavão di Revello* que devia durar uma hora na cadeira e não mais, economista-chefe do Pavão** e ministro-galo*** de suas malditas não finanças que, a um piscar de olhos do Cara de Queijo**** em pessoa teria revelado aos italianos o novo paraíso dos valores engarrafáveis, substituindo, na faixa zodiacal do crédito e da circulação monetária, as reservas de ouro que depois foram se liquefazer no Quinto dos Infernos, pelo escorpião das lorotas que nunca mais vão embora. E a italianada bebeu avidamente no gargalo daquela garrafa.

Não, Pestalozzi não era um ministro da fazenda da Itália, e muito menos a Menegazzi. Uma certa noção de valor e não valor, ambos tinham. Ela, não fosse por outra coisa, para satisfazer o capricho de esquecer no banheiro o valor (o topázio), uma vez que nem mesmo ela teria tido prazer algum, em parte alguma do seu corpo ditirâmbico e fremebundo, em esquecer no banheiro o não valor de um fundo de garrafa. Eram gemas, aqueles resplandecentes rubis, dava para ver, incubadas e geradas nos milênios originários do mundo. O perito podia confirmar e garantir, apesar do corte, ou seja, da lapidação e do polimento esmerado. Gemas que deviam ter se cristalizado naturalmente pela fusão do sesquióxido, seguindo os princípios do sistema, e não fazendo de conta que se cristalizavam em uma luz, em uma glória falsa, em uma bacia de excrementos. Assim, o ímpeto, a dor de uma alma se congela em um grito, se coagula em uma notação, seguindo os processos formais do pensamento em um grito congelado! Que é o seu, e não o berro de outra, ou do mercado das almas e dos berros. O sargento, com o gesto de quem escolhe

---

* Jogo de palavras com tavão, espécie de mosca que persegue o gado, e o sobrenome de Ignazio Maria Thaon di Revel (1888-1973), ministro da fazenda de 1935 a 1943. [*N.T.*]

** Referência sarcástica a Mussolini. [*N.T.*]

*** Ministro-galo é usado como referência à origem francesa da família Thaon di Revel, uma vez que o galo é símbolo da França. [*N.T.*]

**** Referência sarcástica a Mussolini. [*N.T.*]

o arroz antes de jogá-lo na panela, espalhou as pedrinhas, as continhas, as joias de ouro, os fabulosos confeitos, reluzentes gemas do marajá na depressão da colcha miserável. Daquelas aparições, fiapos de ouro ou grãos luminosos sobre a cor escura do pano, desenhou-se uma linha pontilhada, como um contorno (porém visto do alto e de longe, do morro ou do avião) de globos elétricos na curvatura da Riviera; assim como as luminárias de Botafogo perolam, nas noites bananíferas, a linha de contorno do litoral e da rua à beira-mar, ao redor da base do Pão de Açúcar. Naquele momento, aquelas joias pareceram brotar e jorrar sobre a cama do amontoado misto de diversos golpes de ladroagem. Mas Pestalozzi, a princípio com certa hesitação, depois com segurança orgulhosa, julgou poder reconhecer, no esplendor espalhado, o discutível e ultrassuspeito colar de pérolas, duas ou três bugigangas, uma ametista, a cruz de granadas, a continha de "lápislaruli" (assim estava escrito), os corais, as joias, titulares dos nomes e das designações que constavam, sócios e sobrinhos do topázio, nas primeiras linhas e, a seguir, na primeira e na segunda folhas do relatório Martinazzi, ou, para dizer mais corretamente, Mantegazzi. Titulares dos nomes e dos títulos, geralmente de uso, em alguns casos dificílimo anel "de" rubi com duas pérolas, broche com pequena pérola negra e duas esmeraldas, pingente "de" safira, como se diria de massa folhada, "cercado" de brilhantes, gargantilha, escrito à máquina "gragantilha" e depois corrigido para "gargrantilha", de granadas em estilo antigo (sic), fila ou talvez fio, sem L e com um furo no O, é claro, de pérolas brancas (fajutíssimas) etc., anelzinho etc., broche grande com pedra de ônix, etc., etc. Uma prova de leitura do curso para aspirantes a carabineiros, pensou Pestalozzi.

Enquanto isso, o tempo corria. Ainda de manhã, antes do meio-dia, ele precisava voltar a Marino com o topázio no bolso e com o resto do que havia conseguido encontrar em sua perambulação inesperadamente frutífera de gemas, ouros, pérolas falsas, moças bonitas ou feias, mas todas mentirosíssimas. Do que havia recuperado e encontrado, ou não encontrado, devia prestar contas ao tenente, com a lista na mão. Eram nomes esquisitos e difíceis, com um quê de mágico em si, de enigmático: com tantos furos quantos os do bilhete ferroviário no lugar de cada O. A segunda lista, incompleta, pois estava faltando uma folha, mas não menos perfurada do que a primeira, parecia, ao contrário, uma encrenca, uma baita encrenca que não tinha a ver com ele, um caso confiado a outro, visto que o delegado Ingravallo, aquele cabeçudo que em vez de brilhantina usava piche, havia declarado "expressamente" que pretendia ele mesmo se encarregar daquilo. Era assunto de dom Ciccio, portanto. Batida em fita vermelha, como se a fita tivesse sido banhada em sangue, a lista do "roubo Balducci" parecia ter se materializado de um pesadelo — redigida e autuada em páginas por um secreto horror que não era, naquela manhã louca do equinócio tão cheio de prognósticos, não, não era da competência dos carabineiros. Não, o campo solitário lá fora, molhado pelos aguaceiros, olhado de relance pelo sol que despertava vez por outra, não, não queria recriar o horror; aquele que cobre, depois dos lampejos repentinos da faca, quando a fera recusa à vida qualquer perdão, um despojo funéreo. À vista da zeladora e dos policiais (antes até das constatações legais), ou do primo aterrorizado que havia entrado sem saber, assim dizia, depois em meio às pantufas de todos, de todas, um simulacro pálido para os museus de cera da morte: e aquele icor pútrido escorre do rasgo no pescoço, nos dias seguintes, em um relento de necrotério. Os ouros e as joias que ele havia recuperado eram os "da porta em frente", os ouros da condessa loira, de qualquer modo, e, em meio aos sucessivos lampejos de uma imagem sonhada (não vista), o sargento suspirou. Fantasiando aparecer diante dela com insígnias de tenente, na pele de recuperador-salvador, procurava ao mesmo tempo se desvencilhar de todas as serpentes da dúvida: "...mas quem sabe alguns dos outros também, do cofre de ferro da assassinada". Não se demorou nas averiguações. Já estava com pressa. Sobre as eventuais preciosidades da Balducci, com aquela lista pela metade, pairava ainda a ambiguidade das hipóteses. O reconhecimento e a discriminação de cada uma das peças deviam ser realizados no quartel, lá em Marino, ou talvez em Roma, em Santo Stefano del Cacco, ao passo que cada uma das joias da condessa Mantegazza, especificadas na respectiva lista, conclamava com insistente evidência a própria identidade roubada. E também, na verdade, sua razão ia computando as probabilidades restantes. Em uma hora e meia, dois golpes de sorte como aqueles, um topázio no dedo e um penico de topázios, eram até exagero da avara cornucópia da Sorte. Para as estatísticas pré-cognitivas do cérebro, exaltado, embora hesitante, desconfiado, um terceiro lance não parecia aceitável. A moça e o Cocullo esperavam, imóveis e como que esvaziados de toda capacidade de seguir adiante. O sargento voltou a si.

— Quem as deu para você? Quem as trouxe para cá? Presente é que não foi! Logo para você!

— Eu não sei. É a primeira vez que estou vendo isso. Não sei quem foi que guardou essas coisas aí, nesse lugar.

— Diga quem deu essas joias para você, você sabe muito bem, ou quem as entregou para a vovó... para o seu tio. A mesinha de cabeceira estava trancada. Vocês instalaram uma fechadura. E você encontrou a chave rapidinho.

— Fechadura sempre teve: guardamos algumas coisas aí.

— E que coisas! Diga quem trouxe, você sabe. Nós já sabemos. Faz tempo que sabemos o que aconteceu. Em Roma também, até o delegado já sabe de tudo. Fale, você deve confessar, deve dizer a verdade, não temos tempo. Se não se decidir a falar aqui, vai falar com o tenente, em Marino.

A moça continuava em silêncio, absorta, olhando para o nada: a cara de batata, as duas continhas escuras das íris.

Os lábios sem cor não revelavam qualquer intenção de falar, como uma sibila agreste, ou um cidadão jurisconsulto que não profere resposta nem diante de uma oferta prévia. Silenciava, diante do silêncio lá fora do campo, de todo o solitário campo; o semblante de uma recusa irreparável. Uma histérica de pedra, para quem a mentira proferida tornou-se verdade, e continuará como tal mesmo sob tenazes incandescentes.

— Então vamos para o quartel. Lá você vai abrir o bico, vai ver só. Quer apostar? O tenente vai fazer você falar.

As joias foram novamente ensacadas, um punhado cheio, e pinçadas uma por uma — as extravagantes, as centrífugas, as periféricas. O sargento utilizou as próprias mãos, depois os próprios dedos, prestando bastante atenção para não deixar em cima da colcha um só grão de todo o "butim". Com os lábios ligeiramente entreabertos para realizar a tarefa, e respirando pesadamente por entre véus de catarro, o Farafilio, feito um carneirinho resfriado que assiste a uma laparotomia, segurava o utrículo de pano com força, introduzindo lá, para garantir a recepção exaustiva, dois dedões de ginecologista. Jogaram os travesseiros para o alto, como que para desfazer as camas, as colchas, os lençóis nada brancos e muito menos cheirando a alfazema, à maneira de Zvanì.* As nozes tinham sido recolhidas pela moça com o penico, como água do fundo da barca, quase achicando o porão. Olharam também embaixo das camas, fizeram com que ela virasse os colchões ("força, senhorita, força: ar, ar"), esvaziar completamente o armário das cuecas e das meias esfarrapadas, e a arca. Apalparam os colchões, colocando-os sentados em cima dos estrados e, o primeiro, em cima dos outros dois bancos em que normalmente ficava estendido. Com o dedo mindinho, revistaram os orifícios; com o polegar e o médio, os rasgos. O penico Creso,

---

* Diminutivo afetuoso do nome Giovanni no dialeto da Romanha e título de um poema de Giovanni Pascoli (1855-1912) em *Canti del Castelvecchio* (1903). [*N.T.*]

de cama em cama, parecia uma puérpera, atordoado e diminuído após ter ficado tão cheio. Na parede, os verdes e vermelhos do Milagre, o raminho do ano anterior de folhas murchas e ressecadas, algumas cinza-prateadas, outras cinzentas ou verde-amarronzadas, ou até mesmo cor de tabaco, como se o carisma que as impregnava tivesse evaporado com a mudança do ano. E, embaixo, por fim, na plataforma, a luz de um desolado saber, ou entrever. O mal, para os dois homens vestidos de panos cinza,* pareceu existir, amadurecendo os dias e os eventos desde sempre — força ou presença muda em um pandemonismo do campo e da terra, sob céus ou nuvens que só podiam contemplar, ou fugir. Manifestara-se naquela sensação de aturdimento, de afrouxamento de todo vínculo justo, que surpreendeu seus corações ao saírem diante da súbita reaparição do lugarejo, das nuvens correndo no céu. O diabo, para a moça, havia se transformado em galinha, aquela que se faz de sonsa na horta e, hesitante, ergue e abaixa o pé, ciscando e cagalhando. Uma das três, mas qual? E assim, perto da casa, entre um restolho e outro, ele, com um ovo por dia (que nunca dava para saber qual das três tinha botado), na pobreza e na solidão do campo sem granja alguma, tentava as almas; depois as denunciava ao sargento, aos informantes do Senhor, dando a impressão, ele, diabo, ou ela, galinha, de estar o dia inteiro só ciscando, procurando larvas. Cada minhoca, cada vermezinho! E mal ouvia bufar o trem. Ela se deixava tomar por aquele medo e por aquela esperança de ser por ele atingida, e as outras também, para que ninguém soubesse qual das três era, e *quem* era... sendo o diabo. Diabo, não havia dúvida, e espião, imaginou a moça, mostrando a mão em forma de dois chifres para as galinhas: espião, espião — insinuou-se sob falsas aparências no âmbito do domicílio, daquele domicílio rural e ferroviário, lá estava ela, lá estava ele, passeava

* Referência a Dante, *A divina comédia*, Purgatório, canto XX, v. 54. [*N.T.*]

com ares de galo, com o jeito próprio de um, como um dândi de luvas amarelas na Via Veneto, de monóculo e flor branca na lapela. Catava piolhos nas costas com o bico, ora de um lado, cheio de empáfia, ora de outro. Cagalhava, assim, como se nada fosse, mas, ao mesmo tempo, aproveitando o privilégio de ser um galo, olhava de lado, como fazem os galos, e espreitava a cozinha, se a porta estivesse aberta. Dependendo, entrava. E ninguém o enxotava, o tio estava telegrafando para Ciampino, ou para Cecchina, *tac tatatrac tac*, sentado ao aparelho. Com isso, podia espiar completamente à vontade. Registrava tudo com sua pupila maluca e retinha na retina, com aquele olho lateral que os galos têm e que parece uma invenção de Picasso, uma escotilha da privada, de uma privada desprovida de qualquer entendimento ou aptidão para espionar, a bombordo ou a estibordo. No entanto, observam você. Sim, era o diabo, adentrado insidiosamente na cozinha, no indefeso chão de lajotas da pobreza domiciliar, ou adentrada, uma vez que tinha se disfarçado de galinha, ou de tocaia dentro da cerca de varas — varetas fincadas de propósito na terra com duas inclinações opostas que formavam figuras de losangos, açoitadas pelos torós e pelo vento, a metade desmantelada, outra metade podre, agora, depois do inverno; uma cerca deteriorada, agora: que não separa a indigência doméstica, no quilômetro 20,25, do acesso livre ao campo. A avó, entre as galinhas e os restolhos, parecia uma arvorezinha torta na horta, uma sorveira reduzida a esqueleto na morte. Um dia, vestida como um espantalho, e depois reduzida a trapos escurecidos pela tramontana. Dava um golpe de enxada na terra e depois parava, cansada, sem se erguer. O sargento a alcançou com quatro passos.

— Achei o que estava procurando — disse. — Se foi a senhora que escondeu, está me devendo explicações...

Ela levantou o rosto, que pareceu entalhado na madeira. Encarou-o sem compreender, sem sequer escutar.

— Ela é surda — avisou Camilla.

Telefonaram para o tio. Quiseram informar o tio: Camila havia sido "convocada" pelo senhor subtenente Santarella, foi o que disseram. Devia "dirigir-se" a Marino para prestar depoimento. O posto de guarda-linha ficava sem guarda. O velho não deu palpite e muito menos protestou ao telefone. Não teceu comentário algum sobre o que disseram. Já estava prestes a voltar para Casal Bruciato. Nenhum outro trem passaria mais, a Camilla sabia, até o misto para Ciampino Termini de meio-dia às duas da tarde.

O velhote, na realidade, ao ouvir uma voz desconhecida, entrava em pânico. Ao telefone, explicou a moça com dureza, quando não se tratava de chamadas ou comunicações de serviço, ele era acometido infalivelmente por uma paralisia do músculo basioglosso, que, segundo ela, travava sua língua. Como um engenheiro pouco dado à oratória que manuseia perfeitamente seus ábacos e, ao mesmo tempo, não dispõe de "palavras bastante adequadas", nem de verbos italianos suficientes para poder petrarquear sobre notícias não muito boas. Uma típica *aphasia coram telephono*, reverência, despeito, incapacidade de se exprimir com a língua, e a dúvida, aliás, a certeza obsessiva, de poder estar sendo ouvido e naturalmente achincalhado por terceiros, por imbecis desconhecidos, e, por fim, a perda da própria personalidade e o desfazimento do *logos* em uma rubra gagueira se insinuava ou estagnava endêmica na Europa e, portanto, na península italiana, naqueles tempos de *téléphone avec la manivelle.* No campo, no condado, ainda por cima. O tio era ferroviário, sim, como o papai de Lucherino.* E camponês viúvo, após ter se amansado, apesar da cara feroz, antes de se enfiar ao longo dos trilhos. Tinha nascido analfabeto, como todos nós... só que querer é poder. Com força de vontade, diplomara-se no beabá; lia a

* Originalmente, Gadda teria escrito "como o pai de Vittorini", em referência a Elio Vittorini, romancista cujo pai era, de fato, ferroviário. Depois, com medo de ofendê-lo, Gadda mudou o nome para Lucherino. [*N.T.*]

fita como se nada fosse e tiquetaqueava na tecla. Comandava e desfraldava em cima da barriga a bandeira de cor variável, como gentil alferes, no Pálio, bandeira da Torre, da Tartaruga ou da Gansa. Nascido tímido, sim, diante da cumbuca de ebonite, engolia a própria saliva, em vez de despejar as clamorosas fofocas do dia. Emitia cautelosos monossílabos, e até esses em pouca quantidade. A vovó foi deixada sozinha à espera dele. Sozinha, sem contar o cachorro, as galinhas. E esperaria também, na plenitude dos afazeres oficiais e no manejo exclusivo do bastão verde, que significava siga em frente, aquele trenzinho de Velletri do meio-dia. A moça, que naquela hora passaria por muda, não menos do que a avó, foi conduzida à bifurcação, onde, à espera do retorno dos carabineiros, estava parada a carroça. Lavinia, embarcada, sentada, encolhida, a garganta e as faces nas mãos, tinha os cotovelos apoiados uniformemente nos joelhos, o queixo estendido, os lábios esticados e a boca em atitude de desdém. Tal postura aumentava o espaço debaixo dos braços, suficiente para poder abrigar e quase esconder, desdenhosa e intolerante a olhares, o morno peso das tetas, embora o arco de cada uma das axilas ainda permitisse a visão de suas silhuetas caso alguém desse uma olhadela naquela direção, como quem não quer nada, talvez. Foi o que fez o Farafilio, com o coração em disparada, assim que eles se aproximaram da carroça.

O dono do cavalo estava sentado, do outro lado da vala, na beirada do gramado bastante alto no qual a estrada ainda hoje afunda, olhando pensativo para o chão, boquiaberto, os sapatos no bueiro seco. Parecia especular sobre os destinos humanos e os presságios, deixava o cérebro pastar nos intermináveis campos do nada como costumam fazer os utópicos e os lanternistas,* após tê-lo esvaziado; naquele doce vácuo

* Nome dado a certos acadêmicos de Toulouse, no século XVIII, que usavam pequenas lanternas para ir às assembleias, que aconteciam à noite. [*N.T.*]

torricelliano que os vapores agitados e as névoas da manhã equinocial elevam, quando muito, a condição indispensável da vida psíquica. A curiosidade logo o invadiu ao avistar Lavinia com os militares, depois se aquietou e despontou com tudo quando, ficando a sós com ela e o cavalo (mas o cavalo não entendia direito as conversas a muitas vozes), perguntou sobre o acontecido. Áspera, Lavinia o aniquilou em dois tempos, coisa que fazia muito bem, e se acocorou como já dito. Então ele se esquecia da vida em paz, fitando algumas lâminas de capim, boquiaberto. Um fio de saliva estava prestes a escorrer por um canto daquele orifício pouco retentivo, filtrando por baixo da língua inerte para gotejar no cascalho. Apoiados na brita da vala, os dois sapatos, as pernas abertas, os dois cotovelos em cima dos joelhos, o chicote despontava dos seus dez dedos fechados, que o seguravam frouxamente. Parecia o mastro de uma bandeira em seu encaixe em uma sacada, ou a tácita vara do pescador sobre o silêncio do lago. E nem sequer apoiava o cabo no chão, mas, pelo contrário, em uma dobra supérflua (logo embaixo do colete de couro) que as calças formavam ao se reunirem, de maneira que, da parte inferior da virilha, brotava um caule faunesco que, aos poucos, foi se espichando até se tornar um broto flexível, e um delgado e pendente pinguelim, quase um dispositivo patenteado, um órgão só seu, próprio e pessoal, antena ou vara, atributo disjuntivo do radioamador-pescador, ou condutor. E, ao redor do pendente estremecer do pinguelim (oscilando com o pulso), uma mosca-varejeira se entregava ao vaivém habitual, aquele que denota uma avidez de alimentos, eternamente alerta, ou desperta, e o avistamento, isto é, o farejamento dos mesmos. Azoinava atordoantemente em uma vibração metálica, atingindo agudos com certas voltas ou reviravoltas formando um oito — quase embriagada por ter sido atraída pela fatalidade renovada de um campo gravitacional *sui generis*.

Um campo imaginado, para a nova história, pelo Pippo[*] das jovens varejeiras, onde a elipse da órbita newtoniana havia sido substituída pela lemniscata. Era uma daquelas bem verdes, com asas de um verde-acinzentado metálico, que lembrava aço polido, propensa, quando alguém põe mãos à obra, ou melhor, quando alguém obra, a generosas pausas e a inefáveis épulas nas veredas que atravessam os campos, nos cantões não ermos do território: *du vieux terroir*. Atormentada por precoce puberdade no tempo quente e úmido e por púbere nariz no equinócio, naquele cosmos de cheirinhos pressagiados (de adubação primaveril), divertia-se com a ideia do rabinho do chicote. Sabe-se lá o que a roceira achava que era.

As duas primas tinham se avistado de longe. Os três, a nova esperança de Regina Coeli, e os dois anjos mais atrás, quase ao lado, avançavam em grupo. Quando se aproximaram da carroça, o dono se levantou e, em um ímpeto, ergueu alto o chicote, como se tivesse fisgado uma baita tainha. Camilla desbotou para um branco-esverdeado:

— Foi você — disse, baixinho, a Lavinia, enquanto chegava ao alcance de uma faca, com os dois agentes atrás.

O cocheiro estalou o chicote no ar para acordar o cavalinho, e se preparava para subir atrás da Camilla, em quem uma palidez histérica se instalava a cada instante, desinchando o inchaço resultante, *empâté*, dos vários volumes do rosto, aquela consistência de abscesso que nela, com a puberdade, fizeram as duas bolotas gordurosas das faces formarem um todo com as maçãs do rosto. Os olhos, engastados no oval batatoso, começaram a reagir, brilhando como em um céu branco, para dar sinal de vida. A raiva atribuía-lhe aos poucos um olhar, emprestava-lhe um rosto.

— Eu? — disse Lavinia. — O que é isso, você por acaso ficou louca?

---

* Referência à canção "Pippo non lo sa" (1940) [*Pippo não sabe*, em tradução livre], de Mario Panzeri (1911-1991), indicando que a mosca desconhece seu destino. [*N.T.*]

Ódio, desprezo e até medo naquela voz, naquela frase, que o sargento Pestalozzi se esforçou para captar e, depois, em vão, entender. Um leve arfar, na fala, uma cesura cautelosa. O seio palpitava, desejabilíssimo, como uma lâmina magnética entre dois polos. Mas não era o magnetismo de Maxwell, ao contrário, era uma lâmina de pele leitosa, trêmula e graciosa.

— Eu? — Deu de ombros. — Também me pegaram. Vão nos levar para dar um passeio em Marino, para depor. — Esticou o pescoço, orgulhosa. — Vou contar para você como aconteceu, como ele, aqui, o sargento, achou que eu estava noiva, quando me viu com o anel no dedo.

Os estalos do chicote anunciaram de novo, quase alegres, a oportunidade para se calar, para partir. Pouco mais à frente, na margem alta do gramado, duas meninas boquiabertas estavam olhando, de ceroulas compridas e sapatos sem cadarços que deviam ter sido de um irmão mais velho. Um homem forte, um camponês, tentava acender e tragar um meio toco de charuto, torcendo o pescoço como um homem do povo de Inganni.*

— Suba — disse o sargento a Camilla. — E nada de conversa. Não tentem combinar nada entre vocês, mesmo porque não vai adiantar. Já sabemos de tudo o que aconteceu, e quem foi que deu as joias para vocês.

Dava para ver o bolso lateral do paletó estufado na altura do quadril, à direita, criando uma simetria com o coldre, como que para equilibrar o volume.

— Suba, vamos! — repetiu.

Camilla obedeceu. O dono da carroça subiu em seguida, pelo outro lado. As molas, ao sentirem sua sustança, rangeram de novo e, daquela vez, com o zelo habitual, depois silenciaram, comprimidas, esmagadas. O sargento, bicicleta na mão, preparou-se para ir ao encalço da carroça, que, derreando à direita, após a girada adequada do freio, como

* Angelo Inganni (1807-1880), pintor natural de Bréscia. [*N.T.*]

o cabo de um moinho de café depois de um último estalo de chicote, um "aaah" do cocheiro, uma levantada de orelhas e uma batida de patas por parte do quadrúpede, e uma sacudida de rabo entre as nádegas, finalmente começou a andar. A passo de homem, ou seja, de pangaré puxando três pessoas em aclive. A estrada, justamente, subia. A bicicleta, assim que Pestalozzi deu impulso naquele prodígio, recomeçou a estalar, a roer seu *torrone*. O fiel Farafilio faria o caminho a pé. Para caberem com seus dotes naturais naquela cesta, as duas moças precisaram se amontoar com dificuldade, de modo que se espremiam uma contra a outra na altura dos ombros e das respectivas coxas, como duas gordas codornas geminadas no espeto, dentro da frigideira, formando uma única porção. De um lado, o cocheiro as aparava fazendo pressão contrária; do outro, Camila se agarrou ao ferro lateral do assento, temendo despencar de lá e se estatelar no chão. Naquele ferro que era a ancoragem disponível, a única.

— Foi você, sim, maldita dedo-duro — dizia, em voz baixa, com uma ira ainda mais verde do que seu rosto. — Ficar de assanhamento, é só isso que você sabe fazer, eu sei disso. Ainda hoje ele gostaria de ficar com você, quem sabe. Esse sujeitinho a usava.

— Meu noivo, você quer dizer.

Lavinia ergueu a cabeça resoluta com o ímpeto repentino de uma cobra, olhando para a frente, como se quisesse se afastar nem que fosse só da imagem da companheira de viagem, da qual sentia o calor odioso, o cheiro. Torcia um pouco a boca, continuando a desdenhar.

— Não, não, noivo coisa nenhuma. Com você é que ele não vai se casar mesmo.

— Você quer tirar ele de mim com dinheiro, não é, de tão venenosa que é, sua cobra. Para arranjar homem, você tem que comprar, como a professora. Mas não vai conseguir roubá-lo de mim. Você é uma baranga, se é, com essa sua cara de batata. Você é miserável demais. Queria tirar ele de mim com aqueles dois tostões que você guardou?

— Elas é que vão acabar tirando ele de você, pode ter certeza.

— Elas não têm nada a ver com isso. E você também não. Fiz ele jurar, briguei. Com aquela? Só se ele estivesse louco. Vai, vai, sua batata. Vai cavar a terra, sua bruxa medonha.

O homem da carroça não se intrometeu. De tempos em tempos, para tomar uma atitude, estalava o chicote no céu como um postilhão encapotado na boleia, embora trajasse um miserável paletó cor de pulga, e incitava seu cavalo com um "aah". Depois de cada estalo, ao contrário, parecia intimidado, igual a certas pessoas com deficiência ou a certas crianças que emudecem diante de uma briga dos pais, porque não conseguem entender do que se trata, exceto uma aversão assustadora, um ódio cujo motivo é oculto. Ele entendia pouco de mulheres. A mulher é um grande mistério, dizia aos domingos em Frattocchie, no bar do marinense, sentado de lado, e, no verão, sob um caramanchão, com o cotovelo e meio litro de vinho em cima da mesa. Para começar, é preciso estudar direito as mulheres, sentenciava em Due Santi, o copo pela metade, diante do balcão de mármore branco estriado; porque a mulher é um mistério. E, do alto e do outro lado do mármore, Zamira ficava com pena dele, com toda a escuridão da boca, meio enojada e meio enternecida, enxugando as mãos no avental que, apesar de imundo, de vez em quando usava. E, uma vez, até tinha respondido: "É um mistério que logo se compreende, é só ter fantasia". Ele as compreendia pouco, dizia. E talvez compreendesse pouco todas as coisas. Com mulheres, com uma delas pelo menos, mas não lembrava qual, devia ter brincado quando criança. E já naquela época não entendia nada delas. Ficava lá, todo murcho, esperando instruções. Então, ao cruzar com uma pelo caminho, vez por outra, nunca de própria inciativa, concordava em dar carona.

— Você é uma sirigaita, uma dedo-duro — recomeçou Camilla, ansiosa para que a briga não tivesse fim.

Estava furiosa por causa do amor roubado e, sobretudo, pela apreensão do tesouro, que ela já chamava de "minhas joias de casamento". A penhora do amor, de qualquer maneira, lá estava, tinha ido parar nas mãos dos carabineiros.

— Maldito seja quem os criou — amaldiçoou, rangendo os dentes.

— Você não passa de uma dedo-duro, sua cadela. Você me dá nojo.

O homem do paletó mirrado estalou o chicote no alto, disse "aaah" com a própria voz para encobrir aquele bate-boca.

— Eles estão ouvindo vocês — avisou, sem se virar, em uma tentativa de sussurro que saiu carregada de catarro.

Assim, ficou mais constrangido do que nunca. Mantinha os olhos na estrada, para além das orelhas do cavalo, que serviam de mira, embora dupla — porque, de repente, sentiu na própria nuca uma queimação, dos olhos e ouvidos do sargento.

O cavalinho, a cada novo estalo do chicote, fazia de tudo para parecer empenhado no trote, que seguia lépido por alguns passos, depois desacelerava. As moças se calaram. Lavinia finalmente chorava; sua beleza e sua arrogância, abaladas. Tão conhecedora do orgulho de amar. Aliás, de ser procurada por amor. O jovem que lhe havia dado de presente o anel, aquela pedra cheia de luz que parecia sublimada de um ranúnculo, onde ele estava? Onde estava seu namorado àquela hora? Uma saca a tiracolo, uma faca no bolso, um sobressalto, um tufo de cabelo claro ao vento, como um punhado de estopa que não tolera pente. Depois de a ter traído e desprezado daquele jeito, logo ela, coitadinha (e o choro era quase doce), indo até o guarda-linha de Casal Bruciato para guardar as joias na casa da cretina.

— Na casa dessa aí, que está esquentando minha coxa.

— Ah, Iginio. Os carabineiros o tinham agarrado pelo cachecol, mas ele, arisco, tinha escapado da mão deles. O revólver, que ele nem sonhava em disparar, era só para defesa. Agora, como se não bastasse, ele até o escondera, enterrara. Ainda bem. Enterrado, não existe mais. Mas que coisa! Era só para meter medo na condessa. O boné? Ora! Estava guardado no bolso daquela jaqueta larga. Não, a justiça não podia dar três anos de cadeia para ele só por causa de um cachecol verde e um boné, e de um revólver velho e meio enferrujado. A faca... Minha Nossa Senhora! Tinha feito mal em dar as facadas, em uma mulher casada... na casa dela, se é que tinha sido ele mesmo. E um suor gelado, um calafrio de repulsa e de angústia tomava conta dela diante daquela ideia, horrenda. E enxugava com o trapinho molhado o rosto, os olhos. O sargento grandalhão de Marino, e enxugava o narizinho. Como ele tinha feito para descobrir? Para adivinhar tudo?

Por causa do cachecol, decerto; mas cachecol não fala. Então como ele tinha descoberto que Igì dera para ela o anel com a pedra amarela? Assim do nada? E que ela e Igì tinham ficado noivos três dias antes, depois de quase um ano de conversa, de maneira que foi ele, justamente ele, que enfiou à força o anel em seu dedo?

— Esse anel não é meu, por acaso? E você não é minha? — dissera, beijando-a com uma raiva de dar medo, quase!

Mas como o sargento tinha descoberto isso? Vai saber! Será possível que ele tivesse se escondido atrás de uma árvore, atrás de uma moita, justamente lá onde eles tinham dito o sim? Ou será que alguém os vira e contou? Será que Igì tinha espalhado a notícia por aí, para se gabar como fazem os homens? (Seu coração estremeceu de orgulho.) Bem, para ele, não era nem um pouco conveniente ficar tagarelando tanto. E, depois, ele não era do tipo que gostava de falar. Era difícil arrancar um pio que fosse daquela boca, daquela cara brava. E então? Uma colega do ateliê? Eram três, àquela altura, as que costuravam para Zamira. Ela, todos os dias, pode-se dizer; Camilla e Clelia, dia sim, dia não, quando muito. Camilla, com toda a certeza, não devia ter aberto o bico, com a consciência pesada por ter receptado a mercadoria, com todos os ouros e as pedras — antes de falar, teria se atirado debaixo de um trem. Clelia? Clelia gostava daqueles carabineiros altos que pareciam um bando de diabos assanhados, com quem podia dançar, podendo dizer sim a um deles por mês, estava claro; até os cegos viam. Mas, entre paquerar os soldados e trair uma amiga, uma colega de trabalho!

— Ou então é outra mentira deslavada desse aí. — O Pestalozzi olhou de esguelha, rateando na sua bicicleta musical. — Desse piemontês dos diabos, que quer virar tenente a qualquer custo. Não, nem passava pela cabeça da Clelia bancar a dedo-duro. Para arranjar um pouco de sopa à noite, e uma cama, ia a pé até Santa Rita In Vitacolo. Morava longe demais e em um lugar muito aberto. Voltava para casa já de noite. E depois, depois o quê? Podia estar em risco. Se Igì, só para fazer uma hipótese, se Igì ficasse sabendo que a dedo-duro era ela! Era capaz de quebrar seus ossos.

E, em uma espécie de sonolência aclarada apenas por lampejos, em um estremecimento do sangue, no latejar do sangue nas orelhas, lembrou que ouviam a moto do sargento, o grandalhão, pipocando por toda parte, por estradas e estradinhas, rugindo diante das cancelas fechadas, até Torraccio, até a Ponte, até Santa Palomba, onde ficam os transmissores da rádio e, às vezes, sim, até Santa Rita in Vitacolo.

Mas o que significa isso? O dever dele era aquele, era rodar de motocicleta dia e noite, para visitar seus pobres, para ouvir como estavam passando... suas galinhas: para isso é que usava as duplas insígnias de prata. "Não pensa em outra coisa a não ser zanzar o dia todo com a moto, pode-se dizer; e, no final, vai se deitar: põe o rádio para tocar, e tem sete mulheres que ficam ouvindo, além dele."

Dedos-duros com certeza não faltavam, concluiu no torpor da mente e dos sentidos, de onde Santa Rita já havia evaporado. Em sua opinião, a partir das confidências obtidas no dia anterior, o sargento tinha conseguido deduzir (sonhava) como um tal Enea Retalli, vulgo Iginio, tinha ficado noivo da lindíssima Lavinia, da qual, com infinitas promessas e uma cara de meter medo, de vez em quando, tinha obtido adiantamentos.

— Adiantamentos?

— Sim, algum dinheiro — respondia o dedo-duro sem rosto, mas do sexo feminino, sem dúvida alguma, já que usava xale e saia. — E principalmente... não me faça falar dessas coisas, o senhor sabe melhor do que eu, senhor sargento.

Havia sido ele, Enea Retalli, que tinha dado o anel à lindíssima Lavinia em um momento estranho, como se estivesse de partida; abraçando-a, beijando-a furiosamente na boca, nos olhos. Ou talvez, dizia ainda aquela aparição sem rosto, exalando palavra inumana, para se desfazer de uma muamba perigosa demais para ser levada consigo, naquele apuro, e com a intenção de recuperá-la um dia, quando pudesse circular mais livremente.

— Mas de onde você os viu?

— Eu os vi — respondia a assombração da estrada solitária —, eu os vi daquela casa rosada a caminho de Torraccio, onde vou fazer algum serviço vez por outra.

— Mas se você estava dentro da casa, e eles... eles estavam tratando dos assuntos deles lá fora, em um atalho. Não, a coisa não está batendo.

— Senhor sargento, eu os vi da janelinha.

— De qual janelinha?

— Da janelinha do banheiro.

A mente de Lavinia ia longe. As imagens reais se deformavam, filtradas por um torpor exausto e, ao mesmo tempo, clarividente.

— Queria que o senhor fosse até lá. É um banheiro do qual dá para ver tudo: as motocicletas, os vinheiros trabalhando sozinhos, as carroças, os burros...

— E o que você estava fazendo no banheiro?

— Senhor sargento!

Então ele pegava sua mão.

— Você me garante?

— Posso jurar, fique sossegado! — dizia, então, e não dava para entender com que boca; aquele pavoroso manequim, no qual fora enrolado um xale, pendurada uma saia.

Era mulher, e seu rosto era oval, como o ovo de madeira para cerzir as meias. O topázio havia aparecido dois dias antes no anular de Lavinia (o direito) em meio à surpresa de todas. "Caramba! O que é isso aí no seu dedo?", em resposta às perguntas, às exortações. "Conta logo!". Ela havia erguido as sobrancelhas, dito: "Como vocês são curiosas!", e dado de ombros, irritada, corando logo em seguida, como se estivesse se deleitando por um elogio ou por uma expressão, até evidente demais, de inveja.

— Não fique mostrando isso por aí, Lavi — advertira a Zamira. — Com todas essas moscas varejeiras rondando à nossa volta, nesses dias, querendo comprar algo para fumar.

Naquela manhã, Pestalozzi havia assimilado, além das ordens, também aquela hipótese do superior direto, o anel de noivado! E, é claro, a dupla lista dos funcionários de Roma, como os chamava nos momentos de distanciamento. O superior evitara dizer "me disseram" — limitara-se a formular hipóteses, poucas e cristalinas, uma mais razoável do que a outra. Naquele momento, ao comer o pó da estrada, ele se achava na obrigação de contribuir para uma daquelas hipóteses, a do topázio nupcial, à luz dos novos, além de imprevistos, resultados. O topázio, para Lavinia Mattonari, está certo. "Vamos admitir que ela o tenha recebido do Retalli." Mas por que, e como, todo o resto tinha ido parar com a batata, a Camilla Mattonari? Uma garantia, quem sabe? Talvez não tanto de amor quanto, por exemplo, de um dinheiro emprestado, do qual Enea Retalli sempre precisava. “Além da posição de desempregado... outra ocupação ele certamente não consegue arranjar”, imaginou brutalmente, como sociólogo que acreditava ser, como carabineiro que era. “E, depois, depois, na pressa de dar no pé!” Até essa hipótese o sargento tinha aventado. Retalli devia ter caído fora na manhã anterior; certamente havia se embrenhado pelos campos. Ou se tivesse, pelo contrário, ido para Roma pelas estradas? Como é que o sargento sabia que Retalli fugira naquele dia? Tinham conversado à noite, no quartel, quando ele, Pestalozzi, voltara de moto já perto da meia-noite. Ora! O sargento sabia de tudo, tinha olheiros por toda parte. Um faro! Um nariz! Quem dera ele também, Pestalozzi, com o tempo, viesse a ter um faro como aquele! “Vejamos”, pensava com seus botões, os olhos no chão, deixando de lado as duas codornas. “Vamos avaliar bem direitinho. É hora de passar no exame, Guerrino: use a cabeça, Guerrino. Se pensar bem, e como se deve, vai chover prata na sua manga. Você vai ser transferido, isso sim, para Gerace... Marino provavelmente. De Orta fica um pouco mais distante do que Marino... Laziale. Mas dizem, juram, que lá também sopram bons ventos. Além disso, tem os figos, e os figos-da-índia. Ora! Somos feitos para rodar pela Itália. Vejamos. Vamos raciocinar.” E pedalava. A imagem daquele campo tão desolado em março que, com o pairar do siroco e de suas chuvas errantes, desde o litoral, chegava em uma claridade limpa a Castelli, às casas dos humanos, fascinou-o repentinamente como aparição mágica. Os cubos e os diedros das casas a coroavam no topo, os cenóbios, as torres. Uma terra desolada para as miragens da solidão, um instante. Mas, no alto, na frente dele, os vilarejos povoados, o bonde ao longo da via consular. Atrás, ele sabia, o barro escoava para a duna os fustigantes chuviscos. Ali o medo: nos horizontes fechados dos pequenos vales, nas suas cansadas águas paradas, na lama avermelhada em que se adensa o junco verde e frio, no gelo sem abrigo. De tempos em tempos, um torreão, imprevisto, atrás do monte, esquadrinhando e reconhecendo quem não passa há muitos meses e, hoje, sim, com o telhado de uma só água, como um boné sobre os olhos, os muros chamuscados pelo verão sem trégua, desbotados pelos aguaceiros de sudoeste. Secados pela solidão. O posto do guarda-linha ferroviário, onde acabaram de fazer colheita copiosa, pensou o sargento de bicicleta, pôde oferecer a Enea Retalli, vulgo Iginio, refúgio e abrigo, mesmo que só por um instante, para a primeira etapa de uma fuga nada impossível. Ao longo das vias principais, como a Appia ou como a estrada de Anzio, havia vigilância, agentes de motocicleta, patrulhas, talvez, de outros quartéis de carabineiros, e também o vaivém das carroças pintadas de vermelho, que, naqueles dias, desciam ou seguiam carregadas de barris de vinho novo empilhados como uma cadeia de montanhas (para quem olhasse de lado). E verdureiros, de manhã cedinho, e carregadores de ricota em seus burricos com alegres guizos, e caminhões, de vez em quando, chapiscados de lama e da chuva noturna, com seus enormes motoristas na cabine, feito timoneiros atrás do vidro, o capote de encerado preto impermeável, as caras coradas de grapa, na gola de pele de raposa — eles enxergam bem quem vai na frente, embora não demonstrem estar olhando. Àquela altura, eles já tinham lido todos os jornais com os dois crimes. Parando ainda que um só instante no posto do guarda-linha, Iginio podia atingir depois Casal Brucianto, cruzar ou não a estrada ardeatina, esgueirar-se longe das vistas sob os bastiões de arenito que são a proteção invisível de Ardea e servem de antro e de refúgio para o deus caprino e lupercal. Ou, em hipótese divergente, chegar de qualquer maneira a Roma-Nápoles na estação de Santa Palomba, como um trabalhador braçal à procura de trabalho, esperando o trem, o mais miserável dos trens, um expresso, um dos dois únicos que lá paravam. Ou então... hesitou finalmente o Pestalozzi, redobrando as possibilidades do dilema. Se não tinha fôlego e se não tinha dinheiro para o trem, sobrava embrenhar-se pelo campo rumo a Solforata e pela grande mata do príncipe,* em direção a Pratica di Mare. De lá, sair para a praia. E, por etapas, mendigando pão nas cabanas, rumar para Ostia... ou se mandar para Anzio. E quem então conseguiria pegá-lo? Pois é. Mas será que ele não podia ter tomado o trem para Roma? E o dinheiro, na bilheteria? Quem poderia ter dado o dinheiro para ele? Lavinia? E Camilla, não? Era mais fácil que a feia tivesse dado.

Matutando dessa maneira, enfim se deu conta da estrada. Estavam quase no cruzamento de Anzio. Concluiu, portanto, mantendo em aberto todas as dúvidas: aquela era sua prova para tenente; no quartel, elas abririam o bico. Mas o espírito, ou o demônio, da "reconstrução dos fatos" martelava suas têmporas. Retalli... aí está por que ele tinha deixado a muamba no posto do guarda-linha. Era um lugar... no qual ninguém, e talvez nem mesmo o tenente Santarella, teria sido capaz de pensar; havia a namorada feia, no posto do guarda-linha; feia e segura. E, ao redor, o campo deserto. Devia ter se decidido logo pela fuga, depois de ter captado uma palavra no ar, nas conversas das pessoas, ou visto uma manchete do jornal que elas liam. As joias... não, não podia deixá-las em casa. (Poucas horas depois de "se tornar foragido", tinham revistado sua casa.) Teriam sido encontradas. Seria a prova, o xadrez. Levá-las consigo não era menos perigoso, quando fosse detido, do que as ter guardado em uma gaveta. Isso mesmo. Para fugir, para dar no pé, era preciso dinheiro para o trem! Quem sabe a Camilla tinha algum, podia dar para ele, podia arranjar... uns

* Príncipe Torlonia, que era o dono de boa parte das terras nessa região. [*N.T.*]

trocados. E, se ele deixasse como garantia aquele montão de safiras e de topázios, ela daria, com toda a certeza.

Mas a Camilla não vivia choramingando que era pobre? O cérebro do sargento se confundiu. Toda hipótese, toda dedução, por mais bem concebida que fosse, apresentava um ponto fraco, como uma rede que desfia. E o peixinho... Adeus! O peixinho da "reconstrução" impecável. Retalli, em um gênero mais desonesto, devia funcionar como aquele loiro lá da Inês, como o Ganimede Lanciani, que havia sido o deus loiro e invisível do interrogatório em Santo Stefano. E, nessa conclusão um tanto murcha, a avidez da busca se aplacou. Ganimede era um nome mais fácil de fichar nos arquivos da memória do que Diomede.

As moças na carroça pareciam brigar outra vez. De fato, continuavam trocando xingamentos em voz baixa, com as maçãs do rosto de diabas, de bruxas histéricas. Mas a vantagem parecia ser dela, ainda, a de olhos mais furiosos, de lábios mais desdenhosos, a mais bonita. Morto de curiosidade, o severo Pestalozzi pescava alguns sons, mas não ouvia direito — o chiado das molas, o *cro cro* da bicicleta e algumas admissões disparadas pelo traseiro do cavalo em marcha não permitiam que ele apreciasse o bate-boca, tão agitado nas aparências como era de fato, na realidade. Isso sem falar nos estalos perturbadores do chicote, e os "aaah!" do estúpido cocheiro, que a toda hora parecia acordar da sua letargia de condutor para soltar a voz, completamente inútil, já que o cavalo, pobre criatura, mais rápido não podia andar, nem seu gentil traseiro disparar. Não, o sargento não estava ouvindo.

— Só porque você tem uns trocados na caderneta — ele ouviu de repente, e pôs o pé no chão —, só por isso, baranga como você é, o Igì se faz passar por seu noivo. Você é daquelas que, quando querem um rapaz, precisam comprá-lo com dinheiro.

Deu uma cuspida, ultrapassando com o projétil os joelhos indefesos do cocheiro, que disse "aaah!", mas inutilmente, porque atrasado — e também porque o cavalinho estava parado, e já a postos, de pernas abertas para uma imprevista (para ele, dono) necessidade. O rosto do sargento relaxou, sua alma se reconfortou.

— Sim! — gritou Lavinia, furiosa. — Você estava cansada de dar dinheiro para ele. E, como você estava cansada, de tanto que já tinha dado, ele pensou: "Deixo isso com ela, como garantia". Por duas mil liras você o comprou, como você mesma me disse.

— Mentirosa, bruxa sem-vergonha, se você tem mesmo que dedurar alguém, deve dizer a verdade, porque de alcaguetes mentirosas como você ninguém precisa, muito menos quem está pagando.

— Devagar aí, meninas — disse Pestalozzi, ressentido com o pouco respeito que as primas Mattonari demonstravam por ele. — O que deu em vocês agora? Deixem para brigar no quartel. O subtenente vai ficar encantado ao ouvir vocês duas darem com a língua nos dentes juntas, vai deixá-las brigarem até meia-noite e meia, podem ter certeza. Quando estiverem no galinheiro, poderão se bicar à vontade. Já chega. Tratem de parar com isso.

Realmente, lá para as bandas dele, costumam dizer "já" no lugar de "agora". E em Roma também. Assim, o bate-boca das duas fúrias murchou, desvaneceu, como trovão que amaina passando, nos lábios maravilhosos de Lavinia. O Farafilio, a pé, aproximava-se acalorado, com o rosto em brasa, menos as manchas cor de ricota que embranqueciam, como por uma crisma tardia, as mandíbulas, logo acima do pescoço. Arrastava atrás de si, com alguma dificuldade na subida, aquele tundá tão *court-vêtu*, tão exposto aos caprichos do equinócio, lembrando justamente a velha lenga-lenga do regimento crismado (não só batizado) pelo fogo.

Le bon vieux grenadier
qui revenait des Flandres...

était si court-vêtu
qu'on lui voyait son tendre...[*]

O cavalo, enquanto isso, tinha acabado de se recompor, e um "aaah" definitivo o recolocou em marcha e em ação, antes que o bravo soldado viesse a saber a causa da parada — que, de longe, podia ter parecido uma espera, ordenada ao cocheiro pela benevolência do superior e, portanto, um ato de clemência e de total indulgência endereçado a ele, Farafilio, a ele mesmo. Contemplada, pelo contrário, a hipúrica poça e farejada a vaporização adocicada e ainda morna que de lá exalava, manifestou na rubescente pele do pescoço e das zonas *ad hoc* da cara sua reprovação, seu desdém. Aquela paradinha equina era exigência de uma natureza mal-educada, mas uma chicotada poderia, talvez, tê-la evitado: havia duas mulheres lá!

* "O bom e velho granadeiro / que retornava de Flandres... / estava tão pouco vestido / que vimos sua ternura...", em tradução livre [*N.E.*]

CAPÍTULO 10

Nas mesmas horas da manhã daquele mesmo dia, quarta-feira, 23 de março, resultando vãs as buscas por Enea Retalli, vulgo Iginio, em Torraccio, onde morava quando lá morava, o tenente Santarella, cavaleiro Fabrizio, estava percorrendo em sua motocicleta a estrada provincial de Marino a Albano, tão maravilhosamente arborizada, ou ladeada de árvores, jardins e parques que se adensam na colina. Março encontra uma parte das árvores, os olmos, os plátanos, os carvalhos, despida ou dilapidada. Outras, em San Biagio, em San Lucio, mantêm a copa verde: os pinheiros itálicos, as azinheiras, a amizade serena e quase doméstica nas casas de campo, dos loureiros que, em outros lugares, são usados para coroar o acadêmico e, em certos casos, o poeta. Mais de uma indicação e de um indício davam motivo para crer, ou pelo menos para não excluir a possibilidade, que o jovem procurado tivesse tomado (aproximadamente) a direção de Pavona e de Palazzo, descendo pelas estradinhas e trilhas quando as entradas propriamente ditas pareciam de certa forma inseguras. O corajoso tenente também trazia um soldado na garupa, armado, para não dizer atrapalhado, com um mosquete. Uma vez transformadas em uma melodia não mais do que vagamente indiciária as sete sílabas do hinógrafo do Touring, seu pensamento corria atrás do fugitivo que, com certa vantagem sobre ele, já havia utilizado aquele romântico "avante!", seguindo a passos largos para além dos confins da condição de "paradeiro conhecido". Aquela frase, aquela exortação, o tenente-diabo ia cantarolando assim, entre nariz e boca, enganchando seu ritmo audaz (e igualmente imaginário) aos estalidos do motor. Requisitara ao esquadrão de Castello, por telefone à manivela, o reforço de dois soldados e, sabendo-os providos de veículos, ou seja, de bicicletas, mandara-os para Pavona.

Totalmente distinto, por outro lado, e de uma vivência diferente, mais apinhada de povo e populacho, marcada por outros topônimos, distinguida por outros nomes, entre os escombros augustos e o cinza humbertino das casas de cinco andares e a passagem obstruída e, portanto, tilintante dos bondes, era o ambiente operacional do Loirão. O campo de trabalho e de lazer, do pós-trabalho e do trabalho adiado, onde se desenvolviam sua técnica displicente e distraída (segundo ele), vagabundeando, espreitando ao acaso, farejando por cisma, por capricho — e a afortunada sagacidade do vagabundo urbano que se deixa guiar pelo silenciamento de toda hipótese e de toda disjunção, como a sonâmbula em cima da calha. Ele estava na agitação plena e nos esbarrões incessantes que as pessoas dão quando andam pela rua — depois dos bares, das lojas de calçados, das revendas de soda e de sabão, ao longo das grades dos jardins com palmeiras oblíquas do outro lado, amarelas, estropiadas no inverno, extenuadas sob o céu árido, além do clima incerto, pelos tríduos infalíveis da tramontana. As fontes, a basílica de Santa Maria della Neve e os arcos e os fórnices nos muros sobreviventes, os cubos de mármore *peperino* e de arenito — lembranças de Túlio, de Galiano e do papa Libério entre os convites das vendedoras de castanha assada de dedos escurecidos sobre o fogareiro, de rosto sério e enfumaçado, todo enrugado para o comércio, e o não convite do taxista de plantão, agasalhado em seu confessionário de vidro; automedonte* que, seria possível dizer, espera (um chamado,

---

* Automedonte era o cocheiro de Aquiles na Guerra de Troia, conhecido por sua habilidade com cavalos bravios. [*N.T.*]

uma ordem) se um gentil roncar já não o lançou à deriva, para bem longe de qualquer outra espera menos consciente.

Após a *cantata larga* e, mais ainda, depois da ária final de Inês sobre a bênção que o sino de Santa Maria Maggiore dera ao pequeno furto de Ascanio. "Desse pirralho, cuido eu amanhã cedo", dissera o Loirão com seus botões, dando vazão àquele bocejo que rondava sua garganta havia duas horas, como um leão na jaula, escondendo-o mais do que depressa com a mão quando o dr. Fumi se dirigiu a ele:

— Esse moleque é assunto seu. Dê uma volta no Esquilino, e também na Via Carlo Alberto. Vá sozinho, na Piazza Vittorio você o pega com certeza, depois daquelas ruínas altas que tem lá.

Ingravallo havia assentido, taciturno. Teria ido ele, se não tivesse algo melhor; e melhor ele tinha.

— Você vai pegá-lo sem falta. A moça foi explícita.

No dia seguinte, às dez em ponto, o Loirão estava *in loco* (após dar uma voltinha entre as palmeiras). É a hora em que as mulheres costumam providenciar víveres, em vista não apenas do jantar, mas sobretudo do almoço iminente que terão que preparar — a hora das muçarelas, dos queijos, das vermífugas cebolas e dos cardos (sob a neve pacientemente hibernantes), dos cheiros, das verduras frescas, do cordeiro. Gente vendendo leitão assado nas barraquinhas da praça, naquela manhã, havia aos montes. Do dia de São José em diante, é tempo de leitão, pode-se dizer. Com tomilho e raminhos de alecrim, sem falar do alho, e a guarnição ou o recheio de batatas picadas com ervas. Mas o Loiro, balançando a cabeça, se deixou levar, por entre os gritos e as laranjas sanguíneas, por seu desengonçado otimismo, e assobiou em surdina, ou apenas fez o bico, calando-se de repente, dando uma olhada aqui e outra ali, como que ao acaso. Ou então, parava bem quietinho, o chapéu enterrado até o meio da testa, as mãos no bolso, a corcunda fria sob o paletó claro e leve, aberto, e atrás os dois punhos pendentes, parecendo cauda de fraque. Era um paletó de falsa meia-estação, puxando para o felpudo, para o macio, e puído em muitos pontos. Contribuía para definir a imagem do janota sonolento, à procura de uma guimba para fumar. Envolto no turbilhão dos convites e das incitações à compra e em todas as conclamações daquela festa queijeira, passou bem devagar diante das barraquinhas de cordeiro, ultrapassou cenouras, castanhas e montinhos adjacentes de funchos branco-azulados com seus bigodinhos, redondíssimos mensageiros de Áries. Lá, em suma, toda a república herbácea, onde, na concorrência dos preços e das ofertas, os primeiros aipos já ganhavam terreno, e o cheiro das castanhas assadas, já no fim, parecia, vindo dos poucos fogareiros que restavam, o próprio cheiro do inverno que ia embora. Em muitas barracas, já fora de tempo e de estação, amarelavam as laranjas em pirâmides, as nozes, em cestos, as ameixas da Provença lustradas com alcatrão, as ameixas da Califórnia cuja visão fazia brotar água na boca do Deviti. Atordoado pelas vozes e pelos berros, pela estridente cominação de todas as vendedoras autorizadas, chegou enfim ao reino antigo e eterno de Túlio e de Anco, onde, arrumados de bruços na tábua de corte, ou mais raramente supinos, ou às vezes deitados de lado, os leitões assados de pele dourada expunham suas vísceras de alecrim e de tomilho, ou um nódulo aqui e ali verde-escuro no interior da carne pálida e tenra, uma folha de menta amarga esmagada no lugar de uma tira de toucinho com um grão de pimenta, que a gritaria louvava na algazarra: "Novo tempero criado para leitão na cozinha, desconhecido de outros mercados e de outras feiras". Lá, não foi difícil para ele, dado o otimismo que o impulsionava em meio ao turbilhão de mulheres, carregadas de redes ou sacolas cheias, frondosas de brócolis, reconhecer pela descrição da Inês o sujeitinho, e já à distância de alguns passos, o garoto que ele estava procurando. Era um vivaldino atrás da barraca, com um par de olhos!

O oposto, naquele momento, do medo e da timidez que Inês havia decantado, e com uma cabeleira basta, superlustrosa, penteada para o lado. Estava com a avó. No topo, caindo um pouco na testa, os fios de cabelo tinham se encrespado como uma alface após o retoque teimoso do pente, ou como o rolar de uma marola que borbulha um instante antes de se emaranhar para recuar, e finalmente abandonar a areia. Um avental branco o enfardelava um pouco e, enquanto berrava, ia amolando as facas, uma comprida e outra curta, ao mesmo tempo em que olhava para ele, para o Loirão, mas sem dar sinais de enxergá-lo. Aquele cabeção loiro-escuro, com aquele chapéu de dentista descendo até as fuças, tinha se postado à sua frente, à devida distância, com as mãos nos bolsos. Certamente era alguém com vontade de comer leitão, mas, se não tinha dinheiro, coitado do paspalho, podia até morrer de vontade.

— Leitão, leitão! Temos leitão assado, senhores! Um belo leitão de Ariccia com uma floresta de alecrim na barriga! Com batatinhas da estação! — A estação era invenção dele, eram batatas velhas cortadas em pedaços, salpicadas de salsinha e enfiadas na banha de porco. — Batatinhas da estação, cavalheiros e conselheiros, minhas belas patroas! Que são melhores do que ovos cozidos para salada. Melhores que os ovos de capão são estas batatas. Podem crer. Experimentem! — Parava um instante para tomar fôlego. Em seguida, explodia: — Cem gramas por 1,90! É uma ninharia, senhores! Coisa de dar vergonha: para quem vende e para quem compra! Cem gramas por 1,90, mais barato, ninguém aguenta. Podem vir com a grana na mão, minhas patroas! Quem não chora não mama. Cem gramas de leitão por 1,90! Carne fina e delicada, coisa de gente rica! Experimentem e vão ver, eu garanto, minhas patroas: carne fina e saborosa! Quem prova uma vez, prova sempre, quem sai ganhando é o freguês. O belo leitão de Castelli! Foi criado desde pequeno na mata: na mata de Galloro, comendo a bolota do imperador Calígula! A bolota do príncipe

Colonna! Do grão-príncipe de Marino e de Albano! Aquele que derrotou os piores turcos por mar e por terra na grande batalha de Pantomima!* As bandeiras ainda estão na catedral de Marino! Com o crescente dos turcos! O belo leitão, senhores! Leitão assado com alecrim! E com batatas da estação.

Permitindo-se um descanso depois da gritaria, afinal até o ator trágico descansa depois da atuação, recomeçou a amolar as facas, sério. Porém, depois de duas afiadas, recobrou o entusiasmo; um sobressalto o sacudira. Seguiu-se o deflagrar de uma nova variação, ou assim pareceu ao investigador. De olhos baixos, bradou:

— Experimentem, senhores, provem! Cem gramas por 1,90! Vocês podem se fartar de leitão e a patroa fica contente em casa! — Em seguida, baixando o tom para uma belezura: — O que você deseja, minha princesa?

Diante daquele tom de autoridade, a princesa não conseguiu conter o riso.

— Um quarto de leitão?

Em voz baixa para ela, mas dando uma olhada no dentista sem um tostão:

— Para você, dou o melhor pedaço, juro! Fiquei caidinho! Bonita demais! Um pedaço assado especialmente para você, com duas batatas!

Depois, novamente, sempre berrando, daquela vez com os olhos voltados para o céu e as bochechas de um trompetista desatinado:

— Venham comprar meu leitão, senhores! Desembolsem a grana, senhores, não percam a oportunidade! É uma vergonha deixar o leitão aqui na bancada, daqui a pouco vai voltar a chover, sei que vocês estão com os bolsos recheados. Acabem com a minha enxaqueca! É só desembolsar a grana e o leitão é seu!

---

* Jogo de palavras com Lepanto, cenário da batalha travada em 1571. [*N.T.*]

Então a avó, se é que era avó, roubando na balança e na conversa-fiada, dava toda satisfação à rubicunda empregadinha. E ele:

— Cem gramas por 1,90! O leitão de ouro, o leitão!

Mas, enquanto isso, o Loirão dentista continuava olhando para ele, após ter empurrado o chapéu para trás e, portanto, descobrindo a testa, que surgiu toda flamejante de uma estopa espetada e rebelde, entre o loiro, é claro, e o castanho. Postaram-se ao seu lado dois sujeitos, dois policiais muito mais sombrios do que ele, um de cada lado, como os silenciosos gendarmes que Polichinelo percebe depois de um tempo, em um susto repentino, mas retardado em relação à ação. De modo que, aos poucos, o garoto — "senhoras, senhores, cem gramas por 1,90, olha o leitão, sim, sim, já entendi!" — parecia falar consigo mesmo, baixando a voz cada vez mais — "o lei-tão", articulou exausto, "o lei..." —, e o pouco fôlego ia esmorecendo em sua garganta: como a luz cada vez mais lamentosa e amarelada de um toco de vela, quando baba cera e se derrete todo, em um lago de fedor, com um rabicho frito no meio. Em cima do garoto, aqueles faróis, que, de repente, tinham se multiplicado por três. Então, vocês já devem ter entendido: quando ele percebeu de que tipo de gente se tratava, já era tarde demais para dar no pé. Pousou as facas na bancada e, já desamarrando o avental, sussurrou para a avó:

— Estão me chamando.

Suas pernas tremiam. Teve que manter a expressão tranquila para o Loirão, que, sem dar na vista, tinha tirado do bolso um papel, uma carteirinha, e dizia, em voz baixa, enquanto segurava o documento, aquele belo talismã, embaixo dos olhos dele:

— Você precisa dar um pulo na delegacia: se ficar quieto, ninguém vai perceber nada! Estes aqui são dois policiais à paisana, mas, se preferir, eu acompanho você, sem que eles precisem vir como escolta. Você é Lanciani, Ascanio Lanciani, se não me engano.

O garoto teve que largar leitão e facas, então, para não criar problemas, e deixar tudo com a tia... com a avó. Lá estava ela, tensa, ereta, olhando inquieta para a multidão, que passava distraída. O Loirão informou rapidamente que tinha ordens de acompanhá-lo até a delegacia, e exibiu o papel pela segunda vez:

— Ascanio Lanciani — acrescentou.

A avó, a dona do negócio, uma camponesa de meia-idade, de cabelo ainda preto e muito mais seca, no rosto lenhoso e enrugado, do que faria supor aquele comércio, parecia incerta quanto ao comportamento a ser adotado. Consternada, não, mas contrariada.

— O menino não tem pecado nem culpa — disse. — Por que querem levá-lo embora?

Interrogada em voz baixa pelo Loiro, disse o próprio nome e sobrenome, o domicílio, mostrou o alvará da barraca. Acrescentou, embora sem entusiasmo, ser a tia mais nova da mãe de Ascanio. Em um papelzinho, o Loiro rabiscou aqueles dados com um toco de lápis e pôs no bolso. Pareciam três primos conversando. Ninguém prestava atenção neles. Eram de Grottaferrata, admitiu a avó, contrariada, município de Grottaferrata, de um distrito chamado Torraccio, depois de Frattocchie. Mas fazia oito anos que tinham ido morar em Roma, sim, fora da Porta Latina, no meio das verduras, pode-se dizer, uma estrada no campo que só tem uma placa em que está escrito Via Popolonia.

— E ali ficam os verdureiros nas barracas. Ali ficamos nós, antes da estrada de ferro, que daqui — fez um gesto — vai descendo no meio dos juncos até o brejo de Caffarella. Um barraco no meio dos brócolis. E também cultivamos alcachofras.

Ascanio estava morando com eles. Por caridade, em troca de um pouco de ajuda na praça. O pai... bem, o pai. O irmão estava desempregado havia dois meses.

— Não sabemos mais nada!

Ascanio... tentavam ajudá-lo, aquele garoto, “conforme nossas possibilidades”. E deixou que ele fosse, abatido, com a condição de que o trouxessem de volta mais tarde. Querendo, por sua vez, evitar escândalo, não só para o freguês, mas também para si mesmos, os dois anjos de cabelo escuro que tinham se afastado da barraca esperavam mais adiante. O rapaz, com o rosto branco depois de tantos berros, contornou a bancada e ficou ao lado do primo. Era a grande arte do Loiro: com a cabeça balançando, avançando com o ombro entre a multidão, ele encontrava, como que por acaso, com o personagem, o *seu* personagem.

— Você por aqui! E então? O que anda fazendo de bom por esses lados? — Em voz baixa: — Está passando a mão na bunda das empregadas, ou na carteira dos homens? Se o botão do bolso caiu, é moleza, pode admitir. — Depois, peremptório: — Vamos, o delegado quer ver você. Tem uma coisa para dizer.

Segurava o rapaz por debaixo do braço, olhando para o chão, como se fosse fazer uma proposta séria.

Saíram da confusão para a Via Mamiani ou Via Ricasoli. Havia uma passagem entre as barracas dos peixeiros e dos vendedores de frangos, onde vendem polvos, lulas e todos os tipos de enguia e de peixe-agulha existentes no mar, isso para não falar dos mariscos. O sujeitinho e ele próprio, o Loirão, olharam para aquelas polpas moles das lulas, de um prateado-claro como madrepérola (muito delicadamente escurecido nas veias internas), sem querer aspiraram o cheiro das algas marinhas com toda sua umidade fresca, aquela sensação de céu e de liberdade cloro-bromo-iódica, de manhã viva nas docas, aquela promessa de fritura prateada no prato para a fome que já chamava das profundezas. Rolos de tripas cozidas, um em cima do outro como tapetes enrolados, delicadas anatomias de cabritos esfolados, vermelho-esbranquiçadas, o rabinho afiado, mas terminando em um penacho, revelando de modo verídico sua nobreza:

— Por quatro liras, você leva tudo — dizia o vendedor de cordeiro, mostrando-o suspenso, inteiro, ou seja, metade.

E os molhos esbranquiçados de alface romana, ou verduras crespas, cheias de ondinhas verdes, frangos vivos com seus olhos que espiam de um só lado e veem, cada um, um quarto do mundo, galinhas vivas bem quietinhas, amontoadas em suas gaiolas, pretas, belgas ou paduanas marfim-palha, pimentões secos auriverdes, rubro-verdes, que, só de olhar, pinicavam a língua, davam água na boca: e nozes também, nozes de Sorrento, avelãs de Vignanello, e castanhas aos montes. Adeus, adeus. As mulheres, polpudas donas de casa: o xale escuro, ou verde-musgo, um alfinete de fralda com a ponta aberta, aí! Para espetar o peito da vizinha de repente — assim fazem todas. Como grandes polvos semoventes, elas vagavam com dificuldade de uma barraca e de um guarda-sol a outro, dos aipos aos figos secos. Revolviam-se, roçavam os traseiros uns nos outros, agitavam os braços para abrir passagem, com sacolas repletas, sufocavam, arquejavam, gordas carpas em uma piscina-armadilha onde a água se esvai aos poucos, amontoadas, espremidas, presas para sempre com toda a sua gordura nos turbilhões da grande feira de comidas.

Enquanto isso, dom Ciccio também não perdeu tempo. Voltando para casa à meia-noite e meia, "segunda-feira, 21 de março, Dia de São Bento de Núrsia", enunciou o calendário pendurado no prego (brinde de fim de ano do pasteleiro em frente), com a folha de dois dias antes que dona Margherita havia esquecido de arrancar. Uma grande gota de metal fundido, o toque do relógio de Santa Maria della Neve. Deitou-se, adormeceu, roncou pesado, adiada qualquer dedução até a manhã seguinte. Quando o alarme iracundo disparou de repente no silêncio da casa adormecida, irrompendo inesperado daquele patacão de despertador semovente no mármore (da mesinha de cabeceira) e anunciando as novas encrencas do dia, duas batidas da senhoria à porta, discretas, confirmaram o aviso furioso do imbecil. Apesar do grande desejo que tinha, em sua cabeça, de virar para o outro lado e continuar a dormir, eles o fizeram levantar às seis. Deslizava, com a bunda contraída, e costumava cair pela beirada da cama, *cataploft*, como um camponês, sobre os calcanhares. Atarracado, e com pernas robustas, que surgiam peludas dos joelhos para baixo, dado o camisão de flanela amarelo-palha com listras vermelhas paralelas que o paramentava à noite, costumava, antes mesmo de avaliá-lo com a mente desperta, arrepender-se *ipso facto* do baque — que ressoava no assoalho, apesar daquele ensebado tapetinho de beira de cama, e anunciava seu ativo despertar ao neurastênico engenheiro do andar de baixo, acordando-o de repente. Nem mesmo a tramontana da noite, ao voltar para casa, nem, já na cama, o célere vento dos sonhos tinha conseguido despentear sua cabeleira de pelo de carneiro — preta como piche, encaracolada e compacta —, que, voltando a brilhar na nova luz, a despeito da opinião do Pestalozzi, dispensava a brilhantina. As pernas nodosas, as partes à mostra, emitiam, aliás, dardejavam, com os pelos perpendiculares à superfície igualmente pretos, saturados de eletricidade, como linhas de força de um campo newtoniano ou colombiano. De olhos ainda fechados, ou quase, calçou os chinelos, que pareciam esperá-lo como dois bichinhos encolhidos no assoalho — esperando os pés dele, cada um o seu. Espreguiçou-se, parecendo um valentão recuperando a consciência, bocejou seguidamente oito ou nove vezes, até deslocar, ou quase, as sempre potentes mandíbulas. Terminava cada vez em um "o-am!" que parecia definitivo e não o era, tanto que recomeçava logo, logo em seguida. Lacrimejou do esquerdo, em seguida do direito, bem devagarinho, espremidos um depois do outro pelos bocejos consecutivos, como duas metades de um limão sucessivamente utilizado pelo vendedor de ostras. Deu uma coçadinha na cabeça, uma raspadinha de três unhas no occipício-selva, *zim zim zim*, feito um macaco. Com o jeito automático de um sonâmbulo, dirigiu-se "ao banheiro". Depois de lá aportar e fechar a porta com o trinco, pôde enfim aliviar-se da maneira mais radical e expedita daquela incômoda sensação de *trop-plein* que notifica todas as manhãs a cada bexiga, por mais elástica e juvenil que seja, o súbito despertar do seu dono.

Em conjunto com a corrente de ar de março entrando pela janela mal fechada, aliás, mal fechável, aquilo contribuiu para desanuviar completamente sua cabeça, embora se tratasse de um sopro de siroco. Tirou o camisão, ainda morno da cama e do sono, pendurou-o em um cabide de onde o contemplou pendente, vazio, imaculado, a pele noturna de si próprio. Amanhecia. Após ter cantado tão mal no sono, pareceu-lhe ter se transformado de Mársias em Apolo. Um Apolo que já não tinha mais vinte anos, bastante peludo. Coçou de novo o cabeção, aproximou-se da pia e, dando livre curso às linfas, ensaboou o nariz e a cara, o pescoço e as orelhas. Sacudiu a cabeleira embaixo da torneira alta do lavabo, com aquelas assoadas e aquelas trombetadas do nariz, como uma foca que vem à tona depois de suas cambalhotas embaixo d'água, que todas as manhãs, no banheiro "ocupado", eram o indício indefectível de suas lautas abluções. Um doce orgasmo, do outro lado da porta que a correntinha trancava, um delicado temor, costumavam naqueles momentos tomar conta da gentil hospedeira, dona Margherita — Margherita Celli, viúva do comendador Antonini. Não, não era dona de pensão, nada disso. Uma senhora muito distinta, cunhada de Sua Excelência Barlani, o presidente Pier Calumero Barlani — presidente, não... sim... não me lembrava do quê, fazia vários anos que ele também havia falecido de enfisema pulmonar com supuração septicêmica. Era ele, pode-se dizer, o esteio de toda a família. Ela anulava a eternidade do corredor de azulejos e seu respectivo cheiro (xixi da gata e querosene) com silenciosas translações silenciosas, aladas de improbabilidade e de milagre, que pareciam celebrar-se em um campo gravitacional abandonado e já totalmente inativo, como de um ímã desmagnetizado. Atravessava assim até a cozinha e os bules, com passinhos muito fluidos, que o roupão de flanela rosa ia subtraindo à percepção alheia, e disso restava no corredor, como um rastro retardatário, a ideia justamente da continuidade no sentido infinitesimal do termo. Essa fluência e leveza fantasmática que treme em panos de algodão, ainda que devotada às saudosas mãos do finado, "o meu Gasparre", empenhava-se (na verdade) em não perturbar de forma alguma as sucessões estróficas do rito ablucional e, ao mesmo tempo, desentupidor das vias nasais, ao qual dom Ciccio tinha o costume de se abandonar. Com sua revitalizada palpitação de hospedeira, não de dona de pensão, não, isso não, com imperceptíveis rubores de crismanda, ela se dedicava então pela casa inteira aos primeiros cuidados do dia, que produziam, antes de mais nada, assim que ela se levantava da cama, um canônico café com leite, já preparado de antemão na véspera: o célebre café com leite duplo da dona Margherita, uma verdadeira loucura, e criticada por todas, em primeiro lugar, por todas as donas de pensão do casario, ah, essas sim, donas de pensão! Sim.

— Pobre homem — dizia ela —, imagine se vou deixar que ele saia em jejum para Santo Stefano. — Abstinha-se de acrescentar "del Cacco", quem sabe, temendo ser mal interpretada.*

Devotamente servido em uma bandeja de peltre, o café em um bule sabe-se lá se de cobre ou de estanho, o leite em uma leiteira sem cabo, o açúcar em uma vasilha de peptona sem uso, um cilindro todo engordurado, ao lado da cafeteira de fundo estreito, pratinhos com pãezinhos tostados e pequenos caracóis de manteiga, o carrancudo doutor, melhor

---

* *Cacco* pode ser confundido, sobretudo em dialeto romano, com *cazzo* (pênis), ou com sua forma eufemizada *cacchio*. [*N.T.*]

deixá-lo para lá. Todas as manhãs, atirava-se à refeição como um búfalo; com a desculpa da pressa, *cro cro cro*, em um instante tudo tinha desaparecido, até o prato. Aquela manhã então, nem me fale, quarta-feira, 23 de março, Dia de São Bento Lavrador, de acordo com o calendário.

— E com essa tormenta da pobre finada no corpo. — A sra. Celli fez o sinal da cruz e margaridou: — *Ora et labora pro nobis.**

— Tormento — resmungou dom Ciccio, ofendidíssimo, com a boca cheia. — E o *pro nobis* é a senhora que está inventando.

Engasgou-se, seu rosto arroxeou. Migalhas na traqueia, sentia-se sufocar, quase disparava tudo pelo nariz, pão e café com leite.

— Tormento, tormento — gorjeou a ofertante. — Como? Não é a mesma coisa? O senhor é muito sabido, doutor, parece um professor de escola.

E, enquanto isso, deu dois tapinhas nas suas costas, tapinhas de mulher prática, e quase de irmã, "*hélas!*", amorosamente socorredora. Ela, que tivera de se especializar em batidas com a ponta dos dedos (na madeira dura da porta). O doutor enxugou a boca, levantou-se. Já havia solicitado um carro na manhã anterior, e também à noite, antes de sair do escritório. Por telefone, via mensageiro, por visita direta a quem podia arranjá-lo com uma conversa, e mais uma vez ao telefone, às onze da noite, falou a respeito com o vice-chefe de polícia Pantanella, comendador Amabile. Encheu o ouvido do coitado, com uma chuva de elétrons irritados — levantara a voz como se falasse com um turco (era surdo, o Amabile). O automóvel? Sim, senhor, já havia feito a requisição. Sim. Já tinha pedido!

E, o mais incrível, tinha conseguido o carro com um colega, o delegado-chefe do esquadrão político. O qual, prevendo

* "Ore e trabalhe por nós", em tradução livre. [*N.E.*]

um dia fraco, dois ou três "eia"* que restavam a ser gritados do dia anterior, havia cedido, ainda que a contragosto, o Fiat 1200 do setor P, assumindo ares de quem fizera um grande favor especial, uma rara fineza "porque se trata de você, dom Ciccio, quero dizer... Ingravallo", como se desse a entender que um dia esperava retribuição. Do contrário, não teria usado tal fineza, não, "nem pensar". Uma lata-velha, dava vergonha andar naquilo. Escangalhado e estropiado, duas chapas de metal no lugar dos paralamas, pintadas de preto com pincel, onduladas, borradas com respingos de tinta, que sacudiam e abanavam assim que o carro dava a partida, como duas folhas de brócolis despontando da sacola meio vazia da empregada, com uma porta que não queria abrir e uma maçaneta que não conseguia manter a outra fechada, uma janela que não funcionava e um farol despedaçado. Ou seja, zarolho também, os pneus gastos como sapatos velhos, todo encaroçados, parecendo hérnias inguinais. E havia sido — "*illis temporibus!*" — o respeitável automóvel do Chefe da Polícia de Roma. Depois de cair nas mãos do bando no imediato pós-marcha,** fora logo dilapidado em conformidade com os tempos, os eventos e a instrução daqueles jovens cavalheiros que carregou a toda velocidade. Já revelava, em termos nada ambíguos, seu estado de serviço. Dentro, era possível intuir, farejar, deviam ter bebido e brindado, mastigado mortadela, manchado os lábios com vinho de Olevano, "ah, como é bom esse Lambrusco, desce feito óleo", "sim, de rícino",*** fumado cigarros vagabundos, espirrado, escarrado, vomitado o Olevano e a mortadela.

---

* *Eia, eia! Alalà*, grito de incitação à luta que combina o grito de guerra romano "Eia" e o grito de guerra grego "Alalá", popularizado por Gabriele D'Annunzio durante a Primeira Guerra Mundial e adotado em seguida pelos fascistas. [*N.T.*]

** Marcha sobre Roma, outubro de 1922. [*N.T.*]

*** O óleo de rícino era usado pelas milícias fascistas para punir ou obter confissões dos adversários do regime. [*N.T.*]

De modo que todos, naquele carro político ou não, introduziam de má vontade a cabeça e um pezinho cauteloso depois da cabeça, a outra bota ainda no chão, e um olho desconfiado e inspecionador, e narinas em atitude semelhante — como se, daquela imundície, pudessem ser emanados vapores, junto com o cheiro, sombras dos lêmures de mais de um cadaverzinho de três meses, com o rabo enrolado em espiral, e a cabeça de burro. Cautelosos, carrancudos, inquietos. A ideia de que tivesse ficado no tecido (dos assentos) algum dejeto orgânico dos mais popularmente conhecidos obcecava todos os usuários: tornava temerosos os mais prudentes, e prudentes os mais despreocupados e arrojados, se é que existiam. Todos vacilavam um pouco (bem pouco), temendo, cada um, pelo próprio decoro, ou seja, o decoro dos fundilhos das próprias calças — aquelas calças tão honradas, pagas em prestações, mês a mês, deduzidas diretamente do soldo, apertando o cinto delas mesmas. Uma vez assentada naqueles fundilhos, ora, é bem sabido, qualquer marca menos merecida costuma macular seu brilho, como as mais famosas manchas do padre Secchi* nas redondezas luminosas da fotosfera.

E Ingravallo também havia conseguido permissão para a gasolina, jogando suas cartas aqui e ali, e, de repente, *tchum*, canastra real, passou a perna em todos. Encheu tanto o tanque que dava para chegar em Benevento. Três policiais armados, dois com mosquete, mas não o Garra, enviado à pensão Burgess, e tampouco o Loirão, mandado à Piazza Vittorio Emanuele. Mas, ao contrário, todo belo e folgado, com os bigodes espetados, o segundo-tenente Di Pietrantonio, perfazendo quatro; e ele, Ingravallo, cinco, e seis com o chofer, ainda não motorista, afinal, em 27, palavras estrangeiras ainda eram permitidas.** De modo que era uma verdadeira loco-

---

* Padre Angelo Secchi (1818-1878), pioneiro da espectroscopia astronômica. [*N.T.*]

** Referência à italianização de termos estrangeiros, parte da política nacionalista dos fascistas. [*N.T.*]

motiva. A barcaça da Piazza di Spagna que sai para dar uma volta. Avançava como podia, botando as tripas para fora, ainda que bem molengas, e, na primeira pedra com que toparam, já queriam estourar: a embreagem fazia craque a cada curva, a cada cachorro que aparecia na frente. Na Via Giovanni Lanza, em obras, dançou um tango e deslizou nas poças por mais de cem metros, espirrou lama nas pernas dos transeuntes, mesmo dos que andavam na calçada — placas parabólicas de barro líquido, opalescente contra as luzes rosadas da manhã que, no entanto, ia escurecendo. Atolou, tornou a emergir, parecendo recém-pintado; havia tomado um belo banho cor de avelã. No largo Brancaccio, enquanto entravam na Via Merulana rumo à Piazza San Giovanni, Ingravallo se virou, sombrio, para a esquerda. Baixou o vidro. Santa Maria Maior, pelos três fórnices escuros do pórtico sobre o nártex, parecia acompanhar com o sopro da caridade da sua plebe um féretro saído de suas entranhas. Enunciação desenhada e artisticamente erigida no cume daquele que devia ter sido nos séculos longínquos o "monte", o Viminal, a arquitetura setecentista da basílica, como de uma faustosa morada do pensamento, tinha suas raízes na sombra, na obscuridade da rua reta descendente e no entrelaçamento de todas as ramificações: um indício, o campanário em cúspide, por cima do emaranhado dos ramos e das arborizações que a ladeavam. Mas, sobre os tijolos daquela pequena torre romana, o céu se preparava como ornamento. Dom Ciccio esticou a cabeça, tentou erguer os olhos até as nuvens para o prognóstico do dia. Todas as nuvens estavam correndo, como éguas em fuga, atravessavam a faixa larga e clara, quase azul, do céu, entre as duas calhas paralelas. Galopavam sabe-se lá para onde, diligente coorte. Os plátanos e os galhos da Via Merulana foram uma selva, na curva, um emaranhado, para os olhos, à medida que acompanhavam a descida paralela dos fios que alimentavam os bondes, ainda esqueléticos em março, mas, ao mesmo tempo, já com uma volúpia à flor da pele, uma espécie de prurido por entre a claridade alegre e viária da sua casca, feito de lascas e de remendos: couro seco, vaqueta branca, prateada. A roupa de baixo cor de casca de ervilha tenra, entre o vaivém das pessoas, o tráfego de carroças, de bicicletas. E então, emergindo dos galhos, e já desperto por um toque de púrpura, o campanário "do século IX" pareceu se aquecer ao sol e despertar, com aquela tepidez, os bronzes adormecidos, prestes a oficiar. Preso em sua jaula, o grande sino dos estudantes, por sua vez, começou a balançar, bem devagar, com um frêmito quase despercebido a princípio, com um repique ainda suspenso nos céus, como de uma asa metálica. A onda se dilatava alegre sobre os pensamentos, sobre os terraços, fazendo vibrar os vidros fechados das casas, cada janela adormecida. Uma velha avó na cadeira de balanço, tomando impulso ritmicamente e lançando de leve seu sussurro doce e um tanto aquoso a cada novo ímpeto, não se sabe de qual violão; chamando para as aulas Lucianos e Marias Madalenas, com as tranças caídas. Para onde, de fato, logo depois corriam com um fardo de dicionários — e alguns já se encaminhavam, a pé ou de bonde, se é que tinham dinheiro; sozinhos, ou em turmas como muitos bandos de pardais, de andorinhas, depois de terem enxugado bem depressa as orelhas e talvez até lavado um pouquinho. Sim, as orelhas, órgão indispensável para qualquer estudo. *Vrum, vrum, vrum, vrum!* A velha em sua cadeira de balanço soltava aquele sinal de zangão oscilante com toda a vontade, a cada tranco que dava com toda a bunda, para poder tomar impulso. E, aos poucos, mais intensa se tornava a advertência, enfatizando o impulso, aumentando a onda, embora ela, a avó, o fizesse um tanto em surdina para não ressuscitar brutalmente os queridinhos, as Naninhas ou os desgrenhados Romulinhos, que, por causa de um despertador escandaloso e cheio de raiva, acabariam pegando escarlatina, coitadinhos! Ouvi-la era de enternecer o coração, a velha avó! Aquela defensiva cautela aproximava o mal gradualmente, em uma modulação moderada. Não, o óleo de rícino, não; o mal de acordar para aprender, para conhecer e reviver a verdade cotidiana, ou seja, logo depois da água fria, tem a escola esperando, com o professor pronto para dar zero. Ela, a avó de todos, descobria com sua carícia lenta as cabecinhas, os cachinhos pretos das meninas, dos meninos, abria um pouquinho suas pálpebras, afastando, com a branca beirada da colcha, o véu dos sonhos em fuga. Levava meia hora para ir ganhando força, bem devagarinho, e outra meia hora para esmorecer. Descia aos poucos ao sossegado silêncio. Que era o silêncio dos escritórios e das tarefas em seu começo, das frieiras nos traços. Com o grande retrato do Dito Cujo pendurado na parede, com uma fuça, pois era bobo de nascença, de quem queria se vingar de todo mundo.

Algumas caras cheias de curiosidade, de dois ou três desengonçados com as mãos nos bolsos, e com três bocas abertas sob o sombrio investigar dos olhares, receberam, e depois rodearam, a viatura "da polícia romana", que buzinou duas vezes, *fom! fom!*, diante do portão da fortaleza, em Marino. Enquadrada por uma janelinha no alto, atrás de uma grade enferrujada, surgiu a cara de um jovem, com duas estrelinhas no colarinho de tecido cinza, uma de cada lado. Desapareceu. Alguns minutos, e os batentes se abriram. O benévolo e calejado Fiat 1200, depois de muitos craques, marchas a ré e curvas para a frente, com mais sobressaltos e alguns solavancos que ninguém esperava, enfim atravessou aquele arco do triunfo, que fizera por merecer após devorar o campo. A rua da fortaleza era uma via estreita, em subida, toda de pedras compactas, entre muros reforçados por contrafortes protegidos pela sombra e cujo *piperino* antigo os líquens salpicavam de estranhas manchas e sinais verde-azulados, amarelos. O calçamento escorregadio. Uma placa na esquina: Via Massimo D'Azeglio. Ingravallo saltou do carro, imitado pelos seus seguidores.

— O senhor tenente está em missão de busca e reconhecimento, o sargento foi mandado a Due Santi para tratar do crime — disse o soldado.

Enquanto isso, chegou outro. De patente mais elevada ou mais velho, após uma batida não imediata e mais fraca dos saltos (aqueles senhores eram da chefatura de polícia) e uma levantada de rosto em que se manifestou, explícita e mais elegante, a continência, entregou a Ingravallo um envelope azulado que, uma vez aberto, revelou uma folha dobrada em quatro. Nela, o Santarella comunicava que havia mandado o Pestalozzi à casa da Pàcori, acompanhado de um soldado, para averiguações suplementares; ele, com um outro, estava fora, seguindo os passos do foragido Enea, vulgo Iginio, pois era assim que era chamado o Retalli. Tinha esperança de encontrá-lo, ou seja, de agarrá-lo e de poder algemá-lo e trazê-lo algemado para o quartel. Todavia, não tinha certeza. Ingravallo, bastante contrariado, tirou o chapéu para deixar o cabeção transpirar um pouco, cerrou os dentes. Dois nhoques duros nas duas mandíbulas, a meio caminho das orelhas, formaram sob sua cabeleira encaracolada uma espécie de focinho de buldogue, já descrito várias vezes. Os dois carabineiros não ficaram nem um pouco impressionados. Em tempos de paz, os carabineiros, e em todos os tempos as freiras, sabem tirar das respectivas disciplinas aquela firmeza duradoura que os faz passar incólumes pelos sobressaltos dos acontecimentos atuais e até mesmo pelos terremotos da história. Acontecimento ou história, tanto faz, o interesse neles suscitado é o que merece um acontecimento, ou pior, uma história; ou seja, nenhum.

— Você sabe se a Assunta Crocchiapani — perguntou Ingravallo —, conforme minha comunicação do dia 20, já foi interrogada em seu domicílio?

— Não, senhor delegado.

— E por quê? Sabe onde ela mora? Quero dizer, conhece a localidade?

— Na Torre di Gheppio — disse o sargento.

— Quanto tempo demora para chegar lá?

— De carro, senhor delegado, uns quarenta minutos... nem isso.

— Bem, vamos começar por aí. Vamos.

O primeiro-cabo mandou chamar um sujeito que devia conhecer aquela região. Um homenzinho ressequido, de terno preto como o de Ingravallo. Foi recebido a bordo. Para conseguir retirar o carro do pátio da fortaleza, de ré, em curva fechada e em subida, para depois embicá-lo no tobogã da Via D'Azeglio, foram necessários mais craques, no sentido inverso dos já descritos. Ingravallo, de cara fechada, continuava a contrair os maxilares; seus dentes rangiam. Amaldiçoava mentalmente os pneus, suas faixas, os fascistas. Se tivesse furado, que papelão! Com um sujeito daqueles a bordo! Toda a legião riria por trinta anos. O carro da chefatura de Roma com um pneu hernioso que faz *fiii* bem na hora H, e por sorte não capotaram e caíram da ponte. Mas o carro andou: andava. Corria contra o vento, com raros pingos de chuva nos vidros, com solavancos imprevistos em certos buracos, em certas valas ainda não relatados pelo Touring. As oliveiras e suas copas de prata acinzentada, porém, pouco se agitavam. Peroladas pela chuva noturna, ou secas ao primeiro sol, anunciavam a continuidade clara do ano já púbere, já atribulado em Áries, cheirando um pouco a estrume nos vinhedos, na terra escura dos morros, das encostas. A nuvem sobrevoava os trigais ou os capinzais recém-brotados, e um medo repentino tomava conta deles, como se fossem voltar a se extinguir no inverno. Àquela sombra veloz e mesmo assim temida, pareciam se adaptar sem socorro, congelar em desespero. Mas a asa do siroco, ao contrário, era fulva e morna na umidade desbotada do dia: mais que o respiro de um bezerro no curral. O tempo, quente e úmido, prenunciava o trigo, a batalha pelo trigo[*] e pelo milho, não dando a mínima para os pinotes do Burro. Uma geada no fim de março, pensou Ingravallo, Deus nos livre e guarde, podia inverter as previsões: os oito milhões de toneladas podiam cair para 3,8. O Queixudo Autárquico, para os seus 48 milhões de... súditos, sim, belos súditos, deveria carregar trigo em Toronto, que eram franceses transformados em ingleses no Canadá — mendigar macarrão aos peles-vermelhas. E Ingravallo se contorceu e chiou, de raiva e de satisfação somadas. Desceram até Torraccio, onde as rajadas de siroco, ao amainar, esquentavam; ou assim parecia. Viraram na Via Appia em Due Santi, tendo que voltar quase um quilômetro, ou seja, em direção a Roma, até o desvio para Falcognana. Depois de um breve trecho da Appia, encontraram a estrada de Anzio, e viraram de novo. O vento diminuiu. O carabineiro julgou não improvável, ou quase certeiro, o encontro com a moto Guzzi do senhor tenente Santarella, e com o motorizado Pestalozzi, mas não se depararam com eles coisa nenhuma. Cruzaram, isso sim, com um burrico, carregado de lenha, e o respectivo camponês na garupa, uma mão no rabo; ou um rebanho de umas quinze ovelhas, o pastor com o guarda-chuva verde, fechado: nada de cachorro, custa caro demais. Uma carroça:

— É o veterinário de Albano — informou o homenzinho.

Dirigia calmo, corado, uma guimba de charuto toscano apagado nos lábios, com luvas gastas. Após pouco mais de dois quilômetros na estrada de Anzio, foi preciso virar à direita.

— Por aqui, por aqui, para Santa Fumia — disse o anfitrião.

Pela ponte de Santa Fumia até Torre di Gheppio e, depois, até Casal Bruciato. A estradinha lamacenta descia, depois se solidificou. A pista se dilatou em poças cheias de água lívida, em contraluz, chumbo derretido azul-prateado, nas quais

---

* A Batalha pelo Trigo foi um programa político e agrícola do governo de Benito Mussolini para tornar a Itália autossuficiente na produção de trigo. [*N.T.*]

pairou a sombra da asa de um mergulhão, ou de um gaio perdido. Parecia que, de uma hora para outra, ia se perder nas terras, no solo. Pelo contrário, atravessou os trilhos (da ferrovia de Velletri) em uma passagem de nível, semelhante àquela que ficava dois quilômetros mais ao norte, perto da ponte de Divino Amore. Entre os dois trilhos, lâminas de grama despontavam, aqui e ali, em meio às pedras, entre um dormente e outro (de carvalho), como se a estrada de ferro não servisse mais, depois de ter servido por um ano a Pio IX. Rastros de fumaça ainda pairavam no ar, imóveis, como que coagulados por magia. Vestígios de uma aparição recém-dissolvida: brancos, quase chumaços de algodão, de um branco irreal de vapor. A silhueta esfumaçada do trenzinho ia diminuindo rumo a um arco distante. Corroborou, em seu desvanecer, a fuga perspectiva dos dois trilhos convergentes, e ficou parecendo o Príncipe das Trevas; e a cabine do último vagão, seu rabicho, quando recebe da feiticeira autorização para ir embora e desaparece com um sibilo por seus pórticos, sob os escuros arcos, no monte. No silêncio do campo e no mudo assombro das coisas, uma pegada de bode é o único vestígio que resta, além de um pouco de enxofre no ar.

— A Torre di Gheppio fica ali — disse o solícito homenzinho, apontando. — Perto da fazenda do palácio. A Crocchiapani mora lá, em uma daquelas casas ali, naquele grupo à esquerda.

Então, despontando das ondulações daquele barro despovoado, que os terrenos baldios de quando em quando verdejavam, a aresta pontiaguda de uma torre destacou-se no céu como um estilhaço, de um antigo dente de um antigo maxilar do mundo. As casas dos moradores, emudecidas na lonjura dos cultivos, surgiam à frente deles; porém, um pouco mais deste lado. Eles desceram.

— E Pavona, a estação? — perguntou Ingravallo.

— O vilarejo de Pavona é aquele — indicou ainda o anfitrião. — Fica lá embaixo, está vendo? Aquela é a estação.

Atravessando o gramado, levaria uns 25 minutos com passo acelerado. Mas vamos nos molhar todos.

— E a Roma-Nápoles?

— Lá. — E se virou. — São 3,5 quilômetros ou até quatro. É só continuar seguindo de carro. Quanto à volta, então, se o senhor, depois de Torre di Gheppio, tiver que ir também a Pavona, então podemos descer até Casal Bruciato para pegar a Via Ardeatina, justamente. Subindo na direção de Ardea, logo vamos dar, devem ser dois quilômetros, nem isso, em Santa Palomba, lá onde ficam aquelas antenas — apontou-as — que podem ser vistas de qualquer lugar, até de Marino. Lá, se o senhor quiser, cruzamos a estrada de Solforara e de Pratica di Mare. Daí, por Palazzo, podemos subir reto até Pavona, que, ao todo, desde Casal Bruciato, deve dar uns seis ou sete quilômetros, quando muito. De carro, uns quinze minutos.

— Está bem — disse Ingravallo, em quem toda aquela toponomástica havia provocado duas rangidas de maxilares. — Para Torre di Gheppio, então.

Embarcaram, seguiram. No ponto em que o homenzinho disse, depois de respingos d'água e muitos solavancos, desceram. Largaram o carro com o motorista, que, tendo também saltado, ia se afastando por conta própria. Enveredaram pela trilha, nem tão lamacenta assim, que ia dar nas três casas. Andavam em fila dita indiana, um atrás do outro, o agente especial Runzato à frente de todos, depois Di Pietrantonio, seguido por dom Ciccio, com ambas as mãos nos bolsos do paletó. Pareciam um bando de coveiros, todos escuros daquele jeito na plena claridade do dia, como se estivessem indo buscar o defunto, e com até mesmo um pouco de má vontade.

"A Crocchiapani, aquela idiota, já nos ouviu chegar", pensou Ingravallo, "e com certeza está nos espiando." De fato, como vieram a saber mais tarde, ela os observava da janela, atrás das venezianas encostadas, para onde tinha ido por causa do barulho do automóvel. Quando Ingravallo ergueu o rosto, Runzato assobiou e depois gritou:

— Polícia! Precisamos entrar. Abram.

A casa, a primeira e menor de todas, tinha um policial em cada canto. Rapazes, galinhas, duas mulheres e dois cachorrinhos vira-latas de guarda, com o rabinho enrolado para cima, revelando toda a sua beleza, que não paravam de olhar, de latir. Olhos brilhantes, pretos, pasmos diante dos rostos admirados, e a pobreza quase esfarrapada das roupas.

— Quem mora aí? — perguntou Di Pietrantonio, com prudência. — Quantos são? Tem homens?

— Mora uma mulher com o pai — disse a mais próxima das camponesas, que tinham se aproximado como que para pegar de volta os filhos ou uma galinha mais periclitante.

A morada de Tina Crocchiapani era uma casinha quadrada, um pouco afastada das outras. Uma portinha fechada, com o número 3, no andar térreo. Diante da soleira, algumas placas de pedra bastante gastas pelos passos e pelos sapatos, pelas travas. Dentro, nenhuma voz. Opacos, sonolentos anos, após o rosa da pintura inaugural, haviam conferido às paredes uma esqualidez desbotada, e, do lado da tramontana, uma ferrugem escura, sombras. Era o canto aonde primeiro tinham chegado aqueles senhores. Nos beirais, não havia calha nem qualquer aparato de madeira, dito lambrequim. De modo que as telhas, nas beiradas, pareciam, à vista de dom Ciccio, decepadas ou representadas em corte transversal, e criavam uma espécie de dobradura ondulada ao longo da margem do telhado, um ornamento rústico. Algumas lâminas de grama na serapilheira que, aqui e ali, se depositara nas telhas, sob os auspícios do vento. Algumas gotas, que se irisavam na queda repentina, escorriam das telhas escurecidas pelo tempo e caíam pesadamente, como se fosse mercúrio, para ferir mais, para penetrar, em toda a sua volta, a compacidade molhada da terra. Uma janela se abriu, foi de novo fechada, cacarejaram as galinhas desatinadas. Demasiado suaves, ou informes, as águas do telhado pareciam descer em ondas; tinham sido amolecidas pelas chuvas e depois cozidas novamente, dilatando-se no calor. Revelavam a arte insegura dos mestres de obra, ou, no sótão, estava torto o tronco que servia de trave. Seria de imaginar que, sob a insistência terrosa daquela cobertura, um belo dia, a estrutura podre cederia, desmoronando e esfacelando-se em ruínas. Ou então, que todo o telhado sairia voando em uma rajada de sudoeste, como um trapo atingido pela ventania. As venezianas de madeira, nas janelas, uma fechando, outra batendo, sem qualquer pintura e já apodrecidas ou rachadas pelo tempo, pela constante evaporação dos anos. No lugar de um vidro, papel-manteiga, em um caixilho, ou um retalho enferrujado de folha de flandres.

A portinha se entreabriu. Quando foi completamente aberta, Ingravallo deu de cara... com um rosto, um par de olhos! Brilhavam na penumbra: a Tina Crocchiapani! "É ela, é ela", meditou, não sem que seu coração disparasse. A estupenda empregada dos Balducci, com escuros lampejos sob os pretíssimos cílios em que a luz albana se emaranhava, se partia, irisando-se (a toalha de mesa branca, espinafres) pelos cabelos pretos emaranhados na testa, quase como uma obra de Sanzio, pelos brincos azuis que balançavam nos lobos e sobre as faces. Com aquele seio! Ao qual Foscolo teria conferido diploma de seio cheio, em um acesso trovadoresco-libidinoso, daqueles que o imortalizaram na Brianza. No jantar na casa dos Balducci, da sra. Liliana! O campo da deusa negra e silenciosa, para ela, que fora tão cruelmente separada das coisas, das luzes e das aparências do mundo! E essa mulher, essa mulher era aquela, aquela (o caminho do tempo se perdia) que, ao apresentar no oval amplo e mal inclinado da travessa todo o pernil, todo o sincretismo renalizante de um prato de cabrito, ou de cordeiro em pedaços que fosse, deixara cair na brancura, entre a prataria e o cristal, de um cálice, ou não, de um copo, o chumaço de espinafres, recebendo da sra. Liliana a repreensão aflita de um olhar, de um nome: "Assunta!". A Tina, com seu rosto severo como da outra vez, um pouco pálido, mas com uma inflexão de desânimo nos olhos, fitou-o, todavia orgulhosamente, parecendo se recuperar. As pupilas, dois lampejos escuros, de novo, brilhantes na sombra, no cheiro de casa fechada da entrada.

— Doutor — disse, com esforço, e ia acrescentar alguma coisa.

Mas Di Pietrantonio a assustou, embora ela já o tivesse visto da janela, atrás do agente que parecia conduzir toda a procissão dos capotes. Alto, e sem palavras, com bigodes policialescos, não era ele por acaso a temida punição? Cominada pela lei? Mas por qual crime ou por qual culpa, argumentou consigo, podiam oficialmente puni-la? Por ter pedido presentes demais da sra. Liliana, e por tê-los obtido?

— Senhor delegado Incravalli, o que foi?

— Quem está aí na sua casa? — perguntou Ingravallo, ríspido.

Ríspido quanto exigia que fosse, naquele momento, sua "outra" alma, à qual Liliana pareceu dirigir-se desesperadamente, chamando-o do seu mar de sombras, com o rosto cansado e pálido, o olho dilatado de terror, parado, para sempre, nos brilhos cruéis da faca.

— Deixe-me passar, preciso ver quem está aí.

— É meu pai, doutor, que está doente: está tão doente, coitadinho! — E arfava levemente de desdém, lindíssima, pálida. — Pode morrer a qualquer momento.

— E além do seu pai, quem mais?

— Ninguém, doutor Incravalli: quem mais poderia estar aqui? Se o senhor sabe, me diga. Tem uma mulher daqui, de Torre di Gheppio, que vem me ajudar a cuidar do doente... quando não tem alguma vizinha, dessas que o senhor deve ter visto lá fora.

— Quem é, como se chama?

Tina pensou um pouco.

— É a Veronica, a Migliarini. Nós aqui a chamamos de Veronica.

— De qualquer maneira, deixe-me passar. Vamos. Saia. Devo revistar a casa.

E a encarou, com o olhar fixo e cruel de quem pretende desmascarar a fraude.

— Revistar? — Tina franziu a testa.

A ira descoloriu seus olhos, seu rosto, como se estivesse diante de um ultraje imprevisto.

— Sim, revistar, revistar.

E, afastando-a, penetrou na escuridão em direção à escadinha de madeira. A moça o seguiu, Di Pietrantonio foi atrás dela. Ocorreu-lhe, naquele instante, que o assassino de Liliana, além de ter obtido da Tina indicações úteis — "ou melhor, indispensáveis, eu disse úteis?" — podia ter confiado as joias a ela mesma... "À namorada?" Subiam. Os degraus estalaram. Fora, à sua volta, a casa estava cercada: três policiais, sem contar o homenzinho que os levara até lá. Ingravallo sentia os dois olhos pretos e furiosos da Tina cravados no seu cangote, atravessando seu pescoço. Tentava, tentava concluir de modo racional. Puxar os fios, podia-se dizer, da inerte marionete do provável. "Como é que a garota não tinha ido correndo para Roma? Não tinha se sentido no dever?" Aquela já era uma ideia fixa em seu espírito cruelmente ferido. "Nem mesmo para o enterro? Será que então não havia nela nem coração nem alma depois de tanta bondade recebida?" Era a contabilidade dolorosa do humilde, do ingênuo, talvez. A notícia horrível, quem sabe, só chegara a Torre di Gheppio tarde demais e, naquela solidão... o terror havia paralisado a jovem. Nada disso, uma mulher! E até na selva as notícias voam, até nas estepes da África. Para um coração cristão, a inspiração teria sido outra. Se bem que o pai moribundo...

A madeira da escada continuou a estalar cada vez mais, sob o peso ascendente dos três. Ingravallo, chegando ao topo, empurrou a porta com caridosa prudência. Entrou, seguido pela Tina e pelo Di Pietrantonio, em um cômodo grande. Um fedor, lá, de roupas sujas ou de pessoas pouco laváveis e pouco lavadas na doença, ou suadas na labuta que o campo, sem alívio, exige no momento da sua renovação. Ou melhor, mais ainda, de fezes mal recolhidas perto do doente, tão carente de cuidados. Duas longas velas pintadas em cores vivas, azul, vermelho, dourado, de uma tradição cromática não interrompida nos anos, pendiam de dois pregos na parede dos dois lados de uma cama. O ramo seco de oliveira, uma gravura, Nossa Senhora azul com a coroa de ouro, em uma moldura preta de madeira. Algumas cadeiras de palha. Um gato de gesso com uma fitinha no pescoço, escarlate, em cima da cômoda, entre garrafas, tigelas. Ao lado do doente, estava sentada uma velha, a saia listrada na metade das canelas, com dois sapatos de pano sem cadarços (e, dentro, os pés) apoiados na barra transversal da cadeira, abertos como chinelos. Na cama, enorme, debaixo de colchas puídas e esverdeadas, cobertas em parte por uma em bom estado (quente e clara, presente de Liliana, argumentou Ingravallo), um pequeno corpo disforme deitado, como um gato seco em um saco apoiado no chão. Uma cara ossuda e caquética repousava no travesseiro, imóvel, de um amarelo-castanho como a peça de um museu egípcio. Não fosse, por outro lado, a brancura vítrea da barba, que indicava seu pertencimento não a um acervo egípcio, mas a uma época da história humana desgraçadamente próxima, e, para o Ingravallo daqueles dias, até mesmo atual. Tudo emudeceu. Não dava para entender se era um vivo ou se era um morto, se era um homem ou uma mulher que, ao avançar em meio às consolações da prole e da enxada em um redemoinho de mosquitos rumo às bodas de ouro, tivesse adquirido aquela barba; barba máscula, como o fundador do império quinquenal costumava dizer até mesmo das barbas femininas. As duas velas, de um lado e de outro, pareciam esperar serem fincadas em candelabros apropriados, acesos por um fósforo governado por uma mão misericordiosa. Impaciente devido àquele novo problema do pai moribundo e, ao mesmo tempo, hesitante e piedosa, a imaginação do dr. Ingravallo deu coices, empinou, galopou, ouviu e viu. Já via e despachava o caixão sem forro, de tábuas de álamo, florido com pervincas e prímulas, cercado pelos resmungos absolutórios ou pela súbita irrupção de alguma frase cantada, ou até mesmo anasalada, de qualquer maneira entre os murmúrios das mulheres e o agradável cheiro de incenso, difundido (*com cuidado*) pelo balanço parcimonioso do turíbulo — significando o imenso medo sentido e o arrependimento do morto, a súplica e a esperança, a toda volta, dos vivos e sobreviventes, uma vez fechado, pregado e bem martelado aquele caixão. E, enfim, uma certa serenidade resignada em todos os corações (melhor assim do que passar outro mês sofrendo), ao olhar o caixão, as flores... alvos dos reiterados borrifos do aspersório em meio a um arrastar de solas e um ranger de ferros nas pedras, se pedras houvesse. Mas a realidade ainda diferia do sonho, aquelas imagens de uma impaciência quase delirante diziam respeito ao futuro, ainda que próximo. Dom Ciccio moderou o galope da inquietação, puxou as rédeas do tropel da raiva. O doente, tão ressequido, parecia maduro para os derradeiros ritos: a eternidade, médica infalível, já estava debruçada sobre ele. Fitava-o amorosa (e engolia alguma saliva) com o olhar protetor e guloso de uma enfermeira meio necrófila ocupada em limpar sua testa com uma leve carícia da sua mão mais vagarosa, e, com a outra, experiente, manobrando embaixo das cobertas e até embaixo do corpo, entre o osso sacro e a almofada vazada, tinha achado enfim o ponto exato em que enfiar a ponteira, a cânula de ebonite, para o clister da imunização perpétua.

Estranhos borborigmos, sob a coberta, contradiziam o coma e, mais estranhamente, a morte. Davam a impressão de uma milagrosa iminência, de que os lençóis e as cobertas estavam a ponto de inchar, de inflar, de levitar e gravitar no ar, sobre a gravidade enrijecida da morte. A velha, Veronica Migliarini, estava encurvada na cadeira, petrificada em uma rememoração dos tempos que, ao contrário, tinham se dissolvido na não memória: segurava uma das mãos com a outra, parecendo Cosme *pater patriae* no assim chamado retrato de Pontormo, pele seca de lagartixa, no rosto, e a imobilidade enrugada de um fóssil. Não trazia, no colo, o pequeno braseiro de barro, mas estava precisando de um. Ergueu os olhos, gelatinosos e vidrados em sua cor acinzentada, sem que interrogassem nenhuma daquelas que para ela deviam parecer sombras, nem a moça nem os homens. A tranquilidade apagada do seu olhar se opunha ao acontecimento, como a imêmore memória da terra, desde as lonjuras paleontológicas, distanciando aquele rosto de asteca de 190 anos das aquisições da espécie, das últimas conquistas tão fregolianas* do olhar italiano.

Um penico de maiólica, como o de uma clínica de primeira classe, estava pousado no piso de tijolos, e nem mesmo perto da parede — nem sequer estava desprovido de algum conteúdo indecifrado, sobre cuja consistência, coloração, odor, viscosidade e peso específico, tanto o olhar de lince quanto o faro de sabujo de Ingravallo não consideraram ser o caso de se delongar em análises. O nariz, é claro, não pôde se eximir de suas funções naturais, ou seja, daquela atividade, ou para melhor dizer, daquela passividade papilar que lhe é própria, e não admite, *hélas*, nenhum interlúdio por inibição, ou nenhum tipo de interrupção do funcionamento.

* Alusão a Leopoldo Fregoli (1867-1936), ator, diretor teatral e dramaturgo italiano considerado o inventor do transformismo teatral devido à habilidade que tinha de mudar em poucos segundos a caracterização de seus personagens. [*N.T.*]

— É o seu pai? — perguntou dom Ciccio a Tina, olhando para ela, olhando ao redor e, em seguida, tirando o chapéu.

— Seu delegado, agora o senhor pode ver em que estado ele está. O senhor não queria acreditar. Agora não tem outro jeito! — exclamou a beldade, em tom ressentido, e com olhos que pareciam ter chorado. — Agora já não tenho mais esperanças. É melhor para ele, e também para mim, que morra. Sofrer desse jeito, e sem recursos. O traseiro, com o perdão da palavra, é uma ferida só. Um suplício, pobre papai!

Tentava, pensou Ingravallo, com dureza, valorizar com sua dor o papai, além do traseiro ferido do papai.

— E até está usando a almofada vazada de borracha — suspirou —, pois, sem ela, suas escaras teriam infeccionado. Ainda hoje, às oito da manhã, sentia dor, muita dor, dizia. Não conseguia ficar parado dez minutos. Agora faz três horas que não se mexe, não diz palavra, acho que não está sofrendo mais, não pode sofrer mais nada. — Enxugou os olhos, assoou o narizinho: — Porque não sente mais nada, nem bom nem ruim, pobre papai... O padre mandou dizer que não pode vir antes da uma. Ah, coitados de nós! — Olhou para Ingravallo. — Se não fosse a patroa!

Aquela referência soou vazia, distante. Liliana, era um nome. Pareceu, a dom Ciccio, que a garota hesitava em evocá-lo.

— É claro — disse ele, cansado. — A almofada vazada! — Lembrou-se dos desabafos do Balducci. — Eu sei, sei quem a deu para você. E aquele vaso e também a colcha. — E os apontou com a cabeça, com o queixo. Olhou a coberta em cima da cama. — Você ganhou tudo isso... de alguém que logo recebeu a recompensa por sua bondade. Não faça o bem se você não quer em troca o mal, diz o provérbio. É verdade. Você não fala? Não lembra?

— Doutor, o que devo lembrar?

— Lembre-se de quem tanto a ajudou, quando você merecia tão pouco.

— Sim, os patrões para quem eu trabalhava. E por que eu não merecia?

— Os patrões? A sra. Liliana, você deve dizer! Que foi degolada por um assassino! — A expressão em seus olhos apavorou Tina daquela vez. — Por um assassino — repetiu — cu-jo — proferiu como um magistrado — nome, sobrenome, eu fiquei sabendo! E onde ele mora, e o que faz...

A moça empalideceu, não deu um pio.

— Trate de dizer o nome! — berrou dom Ciccio. A voz saiu grave, persuasiva: — A polícia já sabe. Se você disser logo, também vai sair ganhando.

— Doutor — repetiu Tina, para ganhar tempo, hesitante —, como posso dizer alguma coisa se não sei de nada?

— Sabe até demais, sua mentirosa! — berrou Ingravallo, cara a cara. Di Pietrantonio empalideceu. — Desembuche o nome, esse que está na ponta da sua língua. Ou o sargento vai fazer você falar lá no quartel, em Marino; o sargento Pestalozzi.

— Não, doutor, não, não, não fui eu! — implorou a moça, então.

Simulava, talvez, um medo protocolar, com o qual em parte também se deleitava. Aquele medo que em parte empalidece um pouco o rostinho e, no entanto, resiste a ameaças. Uma vitalidade esplêndida, nela, ao lado do moribundo autor dos seus dias, que deveriam ser esplêndidos. Uma fé impassível nos enunciados da sua carne, que ela parecia lançar com audácia contra a ofensa, em uma súbita mágoa, em uma cara feia.

— Não, não fui eu! — O grito incrível bloqueou o furor do possesso.

Ele não compreendeu, no momento, aquilo que sua alma estava prestes a entender. Aquele sulco escuro e vertical entre as duas sobrancelhas da ira, no rosto branquíssimo da moça, o paralisou, o induziu a refletir... a se arrepender, quase.

Ceci n'est pas un pasticciaccio

Por Milena Vargas

Se você começou a ler este livro esperando encontrar um romance policial clássico — com pistas bem distribuídas, um detetive infalível e uma solução redentora —, é possível que tenha se decepcionado. Entre os principais nomes de uma geração de autores que buscou reinventar a narrativa na Itália do século XX, Carlo Emilio Gadda não entrega respostas. Ele as desmonta. Seu detetive, Francesco Ingravallo, de olhar sonolento e raciocínio pouco linear, parece perambular pelas ruas sem um norte definido, guiado por pensamentos erráticos e muito rancor. O livro fecha sem conclusão, e a própria estrutura do romance é labiríntica: não há progressão linear nem resolução satisfatória, e a leitura se preenche com o voo de galinhas caolhas, as vozes de vizinhas fofoqueiras, os gritos na feira e os suspeitos que não parecem tão suspeitos.

Como a esse ponto o leitor deve imaginar, Gadda não é como a maioria dos escritores de seu tempo. Ele não se filia a um grupo literário coeso, como os neorrealistas ou os futuristas, e sua escrita desafia as convenções narrativas — tal como as de Italo Svevo ou Luigi Pirandello —, influenciando diretamente nomes como Italo Calvino e Umberto Eco. Pela tendência à ruptura formal, profundidade psicológica e densidade estilística, sua prosa dialoga com o modernismo europeu, especialmente com James Joyce, e alguns chegaram a considerá-lo o maior escritor italiano do século XX.

Aquela terrível confusão na Via Merulana foi, a princípio, concebido como um conto policial, mas logo se expandiu para um romance. Escrito entre 1945 e 1946, em um momento de transição política e cultural na Itália, o texto assumiu, como outras obras de Gadda, as dimensões de um organismo vivo, pulsante, caótico. O país emergia da Segunda Guerra Mundial e do regime fascista de Mussolini, enfrentando uma crise de identidade profunda. A literatura italiana buscava novas formas de expressão, rompendo com os modelos realistas e lineares do século XIX. Nesse contexto, Gadda se destacou como um autor que recusa a unidade narrativa, a clareza sintática e a estabilidade semântica. Em oposição direta aos cânones de sua época, a escrita dele se caracteriza pela multiplicidade de registros linguísticos, pela ironia corrosiva e pela estrutura fragmentada.

O crime que inaugura a trama do livro que você tem em mãos é apenas a primeira peça de um quebra-cabeça que nunca se completa. Inspirada em um caso real ocorrido em 1927 — o assassinato brutal de uma mulher da alta burguesia romana em seu apartamento —, a narrativa entrelaça elementos da realidade social e política italiana a digressões, vozes sobrepostas e detalhes ínfimos cuja descrição parece mais importante do que a continuidade do próprio enredo. Assim, ao longo da leitura, o desavisado leitor se dá conta de que a investigação conduzida por dom Ciccio, personagem que já havia aparecido em contos anteriores, está menos interessada em encontrar um culpado do que em desconstruir qualquer noção de verdade única. O mistério não está no crime — está na linguagem, na sociedade, na própria tessitura da experiência. E a Via Merulana, cenário da confusão, transcende seu papel geográfico: é o palco onde se encenam as contradições da Itália fascista, da burguesia decadente e da linguagem como eco de uma sociedade estruturalmente partida.

Na prosa de Gadda, convivem dialetos regionais, jargões técnicos, latinismos, neologismos e expressões populares. Essa heterogeneidade não é mero artifício estilístico: ela espelha a complexidade da realidade italiana, marcada por divisões culturais, sociais e territoriais. Tais marcas surgem em cada linha do texto, no raciocínio e na expressão das personagens, mas, infelizmente, é claro, por maior que seja o esforço e a habilidade do tradutor, perde-se um tanto delas ao verter o texto para o português. Um exemplo disso é a inventividade do título original da obra, *Quer Pasticciaccio Brutto de Via Merulana*: a palavra *pasticciaccio* é um neologismo derivado da palavra italiana "*pasticcio*" (bagunça, confusão), com o acréscimo do sufixo aumentativo e depreciativo "*-accio*". O termo sintetiza a essência desse romance: um caso policial que se transmuta em retrato grotesco e multifacetado de uma sociedade marcada pela desordem, pela ambiguidade e pela impossibilidade de síntese.

Gadda também se utiliza de toda essa exuberância linguística como instrumento de crítica política. É com muito sarcasmo e ironia que se refere ao fascismo — e especialmente a Mussolini —, revelando abertamente seu repúdio ao regime, apesar de uma questionável simpatia inicial. O autor utiliza epítetos grotescos e caricatos para designar o *duce* italiano, aqui traduzidos em Pavão, Tosco, Cara de Queijo, Cabeça de Morto, entre outros; mas, muitas vezes, no original, Gadda utilizou o dialeto romano ou napolitano. Essa escolha estilística é uma forma de expressar um sentimento popular e confere à crítica um tom visceral, impossível de ser alcançado na língua padrão.

Levado por uma linguagem tão híbrida e tortuosa, o leitor é desafiado a acompanhar o ritmo de Gadda, que exige atenção redobrada e disposição para o desconforto. A narrativa se bifurca, se interrompe, se contradiz. Cada linha é carregada de sentidos que se escondem entre as palavras, entre as referências subliminares do texto. Até os personagens, embora apresentados com riqueza de detalhes, permanecem opacos, ambíguos, inacabados. E a investigação, que em romances policiais clássicos seria a linha mestra do texto, conduzindo à verdade, acaba por se revelar um exercício de dispersão, negando a possibilidade de que o homem conheça a origem de seu mal ou encontre uma solução definitiva. Ingravallo, longe de ser o portador de uma "graça reveladora", é um detetive nada infalível: está mais para um pensador atormentado, cuja filosofia da "concausa" — a ideia de que todo evento é resultado de múltiplas causas interligadas — impede qualquer simplificação da realidade.

Ao final, não há culpado, não há justiça, não há catarse. Mas há algo mais profundo: a revelação de que o mundo é feito de cacos, de vozes dissonantes, de interpretações inconciliáveis. Gadda propõe que a confusão não é um erro — é uma forma legítima de apreensão do real — e cria uma experiência estética marcada pela tensão, pela ambiguidade e pela recusa ao conforto interpretativo.

Carlo Emilio Gadda (1893-1973)

Carlo Emilio Gadda foi um escritor e intelectual italiano, considerado um dos maiores nomes da literatura italiana do século XX. Engenheiro de formação, ele serviu na Primeira Guerra Mundial e só mais tarde se dedicou à literatura. Conhecido por seu estilo experimental, Gadda misturava diferentes variações linguísticas, dialetos e termos técnicos para representar a desordem do mundo moderno. Faleceu em 1973.

Este livro foi impresso pela Ipsis, em 2025, para
a HarperCollins Brasil. O papel do miolo é pólen
natural 70g/m², e o da capa é couchê fosco 150g/m².